톰 소여의 모험

이 도서의 국립중앙도서관 출판예정도서목록(CIP)은 서지정보유통지원시스템 홈페이지(http://seoji.nl.go.kr)와
국가자료공동목록시스템(http://www.nl.go.kr/kolisnet)에서 이용하실 수 있습니다.
(CIP제어번호: CIP2010004095)

세계문학전집
0 5 6

Mark Twain : The Adventures of Tom Sawyer

톰 소여의 모험

마크 트웨인 장편소설
강미경 옮김

문학동네

나의 아내에게
애정을 담아 이 책을 바친다

머리말

    이 책에 나오는 모험은 대부분 실제로 있었던 일이다. 그중 한두 개는 내 경험에서 나왔고, 나머지는 어린 시절 나의 학교 친구들의 경험담이다. 허크 핀이 실제 인물에 바탕을 두고 있듯이 톰 소여도 마찬가지다. 다만 톰의 경우에는 어느 한 인물이 아니라 내가 아는 세 소년의 성격을 한데 섞어놓았다. 따라서 그는 건축으로 치면 혼합 양식에 해당한다.

    이 이야기의 배경이 되는 시절, 그러니까 30, 40년 전에는 서부의 아이들과 노예들 사이에서 이 책 곳곳에 짧게 언급된 이상한 미신이 크게 유행했다.

    내 책은 주로 청소년층을 겨냥하고 쓴 것이지만 그 때문에 어른들이 멀리하지 않았으면 한다. 어른들이 자신의 어린 시절을 되돌아보면서 그 시절의 감정과 생각, 대화, 나아가 가끔씩 푹 빠져들었던 괴상한 짓을 즐겁게 떠올릴 수 있도록 하는 것도 내가 이 글을 쓴 목적의 일부이기 때문이다.

1876년 하트퍼드에서
마크 트웨인

차례

1

토오옴, 이 녀석/폴리 이모의 결심/
연습하는 톰/거리의 결투/도둑 귀가

"톰!"

아무 대답이 없었다.

"톰!"

그래도 아무 대답이 없었다.

"이 녀석이 대체 어떻게 된 거야? 얘, 톰!"

역시 아무 대답이 없었다.

노부인은 안경을 내려쓰고 안경 너머로 방을 쓱 훑어보았다. 그러고는 다시 안경을 추켜올려 그 아래로 방을 휘둘러보았다. 노부인이 그까짓 쥐방울만 한 남자애나 찾으려고 안경까지 동원하는 일은 좀처럼, 아니 절대로 없었다. 노부인에게 안경은 체면을 살려주는 둘도 없는 짝이자 마음속의 자랑이요, '모양'을 내는 물건이지 뭘 잘 보려고 끼는 것이 아니었다. 그런 용도라면 난로 뚜껑 두 짝을 쓰고 본다 해도 개의치 않았을 것이다. 노부인은 잠시 난감한 표정을 짓더니 불벼락까지는 아니었지만 가구도 들을 수 있을 만큼 소리를 빽 내질렀다.

"어디, 내 요 녀석 잡히기만 해봐라……"

노부인은 말을 끝맺지 못했다. 허리를 숙이고 빗자루로 침대 밑을 쿡쿡 쑤시느라 숨이 찼기 때문이다. 하지만 노부인이 그렇게 힘들여 찾아낸 것은 겨우 고양이 한 마리뿐이었다.

"고 녀석 코빼기도 안 보이네!"

노부인은 열려 있는 문 쪽으로 다가가더니 문간에 서서 마당을 가득 메우고 있는 토마토 줄기와 흰독말풀 사이를 살폈다. 하지만 거기에도 톰은 없었다. 그러자 이번에는 멀리까지 들리도록 목청을 높여 버럭 고함을 질렀다.

"토오옴!"

등 뒤에서 부스럭거리는 소리에 노부인은 홱 돌아서서 쏜살같이 도망치는 조그만 사내아이의 윗옷자락을 잽싸게 낚아챘다.

"거기 있었구나! 벽장 생각을 못 했네. 거기서 대체 뭘 하고 있었던 게냐?"

"아무것도 안 했어요."

"아무것도 안 했다고! 네 손을 보고, 네 입을 봐라. 그게 다 뭐냐?"

"나도 몰라요, 이모."

"그래? 난 알겠는데. 그건 잼이야. 암, 잼이고말고. 그 잼에 손댔다가는 네 가죽을 홀랑 벗겨버리겠다고 마흔 번도 넘게 얘기한 걸로 아는데. 그 회초리 이리 내."

회초리가 공중으로 날아올랐다. 위기일발의 순간이었다.

"어어! 뒤 좀 보세요, 이모!"

노부인은 엉겁결에 뒤로 빙그르르 돌면서 위험을 피해 치맛자락을 움켜잡았다. 그사이 사내아이는 눈 깜짝할 새에 높다란 판자 울타리를 훌쩍 타넘고 사라져버렸다.

폴리 이모는 잠시 우두커니 서 있더니 어이가 없는 듯 낮게 웃음을 터뜨렸다.

"저런 망할 놈이 있나! 난 왜 이렇게 눈치가 없지? 녀석에게 당한 게 한두 번이 아닌데 또 놓치다니. 하긴 세상에 늙은 바보만 한 바보도 없지 뭐. 늙은 개는 재주도 못 배운다는 속담이 괜히 나왔으려고. 하지만 아무리 그렇기로서니 이틀이 멀다 하고 새로운 말썽을 피워대니, 녀석이 이다음엔 어떻게 나올지 누군들 알까? 아무래도 쟤는 날 얼마만큼 괴롭혀야 분통을 터뜨리는지 아는 것 같아. 게다가 잠시 딴데 정신을 팔거나 웃게 하면 마음이 누그러져 내가 저를 절대 때리지 못한다는 것도 안단 말이지. 그렇다고 저 녀석 때문에 내 의무를 소홀히 할 순 없지. 그건 주님의 뜻에 어긋나는 일, 성경 말씀에도 있듯이 매를 아끼면 아이를 망친다고 하잖아. 이대로 두면 나나 저나 매일 죄를 지으면서 벌을 쌓는 것과 다를 바 없어. 하지만 녀석 속에는 장난칠 궁리만 가득 들어차 있으니, 이 노릇을 어쩔꼬! 죽은 여동생의 아들이라 짠해서 도무지 때릴 수가 있어야지 원. 모르는 척 눈감아주면 내 양심이 찔리고, 때리면 이 늙은이 가슴이 미어지니 이러지도 저러지도 못하고. 사람이란 여인에게서 태어나 사는 날은 며칠 안 되고 괴로움만 가득하다는 성경 말씀이 하나도 틀리지 않다니까. 보나 마나 오늘 오후에도 학교를 빼먹을 텐데. 내일은 무슨 일이 있어도 별로 일을 시켜야겠어. 애들이 모두 노는 토요일이라 일을 시키기가 뭣한 데다 녀석은 일이라면 죽기보다 싫어하지만 내 의무를 소홀히 할 순 없어. 그랬다간 애를 망칠 테니까."

톰은 정말 학교를 빼먹고 신나게 놀았다. 그러다 흑인 소년 짐을 도와 내일 쓸 장작과 저녁 지을 불쏘시개를 패야 할 때에 간신히 맞춰 집으로 돌아왔다. 하지만 톰이 그 시간에 집에 돌아온 것은 짐이 일의 4분의 3을 하는 동안 그에게 자신의 모험담을 들려주기 위해서였다. 톰의 동생(실은 배다른 동생) 시드는 자기 몫의 일(나무 부스러기를 주워 모으는 일)을 벌써 다 끝내놓고 있었다. 그렇게 시드는 말수도 적고 말썽을 부리거나 장난을 치는 법이 없었다.

톰이 저녁을 먹으면서 기회를 노려 설탕을 훔치는 사이 폴리 이모는 엉큼하고 교활하기 짝이 없는 질문들을 톰에게 던졌다. 톰이 함정에 걸려들어 제 입으로 털어놓길 바라는 마음에서였다. 생각이 단순한 사람들이 으레 그렇듯이 폴리 이모 또한 스스로 음흉하고 비밀스러운 계략을 꾸미는 능력을 타고났다고 착각하면서 속이 뻔히 들여다보이는 잔꾀를 무슨 대단한 술책이나 되는 양 여기는 경향이 있었다.

"톰, 오늘 학교에서 좀 덥지 않던?"

"더웠어요."

"꽤 더웠지?"

"네."

"먹 감으러 가고 싶었겠구나, 응?"

왠지 거북스러운 의심이 느껴지는 이 말에 톰은 가슴 한구석이 철렁 내려앉았다. 톰은 폴리 이모의 얼굴을 살폈지만 아무 낌새도 찾을 수 없었다. 그래서 톰은 이렇게 대답했다.

"아뇨…… 별로요."

노부인은 손을 뻗어 톰의 셔츠를 만져보고 나서 이렇게 말했다.

"그래도 지금은 그렇게 덥지는 않은 모양이구나." 그녀는 속내를 들키지 않고 셔츠가 말라 있다는 걸 알아내 내심 흐뭇했다. 하지만 톰은 이제 상황을 훤히 꿰뚫고 있었다. 그래서 먼저 선수를 쳤다.

"친구들이랑 머리에 펌프 물을 끼얹었었어요. 보세요, 머리가 아직도 축축하죠?"

폴리 이모는 중요한 정황 증거를 놓쳤다는 생각에 애가 끓어 이번에도 그만 틈을 보이고 말았다. 그런데 바로 그때 아주 좋은 생각이 떠올랐다.

"톰, 머리에만 물을 뒤집어썼다면 내가 꿰매준 셔츠 깃은 굳이 뜯을 필요가 없었겠구나, 그렇지? 어디, 저고리 좀 벗어봐라!"

그 말에 톰의 얼굴에서 근심이 싹 걷혔다. 저고리를 벗자 셔츠 깃은 얌전히 꿰매져 있었다.

"어휴! 좋아, 이쯤 해두자꾸나. 네가 학교를 빼먹고 멱 감으러 간 줄 다 안다만 용서해주마, 톰. 불에 털이 그슬린 고양이도 보기보다 낫다더니 네가 딱 그 짝이구나. 겉보다 속이 낫다는 얘기야, 적어도 이번만은."

폴리 이모는 자신의 계획이 실패로 끝났다는 데 대해 한편으론 서운하면서도 또 한편으로는 톰이 모처럼 착하게 굴었다는 사실이 못내 기특했다.

하지만 시드가 끼어들었다.

"어, 이모는 하얀 실로 꿰맸던 것 같은데 지금은 검은 실이네."

"뭐, 난 분명히 하얀 실로 꿰맸는데! 톰!"

하지만 가만히 앉아서 기다리고 있을 톰이 아니었다. 톰은 어느새 문을 나서면서 이렇게 말했다.

"시드, 너 두고 봐."

이쯤이면 안전하겠다 싶은 곳에 이르자 톰은 접힌 옷깃에 꽂혀 있는 큰 바늘 두 개를 들춰내 들여다봤다. 바늘에는 각각 흰 실과 검은 실이 꿰여 있었다.

"시드 녀석만 아니었다면 이모가 절대 눈치채지 못했을 텐데. 젠장! 이모는 어떤 때는 흰 실로 꿰매고 어떤 때는 검은 실로 꿰맨단 말이야. 그러지 말고 어느 쪽이든 한 가지 색깔로 정해놓고 쓰면 얼마나 좋아, 일일이 기억하지 않아도 되고. 어쨌든 시드 녀석은 꼭 패주고 말 거야. 본때를 보여주겠어!"

톰은 마을의 모범 소년은 아니었다. 하지만 모범 소년이 어떤 아이인지 너무도 잘 알았고, 그런 아이를 끔찍이 싫어했다.

2분이나 지났을까, 톰은 자신을 둘러싼 문제들을 깡그리 잊어버렸다. 그건 그 문제들이 어른들에 비해 덜 무겁거나 덜 고통스러워서가 아니라 새롭고 강렬한 관심사가 골치 아픈 문제들을 잠시 마음속에서 몰아냈기 때문이다. 어른들도 새로운 일에 관심을 갖게 되면 예전의 불행은 까맣게 잊기 마련 아닌가. 새로운 관심사란 다름 아니라 참신하기 그지없는 휘파람 불기였다. 얼마 전 톰은 어느 검둥이에게서 휘파람 부는 법을 배웠는데, 그렇지 않아도 혼자 조용히 연습하고 싶어

몸이 근질거리던 참이었다. 음악에 맞춰 혀를 입천장에 살짝살짝 갖다 대며 휘파람을 불다 보면 졸졸졸 물소리도 났고, 새가 지저귀듯 기이하게 떨리며 꺾이는 소리도 났다. 독자 여러분도 소년 시절을 보냈다면 휘파람을 어떻게 부는지 아마 기억할 것이다. 주의를 기울여 부지런히 연습한 끝에 톰은 곧 요령을 터득했고, 그래서 더없이 뿌듯한 마음으로 입안 가득 휘파람을 물고 우쭐거리며 거리를 따라 걸어 내려갔다. 마치 새로 행성을 발견한 천문학자라도 된 듯한 기분이었다. 아니, 강렬하고 깊고 순수하기로 따지면 톰의 기쁨이 그보다 훨씬 더 컸다.

여름 해는 길어서 아직도 날이 어두워지지 않았다. 톰은 이내 휘파람 불기를 멈추었다. 웬 낯선 사람이 앞에 나타났기 때문이다. 알고 보니 제 키보다 큰 그림자를 드리우고 있는 사내아이였다. 나이가 어떻든, 남자든 여자든 이 작고 누추한 촌구석 세인트피터스버그에 낯선 사람이 나타났다는 건 그 자체로 호기심을 불러일으키고도 남았다. 게다가 이 아이는 평일인데도 옷을 근사하게 차려입고 있었다. 이 또한 예사롭지 않은 일이었다. 모자도 고급스러웠고 단추가 촘촘히 달린 푸른색 윗옷도 말쑥한 새 옷이었다. 나팔바지 역시 마찬가지였다. 더욱이 겨우 금요일밖에 되지 않았건만 신발도 챙겨 신고 있었다. 그뿐만이 아니었다. 밝은 색 리본으로 넥타이까지 매고 있었다. 아이의 도회풍 분위기에 톰은 심사가 뒤틀렸다. 이 눈부신 장관에 눈길이 갈수록 톰은 일부러 콧대를 더욱 높이 세웠지만 그럴수록 자신의 옷차림이 더욱 볼품없게 느껴졌다. 둘 다 아무 말이 없었다. 한쪽이 움직이면 다른 한쪽도 움직였지만 마치 동그라미를 그리듯 옆으로만 움직였다. 그러는 사이에도 둘은 줄곧 얼굴과 얼굴, 눈과 눈을 마주 보았다. 그러다 마침내 톰이 먼저 입을 열었다.

"까불다 혼난다!"

"어디 해보셔."

"어라, 내가 못 할 줄 알고."

"넌 못 해."

"할 수 있어."

"못 해."

"할 수 있어."

"못 해."

"할 수 있다니까!"

"못 한다니까!"

어색한 침묵이 흘렀다. 잠시 후 톰이 말했다.

"이름이 뭐냐?"

"알아서 뭐하게?"

"글쎄, 알아야겠다면?"

"그럼 알아내보든가?"

"자꾸 나불대면 가만 안 둔다."

"자꾸 자꾸 자꾸 나불댔다. 이제 어쩔래?"

"어쭈, 자기가 엄청 잘난 줄 아나 보지? 너 같은 건 마음만 먹으면 한 손을 뒤로 묶고도 얼마든지 때려줄 수 있어."

"그럼 어디 한번 해보든가? 그렇게 말만 하지 말고."

"너 자꾸 까불면 진짜 가만 안 둔다."

"그러셔? 너처럼 주둥이만 살아서 허풍 떠는 놈 많이 봤지."

"이 자식이! 자기가 뭐라도 되는 줄 아는 모양이지? 모자 꼴 좀 봐!"

"모자가 마음에 들든 안 들든 그건 네 사정이고. 정 마음에 안 들면 어디 쳐보든가. 그랬다간 누구든 정말 가만 안 둘 테니까."

"공갈 마!"

"너나 공갈 마."

"입만 살아서 나불대지 덤비지도 못하는 주제에."

"어디, 덤벼봐!"

"너? 그딴 식으로 자꾸 건방지게 굴면 돌멩이로 대갈통을 까버린다."

"그래, 까봐."

"못 할 줄 알고?"

"글쎄, 까보라니까. 아까부터 한다 한다 말만 하면서 왜 못 하는 건데? 겁이 나니까 그런 거잖아."

"난 겁 안 나."

"나."

"안 나."

"나거든."

또다시 침묵이 흐르는 가운데 두 아이는 서로를 더욱 노려보면서 게걸음으로 둘 사이의 거리를 점점 좁혔다. 곧이어 둘의 어깨와 어깨가 맞부딪쳤다. 톰이 말했다.

"당장 여기서 꺼져!"

"너나 꺼져!"

"싫어."

"나도 싫어."

둘은 각기 발 하나를 버팀대 삼아 벌리고 서서는 온 힘을 다해 서로 밀쳐대며 증오로 번들거리는 시선을 주고받았다. 하지만 막상막하였다. 둘 다 얼굴이 벌겋게 달아오를 때까지 일전을 치르고 나서야 서로 슬슬 눈치를 보면서 긴장의 고삐를 늦추었다. 톰이 다시 말했다.

"이 겁쟁이 강아지 새끼야. 우리 큰형한테 이를 거야. 우리 큰형은 네깟 놈은 새끼손가락 하나만으로도 가볍게 해치울 수 있어. 형한테 일러서 네놈 혼쭐을 내놓게 할 거야."

"너희 큰형? 우리 형은 너희 큰형보다 더 크거든. 게다가 너희 형을 저 울타리 너머로 집어던질 수도 있어, 이거 왜 이러셔?"(실은 둘 다 형이 없었다.)

"거짓말."

"거짓말은 네가 하고 있잖아."

톰은 엄지발가락으로 땅바닥에 금을 그으며 말했다.

"이 금을 넘어왔단 봐라. 그랬다간 일어서지도 못하게 흠씬 두들겨 패줄 테니까. 누구든 이 금을 넘는 자식은 도둑놈이니까 그런 줄 알아."

낯선 소년은 곧바로 금을 넘으며 말했다.

"자, 팬다고 했으니까 어디 패봐."

"너 자꾸 사람 약을 바짝바짝 올리는데, 조심하는 게 좋을걸."

"글쎄 팬다면서, 왜 안 패는데?"

"좋아! 2센트 주면 패주지."

낯선 소년은 주머니에서 넙데데한 동전 두 개를 꺼내 경멸하듯 내밀었다. 톰은 동전을 땅바닥에 패대기쳤다. 눈 깜짝할 사이에 두 소년은 고양이 두 마리처럼 엉겨 붙어 땅바닥에 나뒹굴었다. 1분가량 둘은 서로의 머리카락과 옷을 잡아 뜯고 찢고 코를 쥐어박고 할퀴어댔다. 그러느라 온몸이 먼지와 영광의 상처로 뒤범벅이 되고 말았다. 잠시 후 소동이 웬만큼 진정되면서 풀썩거리는 흙먼지 사이로 톰이 낯선 소년을 깔고 앉아 주먹질을 해대는 모습이 눈에 들어왔다.

"항복해!" 그가 말했다.

낯선 소년은 벗어나려고 발버둥치며 그저 울부짖기만 했다. 하지만 주로 분해서 내지르는 비명이었다.

"항복하란 말이야!" 톰이 계속 주먹질을 해대며 소리쳤다.

결국 낯선 소년은 숨넘어가는 소리로 "항복!"이라고 말했고, 톰은 소년을 놓아주며 덧붙였다.

"이제 똑똑히 알았겠지? 다음부턴 상대를 봐가면서 까부는 게 좋을 거다."

낯선 소년은 옷에 묻은 먼지를 털며 자리를 떴다. 코를 훌쩍이며 흐느끼는 와중에도 소년은 이따금 뒤돌아보고는 고개를 주억대며 '이다음에 걸리기만 하면' 어떻게 할 건지에 대해 을러대는 소리를 늘어놓았다. 그러거나 말거나 톰은 콧방귀를 뀌며 신바람이 나서 걸음을 옮겼다. 그런데 등을 돌리자마자 낯선 소년이 얼른 돌멩이를 주워 들고 톰의 어깻죽지 한복판을 맞히고는 홱 돌아서서 쏜살같이 달아났다. 톰은 그 길로 곧장 쫓아가 배신자의 집을 알아냈다. 그러고는 한동안 대문을 지키며 적이 나오기를 기다렸지만 적은 창문 너머로 몇 번 얼굴을 찡그렸을 뿐 끝내 나오지 않았다. 결국 적의 어머니가 나와 톰에게 배운 데 없이 막돼먹은 후레자식이라고 욕을 해대며 쫓아냈다. 그래서 톰은 할 수 없이 자리를 떴지만 그 아이를 반드시 '손봐주리라' 다짐했다.

그날 밤 톰은 꽤 늦어서야 집에 돌아왔다. 딴에는 들키지 않게 조심해서 창문으로 기어든다고 했지만 숨어서 기다리고 있던 이모한테 그만 딱 걸리고 말았다. 이모는 톰의 옷 꼬락서니를 보고 이번 토요일에는 무슨 일이 있어도 붙잡아놓고 힘들게 일을 시켜야겠다고 단단히 결심했다.

2

뿌리치기 어려운 유혹/ 전략상 중요한 순간/
순진하게 속아 넘어간 아이들

토요일 아침이 왔다. 여름이라 온 세상이 밝고 상쾌하고 활기로 넘쳐났다. 모든 이의 가슴속에 노래가 깃들어 있었고, 그 가슴이 젊다면 노래가 절로 입 밖으로 흘러나왔다. 어느 누구 할 것 없이 다들 환한 표정으로 용수철이 튕기듯 가볍게 발걸음을 옮겨놓았다. 개아카시아가 흐드러지게 피어 대기 가득 향긋한 꽃 냄새를 퍼뜨렸다. 저 너머에선 카디프 언덕이 온통 초록으로 뒤덮인 채 마을을 굽어보며 아스라이 펼쳐져 있었다. 그 모습이 마치 꿈을 꾸듯 몽롱하고 평화로워 절로 마음이 끌리는 행복의 나라처럼 보였다.

톰이 흰 페인트통과 손잡이가 기다란 붓을 들고 인도에 모습을 드러냈다. 울타리를 살피는 순간 톰의 얼굴에서 기쁨이 싹 가셨다. 대신 끝없이 우울한 기분이 톰의 마음을 내리눌렀다. 판자 울타리는 9피트 높이로 30야드에 걸쳐 뻗어 있었다. 갑자기 세상이 온통 허무해지면서 산다는 게 그저 짐스럽게만 느껴졌다. 톰은 땅이 꺼져라 한숨을 내쉬면서 붓을 통에 담갔다. 그러고는 붓을 꺼내 제일 위쪽 판자부터 칠하기 시작했다. 똑같은 동작을 반복하고 또 반복했지만 아직 칠하지 않은 드넓은 대륙과도 같은 울타리 전체에 비하면 방금 하얗게 칠한 부분은 아예 눈에 띄지도 않았다. 톰은 너무나 기가 막혀 나무 상자에 맥없이 주저앉았다. 그때 짐이 양철통을 들고 〈버펄로 아가씨들〉을 흥얼거리며 깡충깡충 대문께로 뛰어나왔다. 톰은 좀 전까지만 해도 마을 양수장에서 물을 길어 오는 일을 끔찍한 고역인 줄로만 여겼지만 지금은 생각이 달랐다. 양수장 주변에는 늘 아이들이 있다는 사실이 떠올랐다. 양수장에는 늘 백인, 흑백 혼혈, 검둥이 아이들이 자기 차례가 오기를 기다리면서 쉬기도 하고, 장난감을 맞바꾸기도 하고, 말싸움을 벌이기도 하고, 주먹다짐을 하기도 하며 난리법석을 떨어댔다. 톰은 마을 양수장이 집에서 겨우 150야드밖에 떨어져 있지 않지만 짐이 한 시간 안에 양동이에 물을 채우고 돌아오는 법은 절대 없다는 사실, 그것도 대개 누가 가서 끌고 와야 한다는 사실도 떠올렸다. 톰이 말했다.

"야, 짐, 이거 좀 칠해주면 내가 대신 물 길어다줄게."

짐은 고개를 내저으며 대답했다.

"그럴 수 없는데요, 톰 도련님. 마님이 가서 물을 받는 대로 쓸데없이 노닥거리지 말고 곧장 오라고 했거든요. 그리고 톰 도련님이 나더러 칠을 시킬 게 뻔하니 한눈팔지 말고 내 일이나 똑바로 하라고 하셨어요. 마님이 직접 나와서 칠하는 걸 보시겠대요."

"참 내, 이모 말은 신경 쓸 거 없어, 짐. 이모는 늘 그렇게 말하는걸 뭐. 그 양동이 이리 줘, 1분 만에 쌩하니 다녀올 테니까. 이모는 절대 모를 거야."

"아, 안 돼요, 톰 도련님. 마님이 아시면 내 머리에 타르를 끼얹으실 거예요. 정말 그렇게 하실 거라고요."

"이모가! 이모는 누구도 때리지 못해. 기껏해야 골무로 머리나 쥐어박을 뿐이지. 누가 그런 걸 겁내기나 한대? 말만 무섭게 하지 하나도 안 아픈걸 뭐. 물론 이모가 울면 사정이 달라지지만. 짐, 내가 신기한 거 줄게! 하얀 공깃돌 어때!"

짐은 흔들리기 시작했다.

"하얀 공깃돌이라니까, 짐! 게다가 진짜 대리석이야!"

"세상에! 정말 귀한 거네요! 하지만 톰 도련님, 난 마님이 너무 무서워서……"

"그럼 있지, 내 발가락 종기도 보여줄게."

짐도 한낱 인간일 뿐이었다. 이 유혹은 그에게 너무 참기 어려웠다. 짐은 양동이를 내려놓고 하얀 공깃돌을 받아 들었다. 그러고는 톰이 붕대를 푸는 동안 허리를 숙이고 호기심 가득한 눈으로 발가락 종기를 뚫어져라 쳐다보았다. 하지만 다음 순간 짐은 엉덩짝에 얼얼한 기운을 느끼며 양동이를 들고 냅다 거리로 내달렸고, 톰은 열심히 칠을 하기 시작했다. 폴리 이모가 한 손에 슬리퍼 한 짝을 들고 의기양양한 눈빛으로 현장을 떠나고 있었다.

하지만 톰의 열정은 그리 오래가지 못했다. 그날 세워놓은 신나는 계획이 생각나면서 슬픔이 눈덩이처럼 불어났다. 조금 있으면 한가로운 아이들이 재미있는 놀이를 찾아 여길 지나다가 내가 일하는 걸 보고 한바탕 놀려댈 테지. 이런 생각이 들자 톰은 속에서 불덩이가 치밀어 오르는 것 같았다. 그는 자신의 전 재산을 꺼내 살펴보았다. 장난감 나부랭이, 대리석 공깃돌, 자질구레한 잡동사니. 아주 잠깐은 일꾼을 살 수 있을지 몰라도 30분이나마 완전히 자유를 사려면 어림도 없었다. 그래서 톰은 펼쳐놓은 물건들을 주머니에 도로 집어넣고 아이들을 사려던 생각을 접었다. 그런데 희망이라고는 보이지 않는 이 암담한 순간에 기가 막힌 영감이 번쩍 떠올랐다! 이보다 더 훌륭하고 번득이는 생각은 없을 듯했다.

톰은 붓을 집어 들고 조용히 일하기 시작했다. 곧이어 벤 로저스가 다가오는 게 보였다. 톰은 아이들 중에서도 벤에게 놀림을 받는 걸 무엇보다 끔찍이 여기고 있었다. 벤은 삼단뛰기를 하듯 펄쩍거리며 걸어오고 있었다. 마음이 기대로 부풀어 날아갈 듯 가볍다는 증거였다. 벤은 사과를 우적우적 씹어 먹는 사이사이 가락까지 길게 붙여가며 뚜-우 고함을 내지르더니 이어서 묵직하게 울리는 소리로 연신 땡땡땡, 땡땡땡 시끄럽게 외쳐댔다. 아마도 증기선 흉내를 내는 모양이었다. 벤은 가까이 다가올수록 점점 속도를 늦추었다. 그러더니 길 한가운데에 접어들자 오른쪽으로 몸을 잔뜩 기울이고는 육중하게 발을 쿵쿵 굴리며 한 바퀴 돌았다. 벤은 '빅 미주리' 호를 흉내 내며 스스로를 흘수가 9피트인 배라고 여기고 있었다. 거기다 선장과 기관실의 종 역할까지 혼자 도맡다 보니 최상갑판에 서서 명령을 내리는 동시에 그 명령을 수행하느라 몹시 분주했다.

"정지, 정지! 땡땡땡!" 배가 거의 정지 상태에 들어가자 벤은 인도

쪽으로 천천히 붙어 섰다.

"후진! 땡땡땡!" 벤은 팔을 똑바로 펴서 옆구리에 갖다 붙였다.

"이제 우현으로! 땡땡땡! 츄! 츄우우! 츄!" 그러면서 오른손으로 위풍당당하게 원을 그렸는데, 40피트짜리 외륜을 나타내는 동작이었다.

"다시 좌현으로! 땡땡땡! 츄츄츄!" 이번에는 왼손으로 원을 그리기 시작했다.

"우현 정지! 땡땡땡! 좌현 정지! 우현 전진! 정지! 서서히 바깥쪽으로 회전! 땡땡땡! 츄우우! 닻줄 꺼내! 어서! 자, 이제 닻줄을 풀어라! 거기 지금 뭐 하는 건가! 닻줄 고리를 그 말뚝에 감으란 말이다! 그상태로 대기하라, 이제 정지! 기관이 멈췄습니다, 선장님! 땡땡땡! 쉿! 쉿! 쉿!" (보일러 검수기를 들여다보는 시늉을 하면서.)

톰은 증기선에는 아랑곳하지 않고 계속 칠을 해나갔다. 벤이 그 모습을 잠시 눈여겨보다 불쑥 내뱉었다.

"꼼짝없이 잡혔구나! 맞지?"

아무 대답이 없었다. 톰은 화가라도 된 듯한 눈길로 방금 칠한 곳을 찬찬히 살피더니 다시 슬쩍 붓질을 하고는 아까처럼 결과가 어떤지 살폈다. 벤이 옆으로 바짝 다가가 섰다. 톰은 사과 때문에 입에 침이 고였지만 묵묵히 칠만 했다. 벤이 말했다.

"이봐, 친구, 너 일해야 하냐?"

톰은 그제야 홱 돌아섰다.

"어라, 이게 누구야, 벤이잖아! 난 온 줄도 몰랐네!"

"있지, 나 먹 감으러 갈 건데 같이 안 갈래? 하긴 넌 일해야 하는구나, 그렇지? 뻔하지 뭐!"

톰은 잠시 벤을 빤히 쳐다보고 나서 말했다.

"뭐가 일이라는 건데?"

"이게 일이지, 그럼 아니야?"

톰은 다시 칠을 하기 시작하면서 지나가는 투로 맞받았다. "글쎄, 그럴 수도 있고 아닐 수도 있고. 어쨌든 이게 이 톰 소여한테 딱 맞는 다 이 말씀이지."

"뭐, 헛소리 마, 설마 이런 일이 좋으려고?"

그사이에도 붓은 계속 움직였다.

"좋으냐고? 글쎄, 좋아하지 말라는 법이라도 있냐? 야, 애들이 울타리를 칠할 기회가 날이면 날마다 있는 줄 아냐?"

마지막 그 한마디에 상황이 새롭게 불붙었다. 벤은 사과를 베어 물던 입놀림을 뚝 멈췄다. 톰은 우아하게 앞뒤로 붓을 놀리고는 한 걸음 뒤로 물러나 결과를 살피더니 여기저기 덧칠을 하고 나서 다시 결과를 살폈다. 그 옆에서 벤은 톰의 동작 하나하나를 유심히 지켜보다가 점점 흥미를 느끼며 깊이 빠져들었다. 마침내 벤이 입을 열었다.

"야, 톰, 나도 좀 칠해보자."

톰은 잠시 생각하다가 막 그러라고 하려던 찰나에 마음을 바꿔먹었다. "아니, 안 돼. 아무래도 안 될 것 같아, 벤. 너도 알잖아, 폴리 이모가 이 울타리에 관해서라면 얼마나 까다롭게 구는지. 너도 보다시피 길가에 바로 붙어 있잖아. 뒤쪽 울타리만 같아도 나나 이모나 그렇게 신경 쓰지 않을 거야. 이모가 울타리에 워낙 신경을 쓰니까 아주 조심해서 칠하지 않으면 안 돼. 이걸 제대로 칠할 수 있는 애는 천 명에 하나, 아니 2천 명에 하나도 될까 말까 할걸."

"말도 안 돼. 설마 그러기야 하겠어? 야, 그러지 말고 한 번만 칠하게 해주라. 딱 한 번만. 어? 내가 너라면 칠하게 해주겠다, 톰."

"벤, 나도 정말 그러고 싶어. 하지만 폴리 이모 때문에…… 있지, 짐도 칠하고 싶어 했는데 이모가 안 된다고 했거든. 시드도 하고 싶어 했지만 이모가 허락하지 않았어. 그래서 할 수 없이 내가 이렇게 나선 거잖아. 이제 알겠지? 네가 손댔다가 이 울타리에 무슨 일이라도 생기면……"

"야, 걱정 붙들어 매. 조심, 또 조심할 테니까. 그러니까 하게 해주라. 자, 이 사과 속 너 줄게."

"좋아, 그럼…… 아니, 벤, 안 되겠어. 아무래도 불안해서……"

"이거 너 다 먹어!"

톰은 겉으로는 마지못해 하며 붓을 내려놓았지만 속으로는 쾌재를 불렀다. 조금 전 수명을 다한 증기선 '빅 미주리' 호가 뙤약볕 아래서 땀을 뻘뻘 흘리며 일하는 동안 은퇴한 화가는 근처 그늘에 놓인 통 위에 걸터앉아 다리를 건들거리는 가운데 사과를 와삭와삭 베어 먹으며 순진한 아이들을 꾀어들일 계획을 짰다. 아이들이 시도 때도 없이 지나다녔기 때문에 노릴 대상은 무한정 널려 있었다. 아이들은 처음에는 톰을 놀려주려고 왔다가 결국 칠장이로 전락했다. 벤이 지쳐 나가떨어질 무렵 톰은 말끔하게 수선한 연을 받고 빌리 피셔에게 다음 기회를 넘겼다. 빌리 피셔가 퇴장하자 조니 밀러가 죽은 쥐와 쥐를 매달아 돌릴 수 있는 끈을 주고 그다음 기회를 사들였다. 이런 식으로 몇 시간이 흘렀다. 반나절이 지나자 아침까지만 해도 가난에 찌들었던 소년은 온데간데없고 톰은 말 그대로 한밑천 두둑하게 챙겼다. 앞서 말한 물건들 말고도 공깃돌 열두 개, 구금(口琴)* 일부, 안이 투명하게 비치는 푸른색 유리병 조각, 줄을 잡아당겼다 놓으면 그 탄력으로 목표물을 쏘아 맞히는 얼레 대포, 아무것도 열지 못하는 열쇠, 분필 동강, 유리병 마개, 양철 병정, 올챙이 두 마리, 폭죽 여섯 개, 외눈박이 고양이 새끼, 놋쇠 문고리, (개 없는) 개 목걸이, 칼 손잡이, 오렌지 껍질 네 조각, 망가진 창틀이 새로 톰의 재산 목록에 올랐다.

톰은 종일 친구들과 빈둥거리며 신나게 놀았다. 그사이 울타리는 무려 세 번이나 칠이 입혀졌다! 칠이 동났기에 망정이지 그렇지 않았다면 마을의 남자아이들 모두 빈털터리가 되고 말았을 터였다.

톰은 산다는 게 어쨌든 그렇게 허무하지만은 않다고 혼자 중얼거렸다. 이번 일로 톰은 스스로는 미처 알아차리지 못했지만 인간의 행동을 둘러싼 아주 큰 법칙을 발견했다. 즉 어른이든 아이든 뭔가를 애타게 원하게 하려면 그게 뭐든 간에 쉽사리 손에 넣을 수 없게 하면 된다는 것을. 만약 그가 이 책의 저자처럼 위대하고 현명한 철학자였다면 일은 누가 됐든 반드시 해야 하는 것이고, 놀이는 꼭 하지는 않아도 되는 것이라는 사실을 지금쯤 깨달았을 것이다. 만약 그랬다면 어째서 인조 꽃을 만들거나 디딜방아를 돌리는 것은 일이고, 볼링공을 굴리거나 몽블랑 산에 오르는 것은 그저 재미 삼아 하는 오락인지를 이해했을 것이다. 영국에는 많은 돈을 치러야 누릴 수 있는 특권이라는 이유로 여름에 말 네 마리가 끄는 여객 마차를 매일같이 20, 30마일이나 타고 다니는 부자 신사들이 꽤 있다. 하지만 그렇게 마차를 타

---

* 입에 물고 손가락으로 타는 악기.

고 다니는 대가로 돈을 받는다면 그것은 일이 될 테고, 그러면 부자 신사들은 당장 그 일을 그만둘 것이다.

소년은 자신의 신상에 일어난 엄청난 변화를 잠시 곰곰이 되짚어본 뒤 보고하러 본부로 발길을 재촉했다.

3

대장 톰／승리와 상／우울한 행복／의무와 태만

톰이 보무도 당당하게 폴리 이모 앞에 나타났을 때 이모는 침실 겸 거실 겸 식당 겸 서재로 두루두루 쓰이는 아늑한 뒤채의 열린 창문 옆에 앉아 있었다. 향기로운 여름 공기, 평온한 정적, 꽃향기, 자장가처럼 낮게 붕붕대는 벌들 소리에 취해 이모는 뜨개질을 하다 말고 꾸벅꾸벅 졸고 있었다. 하긴 고양이 말고는 따로 말상대가 없으니 그럴 만도 했다. 그 고양이마저 이모의 무릎에서 잠들어 있었다. 안경은 희끗희끗한 머리 위에 안전하게 얹혀 있었다. 이모는 톰이 일찌감치 뺑소니를 쳤다고 생각하고 있던 터라 겁도 없이 제 발로 나타나자 무척이나 의아스러워하는 눈치였다. 톰이 말했다. "이제 나가 놀아도 돼요, 이모?"

"뭐, 벌써? 일은 얼마나 했는데?"

"다 했어요, 이모."

"톰, 거짓말하면 못쓴다. 난 거짓말이 제일 싫다."

"거짓말하는 거 아니에요, 이모. 정말 다 했다니까요."

그 정도 말로는 믿을 수 없었던지 폴리 이모는 자기 눈으로 직접 확인하기 위해 밖으로 나갔다. 톰의 말 중 20퍼센트만 진실이었다 해도 그녀는 만족했을 것이다. 그런데 울타리 전체가 하얗게 칠해져 있을 뿐만 아니라 그 위에 꼼꼼하게 이중, 삼중으로 덧칠까지 되어 있는 데다 땅바닥에까지 흰 줄을 그어놓은 걸 보고는 이모는 너무 놀라 말문이 막힐 지경이었다. 마침내 이모가 입을 열었다.

"세상에, 이럴 수가! 이런 일이 다 있다니, 너도 마음만 먹으면 잘할 수 있구나, 톰." 여기까지 말하고 나서 이모는 칭찬이 무색하게 잔소리를 늘어놓았다. "하지만 넌 그 마음 한번 먹기가 너무 어려운 게 탈이야. 그럼, 가서 실컷 놀다 오너라. 하지만 오늘 안으로 반드시 돌아와야 한다. 안 그러면 혼날 줄 알아."

이모는 톰의 눈부신 업적에 무척이나 감격해 벽장으로 데리고 가선 손수 제일 좋은 사과를 골라 건넸다. 물론 죄짓지 않고 열심히 땀 흘려 노력하면 보람도 더 있고 맛있는 음식도 절로 딸려오기 마련이라는 훈계도 같이. 이모가 기쁜 마음으로 성경 구절 인용을 마칠 무렵 톰은 도넛 한 개를 '슬쩍했다'.

그러고 나서 깡충거리며 나오는데, 시드가 막 2층 뒤채로 통하는 바깥 계단을 올라가는 게 눈에 띄었다. 바로 옆에 흙덩이가 있었다. 눈 깜짝할 사이에 흙덩이가 공중으로 날아오르나 싶더니 우박처럼 시드 위로 후드득 떨어졌다. 폴리 이모가 놀란 마음을 가까스로 추스르고 구조 출격에 나섰을 때는 흙덩이 예닐곱 개가 명중하고 톰은 이미 울타리를 타넘어 사라지고 난 뒤였다. 엄연히 대문이 있었지만 톰은 바쁜 일이 많다 보니 대문을 이용할 겨를이 없었다. 쓸데없이 검정 실 얘기를 꺼내 자신을 곤란에 빠뜨린 걸 시드에게 갚아주고 나니 톰은 이제야 속이 좀 후련했다.

톰은 모퉁이를 돌아 이모네 집 외양간 뒤쪽으로 이어지는 흙탕길로 접어들었다. 곧이어 이모 손에 붙잡혀 벌을 받을 염려가 없는 안전지대에 이르자 마을 공터 쪽으로 발길을 재촉했다. 공터에는 먼젓번에 약속한 대로 아이들이 전쟁놀이를 하려고 두 패로 나뉘어 모여 있었다. 톰과 그의 가장 친한 친구인 조 하퍼가 각각 대장을 맡았다. 이 위대한 사령관 둘은 직접 싸움에 가담하지 않았다. 그런 일은 잔챙이들에게나 어울리기 때문이었다. 대신 높은 곳에 나란히 앉아 참모들을 통해 명령을 하달하며 야전 작전을 지휘했다. 길고 격렬한 전투 끝에 톰의 군대가 대승을 거두었다. 그리고 나서 전사자 수를 세고, 포로를 교환하고, 서로 의견이 다른 다음번 전투 조항에 대해 합의를 보고, 이다음에 치를 전투 날짜를 정했다. 이 모든 게 끝나고 나자 양쪽 군대는 대오를 갖추어 그곳을 떠났고, 톰은 혼자 집으로 향했다.

제프 대처의 집을 지날 때였다. 그 집 뜰에서 처음 보는 여자아이가 톰의 눈에 들어왔다. 푸른 눈에 금발을 양 갈래로 길게 땋아 내려뜨리고 흰색 여름 원피스와 수를 놓은 속바지 차림의 앙증맞은 소녀였다. 방금 전 혁혁한 무훈을 세운 영웅은 총 한 방 쏘아보지 못한 채 맥없이 무너지고 말았다. 에이미 로런스인가 하는 여자애는 기억조차 남기지 않고 톰의 마음에서 스르르 사라졌다. 한때 톰은 에이미를 미치도록 사랑한다고, 그녀를 향한 열정이야말로 사모의 감정이라고 여겼건만 이제 보니 한순간의 덧없는 변덕에 지나지 않았다. 에이미 로런스를 차지하려고 몇 달 넘게 쫓아다니다 드디어 고백을 얻어내 세상에서 가장 행복하고 가슴 뿌듯한 소년으로 지낸 지 이제 겨우 이레. 그런데 지금 그녀는 마치 불쑥 들렀다 가는 손님처럼 톰의 마음에서 흔적도 없이 떠나가고 없었다.

톰은 경애의 눈빛으로 새로운 천사를 훔쳐보았다. 그러다 마침내 천사가 자신을 봤다는 걸 알게 되자 소녀가 거기 있는 줄 모르는 척 짐짓 시침을 떼면서 그녀의 관심을 사기 위해 온갖 유치한 짓을 선보이며 '으스대기' 시작했다. 이 괴상한 짓거리는 한동안 이어졌다. 그런데 톰이 한창 위험한 체조 묘기를 부릴 때였다. 묘기를 부리는 짬짬이 곁눈으로 흘긋 보니 소녀가 집 쪽으로 걸어가고 있는 게 아닌가. 톰은 소녀가 좀 더 있어주기를 애타게 바라면서 울타리에 다가가 기댔다. 소녀는 계단에서 잠시 멈춰 서더니 다시 문 쪽으로 걸어갔다. 소녀가 문지방을 넘는 걸 보고 톰은 땅이 꺼져라 한숨을 내쉬었다. 하지만 곧 톰의 얼굴이 환하게 밝아졌다. 모습을 감추기 직전 소녀가 울타리 너머로 팬지꽃 한 송이를 던졌기 때문이다.

소년은 쪼르르 달려 나와 꽃에서 1, 2피트 떨어진 지점에 멈춰 서더니 손으로 이마에 그늘을 드리우고 뭔가 재미있는 일이라도 발견한 듯 길바닥을 뚫어지게 내려다보기 시작했다. 그러더니 곧이어 지푸라기 하나를 집어 들고는 고개를 한껏 뒤로 젖혀 콧등에 얹고 떨어지지 않도록 애써 균형을 잡으면서 게걸음으로 꽃 쪽으로 조심조심 다가갔다. 그렇게 얼마가 지났을까, 맨발이 마침내 꽃에 닿자 톰은 발가락을 오므려 꽃을 집어 올려선 그 보물을 가지고 깡충거리며 모퉁이를 돌아 사라졌다. 하지만 잠시 후 톰은 꽃을 저고리 안에 잘 갈무리하고 다시 나타났다. 아니, 저고리 안이 아니라 심장 옆, 어쩌면 위장 옆이었을지도 모른다. 어쨌든 해부학에 썩 밝은 아이가 아니니 너무 몰아세우지는 말자.

톰은 이제 다시 그 자리로 돌아와 아까처럼 '으스대며' 해질녘까지 울타리 주변을 서성댔다. 하지만 소녀는 두 번 다시 얼굴을 비치지 않았다. 그래도 톰은 소녀가 자기의 관심을 의식하고 창문 근처를 지키고 있을지도 모른다는 희망으로 스스로를 달랬다. 그러다 결국 가엾은 머릿속을 이런저런 공상으로 가득 채우며 마지못해 집으로 터덜터덜 돌아갔다.

저녁을 먹는 내내 톰은 폴리 이모가 '얘가 대체 뭣 땜에 저러나' 의아해할 정도로 잔뜩 들떠 있었다. 시드에게 흙을 던진 일로 호되게 야단을 맞는데도 아무렇지도 않은 듯했다. 톰은 이모의 코앞에서 설탕을 훔치려다 손등을 찰싹 얻어맞고 항의했다.

"이몬 시드가 그러면 안 때리면서."

"그야 시드는 너처럼 사람을 골탕먹이지 않으니까 그렇지. 넌 내가 잠시라도 지켜보지 않으면 늘 설탕에 손대잖니."

곧이어 이모가 부엌으로 사라지자 시드는 자신의 면책특권에 희희낙락하며 설탕 단지에 손을 뻗었다. 보란 듯이 일부러 더 뻐겨대는 것 같아 톰은 도저히 참을 수가 없었다. 그런데 그때 시드의 손가락이 미끄러지면서 단지가 바닥에 떨어져 박살이 나고 말았다. 톰은 쾌재를 불렀다. 어찌나 기쁘던지 혀까지 단속하면서 말을 아꼈다. 톰은 이모가 들어와도 한마디도 하지 않겠다고 다짐했다. 얌전히 앉아 있다가 이모가 누구 짓이냐고 물으면 그때 말해도 늦지 않았다. 이모의 저 귀염둥이가 '딱 걸리는' 걸 보는 것보다 더 신나는 일은 세상에 다시 없을 터였다. 노부인이 다시 돌아와 산산조각이 난 설탕 단지를 내려다보며 안경 너머로 분노의 번갯불을 쏟아낼 때 톰은 너무 좋아서 좀이 다 쑤실 지경이었다. 톰은 속으로 말했다. "드디어 올 게 왔구나!" 하지만 다음 순간 톰은 바닥에 널브러졌다! 두툼한 손바닥이 다시 자신을 노리고 번쩍 들리자 톰이 소리쳤다.

"잠깐만요, 왜 날 때려요? 시드가 깼단 말예요!"

폴리 이모는 당황해서 손길을 멈췄고, 톰은 위로의 말을 기다렸다. 하지만 이모는 겨우 이렇게만 말할 뿐이었다.

"에그! 하긴 뭐 어차피 맞을 매였으니까 억울해할 것 없다. 보나마나 내가 없는 사이에 또 못된 장난을 쳤겠지, 안 봐도 훤하다."

그러고 나서 이모는 양심의 가책을 느끼고 뭔가 상냥하고 다정한 말을 해줄까도 생각했지만 그럴 경우 자신의 잘못을 스스로 인정하는 셈이 되므로 교육상 좋지 않다고 판단했다. 그래서 입을 꾹 다물고 불편한 마음으로 볼일을 보기 시작했다. 톰은 부루퉁하게 토라져선 구석에 처박혀 불행한 심정을 마음껏 드러냈다. 이모가 속으로는 자기한테 무릎을 꿇었다는 걸 알기에 언짢은 가운데서도 조금은 위안을 얻었지만 아무런 내색도 하지 않고 그 누구도 알은척하지 않으리라 다짐했다. 어른거리는 눈물 사이로 이따금 안타까워하는 시선이 머리 위에 꽂히는 걸 느꼈지만 짐짓 모르는 척했다. 톰은 자기가 죽을병에 걸려 앓아누운 모습을 그려보았다. 이모가 고개를 숙이고 한마디라도 좋으니 용서의 말을 해달라고 간청하겠지. 하지만 나는 벽 쪽으로 얼굴을 돌리고 아무 말 없이 숨을 거두리라. 아, 그럼 이모 심정이 어떨까? 그다음에는 강에서 죽은 채로 발견되어 집으로 실려 오는 자신의 모습을 상상했다. 머리카락은 온통 물에 젖었을 테지만 이 쓰라린 가슴에는 평화가 찾아오겠지. 이모는 내 위에 엎어져 눈물을 비 오듯 쏟으며 이 아이를 제발 돌려달라고, 돌려주기만 하면 다시는, 다시는 절대 구박하지 않겠다고 하느님에게 기도하겠지! 하지만 난 얼음장처럼 차가운 몸으로 거기 누워 꼼짝도 하지 않을 거야. 그것으로 고통 속에 살다간 가엾은 어린 영혼의 슬픔도 끝나겠지. 이런 애달픈 상념에 빠져 어찌나 감정을 들들 볶아댔던지 톰은 연신 꿀꺽거리며 울음을 삼켜야 했다. 그러다 하마터면 진짜로 숨이 막힐 뻔했다. 게다가 눈에도 뿌옇게 물기가 서려 눈을 깜빡이자 눈물방울이 또르르 굴러 내려 코끝에서 똑 떨어졌다. 이처럼 한껏 감정의 사치를 부리며 슬픔에 젖다 보니 경박한 생각이나 속된 즐거움이 끼어드는 걸 도저히 참을 수가 없었다. 그런 것들이 끼어들기에는 지금의 이 감정은 너무도 성스러웠다. 그래서 일주일이나 시골에 가 있던 사촌 누나 메리가 다시 집에 돌아와 기쁜 나머지 춤을 추며 안으로 들어오자 톰은 자리에서 일어나 메리가 노래와 햇살을 들여온 문의 반대쪽 문을 통해 구름과 어둠 속으로 나갔다.

톰은 아이들이 자주 들락거리는 낯익은 곳에서 멀찍이 떨어져 정처 없이 쏘다니며 자신의 영혼에 딱 맞는 쓸쓸한 장소를 물색하다가 강가에서 통나무 뗏목을 찾아냈다. 그리고 뗏목 가장자리에 걸터앉아 지루할 만큼 넓디넓은 강을 하염없이 바라보면서 자연이 정해놓은 불편한 과정을 겪지 않고 미처 의식하지 못하는 사이에 물에 빠져 죽을 수 있다면 얼마나 좋을까 생각했다. 그러고 있는데, 아까 품에 넣어두었던 꽃이 문득 생각났다. 헝클어지고 시들어 엉망이 된 꽃은 그렇지 않아도 우울한 기분을 더욱 부채질했다. 톰은 소녀가 알면 자신을 가엾게 여길지 궁금해졌다. 내가 가여워 소리 내어 울면서 내 목을 끌어안고 위로해줄까? 아니면 이 공허하기 짝이 없는 세상처럼 차갑게 등을 돌릴까? 이런 상상을 하고 있으려니 가슴이 아프면서도 한편으로는 왠지 신이 났다. 그래서 이리저리 새롭게 살을 붙여가며 그 생각을 곱씹고 또 곱씹었다. 하지만 그것도 결국 시시해졌다. 마침내 톰은 한숨을 내쉬며 일어나 어둠 속을 걸어갔다.

아홉 시 반이나 열 시쯤 톰은 인적이 끊긴 거리를 따라 사모하는 미지의 소녀가 사는 집 앞에 다다랐다. 잠시 걸음을 멈추고 귀를 기울여보았지만 아무 소리도 들리지 않았다. 다만 촛불이 2층 창문 커튼에 희미하게 빛을 드리우고 있었다. 저곳에 성스러운 그녀가 있을까? 톰은 울타리를 타넘어 나무 사이를 헤집고 그 창문 아래 몰래 다가가 멈춰 섰다. 그러고는 감정에 북받쳐 한참 창문을 올려다보다가 땅바닥에 벌렁 드러누워 두 손을 가슴 위에 올려놓았다. 깍지 낀 톰의 손에는 가엾게도 시들어빠진 꽃이 쥐어져 있었다. 톰은 이대로 죽을 작정이었다…… 차디찬 세상에서 쫓겨나 오갈 데 없는 머리를 누일 은신처도 없이, 이마에 맺힌 죽음의 식은땀을 닦아줄 다정한 손길도 없이, 마지막 고통이 찾아왔을 때 고개를 숙이고 안쓰러운 눈길로 지켜봐줄 사랑하는 이 하나 없이. 그녀는 찬란한 아침 해를 맞이하려고 창밖을 내다보다가 나를 발견하겠지. 아! 그녀는 과연 생명이 빠져나간 이 불쌍한 몸뚱이 위에 눈물 한 방울이라도 뿌려줄까? 젊디젊은 생명이 이토록 무참히 시든 것을, 너무도 때 이르게 꺾인 것을 보고 가벼운 한숨이라도 내쉬어줄까?

창문이 열리고 귀에 거슬리는 하녀의 목소리가 거룩한 정적을 깨뜨리면서 순교자가 될 뻔한 몸뚱이 위로 물벼락이 떨어졌다!

숨이 막혀 죽을 뻔한 영웅은 튕기듯 일어나 회생의 콧김을 내뿜었다. 나지막한 욕설에 섞여 미사일이 날아가듯 씽 하는 소리가 들린다 싶더니 유리가 와장창 깨지는 소리가 났다. 그와 동시에 조그맣고 희미한 형체가 울타리를 타넘어 총알처럼 어둠 속으로 사라졌다.

그러고 나서 얼마 지나지 않아 톰이 잠자리에 들려고 옷을 모두 벗고 흠뻑 젖은 옷가지를 촛불에 비춰보고 있는데, 시드가 잠에서 깼다. 그는 '넌지시 한마디' 할까도 생각했지만 그러지 않는 게 나을 것 같아 가만히 입을 다물었다. 톰의 눈빛이 심상치 않았기 때문이다.

톰은 성가시게 기도까지 하는 번거로움을 생략한 채 곧장 잠자리에 들었고, 시드는 이 태만을 머릿속에 새겨두었다.

4

머릿속의 곡예 / 주일 학교 참석 /
주일 학교 교장 선생님 / '으스대기' / 명사가 된 톰

고즈넉한 세상 위로 해가 둥실 떠올라 평화로운 마을을 축복이라도
하듯 환하게 내리비쳤다. 아침 식사가 끝나자 폴리 이모가 가정 예배
를 올렸다. 예배는 성경 구절이라는 탄탄대로를 뼈대 삼아 사이사이
독창성이라는 얄팍한 회반죽을 입힌 기도에서 출발했다. 예배의 정점
에 이르러 이모는 방금 시나이 산에서 내려온 모세라도 된 듯 사뭇 엄
숙하게 십계명을 읊었다.

예배가 끝나자 톰은 전장에 나가는 장수처럼 마음의 준비를 단단히
하고 '성경 구절 암송'에 도전했다. 시드는 이미 며칠 전에 자기 몫을
다 외워둔 상태였다. 톰은 다섯 구절을 외우는 데 온 힘을 기울였다.
톰이 고른 이 다섯 구절은 산상수훈의 일부였는데, 그보다 더 짧은 구
절을 찾을 수 없었기 때문이다. 30분이 지나자 톰은 뜻은 어렴풋이 감

이 잡혔지만 그 이상 진전을 보진 못했다. 머릿속에는 온갖 잡다한 생각이 오락가락했고, 손은 손대로 한시도 가만히 있지 않고 장난질로 바빴으니 그럴 만도 했다. 메리가 책을 뺏어 들고 외워보라고 하자 톰은 안개를 헤치며 더듬더듬 길 찾기에 나섰다.

"마음이…… 어…… 어…… 복이 있나니……"

"가난한 자는."

"그래, 가난한 자. 마음이 가난한 자는 복이 있나니…… 어……어……"

"천국이……"

"천국이. 마음이 가난한 자는 복이 있나니 천국이…… 천국이……"

"저희 것이요……"

"저희 것이요. 마음이 가난한 자는 복이 있나니 천국이 저희 것이요. 슬퍼하는 자는 복이 있나니 저희가…… 저희가……"

"위……"

"저희가…… 위…… 위……"

"위로……"

"저희가 위, 위로…… 우씨, 몰라!"

"위로를!"

"아, 맞다, 위로를! 슬퍼하는 자는 복이 있나니 저희가 위로를…… 저희가 위로를…… 저희가 위로를…… 그다음은 뭐지? 좀 가르쳐주면 어디가 덧나? 사람이 왜 그렇게 쩨쩨해?"

"어휴, 톰, 이 돌대가리야. 내가 지금 널 붙잡고 농담 따먹기나 하고 있는 줄 아나 본데 천만의 말씀. 가서 다시 제대로 외워. 너무 실망하지 말고, 톰. 넌 할 수 있어…… 다 외우면 내가 아주 근사한 거 줄게. 자, 어서, 착하지."

"알았어! 근데 누나, 그게 뭔지 살짝만 말해주면 안 돼?"

"그건 신경 쓰지 않아도 돼. 내가 근사한 거라면 근사한 거니까."

"그 말 진짜지, 누나? 알았어, 다시 열심히 외워볼게."

톰은 약속대로 정말 '열심히' 외웠다. 호기심과 목표 의식이 이중의 압력으로 작용해 정신을 바짝 차린 결과 빛나는 성공을 거두었던 것이다. 메리는 톰에게 12.5센트나 하는 최신형 발로 칼*을 주었다. 온몸 구석구석을 휩쓰는 기쁨의 경련이 톰을 송두리째 뒤흔들어놓았다. 사실 그 칼로는 아무것도 벨 수 없었지만 '틀림없는 진짜' 발로인 데다 그 자태가 믿을 수 없을 만큼 위풍당당했다. 하지만 도대체 무슨 근거로 서부의 아이들이 이런 칼붙이에 불명예스럽게도 위조품이 있을 거라고 생각했는지는 수수께끼가 아닐 수 없으며, 아마 앞으로도 영원히 수수께끼로 남지 않을까 싶다. 톰은 칼로 찬장을 긁을 꿍꿍이 셈으로 그 전에 먼저 장롱부터 시작하기로 마음먹었다. 바로 그때 주일 학교에 갈 옷으로 갈아입으라고 재촉하는 소리가 들렸다.

메리가 양은 대야에 물을 담아 비누와 함께 내밀었다. 톰은 문 밖으로 나가 조그만 벤치에 대야를 올려놓고 비누를 물에 담갔다 곧장 꺼

---

* 기다란 타원형 손잡이가 특징으로 접었다 폈다 할 수 있는 주머니칼. 발로라는 성을 가진 사람이 발명했다고 해서 붙여진 이름이지만 진짜 발명가가 누군지에 대해선 의견이 분분하다. 그렇지 않아도 미국 남학생들 사이에서 인기가 높았는데 마크 트웨인이 1876년 『톰 소여의 모험』과 『허클베리 핀의 모험』에서 '진짜 발로 칼'을 언급한 뒤로 더욱 유명해졌다.

내 내려놓고는 소매를 걷어 올렸다. 그러고는 물을 땅바닥에 슬그머니 쏟아버린 뒤 부엌으로 들어가 문 뒤의 수건에 얼굴을 부지런히 문질러 닦기 시작했다. 하지만 메리가 수건을 낚아채며 말했다.

"부끄러운 줄 좀 알아라, 톰. 왜 그렇게 못되게 구니. 물이 널 잡아먹기라도 한대?"

톰은 약간 멋쩍어졌다. 대야에 다시 물이 채워졌다. 톰은 이번에는 대야를 내려다보며 잠시 서 있다가 마음을 다잡으며 심호흡을 한 뒤 세수를 하기 시작했다. 그러고는 잠시 뒤 두 눈을 꼭 감고 부엌으로 달려가 손으로 더듬더듬 수건을 찾았는데, 세수를 했다는 증거로 얼굴에서 비눗물이 뚝뚝 떨어지고 있었다. 하지만 수건에서 얼굴을 떼자 아직 만족할 만한 수준이 아니었다. 이마에서 턱까지만 깨끗했지 그 아래 목 주변에는 돌아가며 꼬질꼬질 까만 때가 잔뜩 끼어 있어 마치 가면을 쓴 것 같았기 때문이다. 메리가 붙들고 손보자 그제야 톰은 얼룩덜룩하지 않고 비로소 사람 꼴을 갖추었다. 메리는 물에 흠뻑 젖은 머리도 단정하게 빗어 넘겨 짧은 곱슬머리가 정확하게 좌우대칭을 이루게 했다. (하지만 톰은 남몰래 온갖 공을 들여 곱슬머리를 펴선 머리통에 찰싹 붙였다. 곱슬머리는 계집애처럼 보이게 하는 데다 자신의 인생이 풀리지 않는 것은 곱슬머리 탓이라고 여겼기 때문이다.) 그러고 나서 메리는 지난 두 해 동안 일요일에만 입어온 톰의 옷을 꺼내 왔다. 이 옷은 그저 '다른 옷'으로만 불렸는데, 이것으로 톰의 옷이 모두 몇 벌인지 짐작할 수 있다. 톰이 옷을 다 입자 메리가 '제대로' 고쳐주었다. 말쑥한 저고리는 턱까지 단추를 채우고 넓은 셔츠 깃은 어깨 너머로 넘겨 먼지를 털고 마지막으로 머리에 얼룩얼룩한 밀짚모자를 씌우자 톰은 훨씬 나아 보였다. 하지만 그와 동시에 무척 불편해 보이기도 했다. 보기에만 그런 것이 아니라 실제로도 불편했다. 깨끗하게 차려입은 옷 때문에 살갗도 쓸리고 갑갑했기 때문이다. 톰은 메리가 신발만은 잊어주기를 간절히 바랐지만 그런 바람은 여지없이 꺾이고 말았다. 메리는 여느 때와 다름없이 신발에 쇠기름을 잔뜩 칠해 가져왔다. 톰은 있는 대로 골이 나서는 자기는 늘 하기 싫은 일만 해야 한다며 투덜댔다. 그러자 메리 누나가 곰살궂게 타일렀다.

"어서 톰, 그래야 착하지."

그래서 톰은 툴툴거리며 할 수 없이 신발을 신었다. 곧이어 메리도 준비를 끝내자 세 아이는 주일 학교로 출발했다. 주일 학교는 톰이 끔찍이 싫어하는 곳이었지만 시드와 메리는 그 반대였다.

주일 학교는 아홉 시부터 열 시 반까지였고, 그다음은 예배 시간이었다. 두 아이는 언제나 마음에서 우러나와 예배 시간에 남았고, 나머지 한 아이도 늘 남아 있긴 했지만 다른 이유에서였다. 교회는 꼭대기에 첨탑 대신 송판 상자 같은 걸 올려놓은 작고 수수한 건물로, 등받이가 높고 딱딱한 신도석에는 300명가량이 앉을 수 있었다. 교회 입구에서 톰은 한 걸음 뒤처져서 역시 주일 옷차림을 하고 있는 한 친구에게 다가갔다.

"야, 빌리, 너 노란 딱지 있냐?"

"응."

"뭘 주면 넘겨줄래?"

"뭐 줄 건데?"

"감초하고 낚싯바늘."

"어디 보여줘봐."

톰은 친구의 주문대로 보여주었다. 물건은 꽤 훌륭했고, 그 자리에서 거래가 이루어졌다. 뒤이어 톰은 하얀 공깃돌 두 개로 빨간 딱지 석 장, 그 밖의 시시한 잡동사니로 파란 딱지 두 장과 바꾸었다. 톰은 아이들이 오는 대로 불러 세워 다양한 색깔의 딱지를 계속 사들였다. 그러느라 10분에서 15분 정도 걸렸다. 볼일을 끝내고 나서 톰은 말쑥하게 차려입은 소년소녀들이 와글와글 떠들어대는 교회 안으로 들어가 자기 자리로 찾아들었다. 그러고는 바로 옆에 있는 아이와 다짜고짜 말다툼을 벌이기 시작했다. 근엄한 표정에 나이가 지긋한 남자 선생님이 와서 뜯어말리고 돌아서기가 무섭게 톰은 앞줄에 앉은 아이의 머리카락을 잡아당기고는 아이가 돌아보자 얼른 책 읽는 시늉을 했고, 곧이어 또 한 아이를 바늘로 찔러 "아얏!" 소리치게 해서 선생님에게 또다시 꾸중을 들었다. 톰의 반은 늘 이런 식으로 어수선하고 시끄럽고 말썽이 끊이질 않았다. 수업 시간에 배운 구절을 암송할 때가 되자 톰의 반 아이들은 어느 누구 하나 제대로 외우질 못해 옆에서 줄곧 한마디씩 일러주어야 했다. 그래도 용케 간신히 통과해서 저마다 성경 구절이 적힌 조그만 파란색 딱지를 한 장씩 상으로 받았다. 파란색 딱지는 성경 구절 두 개를 외워야 받았는데 열 장을 모으면 빨간색 딱지 한 장과 맞바꿀 수 있었고, 빨간 딱지 열 장은 노란 딱지 한 장과 맞먹었다. 그리고 노란 딱지가 열 장 모이면 교장 선생님이 아주 소박하게 장정한 성경책(물가가 싸던 시절이라 40센트밖에 하지 않았다)을 상으로 주었다. 아무리 도레 성경책*이 탐난다 해도 이 책을 읽는 독자 중에 2천 개나 되는 성구를 외울 만큼 근면하고 성실한 사람이 과연 몇이나 될까? 하지만 메리는 바로 그 근면과 성실을 앞세워 2년을 끈기 있게 버틴 끝에 성경책을 두 권 받았고, 독일계 부모를 둔 한 남자아이는 네 권인가 다섯 권을 받았다. 언젠가 그 아이는 쉬지도 않고 한꺼번에 3천 구절을 외운 적도 있지만 머리에 너무 부담이 갔는지 그러고 나서 그만 바보가 되고 말았다. 이는 학교 입장에서도 크나큰 불행이 아닐 수 없었는데, 그 전에는 무슨 때만 됐다 하면 교장 선생님이 그 아이를 앞으로 불러내 (톰의 표현에 따르면) '마음껏 뻐기게' 했기 때문이다. 머리가 좀 자란 아이들만 성경책을 타려고 딱지를 모으느라 그 지겨운 공부에 진득하게 매달렸기 때문에 상을 주는 일은 좀처럼 보기 어려운 아주 드물고 눈길을 끄는 행사였다. 그날 하루만은 상을 받는 학생이 더없이 대단하고 멋져 보여서 그 자리에선 다들 너나 할 것 없이 새로운 포부로 가슴에 불을 지폈지만 대개 두어 주 지나면 끝이었다. 톰의 머릿속 위장은 그 상에 군침을 흘린 적이 단 한 번도 없었지만 거기에 딸려오는 영광과 갈채는 오래전부터 내심 부러웠다.

식순에 따라 교장 선생님이 찬송가 책갈피에 집게손가락을 끼우고 설교단에 서서 주목하라고 소리쳤다. 가수가 음악회에서 무대에 나와 독창을 부를 때 보면 어김없이 악보를 움켜쥐고 있듯이 주일 학교 교장 선생님도 짤막한 설교를 할 때마다 으레 찬송가책을 들고 있지만 왜 그러는지는 알 길이 없다. 찬송가책이든 악보든 정작 한 번도 들여다보지 않기 때문이다. 서른다섯 살의 교장 선생님은 마른 체격에다

---

*프랑스의 삽화가이자 만화가인 귀스타브 도레가 삽화를 그린 성경책.

모래 빛깔의 염소수염을 길렀고 역시 모래 빛깔의 짧은 머리를 하고 있었다. 빳빳하게 세운 옷깃은 윗부분이 거의 귀까지 닿았고 날카로운 모서리는 입꼬리와 나란히 수평을 이루며 튀어나와 있어서 마치 앞만 똑바로 보도록 쳐놓은 울타리 같았다. 사정이 이렇다 보니 옆이라도 볼라치면 몸 전체를 돌려야 했다. 턱은 지폐처럼 넓적하고 기다란 데다 양쪽 끝에 술 장식이 달린 넥타이가 부채처럼 좍 펼쳐진 채 떠받치고 있었다. 장화는 그 시절 유행대로 썰매 날처럼 끝이 뾰족하게 올라가 있었는데, 이런 효과를 내기 위해 당시 젊은이들은 신발 코를 벽에 갖다 댄 채 몇 시간이고 참을성 있게 기다리는 수고를 마다하지 않았다. 월터스 씨는 행동거지가 아주 진지할뿐더러 매사에 성실하고 정직한 사람이었다. 게다가 성스러운 물건과 장소를 무척이나 소중히 여겨 세속적인 일들과 분명히 선을 그었다. 그래서 주일 학교에만 나오면 자기도 모르게 말투가 평소와 완전히 달라졌다. 예를 들면 이런 식이었다.

"자, 어린이 여러분, 선생님은 여러분이 앞으로 1, 2분 동안만 최대한 허리를 똑바로 펴고 얌전히 앉아서 내 말에 주목해주길 바라요. 거기, 바로 그거예요. 그래야 착한 어린이지요. 이런, 창밖을 내다보는 여자 어린이가 있네요. 저 어린이는 선생님이 저기 어디 있다고, 아마 저기 있는 나무 중 한 곳에 올라가 작은 새들한테 이야기를 하고 있다고 생각하나 봐요. (찬성한다는 듯 킥킥대는 소리.) 여러분처럼 똑똑하고 깨끗하고 귀여운 어린이들이 올바른 행동과 착한 마음씨를 배우려고 이렇게 많이 모인 걸 보니 선생님은 얼마나 기쁜지 모르겠어요." 대충 이와 비슷했다. 나머지 내용까지 다 옮겨 적을 필요는 없을 듯하다. 지금도 우리 모두의 귀에 익숙한 그렇고 그런 이야기였으므로.

설교의 나머지 3분의 1은 몇몇 악동들 사이에서 싸움질과 장난질이 다시 시작되나 싶더니 갈수록 조바심과 술렁임이 확산되면서 시드와 메리처럼 멀찍이 떨어져 돌덩이처럼 앉아 있던 아이들까지 휩쓰는 바람에 결국 엉망진창이 되고 말았다. 하지만 월터스 씨의 목소리가 잦아들자 모든 소란은 일시에 뚝 그쳤고, 덕분에 설교의 마지막은 조용하게 감사의 기도를 다 같이 합창하는 것으로 막을 내렸다.

아이들이 술렁댔던 데에는 좀처럼 보기 드문 한 사건도 어느 정도 책임이 있었다. 다름 아니라 손님들이 교회에 찾아왔던 것이다. 변호사 대처 씨에 이어 매우 허약해 보이는 노인과 머리가 희끗희끗하고 풍채가 상당히 좋은 중년 남자, 그 남자의 아내가 틀림없어 보이는 기품 넘치는 부인이 줄줄이 안으로 들어왔다. 부인은 아이를 한 명 앞장세우고 있었다. 톰은 아까부터 한시도 가만히 있지 못하고 조바심을 내며 툴툴거렸다. 그리고 한편으로는 양심의 가책도 느꼈다. 에이미 로런스의 눈을 마주 볼 수가, 애정이 담뿍 담긴 그녀의 시선을 견딜 수가 없었기 때문이다. 하지만 이 새로운 꼬마 손님을 보자마자 톰의 영혼은 말로는 다할 수 없는 기쁨으로 불타올랐다. 다음 순간 톰은 온 힘을 다해 '으스대기' 시작했다. 아이들을 때리고, 머리카락을 잡아당기고, 얼굴을 사납게 찡그려 보이는 등 한마디로 소녀의 관심을 끌고 호감을 얻을 만한 기술은 몽땅 선보였다. 그런데 톰의 크나큰 기쁨에는 불순물이 하나 섞여 있었으니 바로 이 천사의 집 뜰에서 당한 굴욕의 기억이었다. 하지만 그런 기억도 잠시뿐, 정신없이 밀려드는 행복의 파도에 쓸려 모래에 찍힌 자국처럼 눈 깜짝할 사이에 사라지고 없었다.

손님들은 가장 명예로운 자리로 안내되었고, 월터스 씨는 설교가 끝나자마자 주일 학교 아이들에게 손님들을 소개했다. 중년 남자는 알고 보니 대단한 인물이었다. 다름 아니라 지방 판사, 쉽게 말해 이 아이들이 가장 우러러보는 더없이 존귀한 인물이었던 것이다! 아이들은 이런 사람은 대체 뭐로 만들어졌을지 궁금하게 여기는 가운데 한편으로는 그가 호통 치는 소리를 듣고 싶으면서도 또 한편으로는 정말 호통 치면 어쩌나 싶어 겁이 나기도 했다. 12마일이나 떨어진 콘스탄티노플에서 왔다니 이곳저곳 두루 여행하면서 세상 구경도 많이 했을 것이다. 바로 저 눈으로 양철 지붕을 얹었다는 지방 법원 건물도 보았을 것이다. 엄숙한 침묵과 한 치의 흐트러짐도 없이 줄을 맞춘 시선 행렬이 다들 경외심을 품고 이런 생각을 하고 있다는 걸 말해주고 있었다. 이 위대한 판사 대처는 마을 변호사의 형이었다. 곧이어 제프 대처가 앞으로 나와 이 위대한 인물과 허물없이 인사를 주고받았다. 그 모습을 보고 아이들은 모두 부러워했다. 아이들이 소곤대는 소리가 제프 대처의 영혼에는 마치 음악처럼 들렸을 것이다.

"저기 좀 봐, 짐! 제프 대처가 저리로 올라간다. 야! 좀 봐봐, 악수를 하려나 봐. 앗, 진짜 악수를 하고 있어! 세상에, 넌 제프가 되고 싶지 않냐?"

그사이 월터스 씨는 '으스대느라' 바빴다. 온갖 용무로 분주하게 왔다 갔다 하며 목표물이 보인다 싶으면 금세 그리로 달려가 이런저런 지시와 판결과 명령을 내리느라 눈코 뜰 새가 없었다. 사서 선생님도 이에 질세라 '으스댔다'. 두 팔에 책을 한 아름이나 들고 이리저리 뛰어다니면서 입에 침을 튀겨가며 권위자인 척 호들갑을 떨어댔다. 젊은 여자 선생님들은 방금 전 주먹으로 쥐어박았던 아이들을 언제 그랬냐 싶게 다정한 눈길로 굽어보는가 하면 악동들에게는 예쁜 손가락을 들어 주의를 주고 착한 아이들은 사랑스럽게 도닥거리며 '으스댔고', 젊은 남자 선생님들은 웬만큼 야단도 치고 웬만큼 권위도 내보이고 웬만큼 기강도 잡으면서 '으스댔다'. 어쨌든 남자건 여자건 주일학교 교사들 대부분이 (어찌해야 좋을지 모르겠다는 표정으로) 일거리를 찾아 설교단 옆 도서실을 두세 번씩 뻔질나게 드나들었다. 어린 여학생들도 다양한 방법으로 '으스댔고', 남학생들은 남학생들대로 두꺼운 종이 뭉치를 집어던지며 난투극을 벌이는 방식으로 '으스댔다'. 그런 가운데 우리의 위대한 인물은 자리에 가만히 앉아 교회당 전체에 판사답게 위엄 있는 미소를 드리우며 스스로의 광휘 속에서 빛을 발했다. 그도 그렇게 '으스대고' 있었던 것이다.

그런데 월터스 씨가 그야말로 무아경에 이르는 데 딱 하나 빠진 게 있었으니 그것은 다름 아니라 성경책을 상으로 주면서 신동을 자랑해 보일 기회였다. 몇몇 학생이 노란 딱지를 꽤 가지고 있었지만 충분히 가지고 있는 아이는 한 명도 없었다. 그는 똑똑하다고 소문난 아이들 사이를 돌아다니며 몇 장이나 가지고 있는지 물었다. 그 독일계 소년을 다시 온전한 정신으로 되돌릴 수만 있다면 아마 그는 온 세상을 다 내주어도 아깝지 않았을 것이다.

바로 이때, 희망의 불씨가 사그라진 바로 그 순간 톰 소여가 노란 딱지 아홉 장, 빨간 딱지 아홉 장, 파란 딱지 열 장을 들고 앞으로 나와 성경책을 달라고 청했다. 마른하늘에 날벼락이 따로 없었다. 그도 그럴 것이 월터스 씨는 앞으로 10년이 지난다 해도 이 아이가 성경책을 청하는 일은 없으리라고 생각하고 있었기 때문이다. 하지만 어쩔 도리가 없었다. 정당한 절차를 거쳐 발행된 액면가 그대로의 진짜 수표가 틀림없었으므로. 그리하여 톰은 판사와 그 외 하느님의 선민들이 앉아 있는 단상으로 올라갔고, 이어 본부로부터 중대 소식이 발표되었다. 10년 만에 가장 놀라운 소식이었다. 그 소식이 몰고 온 파장이 얼마나 엄청났던지 이 새로운 영웅은 단박에 판사와 맞먹는 지위로 끌어올려졌고, 주일 학교는 한자리에서 위대한 두 인물을 올려다보게 되었다. 남학생들은 너나 할 것 없이 질투에 사로잡혔다. 하지만 그중에서도 톰이 울타리를 칠하는 특권을 팔아 모아들인 재산을 받고 딱지를 넘겨줌으로써 이 가증스러운 영광에 직접 기여한 아이들이 뒤늦게야 사정을 알아차리고 누구보다도 쓰라린 고통을 맛보아야 했다. 하지만 풀숲에 몸을 숨긴 음흉한 뱀처럼 약삭빠른 사기꾼에게 어처구니없이 속아 넘어간 자신들을 탓하는 수밖에 달리 도리가 없었다.

그런 상황 아래서 교장은 최대한 으스대며 톰에게 상을 전달했다. 하지만 그의 태도에는 뭐랄까, 열의 같은 게 약간 부족했다. 이 불쌍한 신사의 본능이 여기에는 뭔가 떳떳하게 밝힐 수 없는 비밀이 숨어 있을지도 모른다고 말하고 있었기 때문이다. 다른 아이라면 모를까, 이 아이가 2천 개나 되는 성경 말씀을 외우다니 도대체 말이 되지 않았다. 이 아이의 능력으로는 보나마나 열두 개도 벅찰 게 틀림없었다.

에이미 로런스는 자랑스럽고 기쁜 마음을 알아주었으면 하고 톰이 자기 얼굴을 쳐다보게 하려고 애썼지만 톰은 눈길도 주지 않았다. 그러자 소녀는 의아한 생각이 들면서 약간 불안해졌다. 다음 순간 희미한 의심이 오락가락하더니 다시 찾아왔다. 그래서 유심히 살펴보았다. 몰래 지켜본 결과 모든 게 분명하게 드러났다. 가슴이 갈기갈기 찢어졌다. 질투도 나고 화도 나면서 눈물이 흘렀고, 모두가 꼴 보기 싫어졌다. 그중에서도 톰이 제일 미웠다.

톰은 판사에게 소개되었지만 혀가 얼어붙고 심장이 두근거려 숨도 제대로 쉴 수 없었다. 하도 어마어마한 사람 앞이라 주눅이 들어 그렇기도 했지만 무엇보다도 천사의 아버지 앞이었기 때문이다. 어둠 속이었다면 톰은 당장 그 자리에 엎드려 큰절이라도 올렸을 것이다. 판사는 톰의 머리에 손을 얹고 멋진 사나이라고 칭찬한 뒤 이름을 물었다. 소년은 더듬거리며 기어들어가는 소리로 겨우 말했다.

"톰이요."

"아, 아니, 톰 말고…… 거 왜……"

"토머스요."

"아, 그래. 안 그래도 더 있을 줄 알았지. 아주 잘했다. 하지만 이름 하나가 더 있을 텐데, 뭔지 말해주련?"

"성을 말씀드려야지, 토머스. 그리고 판사님이라고 말하거라. 예의를 잊으면 안 되지." 월터스 씨가 거들었다.

"토머스 소여입니다…… 판사님."

"바로 그거야! 착한 아이구나. 착해. 어린 친구가 남자다워. 2천 구절은 대단히 많은 양이다. 암, 대단히 많은 양이고말고. 네가 그걸 외우느라 애쓴 보람은 절대 헛되지 않을 게다. 지식이란 이 세상 그 무엇보다도 가치가 있으니까 말이다. 훌륭한 사람을 만드는 것도 선한 사람을 만드는 것도 바로 지식이지. 너도 언젠가는 훌륭하고 선한 사람이 될 게다, 토머스. 그때가 되면 뒤돌아보면서 이렇게 말할 게야.

이 모두가 어린 시절 주일 학교에 다닌 덕분이라고, 나를 가르쳐주신 소중한 선생님들 덕분이라고, 나를 격려하고 지켜봐주시면서 아름다운 성경책을…… 이렇게 내 평생 간직해온 멋지고 고상한 성경책을 주신 훌륭하신 교장 선생님 덕분이라고…… 그 모두가 올바르게 교육받은 덕분이라고 말이다! 틀림없이 그렇게 말하게 될 게다. 그런데 토머스, 그 2천 구절을 외운 대가로 돈 같은 걸 받고 그러지는 않았겠지? 암, 그럴 리가 있으려고. 이제 나와 여기 이 부인한테 네가 배운 걸 조금만 말해주련? 물론 싫다고 하지 않겠지. 우린 너처럼 열심히 공부하는 어린 학생들을 자랑스럽게 여긴단다. 너야 뭐 보나마나 열두 제자의 이름쯤은 훤히 알고 있을 게다. 그중 제일 먼저 제자가 된 두 사람의 이름을 대보겠니?"

톰은 당황한 나머지 쩔쩔매며 애꿎은 단춧구멍만 연신 잡아당겼다. 그러더니 급기야 얼굴을 붉히면서 시선을 아래로 떨어뜨렸다. 옆에서 지켜보던 월터스 씨는 가슴이 철렁 내려앉았다. 그는 속으로 이렇게 중얼거렸다. 이 아이는 아무리 간단한 질문에도 대답할 수가 없는데…… 판사님도 질문은 왜 해가지고 사람을 곤란하게 하지? 그래도 무슨 말이든 해야 할 것 같아 입을 열었다.

"어서 판사님께 대답해야지, 토머스. 겁먹지 말고."

톰은 여전히 어물댔다.

"자, 그럼 나한테 말해보렴. 처음으로 제자가 된 두 사람 이름은……" 이번에는 부인이 끼어들었다.

"다윗과 골리앗이요!"

나머지 장면은 자비를 베풀어 이쯤에서 그만 막을 내리는 게 좋겠다.

5

있으나 마나 하지 않은 목사님/교회에서/절정

열 시 반쯤 되자 작은 교회의 깨진 종이 울리기 시작했고, 곧이어 사람들이 아침 예배를 드리러 하나둘 모여들기 시작했다. 주일 학교 아이들은 삼삼오오 흩어져 제각기 부모 곁을 차지하고 앉아선 바야흐로 감시 아래 놓였다. 톰과 시드와 메리도 폴리 이모와 함께 앉았다. 톰은 통로 옆에 앉혀졌다. 열린 창가와 유혹이 많은 여름날의 바깥 풍경으로부터 가능한 한 멀찍이 떼어놓으려는 조치였다. 사람들이 나란히 줄을 지어 통로로 꾸역꾸역 들어왔다. 먼저 한때는 잘살았지만 지금은 형편이 쪼그라든 늙은 우체국장과 그 부인, 마을에서 있으나 마나 한 읍장과 그 부인, 치안 판사가 눈에 띄었다. 그다음에는 인물도 훤한 데다 경우까지 밝은 마흔 살의 돈 많은 미망인 더글러스 부인이 뒤를 이었다. 그녀는 마음씨가 착해 가진 것만큼이나 베풀기도 잘했다. 언덕에 있는 그녀의 저택은 마을에서 하나밖에 없는 궁전으로, 세인트피터스버그가 자랑하는 마을 잔치가 열릴 때마다 손님 대접이 가장 후하기로 유명했다. 이어서 등은 굽었지만 덕망 높은 워드 소령과 그 부인, 타지 출신의 새로운 명사 리버슨 변호사가 들어왔다. 그다음으로 이 마을 최고의 미인이 하늘거리는 옷차림에 리본으로 치장한 도도한 아가씨들을 한 무리 거느리고 등장했고, 뒤이어 마을의 젊은 총각들이 저마다 머리에 잔뜩 기름을 바르고 우르르 떼지어 들어왔다. 현관에서 둥그렇게 벽을 이루고 서서는 지팡이 대가리를 핥아대며 마지막 아가씨마저 고역스러운 인간 벽을 뛰다시피 지나갈 때까지 억지웃음을 지으며 찬탄의 눈으로 바라보다가 늦어졌던 것이다. 맨 끝으로 마을의 모범 소년 월리 머퍼슨이 신주 단지 모시듯 조심스럽게 어머니를 부축하고 모습을 드러냈다. 월리는 늘 어머니를 모시고 교회에 나왔는데, 그 때문에 마을 아주머니들 사이에서 칭찬이 자자했다. 남자아이들은 모두 월리를 미워했다. 너무 착했고, 게다가 '자기들에 비해 너무 튀었기' 때문이다. 일요일마다 늘 그렇듯이 월리의 뒷주머니에는 하필 하얀 손수건이 매달려 있었다. 톰은 손수건이 없었기에 손수건을 가지고 다니는 아이들을 속물로 여겼다.

사람들이 얼추 다 모이자 교회 종이 다시 한 번 울렸다. 늑장을 부리는 사람과 뒤처진 사람은 서두르라는 신호였다. 곧이어 엄숙한 고요가 교회당에 내려앉았다. 위층 성가대에서 들려오는 귓속말과 킥킥대는 소리만이 고요를 깨뜨릴 뿐이었다. 성가대는 늘 예배 시간 내내 킥킥대고 소곤거렸다. 언젠가 본데없이 자라지 않은 성가대를 본 적이 있긴 하지만 지금은 어디서 봤는지 잊어버렸다. 하도 오래전 일이라 기억이 가물가물하지만 아마도 외국이었지 싶다.

목사님은 그날 부를 찬송가를 일러주고 그 고장 일대에서 널리 유행하던 독특한 방식으로 간드러지게 읽어 내려갔다. 목사님의 목소리는 중간 높이에서 시작해 꾸준히 높아지더니 어느 지점에 이르러 가장 중요한 단어를 힘차게 강조하고는 마치 다이빙대에서 떨어지듯 아래로 곤두박질쳤다.

> 세상사람 모두가 상금을 다투며 피투성이 바다를
>
> 떠다니건만
>
> 어찌 이 몸만 하늘나라의 꽃밭에서 편히 쉴 수
>
> 있으리오?

이 교회 목사님은 훌륭한 낭독자로 정평이 나 있었다. 그래서 교회 '친목 모임'이 있을 때마다 늘 불려가 시를 낭독했다. 목사님이 낭독을 마치면 부인들은 두 손을 치켜들었다가 힘없이 무릎으로 내려뜨리고는 눈알을 '굴리며' 고개를 절레절레 내젓곤 했다. 그 모습이 마치 이렇게 말하는 듯했다. "말로는 도저히 표현할 수가 없어. 너무 아름다워. 이 세상 것이라고 하기엔 너무 아름다워."

찬송가를 부르는 순서가 끝나자 스프레이그 목사님은 게시판 역할을 자처해 각종 모임과 친목 활동 같은 '공지 사항'을 최후의 심판일까지 계속하려는 듯 끝도 없이 주워섬겼다. 이 괴상한 관습은 신문이 흔해진 이 시대에도 미국에서, 심지어 도시에서까지 여전히 이어지고 있다. 무릇 전통이 오래된 관습은 근거가 부족할수록 여간해서는 뿌리 뽑기가 어렵다.

이제 목사님은 기도를 올리기 시작했다. 훌륭하고 너그러운 기도답게 시시콜콜한 것까지 빠짐없이 짚고 넘어갔다. 목사님은 교회를 위해, 교회의 어린이들을 위해, 마을의 다른 교회들을 위해, 마을을 위해, 이 고장을 위해, 주를 위해, 주의 관리들을 위해, 미합중국을 위해, 미합중국의 교회들을 위해, 국회를 위해, 대통령을 위해, 정부 관리들을 위해, 바다에서 폭풍우에 시달리는 불쌍한 뱃사람들을 위해, 유럽의 군주들과 동양의 독재자들 구둣발 아래 억압받으며 신음하는 수백만의 무고한 사람을 위해, 광명과 복음이 바로 곁에 있는데도 그걸 보고 들을 눈과 귀가 없는 이들을 위해, 저 멀리 바다 건너 섬나라 이교도들을 위해 한참 기도를 늘어놓은 뒤 요컨대 자신이 하려는 말은 은총과 축복을 받아 비옥한 토양에 뿌려진 씨앗처럼 언젠가 때가 되면 풍성한 수확을 감사히 거둘 수 있기를 간절히 바란다는 것이라고 마무리했다. 아멘.

옷 스치는 소리가 들리면서 서 있던 사람들이 자리에 앉았다. 이 책의 주인공 소년에게는 기도가 하나도 반갑지 않았다. 그저 참을 뿐이었고, 그나마 참으면 다행이었다. 기도 시간 내내 톰은 주리를 틀었다. 그런 가운데 자기도 모르게 기도의 세부 내용을 속으로 계속 헤아렸는데, 귀담아 들어서가 아니라 목사님의 해묵은 기도 습관을 잘 알고 있었기 때문이다. 그래서 어쩌다 사소한 주제가 새로 기도에 섞여 들기라도 하면 단박에 알아내고는 성질을 있는 대로 부리며 분개했다. 톰이 볼 때 기도를 더 늘리는 것은 부당하고 비열한 짓이었다. 기도 중간에 파리 한 마리가 앞좌석 등받이에 내려앉아 톰의 정신을 산란하게 했다. 파리는 조용히 두 손을 비비다 팔로 머리를 감싸 안더니 저러다 몸통에서 떨어져 나가지 싶을 정도로 세게 문질러대며 실낱같이 가느다란 목을 드러냈다. 그러고는 뒷다리로 날개를 반반하게 펴서 마치 외투 끝자락처럼 몸통에 얌전히 붙이더니 그곳이 더없이 안전한 장소라는 걸 아는지 느긋하게 몸단장을 계속해나갔다. 실제로 그곳은 정말 안전했다. 톰은 파리를 잡고 싶어 손가락이 몹시 근질거렸지만 차마 그럴 수가 없었다. 기도가 한창일 때 그런 짓을 하면 그 자리에서 영혼이 파멸하고 말 것이라고 믿었기 때문이다. 하지만 마지막 기도 구절이 끝날 무렵에 이르자 톰의 손은 곡선을 그리며 살며시 앞으로 뻗어나가기 시작했고, '아멘'이 끝나자마자 파리는 전쟁 포로가 되고 말았다. 그 모습을 이모가 보고는 놓아주라고 채근했다.

목사님은 그날의 성경 구절을 낭독하고 나서 시종일관 따분한 설교를 늘어놓았다. 어찌나 지루했던지 사람들 머리가 하나둘 끄덕이기 시작했다. 그 내용은 끝없이 타오르는 불과 유황에 관한 얘기, 하늘나라에 가기로 예정된 사람들이 너무 많이 줄어들어 굳이 따로 구원할 필요가 없어졌다는 얘기였다. 톰은 설교 원고 쪽수를 셌다. 예배가 끝나면 톰은 설교 원고가 몇 쪽이었는지는 언제나 귀신같이 알아맞혔지만 그 내용에 대해서는 아는 게 거의 없었다. 하지만 이번만은 비록 잠시 동안이긴 했지만 정말 열심히 들었다. 목사님이 사자와 어린 양이 어린아이 손에 이끌려 함께 누워 뒹구는 천년왕국이 오면 세상의 주인들이 한자리에 모일 것이라는 웅장하고도 가슴 벅찬 그림을 펼쳐 보였기 때문이다. 하지만 그 웅대한 광경 뒤에 숨은 비애와 교훈은 모두 놓친 채 톰의 머릿속은 오로지 세계 각국의 주목을 한 몸에 받는 화려한 주인공 생각으로만 가득 찼다. 생각만 해도 톰은 얼굴이 환해져선 사자가 길이 잘 든 사자이기만 하다면 자기가 그 아이였으면 좋겠다고 중얼거렸다.

하지만 김빠진 설교가 다시 이어지면서 톰은 또다시 고통에 몸부림쳤다. 그러다 고이 간직하고 있던 보물을 떠올리고는 얼른 꺼냈다. 보물은 다름 아니라 무시무시한 턱을 가진 크고 시커먼 딱정벌레였다. 톰이 '집게벌레'라고 이름 붙인 딱정벌레는 딱총알 상자에 들어 있었는데, 밖으로 나오기가 무섭게 톰의 손가락부터 깨물었다. 톰이 엉겁결에 손가락으로 튕겨내자 딱정벌레는 통로에 떨어져 뒤집어진 채 버둥거렸고, 톰은 물린 손가락을 입으로 가져갔다. 딱정벌레는 통로 바닥에 누워 다리만 힘없이 꼼지락거릴 뿐 자세를 바꾸지 못했다. 톰은 딱정벌레를 집어 올리고 싶어 애가 탔지만 너무 멀리 있어서 그저 물끄러미 바라볼 수밖에 없었다. 설교에 관심이 없는 다른 사람들도 딱정벌레에게서 위안을 찾고 뚫어지게 쳐다보았다. 얼마 지나지 않아 푸들 한 마리가 평온하고 조용하기만 한 여름날 때문에 나른하기도 하고 포로 생활이 지겹기도 해서 한숨을 내쉬며 울적한 마음을 달래줄 소일거리를 찾아 느릿느릿 걸어왔다. 딱정벌레를 보자 녀석은 축처졌던 꼬리를 바짝 치켜세우고 살랑살랑 흔들어댔다. 그러고는 운 좋게 얻어걸린 상을 주의 깊게 살피며 주변을 빙빙 돌더니 먼발치에서 냄새를 맡아보고는 다시 빙빙 돌았다. 녀석은 점차 대담해져선 가까이 다가와 냄새를 맡아본 뒤 주둥이를 쳐들고 벌레를 조심스럽게 낚아채더니 얼른 다시 놓았다. 그렇게 같은 동작을 몇 번 되풀이하고 나자 녀석은 이 새로운 소일거리를 즐기기 시작했다. 녀석은 아예 배를 깔고 퍼질러 앉아선 딱정벌레를 앞발 사이에 가두고 실험을 되풀이했다. 그러다 결국 심드렁해져서는 흥미를 잃고 멀뚱거렸다. 곧이어 녀석의 고개가 까딱인다 싶더니 턱이 점차 아래로 내려오면서 그만 적을 건드리고 말았다. 녀석은 깨갱 비명을 내지르며 세차게 머리를 흔들어댔다. 그 바람에 딱정벌레는 2야드는 족히 나가떨어져 또다시 뒤집히는 신세가 되고 말았다. 주변의 구경꾼들은 어깨를 들썩이며 속으로 웃었고, 개중에는 부채나 손수건으로 얼굴을 가리는 사람도 여럿 있었다. 톰도 덩달아 무척 신이 났다. 개는 바보처럼 보였고, 아마 스스로도 그렇게 느낀 듯했다. 하지만 그와 동시에 마음속에서 부글부글 분노가 끓어오르면서 녀석은 복수의 일념에 불탔다. 그래서 딱정벌레에게 다가가 다시 조심스럽게 공격에 나섰다. 녀석은 주위를 뱅뱅 맴돌다 껑충 뛰어오르는가 하면, 앞발을 벌레 코앞까지 들이대기도 하고, 심지어 또다시 입에 덥석 물고는 귀가 펄럭거릴 정도로 고개를 홱 돌리기까지 했다. 하지만 이내 다시 지겨워져서는 파리에 관심을 보이는 듯했지만 아무런 위안도 찾지 못했다. 이번에는 바닥에 코를 대고 개미 뒤를 따라갔지만 그것마저 싫증이 났는지 곧 하품을 하며 한숨을 내쉬었다. 그러다 결국 딱정벌레는 완전히 잊은 채 그 위에 철퍼덕 주저앉았다! 곧이어 고통의 비명이 터져 나오더니 푸들은 통로 위쪽으로 미끄러지듯 튀어나갔다. 비명은 계속 이어졌고 개의 질주도 계속 이어졌다. 녀석은 제단 앞을 가로질러 다른 통로로 내달리더니 출입구 앞을 지나 아우성을 치며 결승점을 향해 돌진했다. 시간이 지날수록 녀석의 고통은 더욱 커졌고, 곧이어 녀석은 번쩍거리며 빛의 속도로 제 궤도를 도는 털북숭이 혜성과 다를 바 없어졌다.

미쳐 날뛰는 수난자는 마침내 경로를 이탈해 주인의 무릎으로 훌쩍 뛰어올랐다. 주인은 녀석을 창밖으로 집어던졌고, 고통의 비명은 금세 가늘어지더니 멀리 사라졌다.

이 무렵 교회 안의 사람들은 웃음을 참느라 모두 얼굴이 벌게진 채 숨도 제대로 쉬지 못했고, 설교는 당연히 중단되었다. 곧이어 다시 설교가 이어졌지만 이미 절름발이가 되고 난 뒤라 그 누구에게도 감명을 주지 못했다. 분위기를 아무리 엄숙하게 끌어가려 해도 불쌍한 목사님이 웬일로 농담을 하기라도 한 듯 멀리 떨어진 뒷좌석에서 불경스럽게도 숨죽인 웃음소리가 계속 터져 나왔기 때문이다. 시련이 지나가고 축복 기도 순서가 되자 다들 진심으로 안도했다.

톰 소여는 성스런 예배도 조금만 변화를 주면 그럭저럭 견딜 만하다고 생각하며 아주 즐거운 마음으로 집으로 향했다. 하지만 딱 하나, 속상한 점이 있었다. 개가 집게벌레와 놀아준 것까지는 괜찮았지만 그걸 깔아뭉개고 말다니 못내 억울했던 것이다.

6

자가 진단 / 치과 치료 / 한밤중의 주문 /
마녀와 악마 / 조심스러운 접근 / 행복한 시간

월요일 아침이 되자 톰 소여는 비참해졌다. 월요일 아침이면 늘 그
랬다. 고역스럽게 학교에 가야 하는 더딘 일주일이 또다시 시작됐기
때문이다. 대개 톰은 휴일 같은 건 차라리 없는 편이 낫다고 생각하며
월요일을 시작했다. 휴일을 지내고 나면 속박과 족쇄 속으로 다시 들
어가기가 훨씬 더 끔찍했기 때문이다.

톰은 누운 채로 머리를 이리저리 굴렸다. 곧 아팠으면 좋겠다는 생
각이 문득 들었다. 그러면 학교에 가지 않고 집에서 쉴 수 있을 테니
까. 아주 가능성이 없지도 않았다. 그래서 온몸을 샅샅이 살폈지만 아
픈 데는 한 곳도 없었다. 다시 정밀 진단에 들어갔다. 이번에는 배가
살살 아픈 것 같아 큰 희망을 품고 배앓이 증세를 부채질하기 시작했
다. 하지만 곧이어 증세가 점점 약해지더니 이내 완전히 자취를 감추

고 말았다. 톰은 좀 더 생각을 쥐어짰다. 갑자기 뭔가 짚이는 게 있었다. 위쪽 앞니 하나가 흔들거렸던 것이다. 운이 좋았다. 스스로 이름 붙인 대로 '출발 신호' 삼아 막 끙끙대려는 찰나 톰은 이 문제로 법정에 서게 되면 이모가 이를 빼려 들 테고 그러면 정말로 아플 거라는 생각이 들었다. 그래서 이는 당분간 보류하고 다른 걸 더 찾아보기로 했다. 잠시 아무 생각도 나지 않다가 의사한테 어떤 병에 대해 들었던 기억이 떠올랐다. 그 병에 걸리면 환자는 2, 3주 동안 꼼짝없이 누워 있어야 하고 잘못하면 손가락까지 잃을 수도 있었다. 그래서 톰은 이불 밑에서 곪은 발가락을 들춰내 치켜들고 열심히 살펴보았다. 하지만 그 병에 필요한 증상이 뭔지 알 길이 없었다. 그래도 해볼 만한 가치는 있을 것 같아 톰은 상당히 공을 들여 끙끙 앓는 소리를 내기 시작했다.

하지만 시드는 아무것도 모르고 쿨쿨 잠만 잤다.

톰은 앓는 소리를 더 크게 냈다. 그러고 있으려니 발가락이 정말 아파오는 것도 같았다.

시드는 여전히 아무 기척이 없었다.

톰은 이번에는 숨까지 차오를 정도로 용을 써댔다. 그러고는 잠시 쉬고 나서 당장이라도 숨이 넘어갈 듯 연신 앓는 소리를 냈다.

시드는 계속 코를 골았다.

톰은 화가 나서 "시드, 시드!"라고 소리치며 동생을 흔들었다. 이번에는 효과가 있었고, 톰은 다시 끙끙대기 시작했다. 시드가 하품을 하면서 기지개를 켜더니 씩씩거리며 팔꿈치를 딛고 일어나 앉아 톰을 쏘아보았다. 톰은 계속 앓는 소리를 냈다. 그러자 시드가 말했다.

"형! 톰 형!" (아무 대답이 없다.) "형! 톰 형! 왜 그래, 톰 형?" 시드는 톰을 흔들며 걱정스럽게 얼굴을 들여다보았다.

톰은 다 죽어가는 소리로 겨우 말했다.

"아, 하지 마, 시드. 흔들지 마."

"왜, 뭣 때문에 그래, 형? 이모 불러올게."

"아냐, 신경 쓰지 마. 곧 괜찮아질 거야. 아무도 부르지 마."

"아니, 그럴 수 없어! 그렇게 끙끙대지 마, 형, 무섭단 말이야. 대체 얼마나 이러고 있었던 거야?"

"몇 시간. 아야! 그렇게 흔들지 좀 마, 시드, 아파 죽겠으니까."

"톰 형, 왜 진작 날 안 깨웠어? 아, 제발 좀 그러지 마, 형! 그 소리 소름 돋는단 말야. 어디가 아픈 건데, 응?"

"다 용서할게, 시드. (끙끙대는 소리.) 네가 나한테 했던 거 전부 다. 내가 죽으면……"

"아, 형, 설마 죽는 건 아니지? 죽지 마, 형, 아, 안 돼. 설마……"

"난 모두 용서해, 시드. (끙끙대는 소리.) 사람들한테 그렇게 전해 줘, 시드. 그리고 시드, 내 창틀하고 애꾸눈 고양이는 새로 이사 온 여자애한테 주고, 그 애한테……"

하지만 시드는 옷을 덥석 집어 들고 이미 나가고 없었다. 톰은 이제 정말로 아팠고, 상상력이 톡톡히 효과를 발휘하면서 가짜로 앓는 소리는 어느새 진짜가 되어 있었다.

시드는 날듯이 계단을 내려가 말했다.

"큰일났어요, 폴리 이모, 얼른 와보세요! 형이 죽어가요!"

"죽어간다고!"

"네, 어서요, 어서!"

"무슨 헛소리냐! 믿을 소리를 해야지 원!"

하지만 이모는 서둘러 계단을 올라갔다. 시드와 메리가 그 뒤를 따랐다. 이모는 얼굴이 하얗게 질린 채 입술을 바들바들 떨어댔다. 침대로 다가가 이모는 숨을 헐떡이며 겨우 말했다.

"애, 톰! 톰, 왜 그러니?"

"아, 이모, 그게……"

"왜 그래, 응? 무슨 일이니, 애야?"

"아, 이모, 곪은 발가락이 탈저병에 걸렸어요!"

노부인은 의자에 털썩 주저앉아 웃다가 울다가 나중에는 그 둘을 동시에 했다. 그러더니 정신을 차리고 이렇게 말했다.

"톰, 사람 넋을 빼놓아도 유분수지. 그 말도 안 되는 소리 집어치우고 냉큼 일어나지 못할까."

앓는 소리가 뚝 그치고 발가락의 통증도 말끔하게 사라졌다. 소년은 약간 멋쩍어져서 궁색하게 둘러댔다.

"폴리 이모, 정말 썩어 떨어지는 줄 알았다니까요. 너무 아파서 이가 아픈 건 아예 생각나지도 않았다고요."

"이가 아프다! 이가 어디가 어떻게 아픈데?"

"윗니 하나가 흔들리는데, 말도 못 하게 아파요."

"저 봐, 저 봐, 또 그놈의 엄살은. 입 좀 벌려봐라. 어디 보자, 그래, 이가 흔들리는구나. 하지만 그렇다고 해서 죽지는 않아. 메리, 얼른 명주실하고 부엌에 가서 숯불 큰 놈으로 하나 가져오너라."

톰이 말했다.

"앗, 이모, 제발요, 제발 뽑지 마세요. 이젠 하나도 안 아파요. 아파도 절대 난리 피우지 않을게요. 제발요, 이모. 학교 빼먹고 집에 있고 싶어서 그런 거 아니에요."

"오, 그런 게 아니다? 그럼 그렇지. 그러니까 이 난리법석이 모두 학교 빼먹고 집에서 빈둥대다 슬쩍 낚시하러 가려고 꾸민 짓이다 이거지? 이 노릇을 어쩌면 좋으냐. 톰, 이모는 너를 끔찍이 사랑하건만 넌 사사건건 엉뚱한 짓으로 이 늙은 가슴을 찢어놓을 궁리만 하는구나." 이때쯤 이를 뽑을 도구가 모두 갖추어졌다. 노부인은 명주실 한쪽 끝에 매듭을 지어 톰의 이에 단단히 붙들어 매고 한쪽 끝은 침대 기둥에 묶었다. 그리고 나서 숯불덩이를 집어 들더니 톰의 얼굴에 불쑥 들이댔다. 이제 이는 침대 기둥 옆에 대롱대롱 매달려 있었다.

하지만 이 모든 시련에는 그만한 보상이 따랐다. 아침을 먹고 학교에 가는데, 만나는 아이마다 톰을 부러워했다. 이유인즉 윗니 줄에 생긴 틈새 덕분에 기상천외한 방식으로 침을 뱉을 수 있었기 때문이다. 상당히 많은 아이들이 이 묘기에 관심을 갖고 톰의 뒤를 졸졸 따랐고, 손가락을 뼜다는 이유로 이제까지 관심과 존경을 한 몸에 받았던 아이는 따르는 아이 하나 없이 한순간에 영광을 놓치고 말았다. 그 아이는 참담한 심정을 누를 길 없어 실제로는 그렇게 생각하지 않으면서 톰 소여처럼 침 뱉는 건 아무것도 아니라고 이죽거렸다. 하지만 곁에 있던 한 아이가 "시샘 대왕!"이라고 부르는 바람에 권좌에서 쫓겨난 영웅처럼 오갈 데 없이 떠도는 신세로 굴러떨어졌다.

얼마 안 있어 톰은 인근에서 유명한 술주정뱅이의 아들로 마을의 천덕꾸러기인 허클베리 핀과 마주쳤다. 마을의 어머니들은 너나 할 것 없이 허클베리를 아주 싫어하고 꺼렸다. 게으르고, 무지막지하고, 막돼먹고, 불량스럽다는 이유에서였다. 그런데도 아이들은 하나같이 허클베리를 떠받들면서 몰래 만나 노닥거렸고, 심지어 닮고 싶어 하기까지 하니 어머니들이 질색할 만도 했다. 반듯한 아이들은 집도 절도 없는 부랑자 허클베리를 부러워했고, 그와 놀지 말라는 엄명을 받았다. 그 점에서는 톰도 마찬가지였다. 그래서 틈만 나면 그와 어울려 다녔다. 허클베리는 어른들이 입다 버린 헌옷을 사시사철 흐드러지게 피는 꽃처럼 펄럭이며 365일 내내 입고 다녔다. 모자는 챙이 떨어져 나간 채 넓적한 초승달 부분만 남아 그야말로 꼴이 말이 아니었고, 외투는 걸치면 거의 발뒤꿈치까지 늘어져 뒷단추가 등 저 아래까지 내려갔다. 바지는 한쪽밖에 없는 멜빵이 그나마 지탱해주었는데, 속에 뭐가 든 것도 아니면서 엉덩이께가 불룩 처졌고 너풀거리는 밑단은 접어 올리지 않으면 땅바닥에 질질 끌렸다.

허클베리는 마음이 내키는 대로 훌쩍 왔다가 훌쩍 가버렸다. 맑은 날이면 남의 집 현관 계단이 잠자리였고, 궂은 날이면 속이 빈 큰 통이 잠자리였다. 학교나 교회에 갈 필요가 없었고, 누굴 선생님이라고 부르거나 누가 시키는 말에 따를 필요도 없었다. 자기가 원하기만 하면 언제 어디서든 낚시나 수영을 할 수 있었고, 또 하고 싶은 만큼 얼마든지 오래 할 수 있었다. 싸우지 말라고 잔소리하는 사람도 없었고, 아무리 늦게 자도 상관없었다. 봄이 되면 제일 먼저 맨발로 돌아다니는 아이도, 가을에 제일 나중에 신발을 신는 아이도 늘 허클베리였다. 생전 씻을 필요도 없이, 깨끗한 옷을 입을 필요도 없이 마음껏 땀을 흘릴 수 있었다. 한마디로 인생에서 소중한 것은 모두 가진 아이였다.

사사건건 잔소리와 간섭에 시달리는 세인트피터스버그의 반듯한 소년들은 모두 그렇게 생각했다.

톰은 낭만적인 부랑아를 보고 반색하며 큰 소리로 불렀다.

"여, 허클베리, 반갑다!"

"나도 반갑다. 네가 보면 좋아할 만한 게 있어."

"뭔데 그래?"

"죽은 고양이."

"어디 좀 봐. 와, 완전히 굳었네. 어디서 났어?"

"어떤 애한테 샀어."

"뭐 주고 샀는데?"

"파란 딱지 한 장하고 도살장에서 구한 오줌보."

"파란 딱지는 어디서 났는데?"

"2주 전에 벤 로저스한테 굴렁쇠 채를 주고 샀지."

"그랬구나. 그런데 죽은 고양이는 어디다 쓰려고, 허크?"

"어디다 쓰냐고? 사마귀 떼는 데."

"말도 안 돼! 그걸로? 내가 더 좋은 방법을 아는데."

"네가? 그게 뭔데?"

"왜 있잖아, 썩은 물."

"썩은 물이라고! 썩은 물 얘기는 하지도 마."

"썩은 물 얘기는 하지도 말라고? 해보긴 했어?"

"아니, 난 안 해봤지만 밥 태너가 해봤어."

"누가 그래?"

"그야 걔가 제프 대처한테 말하니까 제프는 조니 베이커한테 말했

고, 그다음에는 조니가 짐 홀리스한테 말하니까 짐은 또 벤 로저스한
테 말했고, 그다음엔 벤이 또 어떤 검둥이한테 말했고, 나는 그 검둥
이한테 들었다, 어쩔래? 이제 됐지!"

"그래서 뭐? 다 거짓말쟁인걸. 적어도 그 검둥이 빼고는 말이지. 난
그 검둥이가 누군지 몰라. 하지만 거짓말 안 하는 검둥이는 여태 본
적이 없어. 순 허풍쟁이들! 그건 그렇고, 허크, 밥 태너가 어떻게 했는
데, 어?"

"그게 있지, 빗물이 고인 썩은 나무둥치에 손을 담갔다나 봐."

"대낮에?"

"응."

"얼굴도 담그고?"

"그럼, 그랬을걸."

"뭐라고 말도 했대?"

"글쎄, 거기까진 잘 모르겠는데."

"에이! 썩은 물을 가지고 그렇게 바보처럼 사마귀를 떼려고 하다니
어림도 없지! 보나마나 아무 효과도 못 볼 게 뻔해. 효과를 보려면 한
밤중에 혼자 썩은 물이 고인 나무둥치가 있는 숲 한가운데로 가서 둥
치에 등을 기대고 손을 담그면서 이렇게 말해야 해.

보리알, 보리알아, 보릿가루를 내놓고,
썩은 물, 썩은 물아, 사마귀를 삼켜라.

그러고 나서 눈을 꼭 감고 곧바로 열한 걸음 뒤로 물러나 세 바퀴를

돈 다음 집으로 오는데 아무한테도 말하면 안 돼. 말을 하면 주문이 깨지거든."

"그럴듯하게 들리는걸. 그런데 밥 태녀는 그렇게 하지 않은 것 같던데."

"당연히 그렇게 하지 않았겠지. 이 마을에서 괜히 사마귀가 제일 많겠어? 썩은 물을 제대로 다루는 법만 알았어도 사마귀 같은 게 있을 리 없지. 난 그 방법을 써서 손에 난 사마귀를 몇천 개는 뗐어, 허크. 개구리를 가지고 많이 노니까 늘 사마귀가 엄청 생기거든. 어쩔 땐 콩으로도 떼는걸."

"맞아, 콩이 효과가 좋지. 나도 해봤어."

"그래? 넌 어떻게 하는데?"

"콩을 반으로 쪼개서 사마귀에 대고 문질러 피가 나면 그 피를 나머지 콩 한쪽에 묻혀. 그런 다음 깜깜한 밤에 그 콩을 들고 네거리로 나가 구멍을 파서 묻고 나머지 콩은 태워버려. 그러면 피 묻은 콩이 나머지 반쪽을 애타게 부르며 점점 가까이 다가오면서 거기 묻은 피가 사마귀를 끌어당기는 게 보일 거야. 그럼 곧 사마귀가 없어져."

"그래, 그거야, 허크. 그렇다니까. 하지만 콩을 태우면서 '내려가라 콩아, 떨어져라 사마귀야, 더는 나를 괴롭히지 마라!'고 말하면 더 좋아. 조 하퍼가 바로 그 방법을 쓰잖아. 걔는 거의 쿤빌까지 가봤다는데, 사방팔방 안 돌아다닌 곳이 없나 봐. 그건 그렇다 치고 죽은 고양이로는 어떻게 사마귀를 떼는데?"

"심술 사나운 사람이 죽어 묻히면 한밤중에 고양이를 들고 그 무덤에 가는 거야. 한밤중이 되면 악마가 하나, 어쩌면 둘이나 셋 나타날 거야. 하지만 눈으로는 볼 수 없고 바람 소리 같은 소리만 들리거나 아니면 서로 말하는 소리만 들리지. 악마들이 죽은 사람을 데려갈 때 그 뒤에 대고 고양이를 던지면서 이렇게 말하는 거야. '악마는 시체 따라가고, 고양이는 악마 따라가고, 사마귀는 고양이 따라가라, 이제 너희하고는 끝이다!' 그러면 주문대로 사마귀가 감쪽같이 없어진대."

"그거 딱이겠는걸. 너도 해봤어, 허크?"

"아니, 하지만 홉킨스 할머니한테 직접 들었어."

"그럼 정말 그렇겠네. 사람들 말이 그 할머니는 마녀라잖아."

"맞아! 진짜 마녀라니까. 우리 아빠한테 마법을 걸었잖아. 아빠가 자기 입으로 똑똑히 말했어. 하루는 길을 가는데 그 할머니가 마법을 거는 눈치기에 돌멩이를 집어던졌대. 하지만 할머니가 피하는 바람에 맞히질 못했대. 그런데 그날 밤 있지, 아빠가 술에 취해 어느 집 헛간에 뻗어 있다가 굴러떨어지는 바람에 팔이 부러졌다는 거 아냐?"

"정말 오싹하다. 그런데 너희 아빠는 그 할머니가 마법을 거는 걸 어떻게 알았대?"

"아이쿠, 우리 아빠한테 그런 건 식은 죽 먹기야. 울 아빠 말이 누가 계속해서 똑바로 쳐다보면 마법을 거는 거래. 특히 중얼거리면서 그러면 백발백중이고. 중얼거린다는 건 주기도문을 거꾸로 외우고 있다는 증거거든."

"그건 그렇고 허크, 그 고양이는 언제 써먹을 건데?"

"오늘밤. 아무래도 오늘밤 악마들이 호스 윌리엄스 할아버지를 데리러 올 것 같아."

"하지만 그 할아버진 토요일에 묻혔잖아. 토요일 밤에 와서 데려가지 않았을까?"

"무슨 소리! 악마의 주문이 어떻게 한밤중까지 먹히냐. 더구나 그다음 날은 일요일인데? 악마는 일요일엔 나돌아다니지 않아. 내 말이 맞아."

"그런 생각은 한 번도 안 해봤지만 그런 것 같기도 하네. 나도 같이 가도 돼?"

"물론이지, 무섭지 않다면."

"무섭다고! 그럴 리 없거든. 고양이 소리로 신호 보내, 알았지?"

"알았어, 그럼 너도 기회를 봐서 야옹 하고 응답해. 저번에는 네가 아무 소리도 없어서 계속 야옹댔더니 헤이스 할아버지가 '저런 망할 놈의 고양이!'라고 하면서 돌을 던지잖아, 글쎄. 그래서 나도 그 집 창문에 벽돌을 집어던졌지 뭐. 이런 말 아무한테도 하지 마라."

"안 해. 그날 밤에는 이모가 내내 감시하고 있어서 소리를 못 냈어. 이번엔 꼭 낼게. 어, 그게 뭐야?"

"뭐긴 뭐야, 진드기지."

"어디서 났어?"

"저기 숲에서."

"뭐랑 바꿀래?"

"몰라. 팔 생각 없어."

"좋아 뭐, 무지 쪼그만 진드기 가지고 재기는."

"어라, 자기 거 아니라고 함부로 말하네. 난 얘가 마음에 들어. 나한테 딱 맞는 진드기거든."

"치, 쌔고 쌘 게 진드긴데. 내가 마음만 먹었으면 천 마리도 넘게 잠았을 거다."

"그럼 왜 안 잡아? 막상 잡지도 못할 거면서 큰소리치기는. 애는 아주 일찍 나온 진드기야. 내가 올해 처음 본 놈이거든."

"야, 허크, 내 이빨 줄 테니까 바꾸자."

"어디 봐."

톰은 종잇조각을 꺼내 조심스럽게 펼쳤다. 허클베리는 탐을 내며 펼친 종이를 들여다보았다. 유혹은 매우 강했다. 마침내 그가 말했다.

"이거 진짜야?"

톰은 윗입술을 들추고 빈자리를 보여주었다.

"그래 좋아, 바꾸자." 허클베리가 말했다.

톰은 얼마 전까지 집게벌레의 감옥이었던 딱총알 상자에 진드기를 집어넣었고, 두 소년은 전보다 더 부자가 되었다고 생각하며 헤어졌다.

외따로 떨어진 조그만 학교 건물에 이르자 톰은 지금까지 줄곧 부지런히 발길을 재촉하며 오기라도 한 듯 씩씩하게 안으로 들어갔다. 그러고는 못에 모자를 걸고 자기 자리를 향해 날쌔게 몸을 날렸다. 선생님은 밑바닥에 널빤지를 댄 큼지막한 안락의자에 꼿꼿이 앉아 웅얼거리는 자습 소리를 자장가 삼아 꾸벅꾸벅 졸고 있었다. 갑작스런 방해에 선생님이 잠에서 깼다.

"토머스 소여!"

톰은 자기 이름이 정식으로 불릴 때면 상황이 심상치 않다는 것을 잘 알고 있었다.

"네!"

"이리 나와. 오늘은 왜 또 지각했지?"

막 거짓말을 피난처로 삼으려는 순간 기다란 두 갈래 금발이 눈에 들어오면서 톰은 마치 전기에라도 닿은 듯 사랑의 전율이 온몸을 찌르르 타고 흐르는 것을 느꼈다. 더욱이 소녀의 옆자리는 교실에서 유일하게 비어 있는 자리였다. 톰은 주저 없이 말했다.

"허클베리 핀과 얘기하다 늦었습니다!"

선생님은 맥박이 멎기라도 한 듯 꼼짝도 않고 멍한 눈길로 쳐다보았다. 여기저기서 웅얼대던 자습 소리도 뚝 그쳤다. 학생들은 도무지 생각이라고는 없는 이 아이가 제정신이 아닌가 보다고 생각했다. 드디어 선생님이 말문을 열었다.

"뭘…… 뭘 했다고?"

"허클베리 핀과 얘기하다 늦었습니다."

잘못 들은 게 아니었다.

"토머스 소여, 내 살다 살다 이렇게 놀라운 고백은 처음 들어보는구나. 그저 자막대기로 손바닥이나 맞고 넘어갈 일이 아니다. 저고리 벗어라."

선생님은 팔이 욱신거리고 쌓아놓은 회초리가 눈에 띄게 줄어들 때까지 팔을 휘둘렀다. 그러고 나서 명령이 뒤따랐다.

"네 이 녀석, 가서 여학생 자리에 앉아! 그리고 이번 일 새겨두고."

숨죽여 킥킥대는 소리가 교실에 퍼지자 소년은 무안해하는 듯 보였다. 하지만 실은 미지의 우상에 대한 경외의 마음과 뜻밖의 크나큰 행운에 황송해서 몸 둘 바를 몰랐기 때문이다. 톰이 소나무 걸상 끄트머리에 엉거주춤 앉자 소녀는 고개를 홱 돌리면서 멀찍이 떨어져 앉았다. 여기저기서 팔꿈치를 쿡쿡 찌르고 눈을 찡긋거리며 속닥댔지만 톰은 길고 나지막한 책상에 팔을 올려놓은 채 가만히 앉아 책을 보는 척했다.

관심 어린 눈길이 점차 걷히면서 낮게 중얼대는 익숙한 자습 소리가 따분한 공기 위에 또다시 내려앉았다. 곧이어 소년은 소녀를 흘끔흘끔 훔쳐보기 시작했다. 소녀는 이를 눈치채고 '입을 삐죽이더니' 고개를 돌려버렸다. 1분쯤 지났을까, 소녀가 조심스럽게 다시 고개를 돌렸을 때 복숭아 한 개가 앞에 놓여 있었다. 소녀는 복숭아를 와락 밀쳐냈고, 톰은 슬며시 다시 갖다놓았다. 소녀는 다시 밀쳤지만 아까보다 덜 노기등등했다. 톰은 참을성 있게 복숭아를 제자리에 다시 갖다놓았다. 그러자 소녀는 이번에는 가만히 내버려두었다. 톰은 석판에다 "그거 너 먹어, 난 더 있어"라고 휘갈겨 썼다. 소녀는 톰이 쓴 글을 흘긋 쳐다보기만 할 뿐 아무런 반응도 보이지 않았다. 이제 소년은 왼손으로 가리고 석판에다 뭔가를 그리기 시작했다. 소녀는 처음에는 짐짓 관심 없는 척했지만 곧이어 알 듯 말 듯 신호를 보내면서 호기심을 드러내기 시작했다. 소년은 모르는 척 시치미를 떼고 계속 그림을 그렸다. 소녀가 보는 것도 아니고 그렇다고 안 보는 것도 아니게 슬그머니 쳐다보았지만 톰은 일절 아는 내색을 하지 않았다. 마침내 소녀가 항복하고 머뭇거리며 나지막이 말했다.

"좀 보여줘."

톰은 가리고 있던 손을 치우고 양쪽에 박공벽이 있고 굴뚝에서 소용돌이 모양의 연기를 뿜어내는 음침한 분위기의 집 그림을 살짝 보여주었다. 이제 소녀는 거기에 완전히 사로잡힌 채 다른 건 모두 잊어버

렸다. 그림이 완성되자 소녀는 잠시 들여다보더니 이렇게 속삭였다.

"멋지다…… 사람도 그려봐."

부탁대로 화가는 앞마당에 남자 한 명을 세웠다. 배에 화물을 싣고 부리는 기중기처럼 우뚝 솟은 그 남자는 집을 성큼 타넘고도 남을 듯했지만 소녀는 꼬투리를 잡지 않았다. 도리어 그 괴물에 만족하고 소곤댔다.

"굉장하다…… 이제 내가 지나가는 걸 그려봐."

톰은 모래시계 몸통, 보름달 얼굴, 지푸라기 다리에 이어 손가락을 좍 펼치고 커다란 부채를 들고 있는 팔을 그렸다. 소녀가 말했다.

"정말 근사하다…… 나도 그림을 잘 그리면 좋을 텐데."

"쉬워. 내가 가르쳐줄게." 톰이 속삭였다.

"어, 정말? 언제?"

"점심때. 밥 먹으러 집에 갈 거니?"

"가르쳐준다면 남을게."

"좋아, 그럼 그렇게 하는 거다. 그런데 이름이 뭐니?"

"베키 대처. 네 이름은? 아, 안다. 토머스 소여."

"그건 어른들이 야단칠 때 부르는 이름이고. 착할 땐 톰이야. 그냥 톰이라고 불러, 알았지?"

"알았어."

이제 톰은 소녀가 보지 못하게 손으로 가리고 석판에 뭔가를 끼적이기 시작했다. 소녀는 이번에는 수줍게 꺼리지 않고 오히려 보여달라고 졸라댔다.

"에이, 아무것도 아니야."

"아무것도 아니지 않잖아."

"아무것도 아니라니까. 보고 싶지 않을 텐데."

"보고 싶어, 정말 보고 싶단 말이야. 보여줘, 제발."

"말할 거지."

"아니, 말 안 해. 정말, 정말, 정말, 정말 안 할게."

"아무한테도? 영원히, 네가 살아 있는 한 절대로?"

"아무한테도 절대 말 안 할게. 그러니까 보여줘."

"참 나, 보고 싶지 않을 거라는데도!"

"네가 그렇게 나오니까 더 꼭 보고 말 거야." 소녀는 조그만 손을 톰의 손 위에 올려놓았고, 작은 실랑이가 이어졌다. 톰은 짐짓 열심히 말리는 척했지만 조금씩 손을 치웠다. 마침내 손이 완전히 치워지고 이런 글귀가 나왔다. "난 너를 사랑해."

"아이, 몰라!" 소녀는 톰의 손을 찰싹 때렸지만 얼굴을 붉히는 품새가 기분이 좋은 듯 보였다.

이 중대한 순간에 소년은 자신의 귀를 슬며시 붙잡고 천천히 들어 올리는 불길한 손길을 느꼈다. 온 교실이 떠나갈 듯 낄낄거리는 가운데 톰은 귀를 붙잡힌 채 교실을 가로질러 원래 자기 자리에 앉혀졌다. 선생님은 잠시 톰을 무섭게 쏘아보며 서 있다가 한마디 말도 없이 마침내 자신의 왕좌로 발길을 옮겼다. 톰은 비록 귀는 얼얼하게 아팠지만 마음만은 한없이 기뻤다.

교실이 잠잠해지자 톰은 공부에 집중하려고 했지만 그러기엔 속이 너무 시끄러웠다. 읽기 시간에 자기 차례가 오자 완전히 망친 데 이어 지리 시간에는 호수는 산으로, 산은 강으로, 강은 육지로 바꾸어대면서 천지 창조 이전의 혼돈을 다시 불러왔다. 그러고 나서 쓰기 시간에는 아기도 알 만한 단어를 연거푸 틀리는 바람에 등수가 계속 '내려가다' 결국 꼴찌까지 떨어져 몇 달 동안 보란 듯이 달고 다니던 백랍 메달을 내놓기까지 했다.

7

조약 체결/때 이른 수업/실수

책에 정신을 쏟으려고 하면 할수록 잡생각만 많아졌다. 그래서 톰은 결국 한숨을 내쉬고 하품을 하면서 공부를 포기하고 말았다. 점심 시간은 영원히 오지 않을 것만 같았다. 공기가 무척이나 답답했다. 바람 한 점 불지 않았다. 졸린 날 중에서도 가장 졸린 날이었다. 스물다섯 명의 어린 학자들이 책에 코를 박고 꾸벅이며 중얼대는 소리가 벌들이 윙윙대며 거는 주문처럼 톰의 영혼을 달래주었다. 저 멀리 뙤약볕 아래서는 카디프 언덕이 엷은 자줏빛을 머금은 채 가물거리는 아지랑이 사이로 연둣빛 옆구리를 살포시 드러내고 있었다. 하늘에는 새들이 한가롭게 날갯짓을 하며 떠다녔다. 그 밖에 눈에 띄는 생명체라고는 소 몇 마리가 전부였는데 그나마 잠들어 있었다. 톰은 자유롭고 싶어서, 아니면 적어도 이 따분한 시간을 보낼 만한 뭔가 재미난 일거리를 찾고 싶어서 심장이 다 아릴 지경이었다. 손으로 주머니를 뒤적이다 톰은 자기도 모르게 감사의 기도를 올렸다. 잠시 후 딱총알 상자를 살그머니 밖으로 꺼냈다. 톰은 진드기를 풀어 길고 평평한 책상에 올려놓았다. 진드기도 이 순간 어쩌면 기도와 다를 바 없는 감사의 마음으로 얼굴 가득 홍조를 띠었을지 모르지만 그건 너무 앞선 생각이었다. 고마워하며 여행에 나서자마자 톰이 바늘로 돌려세우는 바람에 새로 방향을 잡아야 했기 때문이다.

톰의 단짝도 옆에 앉아 지켜본 나머지 똑같이 주리를 틀다가 이 놀이에 마음속 깊이 감사하며 단박에 빠져들었다. 이 단짝 친구는 조 하퍼였다. 둘은 평일에는 맹우로 지내다 토요일이면 서로 적이 되어 전투를 벌였다. 조는 옷깃에서 바늘을 뽑아 포로를 운동시키는 일을 거들기 시작했다. 놀이는 시시각각 재미를 더해갔다. 하지만 곧이어 톰이 이렇게 하다간 서로 방해만 될 뿐 아무도 진드기가 주는 혜택을 온전히 누릴 수 없다고 말했다. 그러고는 조의 석판을 책상 한가운데 올려놓고 끝에서 끝까지 금을 그었다.

"이제 얘가 네 진영에 있는 한 네가 가지고 놀아, 난 가만히 있을게. 하지만 얘가 도망쳐서 내 진영으로 건너오면 얘가 다시 그리로 건너가지 않는 한 넌 가만히 내버려두는 거야." 톰이 말했다.

"좋아, 시작해."

진드기는 잠시 후 톰에게서 도망쳐 적도를 넘어갔다. 조가 한동안 괴롭히자 진드기는 도망쳐서 다시 금을 넘어왔다. 이러한 진영 변화가 여러 차례 일어났다. 한 아이가 열중해서 진드기를 못살게 구는 사이 다른 아이 역시 그에 못지않게 관심을 가지고 지켜보느라 둘 다 석판에 머리를 숙인 채 다른 것은 안중에도 없었다. 행운은 결국 조의 편을 들어주는 듯했다. 진드기는 이리저리 경로를 바꾸며 아이들만큼 이나 흥분하고 초조해했다. 하지만 진드기가 톰의 수중에 들어와 승리를 낚아채나 싶을 때마다, 다시 말해 톰이 기회를 노리고 있다가 손가락을 움직거리려고 할 때마다 조의 바늘이 교묘하게 진드기를 가로막고 놓아주지 않았다. 마침내 톰은 더 이상 참을 수 없었다. 유혹이 너무 강했다. 그래서 톰은 바늘을 들고 있던 손을 내뻗었다. 조가 바로 화를 내며 말했다.

"톰, 가만 놔둬."

"난 그냥 흥분 좀 시키려는 것뿐이야, 조."

"그럼 안 되지, 불공평하잖아. 그냥 가만 놔둬."

"우씨, 많이 안 건드릴 거란 말이야."

"가만 놔두라고 분명히 말했다!"

"그렇게는 못 하겠다!"

"건드리기만 해봐, 내 진영에 있잖아."

"야, 조 하퍼, 그 진드기가 누구 건데?"

"진드기가 누구 거든 난 상관 안 해. 얜 내 진영에 있고, 그러니까 넌 건드리면 안 돼."

"그래도 난 건드려야겠다. 얜 내 진드기고, 죽이든 살리든 내 마음이야!"

바로 그때 무시무시한 일격이 톰의 어깨를 세게 내리쳤고, 조의 어깨에서도 똑같은 일이 되풀이되었다. 두 아이의 저고리에서 2분 동안이나 연신 먼지가 풀풀 날리는 가운데 반 전체가 그 광경을 신나게 구경했다. 두 소년은 너무 몰두한 나머지 선생님이 발끝으로 살금살금 다가와 자신들을 내려다보는 것도, 그 바람에 반 전체에 어느새 침묵이 내려앉은 것도 까맣게 모르고 있었다. 선생님은 둘의 공연을 한동안 지켜보다가 자기도 가세해 나름대로 변화를 주었던 것이다.

점심때가 돼서 오전 수업이 끝나기 무섭게 톰은 베키 대처에게 날아가 귓속말을 속닥였다.

"모자 쓰고 집에 가는 척하다가 모퉁이에 이르면 애들 틈에서 슬쩍 빠져나와. 그런 다음 골목을 되짚어 다시 와. 난 다른 길로 가서 똑같이 애들을 따돌릴게."

그래서 한 아이는 학생들 한 무리와 출발했고, 또 한 아이는 또 다른 무리에 섞여 출발했다. 잠시 후 두 아이는 골목 끝에서 만났다. 둘이 다시 학교에 왔을 때는 그 둘 말고는 아무도 없었다. 곧이어 두 아이는 석판을 앞에 놓고 나란히 앉았다. 톰이 베키의 손에 연필을 쥐여준 뒤 그 손을 잡고 이리저리 이끌자 또다시 멋진 집 한 채가 탄생했다. 그림 그리기에 대한 관심이 시들해지자 둘은 도란도란 이야기를 나누기 시작했다. 톰이 행복에 푹 젖어 말했다.

"쥐 좋아해?"

"아니! 쥐는 딱 질색이야!"

"그건 나도 그래. 산 쥐는 정말 싫거든. 하지만 난 죽은 쥐를 말하는 거야. 왜 줄에 매달아 머리 위로 빙빙 돌리는 쥐 있잖아."

"그것도 싫어. 어쨌든 난 쥐는 별로야. 내가 좋아하는 건 껌이야."

"어, 나도 그런데! 지금 껌이 있으면 좋겠다."

"그래? 나한테 있어. 잠깐은 씹어도 되지만 꼭 돌려줘야 해."

마음에 드는 제안이라 둘은 번갈아 껌을 씹으며 너무도 만족스러운 나머지 걸상에 대고 다리를 대룽거렸다.

"서커스에 가본 적 있어?" 톰이 물었다.

"응, 울 아빠가 말 잘 들으면 언제 또 데려가준댔어."

"나도 세 번인가 네 번인가…… 아무튼 무지 많이 가봤어. 교회는 서커스에 비하면 진짜 시시해. 서커스에는 늘 뭔가 일이 벌어지거든. 난 이다음에 커서 서커스 어릿광대가 될 거야."

"어머, 정말! 근사하겠다. 어디서나 눈에 띄고, 어릿광대들은 정말 멋지더라."

"그래, 그렇다니까. 거기다 돈도 엄청 많이 벌어…… 벤 로저스가 그러는데, 하루에 1달러나 번대. 그런데 있지, 베키, 너 약혼해본 적 있어?"

"그게 뭔데?"

"왜, 결혼하기로 약속하는 거 말이야."

"아니, 없어."

"해볼 생각 없니?"

"글쎄, 그런 것 같기도 하고. 잘 모르겠어. 어떻게 하는 건데?"

"어떻게 하는 거냐고? 있지, 그건 다른 어떤 거하고도 달라. 어떤 남자애한테 그 애 말고는 아무하고도 절대 절대 절대 사귀지 않겠다고 말하기만 하면 돼. 그러고 나서 키스하면 끝이야. 누구든 할 수 있어."

"키스? 키스는 왜 하는데?"

"왜 하냐면, 그게 말이지…… 그냥, 다들 그렇게 하니까."

"다들?"

"그래, 서로 사랑하는 사람들은 다 하는 거야. 너 내가 석판에 썼던 거 기억하니?"

"으…… 응."

"뭐라고 썼지?"

"말 못 해."

"내가 말할까?"

"으…… 응…… 그렇지만 다른 때."

"아니, 지금."

"아니, 지금 말고…… 내…… 내일."

"으, 아니, 지금. 제발 베키…… 귀에 대고 살짝 말할게. 귀에 대고 살짝만 말한다니까. 무지 쉬워."

베키가 망설이자 톰은 침묵을 승낙으로 받아들여 그녀의 허리에 팔을 두르고 귀에 입을 바싹 갖다 댄 채 더없이 부드럽게 속삭였다. 그러고는 덧붙였다.

"이제 너도 내 귀에 대고 말해…… 똑같이."

베키는 잠시 머뭇거리고 나서 말했다.

"그렇게 쳐다보지 말고 얼굴을 저쪽으로 돌리면 할게. 하지만 아무한테도 절대 말하면 안 돼…… 말 안 할 거지, 톰? 절대 하면 안 돼, 알았지?"

"안 한다니까, 정말 정말 정말 안 해. 그러니까 어서 베키."

톰이 얼굴을 돌리자 베키는 수줍은 듯 머뭇머뭇 고개를 숙였다. 베키의 숨결에 톰의 곱슬머리가 들썩인다 싶은 순간 베키가 마침내 살며시 말했다. "난…… 널…… 사랑해."

그리고 나서 발딱 일어나 책상과 걸상 사이를 헤치며 요리조리 도망 다니다 뒤쫓아 온 톰에게 밀려 결국 구석으로 몰리자 하얀 앞치마로 얼굴을 가렸다. 톰이 베키의 목을 붙잡고 사정했다.

"베키, 이제 다 끝났어…… 키스만 빼고. 겁내지 마…… 까짓 아무것도 아닌걸 뭐. 어서, 베키." 그러고는 앞치마와 손을 끌어내렸다.

베키는 점차 포기하고 두 손을 내려뜨렸다. 그리고 실랑이를 벌이느라 발그레하게 달아오른 얼굴을 얌전히 쳐들었다. 톰은 빨간 입술에 키스를 하고는 이렇게 말했다.

"이제 정말 다 끝났어, 베키. 앞으로는 나 말고 누구도 사랑하면 안되고, 나 말고 누구하고도 절대 절대 영원히 결혼하면 안 돼. 알았지?"

"알았어, 톰 너 말고 아무도 사랑하지 않고 너 말고 아무하고도 결혼하지 않을게…… 너도 나 말고 아무하고도 결혼하면 안 돼."

"당연하지. 그야 두말하면 잔소리지. 그리고 앞으로 학교에 올 때든 집에 갈 때든 나랑 같이 다녀야 해. 물론 아무도 안 볼 때…… 그리고 파티에서도 넌 나를 선택하고, 난 너를 선택해야 해. 약혼한 사람들은 원래 그렇게 하니까."

"정말 근사하다. 난 처음 듣는 얘기야."

"그럼, 얼마나 신나는데! 에이미 로런스하고 했을……"

왕방울처럼 휘둥그레진 눈을 본 순간 톰은 아차 싶어 얼른 입을 다물었다.

"어머나, 톰! 그럼 나랑 처음 약혼하는 게 아니란 거잖아!"

그러고 나서 소녀는 울기 시작했다. 톰이 말했다.

"제발 울지 마, 베키. 난 더 이상 그 애를 좋아하지 않아."

"아니, 넌 그 애를 좋아해, 톰…… 그건 너도 잘 알잖아."

톰은 베키의 목에 팔을 두르려고 했지만 베키는 손길을 뿌리치고 벽 쪽으로 얼굴을 돌린 채 계속 울었다. 톰은 위로의 말을 건네며 다시 한 번 시도했지만 또다시 퇴짜를 맞고 말았다. 그러자 자존심이 상해 뚜벅뚜벅 밖으로 걸어나와버렸다. 그렇긴 했어도 불안하고 초조한 가운데 한동안 우두커니 서서 베키가 뉘우치고 자기를 찾으러 나오길 바라면서 시시때때로 문을 힐끔힐끔 쳐다보았다. 하지만 베키는 나오지 않았다. 시간이 지날수록 톰은 기분이 울적해지면서 정말 잘못한 게 아닌가 싶어 겁이 나기 시작했다. 이제 와서 새삼스레 들어가려니 엄두가 나지 않았지만 톰은 용기를 내서 다시 들어갔다. 베키는 여전히 벽 쪽으로 얼굴을 돌린 채 구석에 기대서서 흐느끼고 있었다. 그 모습을 보니 톰은 가슴이 미어졌다. 다가갔지만 뭘 어떻게 해야 좋을지 몰라 그저 가만히 서 있기만 했다. 그러고는 잠시 후 머뭇거리며 이렇게 말했다.

"베키, 난 말이지…… 너 말고는 아무도 좋아하지 않아."

아무런 대답 없이 흐느낌 소리뿐. 그리고 나서 이어지는 통사정.

"베키, 베키, 뭐라고 말 좀 해봐, 응?"

더욱 서럽게 흐느끼는 소리.

톰은 제일 아끼는 보물을 꺼냈다. 난로 안 장작 받침대 꼭대기에서 떼어낸 놋쇠 손잡이였다. 톰은 베키가 잘 볼 수 있도록 손잡이를 눈앞에 들이대고 말했다.

"부탁이야, 베키, 제발 이것 좀 받아주라, 응?"

베키는 손잡이를 쳐서 바닥에 떨어뜨렸다. 결국 톰은 그길로 교실을 나가 언덕을 넘고 넘어 저 멀리 사라져선 그날 안으로는 다시 학교로 돌아오지 않았다. 이윽고 베키는 불안해지기 시작했다. 문으로 달려가보았지만 톰은 어디에서도 보이지 않았다. 운동장으로 뛰어갔지만 거기에도 톰은 없었다. 베키는 목청이 터져라 소리쳤다.

"톰! 돌아와, 톰!"

그러고 나서 귀를 기울여보았지만 아무 대답도 없었다. 친구가 있다면 정적과 고독뿐이었다. 베키는 그 자리에 주저앉아 또다시 엉엉 울면서 자신을 책망했다. 이 무렵 학생들이 다시 모여들기 시작했다. 베키는 슬픔을 감춘 채 찢어지는 가슴을 부여안고 낯선 사람들 틈에서 슬픔을 나눌 이 하나 없이 길고 지루하고 고통스러운 오후라는 십자가를 짊어져야 했다.

8

톰, 진로를 정하다 / 옛 장면의 재연

톰은 이 골목 저 골목으로 피해 다니며 학교로 돌아오는 아이들을 모조리 따돌린 뒤 힘없이 터덜터덜 걷기 시작했다. 작은 개울도 두세 번 건넜는데, 물을 건너면 쫓아오는 사람을 떼어놓을 수 있다는, 아이들 사이에서 널리 유행하는 미신 때문이었다. 30분 뒤 톰은 카디프 언덕 꼭대기에 있는 더글러스 부인의 저택을 지나 모습을 감추었다. 학교 건물은 뒤쪽 골짜기에 가려 거의 보이지도 않았다. 톰은 울창한 숲으로 들어가 아무도 다니지 않는 길로만 골라 숲 한가운데 이르자 아름드리 가지를 드리운 참나무 밑 이끼 낀 장소에 앉았다. 바람 한 점 불지 않았고, 사방에서 내리쬐는 한낮의 열기에 새소리마저 멎었다. 자연은 혼수상태에 빠져 있었다. 이따금 멀리서 들려오는 딱따구리의 망치질 소리만이 이 혼수상태를 깨뜨렸다. 하지만 그 소리는 주변 가득 스며든 정적과 고독을 오히려 더욱 깊이 내려앉게 하는 듯했다. 소년의 영혼은 온통 우울했다. 그의 기분은 주위의 환경과 아주 잘 어울렸다. 소년은 팔꿈치를 무릎에 괴고 앉아 손으로 턱을 받친 채 한참 생각에 잠겼다. 인생이란 기껏해야 골칫덩어리일 뿐인 것 같아서 얼마 전에 세상을 뜬 지미 호지스가 부럽기까지 했다. 그렇게 영원히 누워 잠자면서 꿈을 꿀 수 있다면, 나무들 사이로 바람이 살랑살랑 속살대며 무덤가의 풀과 꽃들을 어루만져준다면 더 이상 성가실 일도 슬퍼할 일도 없이 무척 평화로울 것 같았다. 주일 학교 성적표만 흠 없이 깨끗했어도 톰은 기꺼이 모든 것을 정리하고 삶을 놓았을 것이다. 그런데 그 소녀. 내가 뭘 어쨌다고? 난 아무 짓도 하지 않았는데. 이 세상 최고의 호의를 품었을 뿐인데 개 취급을 당하다니. 개 취급도 그런 개 취급이 없었다. 두고 보라지, 언젠가 후회할 테니…… 하지만 그때는 너무 늦을걸. 아, 잠시라도 좋으니 죽을 수만 있다면!

하지만 이 또래 소년의 마음은 고무줄과 같아서 어느 한 군데 처박힌 상태로는 오래 있지 못하기 마련. 톰은 얼마 안 있어 자기도 모르게 인생사에 다시 빠져들기 시작했다. 이대로 세상을 등진 채 홀연히 사라진다면 어떻게 될까? 이대로 멀리멀리 떠나 바다 건너 미지의 나라로 가버린다면…… 그리하여 영영 돌아오지 않는다면? 그렇다면 그 애는 어떤 심정이 들까? 그러고 나서 어릿광대가 될 생각도 다시 해보았지만 넌더리만 날 뿐이었다. 낭만이라는 잘은 모르지만 솔깃한 영역에 푹 빠져 한껏 고무되고 보니 어릿광대의 경박한 행동과 어쭙잖은 말장난, 물방울무늬 타이츠가 큰 모욕으로 와 닿았기 때문이다. 그래서 군인이 되기로 했다. 군인이 돼서 세월이 한참 흐른 뒤 빛나는 무공을 세우고 당당하게 돌아오는 거야. 아니, 그보다는 인디언에 들어가는 게 좋겠어. 그래서 저 머나먼 서부의 산악 지방과 드넓은 대초원을 누비며 들소도 잡고 출정 길에도 올라 훗날 위대한 추장이 돼서 돌아오는 거야. 따분한 여름날 아침 머리에 깃털을 잔뜩 꽂고 무시무시하게 칠을 한 채 등골을 오싹하게 하는 인디언 함성을 내지르며 주일 학교에 의기양양하게 들어서면 친구들은 질투에 사로잡힌 나머지 눈이 멀겠지. 하지만 그것도 성이 차지 않았다. 그보다 훨씬 더 그럴듯한 게 있었다. 그래, 해적이 되는 거야! 바로 그거야! 이제 톰의 미래는 상상조차 할 수 없는 광채를 내뿜으며 눈앞에 뚜렷이 펼쳐졌다. 그 이름만 들어도 세상 사람 모두가 벌벌 떠는 해적! 소름 끼치는 깃발을 뱃전에 휘날리며 온통 새까만 길쭉하고 납작한 쾌속선 '폭풍의 영혼'에 몸을 싣고 춤추듯 넘실대는 바다를 주름잡고 다니면 얼마나 근사할까! 그리고 명성이 더는 올라갈 곳 없이 파다하게 퍼졌을 때 어느 날 불쑥 옛 고향 마을에 나타나 교회로 으스대며 들어가는 거야. 햇볕과 비바람에 시커멓게 그을린 얼굴로, 허리가 잘록한 검은 벨벳 저고리와 몸에 딱 맞는 반바지 차림에 무릎 위까지 오는 큼직한 장화를 신고, 어깨에는 시뻘건 천을 훈장처럼 두르고, 허리띠에는 커다란 권총을 주렁주렁 매달고, 옆구리에는 범죄로 녹슨 단검을 차고, 챙이 늘어진 중절모자에는 나부끼는 깃털을 꽂고, 해골 밑에 십자로 교차된 넓적다리뼈가 그려진 시커먼 해적 깃발을 펼쳐 들고서. 그러면 사람들이 "저건 해적 톰 소여잖아! 카리브 해의 비열한 복수자 말이야!"라고 쑤군대겠지. 아, 그때의 기쁨은 이루 말할 수 없을 거야!

그래, 정했어. 바야흐로 톰의 직업이 결정되는 순간이었다. 톰은 집을 나가 새로운 세계로 뛰어들기로 마음먹었다. 바로 다음 날 아침에 실행에 옮길 작정이었다. 그러려면 지금부터 준비에 들어가야 했다. 챙겨야 할 게 한두 가지가 아니었다. 톰은 근처에 있는 썩은 통나무로 다가가 '발로 칼'을 한쪽 끝에 쑤셔 넣고 속을 파내기 시작했다. 곧이어 칼끝이 나무에 부딪히면서 텅 빈 소리가 났다. 톰은 거기에 손을 갖다 대고 사뭇 엄숙하게 주문을 외웠다.

"여기 오지 않은 것은 오라! 여기 있는 것은 그대로 있어라!"

그러고 나서 흙을 긁어내자 송판이 드러났다. 송판을 들어 올리니 밑면과 옆면을 널빤지로 짠 앙증맞은 보물 상자가 나왔다. 안에는 공깃돌이 하나 들어 있었다. 기절초풍할 일이었다! 톰은 당황해서 머리를 긁적이며 중얼거렸다.

"어, 대체 어떻게 된 거지?"

그러고는 성질을 내며 공깃돌을 집어던지고 그 자리에 서서 생각을 곱씹었다. 사실을 말하자면 이랬다. 그러니까 톰과 그 친구들이 틀림없다고 믿어 의심치 않았던 미신이 어긋나버렸던 것이다. 어떤 주문을 외우면서 공깃돌을 하나 묻고 2주일을 가만히 놔두었다가 다시 같은 주문을 외우면서 그 장소를 파면 그동안 잃어버렸던 공깃돌이 아무리 멀리 흩어져 있다 하더라도 모두 한자리에 모여 있는 걸 보게 되리라고 아이들은 굳게 믿었다. 하지만 이제 그런 미신은 완전히 엉터리로 드러났다. 톰의 믿음 전체가 뿌리째 흔들렸다. 이렇게 해서 성공했다는 소리는 숱하게 들어봤지만 실패했다는 소리는 한 번도 들어본 적이 없었다. 톰도 전에 몇 번 시도해보았지만 그러고 나서 숨겨둔 장소를 찾지 못했다. 하지만 그랬다는 생각은 아예 떠오르지도 않았다.

톰은 잠시 이 문제를 놓고 고민하다가 결국 어떤 마녀가 중간에 끼어들어 주문을 깨뜨린 게 분명하다고 결론 내렸다. 이 문제를 직접 파헤쳐보기로 작심하고 주변을 샅샅이 훑은 끝에 톰은 깔때기 모양으로 움푹 들어간 조그만 모래땅을 찾아냈다. 그리고 거기 엎드려 움푹 들어간 곳에 입을 가까이 대고 소리쳤다.

"개미귀신아, 개미귀신아, 내가 알고 싶은 걸 말해주렴! 개미귀신아, 개미귀신아, 내가 알고 싶은 걸 말해주렴!"

모래가 움직이기 시작하면서 곧이어 조그맣고 시커먼 벌레가 모습을 드러냈다가 움찔 놀라며 다시 부리나케 땅 속으로 들어가버렸다.

"감히 말을 못 하는군! 그렇다면 마녀 짓이 틀림없어. 그럴 줄 알았다니까."

톰은 마녀에 맞서 싸워봤자 아무 소용이 없다는 걸 잘 알았다. 그래서 속이 쓰려도 그만 포기했다. 하지만 방금 집어던진 공깃돌이라도 건지는 게 낫겠다는 생각이 퍼뜩 들어 그리로 다가가서 참을성 있게 찾아보았지만 공깃돌은 보이지 않았다. 이번에는 보물 상자 있는 데로 다시 가서 아까 공깃돌을 던질 때와 똑같이 자세를 잡고 섰다. 그러고는 주머니에서 또 다른 공깃돌을 꺼내 아까와 똑같이 던지면서 말했다.

"형제가 가서 형제를 찾아온다!"

톰은 공깃돌이 떨어지는 곳을 유심히 지켜본 뒤 그리로 다가갔다. 하지만 공깃돌은 보이지 않았다. 너무 못 미쳐 떨어졌거나 너무 멀리 떨어진 게 틀림없었다. 그래서 두 번을 더 시도했다. 마지막은 성공했다. 공깃돌 두 개가 서로 1피트도 채 되지 않는 거리에 있었다.

바로 그때 숲 속의 초록빛 길 아래쪽에서 장난감 양철 나팔 소리가 희미하게 들려왔다. 톰은 저고리와 바지를 훌훌 벗어 던진 뒤 멜빵을 허리띠 삼아 두르고 썩은 통나무 뒤편 덤불을 헤쳤다. 그러자 날림으로 만든 활과 화살, 댓가지 칼과 양철 나팔이 나왔다. 톰은 이것들을 집어 들고 셔츠를 펄럭이며 맨발로 후다닥 내달렸다. 그러고는 얼마 뒤 커다란 느릅나무 아래 멈춰 서서는 나팔을 불어 응답하더니 주변을 이리저리 두리번거리며 발끝으로 걷기 시작했다. 곧이어 톰은 가상의 아군을 향해 조심스럽게 말했다.

"멈춰라, 부하들아! 내가 신호할 때까지 계속 숨어 있으라."

그러자 톰처럼 가벼운 복장에 한껏 무장한 조 하퍼가 모습을 드러냈다. 톰이 소리쳤다.

"멈춰라! 내 허락도 없이 누가 감히 셔우드 숲에 발을 들여놓느냐?"

"기스본의 가이는 그 누구의 허락도 원치 않는다. 네놈은 누구이기에 감히 그런…… 그런……"

"감히 그런 말을 입에 담는 거냐?" 톰이 일러주었다. 둘은 기억을 더듬으며 '책*에 나오는 대로' 읊조리는 중이었다.

"네놈은 누구이기에 감히 그런 말을 입에 담는 거냐?"

"나 말이냐! 비겁한 네놈 송장이 곧 알게 될 테지만 이 몸은 로빈 후드다!"

"그럼 네놈이 정녕 그 유명한 무법자란 말이냐? 그렇다면 이 숲의

---

* 조지프 컨딜의 1841년 작품 『로빈 후드와 즐거운 숲 사람들 *Robin Hood and His Merry Foresters*』을 말한다.

통행권을 놓고 기꺼이 네놈과 겨뤄주마. 자, 덤벼라!"

둘은 댓가지 칼만 움켜쥔 채 나머지 무기는 모두 땅바닥에 팽개치고 '두 발 앞으로 나아갔다 두 발 뒤로 물러나는' 펜싱 자세를 취하며 엄숙하고 진지하게 전투에 들어갔다. 곧이어 톰이 말했다.

"이제 요령을 알았으면 좀 제대로 해봐!" 그래서 둘은 헉헉 비지땀을 흘리며 '제대로 했다'. 이윽고 톰이 소리쳤다.

"쓰러져! 쓰러지란 말이야! 왜 안 쓰러져?"

"싫어! 그러는 넌 왜 안 쓰러지는데? 지고 있는 쪽은 너잖아."

"그건 상관없다니까. 난 못 쓰러져. 책에 그렇게 안 나와 있어. 책에 보면 '그때 그는 슬쩍 일격을 가해 가엾은 기스본의 가이를 끝장냈다'고 쓰여 있단 말이야. 넌 돌아서서 등에 내 칼을 받아야 해."

권위 있는 설명을 당해낼 재간이 없어서 조는 등을 돌린 채 일격을 받고 쓰러졌다.

곧이어 조가 일어서면서 말했다.

"자, 너도 내 손에 죽어야 해. 그래야 공평하지."

"참 내, 난 그럴 수 없대도 그러네. 책에 그렇게 안 나와 있다니까."

"엄청 치사하네…… 나 안 해."

"그럼 있지, 조, 네가 탁발승 턱이나 방앗간 주인 아들 머치*가 돼서 육척봉**으로 날 두들겨 패. 아니면 내가 노팅엄 영주가 되고 넌 잠시 로빈 후드가 돼서 날 죽이든가."

마음에 드는 제안이라 모험은 계속 진행되었다. 얼마 뒤 톰은 다시

---

* 어떤 책에는 '미지'라고 나와 있다.
** 옛날에 영국 농민이 무기로 썼다.

로빈 후드가 됐는데, 간교한 수녀의 꼬임에 넘어가 방심한 사이에 상처를 입고 피를 너무 많이 흘리는 바람에 기력이 쇠하고 말았다. 마침내 조가 흐느끼는 무법자 전체를 대표해 비통하게 그를 앞으로 부축해 나와선 힘없는 손에 활을 쥐여주었다. 그러자 톰이 말했다. "이 화살이 떨어지는 저기 저 푸른 숲 아래 이 불쌍한 로빈 후드를 묻어주게." 그러고는 활을 쏘고 쓰러져 죽으려고 했지만 그 자리에 하필 쐐기풀이 나 있어 시체답지 않게 펄쩍 뛰어올랐다.

두 아이는 옷을 입고 장비를 감춘 뒤 더는 무법자가 없다는 사실을 한탄하며 현대 문명이 아무리 우겨도 자신들이 잃어버린 것을 보상해 줄 수는 없다고 생각했다. 두 아이는 미국 대통령으로 영원히 사느니 단 1년만이라도 셔우드 숲의 무법자로 사는 쪽을 택하겠다고 말했다.

9

엄숙한 상황/심각한 문제들/인디언 조의 설명

밤 아홉 시 반에 톰과 시드는 여느 때처럼 잠자리에 들었다. 기도를 드리고 나서 시드는 곧 단잠에 빠졌다. 톰은 눈을 뜬 채 조바심을 내며 기다렸다. 새벽이 거의 다 됐다고 생각했는데 시계는 겨우 열 시를 쳤다! 절망이었다. 마음 같아선 이리저리 뒤척이며 안달했을 테지만 그러다 시드가 깨기라도 하면 큰일이었다. 그래서 가만히 누워 어둠 속을 멀뚱멀뚱 올려다보았다. 사방이 쥐 죽은 듯 고요했다. 조금 있으니까 정적을 뚫고 들릴 듯 말 듯 희미한 소리가 제 존재를 드러내기 시작했다. 알고 보니 시계가 째깍거리는 소리였다. 낡은 들보도 까닭 없이 지끈 갈라지기 시작했다. 계단도 희미하게 삐걱댔다. 유령들이 나돌아다니는 게 분명했다. 폴리 이모의 방에서 코 고는 소리가 약하게 꾸준히 들려왔다. 인간의 능력으로는 그 출처를 알 수 없는 곳에서 이제는 귀뚜라미까지 지겹게 울어대기 시작했다. 다음으로 오싹하게도 살짝수염벌레가 침대 머리맡 벽을 긁어대자 톰은 부르르 진저리를 쳤다. 죽어가는 누군가의 남은 나날을 세는 소리였기 때문이다. 그러고 나서 먼 데서 개 한 마리가 컹컹 짖으며 밤 공기를 갈라놓는다 싶더니 더 멀리서 더 희미하게 짖는 소리가 거기에 화답했다. 톰은 고뇌에 휩싸였다. 그러다 드디어 시간이 멈추고 영원이 시작된 듯한 느낌에 마음이 놓이면서 자기도 모르게 꾸벅꾸벅 졸기 시작했다. 시계가 열한 시를 쳐서 알렸지만 톰은 듣지 못했다. 설핏 꿈결에 고양이가 야옹거리며 몹시도 애처롭게 우는 소리가 들리는 듯했다. 이웃집 창문이 드르륵 올라가는 소리에 톰은 잠에서 깼다. 곧이어 "저리 가! 재수 없게시리!"라는 고함과 빈 병이 이모네 장작 헛간 뒤편에 맞아 와장창 깨지는 소리에 톰은 눈을 번쩍 떴다. 그러고는 눈 깜짝할 사이에 옷을 챙겨 입고 창밖으로 나가 툇간 지붕을 네 발로 엉금엉금 기어가면서 한두 번 조심스럽게 야옹댔다. 그러고 나서 헛간 지붕으로 뛰어내린 뒤 다시 땅으로 펄쩍 뛰어내렸다. 허클베리 핀이 죽은 고양이를 들고 기다리고 있었다. 두 아이는 서둘러 어둠 속으로 사라졌다. 30분쯤 지났을 때 둘은 묘지의 키 큰 풀들 사이를 걸어가고 있었다.

구식 서부풍 묘지는 마을에서 1.5마일 떨어진 언덕에 있었다. 묘지를 둘러싸고 있는 낡은 판자 울타리는 안쪽으로 기울지 않으면 바깥쪽으로 휘어져서 어느 한 군데 똑바로 서 있는 곳이 없었다. 풀과 잡초가 무성하게 자라나 묘지를 온통 뒤덮고 있었다. 무덤들은 세월의 무게가 버거웠던지 하나같이 움푹 팬 데다 비석이라곤 찾아볼 수 없었다. 끝이 뭉툭하고 벌레 먹은 판자만이 기댈 곳도 없이 무덤들 위에서 이리저리 흔들거릴 뿐이었다. 한때는 이 판자들에도 아무개를 '추모하며'라는 글귀가 쓰여 있었을 테지만 지금은 날이 훤하다 해도 더는 아무것도 읽을 수 없었다.

나무들 사이로 가녀린 바람이 구슬피 울었다. 톰은 그 소리가 죽은 자들의 영혼이 방해를 받아 불평하는 건지도 모른다는 생각에 더럭 겁이 났다. 두 소년은 거의 말이 없었고, 그나마 입을 열더라도 숨죽인 채 속닥거릴 뿐이었다. 시간과 장소와 사방을 무겁게 짓누르는 엄숙한 분위기와 정적에 기가 질렸기 때문이다. 둘은 목표로 삼았던 가파른 새 흙더미를 마침내 발견하고 그 무덤에서 몇 발자국 떨어진 곳에서 나란히 자라는 세 그루의 커다란 느릅나무 그림자 속에 몸을 숨겼다.

그러고 나서 꽤 길게 느껴지는 시간을 조용히 기다렸다. 숨이 막히는 적막을 어지럽히는 것이라고는 멀리서 울어대는 부엉이 소리뿐이었다. 톰은 갈수록 답답해졌다. 무슨 말이든 하지 않고는 배길 수가 없었다. 그래서 낮게 속삭였다.

"허크, 죽은 사람들이 우리가 여기 이렇게 있는 걸 좋아할까?"

허클베리가 역시 나지막한 소리로 소곤댔다.

"나도 알았으면 좋겠다. 진짜 으스스하다, 그치?"

"응."

한동안 침묵이 흘렀다. 그사이 두 아이는 속으로 이 문제를 곰곰이 따져보았다. 이윽고 톰이 속삭였다.

"있지, 허크, 호스 윌리엄스가 우리 얘기를 듣고 있을까?"

"물론이지. 적어도 그의 영혼은 듣고 있다고 봐야지."

잠시 후 톰이 말했다.

"윌리엄스 씨라고 할 걸 그랬나 봐. 하지만 뭐 나쁜 뜻이 있었던 건 아닌데. 다들 그냥 호스라고 부르니까."

"죽은 사람들에 대해 얘기할 땐 특별히 조심해야 해, 톰."

이 말이 찬물을 끼얹어 대화는 다시 중단되었다. 얼마 있다 톰이 친구의 팔을 붙잡으며 말했다.

"쉬!"

"왜 그래, 톰?" 둘은 심장을 두근거리며 서로 찰싹 달라붙었다.

"쉬! 또 난다! 넌 못 들었어?"

"난⋯⋯."

"저기! 이제 들리지?"

"맙소사, 톰, 이리로 오나 봐! 분명히 이리로 오고 있어. 어쩌지?"

"몰라. 우리가 보일까?"

"으, 톰, 유령들은 고양이처럼 어둠 속에서도 볼 수 있어. 여기 괜히 왔나 봐."

"야, 겁내지 마. 내 생각엔 유령들이 우릴 괴롭히는 일은 없을 거야. 우리가 무슨 해코지를 하는 것도 아니잖아. 가만히 있기만 하면 아마 우리가 여기 있는 줄도 모를 거야."

"애써볼게, 톰. 하지만 으, 무지 떨린다."

"가만, 들어봐!"

두 아이는 동시에 머리를 숙인 채 거의 숨도 쉬지 않았다. 묘지 저쪽 끝에서 숨죽인 목소리가 들려왔다.

"봐! 저기! 저게 뭐야?" 톰이 속삭였다.

"도깨비불이야. 으으, 톰, 나 무서워."

희미한 형체 몇 개가 자잘한 금박과도 같은 빛을 땅바닥에 무수히 흩뿌려대는 구식 양철 각등을 흔들며 어둠을 헤치고 다가왔다. 잠시 후 허클베리가 떨리는 목소리로 속삭였다.

"틀림없이 악마들이야. 그것도 셋이나! 세상에, 톰, 이제 우린 죽었다. 너 기도할 줄 알아?"

"해볼게, 하지만 겁내지 마. 우릴 해치거나 하진 않을 거야. 난 이제 누워서 잠이나 잘래, 난……"

"쉬!"

"왜 그러는데, 허크?"

"사람들이야! 어쨌든 하나는 사람이 분명해. 머프 포터 목소리야."

"말도 안 돼…… 그럴 리가?"

"내기해도 좋아. 움직이지 말고 가만히 있어. 포터는 멍청해서 우릴 알아보지 못할 거야. 늘 술에 취해 있거든…… 순 고주망태 영감탱이!"

"알았어, 가만히 있을게. 어, 이제 멈췄어. 안 보인다. 다시 이리로 오고 있어. 이제 보인다. 또 안 보여. 또 보인다. 진짜 잘 보여! 이번엔 똑똑히 보여. 있지, 허크, 또 한 사람 목소리 알겠어. 인디언 조야."

"그래? 그 튀기 살인자! 차라리 악마들인 게 낫겠다. 여긴 대체 뭐 하러 왔지?"

이제 속삭이는 소리는 완전히 쑥 들어갔다. 세 남자가 무덤에 다가와 두 아이가 숨어 있는 데서 몇 발자국도 채 떨어지지 않은 곳에 멈춰 섰기 때문이다.

"여기야." 세번째 목소리가 말했다. 목소리의 주인이 각등을 들어 올리자 젊은 의사 로빈슨 박사의 얼굴이 드러났다.

포터와 인디언 조는 밧줄과 삽 두 자루를 올려놓은 들것을 나르고 있었다. 두 남자는 짐을 부리고 무덤을 파기 시작했다. 의사는 각등을 무덤 머리맡에 내려놓고 느릅나무 세 그루 중 한 그루에 기대앉았다. 두 아이와는 손을 뻗으면 닿을 만큼 가까운 거리였다.

"이봐, 서둘러들! 달이 언제 나올지 모른단 말이지." 의사가 나직하게 말했다.

두 남자는 뭐라고 툴툴거리며 계속 무덤을 팠다. 한동안 삽이 빠각거리며 흙과 자갈을 들어내는 소리 외에는 아무 소리도 나지 않았다. 매우 지루했다. 마침내 삽이 둔탁한 소리를 내며 나무 관에 부딪혔고, 1, 2분 만에 두 남자는 관을 땅 위로 끌어올렸다. 그러고는 삽을 지렛대 삼아 뚜껑을 비집어 열고 시체를 꺼내 땅바닥에 내팽개쳤다. 달이 구름 뒤에서 불쑥 나타나 시체의 파리한 얼굴을 비추었다. 두 남자는 들것을 가져다 그 위에 시체를 올려놓고 담요를 덮은 다음 밧줄로 단단히 묶었다. 포터가 커다란 스프링나이프를 꺼내 덜렁거리는 밧줄 끝을 자르고 나서 말했다.

"이제 고약한 일은 대충 끝났군. 의사 양반, 다섯 장만 더 내시지. 안 그러면 여기다 내깔려두고 갈 테니까."

"말 듣는 게 좋을걸!" 인디언 조가 말했다.

"이봐들, 그게 무슨 소리야? 돈을 미리 달라고 해서 줬잖아."

"그랬지, 그리고 넌 그 이상의 짓도 했고." 인디언 조가 어느새 일어서 있는 의사에게 다가가며 말했다. "5년 전 어느 날 밤에 내가 먹을 걸 좀 달라고 갔을 때 넌 네 아비의 부엌에서 날 쫓아냈지, 나 같은 건 아무 짝에도 쓸모없다고 하면서. 그래서 내가 100년이 걸린다 해도 그 수모를 꼭 갚아주고 말겠다고 맹세했더니 네 그 잘난 아비가 날 부랑자로 몰아 감옥에 집어넣더군. 내가 그 일을 잊었을 것 같아? 내 몸에 괜히 인디언 피가 흐르는 줄 알아? 이제 네놈이 이렇게 내 차지가 된 이상 해결을 봐야지, 안 그래!"

이즈음 인디언 조는 의사의 면전에 주먹을 들이대고 협박하고 있었다. 의사는 갑자기 주먹을 내뻗어 악당을 땅바닥에 고꾸라뜨렸다. 포터가 칼을 내동댕이치며 소리쳤다.

"이런, 겁도 없이 내 동료를 쳐!" 다음 순간 머프 포터는 의사의 먹살을 낚아챘고, 둘은 풀을 밟아 뭉개고 발꿈치로 땅을 파헤치며 온 힘을 다해 난투극을 벌였다. 그사이 인디언 조가 벌떡 일어나 두 눈 가득 분노를 이글이글 내뿜으며 포터의 칼을 집어 들더니 몸을 잔뜩 웅크린 채 그 두 사람 주변을 고양이처럼 소리 없이 뱅글뱅글 맴돌면서 기회를 노렸다. 갑자기 의사가 잽싸게 몸을 날리더니 윌리엄스 무덤 머리맡의 묵직한 판자를 뽑아들고 포터를 내리쳐 쓰러뜨렸다. 바로 그 순간 인디언 조가 이때다 하고 의사의 가슴에 칼을 자루까지 쑤셔 박았다. 의사는 비틀거리며 포터 위에 쓰러져 피를 뭉클뭉클 쏟아냈다. 바로 그때 구름이 그 끔찍한 장면을 덮어 없앴고, 두 소년은 겁에 질린 채 어둠 속을 전력 질주해 그곳에서 달아났다.

잠시 후 달이 다시 모습을 드러냈을 때 인디언 조는 두 형체를 가만히 내려다보며 서 있었다. 의사는 알아들을 수 없는 말을 중얼대더니 한두 번 길게 한숨을 내쉬고 조용해졌다. 인디언 조가 중얼거렸다.

"이걸로 계산이 끝났군…… 뒈져도 싸지."

그러고는 시체를 뒤져 귀중품을 챙기나 싶더니 운명의 칼을 포터의 오른손에 들려놓고 뚜껑이 떨어져 나간 관 위에 걸터앉았다. 3분…… 4분…… 5분이 지났을까, 포터가 신음을 내뱉으며 몸을 뒤척이기 시작했다. 한 손에는 칼이 꼭 쥐어져 있었다. 그는 손을 들어 올려 칼을 흘긋 쳐다보더니 소스라치게 놀라며 떨어뜨렸다. 그러고는 시체를 밀어내고 일어나 앉아 당혹스런 표정으로 시체에 이어 자기 주변을 둘러보았다. 포터의 눈이 조의 눈과 마주쳤다.

"맙소사, 어떻게 된 거야, 조?" 그가 말했다.

"일이 더럽게 꼬였어. 어쩌려고 그랬어?" 조가 꼼짝도 않고 말했다.

"내가! 난 절대 안 그랬어!"

"이봐! 그런 말을 누가 믿기나 하겠어?"

포터는 사시나무처럼 떨어대면서 얼굴이 하얘졌다.

"내 생각엔 말짱했던 것 같은데. 오늘 밤에는 술도 안 마셨다고. 술기운이 아직도 남아 있나…… 어떻게 된 게 처음에 여기 왔을 때보다도 머릿속이 더 엉망이니 이거야 원. 온통 뒤죽박죽이라 뭐가 뭔지 하나도 기억이 안 나. 말해줘, 조…… 솔직하게, 어서, 이 친구야…… 정말 내가 그랬어? 조, 절대 그럴 생각이…… 내 영혼과 명예를 걸고 맹세하는데, 난 절대 그럴 생각이 없었어, 조. 어떻게 된 건지 말해줘, 조. 아, 이 노릇을 어째…… 앞길이 구만 리 같은 젊은이를 저 지경으로 만들었으니."

"그러니까 그게, 당신네 둘이 드잡이를 하다가 저기 저자가 무덤 머리판을 갖다가 영감을 한 방 갈기니까 영감이 푹 고꾸라졌어. 그러

고 나서 영감이 비틀거리며 일어나더니 저자가 또 한 방 세게 날리려
는 순간 잽싸게 칼을 잡아채 푹 쑤셔 넣더라고…… 그러고는 이제껏
쐐기처럼 꼼짝도 않고 누워 있었던 거야."

"이런, 난 내가 뭘 하는지도 몰랐어. 할 수만 있다면 지금 당장 죽고
싶어. 이게 다 그놈의 술 때문이야. 거기다 흥분도 한 거 같고. 내 평
생 무기라곤 써본 적이 없어, 조. 싸움이야 했지만 무기 같은 건 한 번
도 쓰지 않았는데. 사람들한테 물어보면 알 거야. 조, 오늘 일 말하지
마! 말하지 않겠다고 약속해, 조…… 그래야 좋은 친구지. 난 늘 자넬
좋아했고, 늘 자네 편을 들어줬어. 기억 안 나? 말하지 않을 거지, 그
럴 거지, 조?"

이 가련한 인생은 무정하기 짝이 없는 살인자 앞에 무릎을 꿇고 앉
아 두 손을 그러쥐고 애원했다.

"알았으니까 걱정 마. 영감은 나를 늘 공명정대하게 대해줬지. 영
감한테 등을 돌리는 일은 없을 거야…… 그러니까 이제 그만해. 사람
도리가 뭐 대순가, 그런 게 도리지."

"오, 조, 자넨 천사야. 내 이 은혜는 평생 잊지 않을게." 포터는 엉
엉 울기 시작했다.

"자, 자, 그만해. 그렇게 눈물 짜고 있을 때가 아니야. 영감은 그쪽
으로 가, 난 이쪽으로 갈 테니. 어서 서둘러. 그리고 아무 흔적도 남기
면 안 돼."

포터는 종종걸음으로 걷기 시작하더니 점점 속도를 높여 나중에는
아예 줄달음을 치기에 이르렀다. 인디언 조는 서서 그 모습을 지켜보
며 중얼거렸다.

"보아하니 한 방 얻어맞고 어리벙벙한 데다 술에 취해 제정신이 아닌 것 같으니 칼 생각은 못 하겠지. 생각난다 해도 혼자서는 칼을 찾아 다시 올 엄두를 내지 못할걸…… 겁쟁이!"

2,3분 뒤 살해당한 사람과 담요에 덮인 시체와 뚜껑 없는 관과 파헤쳐진 무덤을 내려다보는 눈은 달밖에 없었다. 다시 완전한 정적이 찾아왔다.

10

진지한 맹세 / 두려움이 후회를 가져오다 / 정신적인 벌

두 소년은 두려움 때문에 아무 말도 못 하고 마을을 향해 달리고 또 달렸다. 그 와중에도 누가 쫓아오기라도 할까 봐 겁이 나는지 이따금 어깨 너머로 뒤를 흘끔흘끔 돌아보았다. 앞에서 나무 등걸이 불쑥 나타날 때마다 나쁜 사람인가 싶어 움찔 놀랐고, 마을 어귀의 외딴 집들을 지날 때는 집 지키는 개들이 흥분해서 짖어대는 소리에 발에 날개라도 단 듯했다.

"힘이 빠져 주저앉기 전에 무두질 공장까지는 어떻게든 가야 하는데! 이젠 얼마 못 버티겠어." 톰이 숨이 차서 헐떡이며 작게 말했다.

허클베리는 거칠게 몰아쉬는 숨소리로 대답을 대신할 뿐이었다. 둘은 점찍어둔 목표물에 시선을 고정하고 그곳에 다다르기 위해 전력을 기울였다. 한 발 한 발 착실히 떼어놓은 끝에 마침내 목표물에 이르자

두 아이는 열려 있는 문을 가슴부터 통과해선 감사하는 마음으로 지칠 대로 지친 몸을 이끌고 피난처가 돼줄 어둠 한가운데 푹 쓰러졌다. 심장 박동이 차츰 진정되면서 톰이 속삭였다.

"허크, 이제 어떻게 될 것 같아?"

"만약 로빈슨 선생님이 죽었으면 교수형감이지."

"정말 그렇게 생각해?"

"당연하지, 톰."

톰은 잠시 생각에 잠겼다가 다시 말했다.

"그럼 신고는 누가 해? 우리가?"

"지금 무슨 소릴 하는 거야? 만일 무슨 일이 생겨서 인디언 조가 교수형을 당하지 않으면? 그럼 보나마나 우릴 죽이려 들 텐데, 그날로 우린 죽은 목숨이라고."

"나도 방금 그 생각을 하고 있었어, 허크."

"누군가 신고해야 한다면 머프 포터가 해야지. 바보 멍청이에다 늘 술에 절어 있긴 하지만 말이야."

톰은 아무 말 없이 계속 생각에 잠겼다. 그러고는 잠시 뒤 이렇게 속삭였다.

"허크, 머프 포터는 아무것도 몰라. 그런데 어떻게 신고를 할 수 있겠어?"

"왜 아무것도 몰라?"

"인디언 조가 찌를 때 그 아저씬 막 한 방 크게 얻어맞았잖아. 그 상태에서 뭘 볼 수 있었겠어. 뭘 알았겠냐고."

"그러네. 네 말이 맞아, 톰!"

"그뿐이 아니야. 봐봐…… 그 한 방에 어쩌면 아예 갔을 수도 있어!"

"아냐, 그럴 리 없어, 톰. 그 아저씬 술에 취해 있었어. 척 보니까 알겠던데 뭐. 하긴 항상 취해 있으니까. 우리 아빠는 술이 완전히 오르면 교회 건물을 통째로 떼다가 머리를 내려쳐도 아무렇지도 않대. 울아빠가 자기 입으로 직접 그렇게 말했어. 그러니까 머프 포터도 보나마나 괜찮을 거야. 하지만 정신이 말짱한 사람이 그렇게 맞았다면 잘은 몰라도 아마 무사하진 못하겠지."

또다시 잠자코 생각한 뒤 톰이 말했다.

"허크, 너 계속 입 다물 자신 있어?"

"톰, 너나 나나 입 다물고 있어야 해. 너도 알잖아. 우리가 이 일을 꼰질렀는데 그 인간이 교수형에 처해지지 않았다고 생각해봐. 악마 같은 그 인디언 놈이 고양이 두 마리를 빠뜨리듯 우릴 물에 빠뜨려 죽이고 말걸? 그래서 말인데 톰, 다른 건 몰라도 이것만은 우리 서로 맹세하자…… 입 다물겠다고."

"나도 찬성이야. 그게 상책이야. 손 내밀어, 맹세하게. 우리는……"

"아냐, 그걸로는 안 되겠어. 보잘것없고 시시한 일에나 그렇게 하는 거지. 특히 계집애들끼리 말이야. 걔넨 실컷 맹세해놓고도 발끈 화가 났다 하면 서로 등을 돌리고 나불나불 떠들어대거든…… 이런 큰일은 글로 써놔야 해. 그것도 피로."

톰은 이 생각에 대찬성이었다. 어딘지 깊고 은밀하고 무시무시한 느낌이 드는 데다 지금의 시간과 장소와 분위기와 딱 맞아떨어졌기 때문이다. 톰은 달빛을 받으며 누워 있는 깨끗한 송판을 하나 집어 들었다. 그러고는 주머니에서 '갈철석'* 조각을 꺼내 송판을 달빛에 비 취가며 아래로 천천히 내려 그을 때는 턱에 힘을 주어 혀를 꽉 깨물 고 위로 올려 그을 때는 힘을 빼면서 공들여 다음과 같은 글귀를 갈겨 썼다.

"Huck Finn and Tom Sawyer swears they will keep mum about this and they wish they may drop down dead in their tracks if they ever tell and Rot."

허크 핀과 톰 소여는 이 일에 대해 입을 다물기로 맹세한다.
만약 허튼소리를 내갈겼다가는 그 자리에서 쓰러져 죽어도 좋다.

허클베리는 톰이 글을 쓸 수 있을 뿐만 아니라 문체까지 멋들어지 게 구사한다는 사실에 그야말로 완전히 감동했다. 당장 옷깃에서 핀

---

* 양(羊), 돌, 목재 등을 표시할 때 자주 쓰였던 불그스름한 철광석.

을 뽑아 자기 살을 찌르려고 했지만 톰이 말렸다.

"잠깐! 그러지 마. 핀은 놋쇠잖아. 녹청이 있을지도 몰라."

"녹청이 뭔데?"

"독이지 뭐긴 뭐야. 입에 살짝 대봐…… 금세 알 수 있으니까."

톰은 자기 바늘 중 하나에서 실을 풀었고, 두 아이는 각자 엄지손가락 가운데를 찌른 다음 피를 한 방울씩 짜냈다. 그렇게 몇 번을 짜낸 뒤에야 톰은 새끼손가락의 볼록 나온 부분을 펜 삼아 가까스로 자기 이름 머리글자를 써서 서명을 마칠 수 있었다. 그러고 나서 허클베리 핀에게 H와 F자 쓰는 법을 가르쳐주자 맹세가 마무리되었다. 둘은 음침한 의식을 치르고 주문을 외운 다음 담벼락 옆에 판자를 묻었다. 이제 두 아이의 혀에는 차꼬가 채워졌고, 그 열쇠는 멀리 던져졌다.

그때 버려진 건물 반대편 끝 갈라진 틈새로 웬 사람 그림자가 몰래 기어들어왔지만 둘은 알아채지 못했다.

"톰, 이걸로 우리는 영원히 말하지 못하는 거야……? 언제까지나?" 허클베리가 소곤댔다.

"물론이지. 무슨 일이 있어도 입을 열면 안 돼. 그 자리에서 쓰러져 죽을 테니까…… 알았지?"

"응, 알았어."

둘은 한동안 계속 속닥거렸다. 그런데 잠시 후 개 한 마리가 바로 밖에서 길고 애처롭게 짖어댔다…… 10피트도 채 안 되는 거리였다. 두 아이는 기겁을 하며 서로 꽉 부둥켜안았다.

"우리 중 누구한테 저러는 거지?" 허클베리가 놀란 나머지 헐떡이며 말했다.

"몰라…… 저 틈새로 들여다봐. 얼른!"

"싫어, 네가 해, 톰!"

"난 못 해…… 못 하겠어, 허크!"

"제발, 톰. 저 봐, 또 짖는다!"

"휴, 간 떨어질 뻔했네! 소리 들으니까 알겠다. 저건 하비슨 씨네 개야."

"와, 다행이다…… 있지, 톰, 나 무서워서 죽는 줄 알았어. 떠돌이 개가 틀림없다고 생각했거든."

개가 다시 짖었다. 두 소년은 다시 한 번 가슴이 철렁 내려앉았다.

"어, 가만! 저건 하비슨 씨네 개가 아니잖아! 봐봐, 톰!" 허클베리 가 속삭였다.

톰은 겁에 질려 와들와들 떨면서 마지못해 벽 틈새에 눈을 갖다 댔 다. 그러고는 겨우 알아들을까 말까 한 소리로 말했다.

"이런, 허크, 저건 떠돌이 개야!"

"어쩌지, 톰, 어떡해! 누굴 보고 짖는 거지?"

"허크, 우리 둘 다 본 게 틀림없어…… 우리 둘 다 딱 걸렸어."

"으, 톰, 우린 이제 죽었다. 내가 갈 곳은 뻔해. 지금까지 못된 짓만 했거든."

"젠장! 이게 다 학교 빼먹고 하지 말라는 짓만 죽어라 해서 그래. 나도 노력했으면 시드처럼 착한 애가 됐을지도 모르는데…… 물론 이 젠 그럴 수도 없겠지만. 이번 일만 무사히 넘어가면 앞으론 놀아도 꼭 주일 학교에서 놀 거야!" 이 말 끝에 톰은 약간 훌쩍거리기 시작했다.

"빌어먹을!" 허클베리도 덩달아 훌쩍이기 시작했다. "야, 톰 소여,

내 앞에서 엄살떨기는. 어휴, 어휴, 어휴, 내가 너 반만큼만 착하게 살았어도……"

톰이 허크의 말을 가로막고 속삭였다.

"봐, 허크, 좀 보란 말이야! 개가 우릴 등지고 있어!"

허크가 반색을 하며 쳐다보았다.

"엇, 진짜네! 아까도 그랬어?"

"응, 그랬다니까. 그런데도 바보같이 그 생각을 못 했지 뭐야. 와, 멋진 갠데. 그런데 지금 누굴 보고 짖는 거지?"

개 짖는 소리가 멈췄다. 톰이 귀를 쫑긋 세우고 속삭였다.

"쉬! 저게 뭐지?"

"저건…… 돼지가 꿀꿀거리는 소리 같은데. 아니다…… 누가 코 고는 소린데, 톰."

"그래? 어디서 나는 걸까, 허크?"

"저 끝에서 나는 게 틀림없어. 어쨌든 그렇게 들려. 우리 아빠도 가끔 저기서 돼지들이랑 잤거든. 하지만 아빠는 아냐. 울 아빠가 코를 골면 온 사방이 들썩들썩하거든. 게다가 아빠는 이제 이 마을에 두 번 다시 오지 않을 거야."

두 아이는 또다시 모험심이 발동했다.

"허크, 내가 앞장서면 너도 갈래?"

"난 썩 내키지 않는걸. 톰, 저게 인디언 조라고 생각해봐!"

그 말에 톰은 풀이 팍 죽었다. 하지만 곧이어 유혹이 다시 고개를 빳빳하게 쳐들었고, 두 소년은 코 고는 소리가 멈추면 줄행랑을 치기로 하고 모험에 나서기로 의견의 일치를 보았다. 그래서 한 사람은 앞에 서고 한 사람은 뒤에 서서 발끝으로 살금살금 그리로 다가갔다. 코고는 사람과 다섯 발자국도 채 안 남기고 톰이 막대기를 밟는 바람에 지끈 부러지는 소리가 났다. 남자가 끙, 앓는 소리를 내며 몸을 약간 비틀자 달빛에 얼굴이 드러났다. 머프 포터였다. 남자가 뒤척이는 순간 두 아이는 심장이 멎으면서 희망도 멎어버렸지만 그때의 두려움은 이제 흔적조차 없어졌다. 둘은 부서진 비막이 판자 틈새를 까치발로 빠져나왔다. 그러고 나서 웬만큼 멀리 온 것 같자 작별 인사를 하려고 걸음을 멈추었다. 그때 길고 구슬픈 개 울음소리가 다시 밤공기를 가르며 울려 퍼졌다! 뒤돌아보니 포터가 누워 있는 데서 몇 발자국 떨어진 곳에 낯선 개가 주둥이를 하늘로 치켜든 채 포터를 마주 보며 서 있었다.

"헉, 그 개다!" 둘이 동시에 소리쳤다.

"있지, 톰…… 사람들이 그러는데, 2주쯤 전인가 한밤중에 조니 밀러네 집에 떠돌이 개가 한 마리 와서 짖고 갔대. 그리고 바로 그날 밤 쏙독새도 와서 계단 난간에 앉아 울었는데, 아직 아무도 죽지 않았다는 거야."

"나도 들었어. 죽은 사람은 없나 보더라고. 그런데 그 바로 다음 토요일에 그레이시 밀러가 부엌 아궁이에 빠져서 끔찍하게 데었다며?"

"응, 하지만 죽진 않았어. 게다가 점점 나아지고 있고."

"좋아, 기다려보자고. 머프 포터가 세상을 뜬다면 그레이시도 마찬가지일 테니까. 검둥이들 말이 그래, 검둥이들은 이런 일은 훤히 꿰고 있거든, 허크."

그러고 나서 두 아이는 생각에 잠긴 채 헤어졌다. 톰이 자기 방 창문으로 기어들었을 때는 밤이 거의 끝나가고 있었다. 톰은 극도로 조심하며 옷을 벗고 밤마실을 다녀온 걸 아무한테도 들키지 않았다는 사실에 흡족해하며 잠들었다. 가늘게 코를 고는 시드가 실은 한 시간 전부터 깨어 있다는 건 까맣게 모른 채.

톰이 일어났을 때 시드는 이미 옷을 챙겨 입고 나가고 없었다. 날이 훤히 밝은 것도 그렇고, 감지되는 분위기도 그렇고 늦은 게 분명했다. 톰은 깜짝 놀랐다. 어째서 깨우지 않았을까…… 여느 때 같으면 일어날 때까지 들들 볶아댔을 텐데? 그 생각을 하니 불길한 예감이 가득 밀려왔다. 5분 만에 톰은 옷을 입은 뒤 여기저기 쑤시고 잠을 제대로 못 자 기운 없는 몸을 이끌고 아래층으로 내려갔다. 식구들은 아직 식탁에 앉아 있었지만 아침은 이미 다 먹은 상태였다. 불호령이 떨어지진 않았지만 다들 톰의 눈을 피했다. 조용하다 못해 무겁게 짓누르는 분위기에 죄인의 가슴에는 써늘한 냉기가 훅 불었다. 톰은 자리에 앉아 명랑한 척하려 했지만 그러기가 무척 힘들었다. 아무도 웃거나 응대하지 않기 때문이다. 그래서 침묵 속에 빠져든 채 있는 대로 가슴을 졸였다.

아침 식사가 끝나고 이모가 한쪽으로 데리고 가자 톰은 이제 드디어 매질이라도 하려나 보다는 기대에 얼굴이 다 환해질 지경이었다. 하지만 그게 아니었다. 이모는 어떻게 밤에 몰래 집을 나가서 늙은이 가슴을 이토록 찢어놓을 수 있냐며 눈물을 펑펑 쏟았다. 그러더니 결국에는 이모 혼자 아무리 안달복달해봐야 소용없으니 이대로 계속 스스로를 망치고 이모에게 슬픔을 안겨주어 머리도 희끗희끗 세는데 그냥 차라리 무덤으로 데려가달라고 말했다. 차라리 매를 천 대 맞는 게 더 나왔다. 톰은 이제 몸보다 마음이 더 쓰라렸다. 엉엉 울면서 용서를 구하고 다시는 안 그러겠다고 몇 번이나 약속한 뒤 풀려났지만 완전히 용서받은 것 같지도 않았고, 이모가 자기를 믿지도 않는 것 같다는 생각을 떨칠 수 없었다.

톰은 당장은 너무나 비참해서 시드에게 복수해야겠다는 생각조차 들지 않았다. 그래서 그럴 필요가 없었는데도 시드는 뒷문으로 잽싸게 도망쳤다. 톰은 우울하고 슬픈 기분으로 흐느적흐느적 학교에 가서 그 전날 수업을 땡땡이친 죄로 조 하퍼와 실컷 매를 맞았다. 하지만 마음이 온통 버겁디버거운 괴로움으로 가득 차 있어서 그까짓 매쯤은 아무렇지도 않았다. 이윽고 톰은 자기 자리로 돌아가 책상에 팔꿈치를 대고 손으로 턱을 받친 채 한계점에 다다라 더는 갈 곳도 없는 고통에 돌처럼 표정을 굳히고서 물끄러미 벽만 바라보았다. 그러고 있는데 팔꿈치에 뭔가 딱딱한 물체가 닿았다. 한참 만에 톰은 천천히 청승맞게 자세를 바꾸고 한숨을 내쉬며 문제의 물체를 집어 들었다. 그 물체는 종이에 싸여 있었다. 톰은 종이를 펼쳤다. 어마어마하게 큰 한숨이 미적미적 길게 이어지더니 심장이 뚝 쪼개졌다. 그것은 다름 아니라 놋쇠 난로 손잡이였다!

이 마지막 깃털에 낙타의 등은 부러지고 말았다.

11
머프 포터, 제 발로 나타나다 / 갈등에 빠진 톰의 양심

정오가 가까울 무렵 끔찍한 소식이 들려오면서 온 마을이 갑자기 벌집을 쑤셔놓은 듯했다. 전보는 아직 꿈꿀 수도 없는 시절이었지만 굳이 필요하지도 않았다. 이야기가 사람에게서 사람에게로, 무리에서 무리로, 집에서 집으로 전보가 무색할 만큼 빠르게 날아갔기 때문이다. 교사를 겸하고 있는 교장은 당연히 그날 오후 수업은 하지 않기로 결정했다. 만약 그러지 않았다면 마을 사람 모두가 그를 이상하게 여겼을 것이다.

살해된 사람 근처에서 피투성이 칼이 발견되었는데 누군가가 머프 포터의 것이라고 증언했다는 소문이 급속하게 퍼져 나갔다. 게다가 늦게 귀가하던 한 주민이 새벽 한두 시쯤 '개울'에서 몸을 씻던 포터와 마주쳤는데 포터가 곧바로 슬금슬금 도망치더라는 이야기도 돌았다.

수상쩍은 정황은 둘째치고라도, 특히 씻는다는 것은 포터의 평소 습관과 거리가 멀어도 한참 멀었다. 그런가 하면 이 '살인범'(사람들은 증거를 가려내 판결을 내리는 문제에 관한 한 느긋하게 기다리는 법이 없다)을 찾아 온 마을을 샅샅이 뒤졌지만 찾지 못했다는 이야기도 있었다. 보안관은 말 탄 경관들이 사방으로 흩어져 수색에 나선 만큼 밤이 되기 전에 범인을 체포할 수 있을 것이라고 '확신'했다.

온 마을 사람들이 묘지로 밀려들고 있었다. 가슴을 갈기갈기 찢어놓았던 슬픔은 어느새 까맣게 잊은 채 톰도 그 행렬에 합류했다. 마음 같아서는 천 번이라도 더 딴 데로 가고 싶었지만 설명할 수 없는 어떤 무시무시한 힘이 그를 끌어당겼기 때문이다. 끔찍한 장소에 이르자 톰은 군중 틈바구니에 몸을 숨기고 그 섬뜩한 광경을 지켜보았다. 그곳에 왔다 갔던 일이 까마득히 먼 옛날 일처럼 느껴졌다. 누가 팔을 꼬집었다. 돌아다본 순간 허클베리와 눈이 마주쳤다. 둘은 얼른 다른 곳으로 시선을 돌리며 혹시나 서로의 뒤얽힌 눈빛에서 뭔가를 눈치챈 사람은 없는지 살폈다. 하지만 다들 뭐라고 한마디씩 떠들어대며 눈앞의 소름 끼치는 광경에 정신을 팔고 있었다.

"불쌍한 사람!" "젊은 사람이 딱도 하지!" "이번 일로 무덤 도굴꾼들에게 따끔한 맛을 보여줘야 해!" "잡히는 대로 머프 포터는 교수형감이야!" 대개 이런 말들이 떠돌았다. 목사님도 한마디 했다. "이건 하느님의 심판입니다. 그분의 손길이 이곳에 닿으셨다는 증겁니다."

톰은 이제 머리끝부터 발끝까지 덜덜 떨어댔다. 인디언 조의 덤덤한 얼굴과 눈이 딱 마주쳤기 때문이다. 바로 그때 사람들이 술렁이기 시작하면서 여기저기서 고함이 터져 나왔다.

"그놈이다! 그놈이야! 제 발로 오고 있어!"

"누구? 누구 말이야?" 스무 명쯤 되는 목소리가 합창했다.

"누군 누구야, 머프 포터지!"

"이봐, 멈춰 섰어! 어라, 돌아서고 있잖아! 도망 못 가게 잡아!"

톰의 머리 위 나뭇가지에 올라가 있던 사람들이 어리둥절하고 난감해 보일 뿐 포터가 도망치려는 것 같지는 않다고 말했다.

"뻔뻔해도 유분수지! 제놈이 한 짓을 조용히 보려고 온 모양이지. 아무도 없는 줄 알고 말이야." 구경꾼 한 명이 말했다.

우왕좌왕 동요를 일으키는 군중 사이로 보안관이 보란 듯이 포터의 팔을 이끌고 모습을 드러냈다. 가엾은 포터는 얼굴은 초췌한 데다 눈에는 두려움이 가득 서려 있었다. 피살자 앞에 서자 포터는 중풍에라도 걸린 듯 온몸을 바들바들 떨어대면서 두 손에 얼굴을 파묻고 울음을 터뜨렸다.

"이봐들, 난 안 그랬어. 내 명예를 걸고 맹세코 내가 한 짓이 아니야." 그가 흐느끼며 말했다.

"누가 당신이 그랬대?" 웬 목소리가 고함을 질렀다.

이 말에 포터는 용기를 얻은 듯 얼굴을 들고 절망이 가득한 애처로운 눈빛으로 주변을 둘러보았다. 그러다 인디언 조를 발견하고 소리쳤다.

"이런, 인디언 조, 나랑 약속했잖아, 절대로……"

"이게 자네 칼인가?" 보안관이 포터에게 칼을 들이밀며 말했다.

사람들이 붙잡아 땅에 앉히지 않았더라면 포터는 아마 쓰러지고 말았을 것이다. 잠시 뒤 그가 입을 열었다.

"아무래도 와봐야 할 것 같아서……" 그는 와들와들 떨어댔다. 그러고는 기운 없는 손을 체념한 듯 휘저으며 말했다. "사람들한테 말해줘, 조, 어떻게 된 일인지…… 이젠 다 글렀으니까."

허클베리와 톰은 멍청하게 서서 냉혹한 거짓말쟁이가 눈 하나 깜짝하지 않고 이야기를 술술 잘도 풀어나가는 것을 멀뚱거리며 듣는 가운데, 마른하늘이 하느님의 번갯불을 그자 머리 위에 떨어뜨리기만을 이제나저제나 초조하게 기다렸다. 그런데 이야기가 다 끝나고 나서도 인디언 조가 여전히 멀쩡하게 살아 있는 모습을 보고는 맹세를 깨는 한이 있더라도 배신당한 저 불쌍한 죄인의 목숨을 구해야 하지 않을까 싶어 갈팡질팡하던 마음이 스르르 사라지고 말았다. 이 악한은 악마에게 영혼을 팔아먹은 것이 틀림없었고, 따라서 그런 힘을 가진 자를 건드렸다가는 뼈도 못 추릴 것 같았기 때문이다.

"왜 달아나지 않았어? 뭣 때문에 다시 온 거야?" 누군가가 말했다.

"어쩔 수가 없었어…… 어쩔 수가 없었다고. 도망치려고 했지만 여기 말고는 갈 데가 없었어." 포터는 기어들어가는 목소리로 이렇게 말하고는 다시 흐느껴 울기 시작했다.

인디언 조는 몇 분 뒤 배심원단 앞에서 맹세를 하고 아까와 똑같이 차분하게 진술을 되풀이했다. 두 아이는 아직까지도 벼락이 떨어지지 않은 것을 보고 조가 악마에게 영혼을 팔아먹은 게 틀림없다고 굳게 확신했다. 인디언 조는 불길하기로 치면 두 아이가 지금껏 보았던 대상 중에 가장 흥미로웠다. 그런 만큼 두 아이는 홀리기라도 한 듯 그의 얼굴에서 눈을 떼지 못했다.

둘은 인디언 조의 무시무시한 주인인 악마를 볼 수 있을지도 모른다는 생각에 언제고 기회가 닿으면 밤에 그를 지켜봐야겠다고 속으로 다짐했다.

인디언 조는 피살자의 시체를 들어 올려 짐마차에 싣는 것을 거들었다. 겁에 질려 몸서리치는 군중 사이로 상처에서 피가 흐른다는 속삭임이 번져나갔다.* 두 소년은 이 다행스런 상황이 의심의 물꼬를 올바른 방향으로 돌려놓지 않을까 기대했지만 그런 기대는 여지없이 무너지고 말았다. 마을 사람 한두 명이 이렇게 말했기 때문이다.

"글쎄, 머프 포터가 있는 데서 3피트도 안 되는 곳에서 살인이 일어났다잖아."

이 일이 있은 뒤 일주일 동안이나 톰은 무서운 비밀과 양심의 가책 때문에 밤잠을 설쳤다. 결국 시드가 어느 날 아침 밥상머리에서 말했다.

"형, 형이 어쩌나 몸부림을 치고 잠꼬대를 심하게 하는지 잠을 제대로 못 자겠잖아."

톰은 얼굴이 하얘져서 눈을 내리깔았다.

"그건 안 좋은 징조인데. 무슨 걱정거리라도 있는 게냐, 톰?" 폴리 이모가 심각하게 물었다.

"아뇨. 그런 거 없어요." 하지만 톰은 손을 떨다 커피를 엎지르고 말았다.

"그리고 이런 말을 하더라고. 어젯밤에는 '피다, 피, 저건 피다!'라고 하잖아. 그것도 몇 번이나. 또 이런 말도 했어, '날 그렇게 괴롭히

---

* 시체의 상처에서 피가 흐르면 살인범이 근처에 있다는 속설로, 그 기원은 적어도 성경 (창세기 4 : 10)으로 거슬러 올라간다.

지 마…… 다 말할게!' 뭘 말한다는 건데? 형이 말하겠다는 게 대체 뭐야?" 시드가 말했다.

톰은 눈앞이 빙빙 도는 듯했다. 이제 무슨 일이 벌어질지 알 수 없었다. 하지만 천만다행히도 폴리 이모의 얼굴에서 근심이 걷혔다. 이모는 아무것도 모른 채 톰을 위로했다.

"그럴 만도 하지! 이게 다 그 끔찍한 살인 사건 때문이지 뭐냐. 나도 거의 매일 밤 꿈을 꾼단다. 어떨 땐 내가 살인을 저지르는 꿈을 꾸기도 한다니까."

메리가 자기도 이만저만 충격을 받은 게 아니라고 말했다. 톰은 최대한 아무렇지도 않게 그 자리를 슬그머니 벗어나 그 후 일주일 동안 이가 아프다고 하소연하며 밤마다 턱을 동여맸다. 시드가 매일 밤 불침번을 서다시피 하며 붕대를 슬쩍 벗기고 팔꿈치에 기댄 채 한동안 톰의 잠꼬대에 귀를 기울이다가 붕대를 다시 원래대로 감아놓는다는 사실은 까맣게 몰랐다. 그러다 시간이 지날수록 톰은 마음속 괴로움이 점차 희미해졌고 이가 아픈 척하는 것도 귀찮아져서 그마저도 그만두었다. 시드는 아귀가 안 맞는 톰의 잠꼬대에서 정말 뭔가를 찾아냈을 수도 있지만 속에만 담아두었다.

톰이 보기에 학교 친구들은 죽은 고양이를 놓고 벌이는 재판 놀이를 영원히 끝내지 않을 듯했고, 그 때문에 마음속에서는 고민이 새록새록 되살아났다. 시드는 뭔가 새로운 놀이가 나올 때마다 누구보다도 앞장서서 덤벼드는 톰이 이번 재판 놀이에서는 검시관을 한 번도 맡지 않았다는 사실을 주의 깊게 살폈다. 하물며 톰은 증인 역할도 맡지 않았다. 이상한 일이 아닐 수 없었다. 시드는 톰이 이 재판 놀이를 유난히 질색할 뿐만 아니라 할 수만 있다면 늘 피한다는 사실도 그냥 넘기지 않았다. 시드는 무척 놀랐지만 아무 말도 하지 않았다. 하지만 재판 놀이는 결국 유행에서 밀려났고, 더불어 톰의 양심을 괴롭히는 일도 사라졌다.

이러한 슬픔의 와중에도 톰은 매일 또는 이틀에 한 번씩 기회를 봐서 감옥을 찾아가 쇠창살이 쳐진 조그만 창문 사이로 힘닿는 대로 구한 자질구레한 위문품을 '살인범'에게 몰래 넣어주었다. 감옥이라고 해야 마을 끄트머리 늪 옆에 있는 변변치 못한 조그만 벽돌 움막이었고, 형편이 안 돼서 경비도 두지 못했다. 더욱이 죄수가 실제로 그곳을 차지하는 일은 좀처럼 없었다. 이렇게 선물을 안기면서 톰은 양심의 짐을 크게 덜었다.

마을 사람들은 시체를 훔친 죄로 인디언 조에게 타르를 칠하고 그 위에 깃털을 씌워서 가로장에 태워 끌고 다녀야 한다며 핏대를 세웠지만 상대가 워낙 극악무도한 성격이다 보니 아무도 나설 엄두를 내지 못했고, 그러다 결국은 없던 얘기가 되고 말았다. 인디언 조가 용의주도하게도 무덤을 파헤친 일에 대해서는 가타부타 아무 말도 없이 곧바로 싸움 진술에 들어갔기 때문에 현재로서는 이 사건을 법정에서 다루지 않는 게 낫다는 의견이 대세를 이루었다.

12

톰, 아량을 베풀다/마음이 약해진 폴리 이모

톰이 남 모르는 고민에서 헤어나게 된 데에는 그 자체로 관심을 끌고도 남을 새롭고 중대한 사안이 무시 못 할 이유로 작용했다. 다름 아니라 베키 대처가 학교에 나오지 않았던 것이다! 톰은 며칠 동안 자존심과 씨름하면서 '바람 따라 그녀를 깨끗이 놓아주려고'* 했지만 실패했다. 어느새 톰은 밤이면 밤마다 소녀의 집 근처를 비참하기 짝이 없는 기분으로 서성이기 시작했다. 베키는 아팠다. 그러다 죽기라도 한다면! 그 생각을 하니 도무지 마음을 다잡을 수가 없었다. 전쟁

---

* 트웨인은 여기서 셰익스피어의 「오셀로」 3막 3장을 인용하고 있다. 이 대목에서 오셀로는 아내가 '야생의 매'(즉 정숙하지 못한 여자)라고 판명되면 '바람 따라 그녀를 깨끗이 놓아주리라'고 말한다. 이는 매사냥에서 유래한 표현으로 '야생의 매'란 사납고 다 자라서 길들일 수 없는 매를 뜻한다. 바람 부는 쪽으로 날려 보낸 매는 바람을 거슬러 날려 보낼 때에 비해 매사냥꾼에게 다시 돌아올 확률이 낮다.

놀이도, 해적 놀이도 이제는 시시할 뿐이었다. 사는 재미는 온데간데 없고 온통 쓸쓸함만 남았다. 톰은 굴렁쇠도, 방망이도 내팽개쳤다. 그런 것들은 이제 더 이상 즐거움을 주지 못했다. 이모는 그런 톰을 걱정하며 온갖 치료법을 쓰기 시작했다. 특허받은 약은 말할 것도 없고 건강을 지켜주거나 개선해주는 방법이 새로 유행한다 싶으면 물불 가리지 않고 달려드는 사람들이 있는데, 이모가 바로 그런 축에 들었다. 이런 일에 관한 한 이모는 실험 정신이 투철했다. 이 방면에서 뭔가 새로운 게 나왔다 하면 당장 실험해봐야 직성이 풀렸다. 그런데 정작 본인은 아파본 적이 없는 터라 아무나 그때그때 손에 잡히는 사람이 실험 대상이었다. 이모는 각종 '건강' 잡지와 거짓말 일색인 골상학 책자도 정기 구독했는데, 점잔을 빼며 무식한 소리를 잔뜩 늘어놓는 그 책들이야말로 이모에겐 삶의 활력소였다. 집안 환기를 비롯해 어떻게 잠자리에 들고 어떻게 일어날지, 무얼 먹고 무얼 마실지, 운동은 얼마나 하는 게 적당하고 어떤 마음 자세를 갖는 게 좋은지, 어떤 옷을 입어야 할지 등 거기 나와 있는 온갖 '헛소리들'이 이모에겐 복음과도 같았으며, 이번 달 건강 잡지 내용이 걸핏하면 지난달의 권고 내용을 완전히 뒤엎기 일쑤였지만 전혀 개의치 않았다. 이모는 누구보다도 순진하고 올곧았고, 그런 만큼 봉이 되기도 쉬웠다. 이모는 그렇게 엉터리 잡지와 돌팔이 약들을 모아들였고, 따라서 비유해서 말하자면 '뒤에는 지옥이 따르는' 가운데* 죽음으로 무장하고 파리한 말 위에

---

* 트웨인은 여기서 낯익은 성경 구절(묵시록 6:8)을 인용하고 있다. "그리고 보니 파리한 말 한 필이 있고 그 위에 탄 사람은 죽음이라는 이름을 가진 사람이었습니다. 그리고 그 뒤에는 지옥이 따르고 있었습니다."

올라탄 형국이었다. 하지만 당사자 자신은 고통받는 이웃에게 치유의 천사요, 인간으로 변장한 길르앗의 약*이라는 것을 단 한 번도 의심한 적이 없었다.

마침 물 치료법이 새로 나와 톰의 무력증은 이모에겐 뜻밖의 횡재였다. 이모는 매일 아침 해가 뜨면 톰을 데리고 나가 장작 창고에 세워놓고 차가운 물을 퍼부었다. 그러고 나면 수건으로 줄질하듯 박박 문질러 닦아 정신이 들게 한 다음 젖은 홑청에 둘둘 말아 담요를 덮어 씌우고 영혼이 깨끗해질 때까지, 톰의 말을 빌리면 '영혼의 누런 때가 땀구멍으로 빠져나올' 때까지 땀을 내게 했다.

하지만 이 모든 노력이 무색하게 소년은 갈수록 의기소침하고 창백하고 풀이 죽었다. 이모는 온욕과 좌욕, 샤워와 전신욕을 추가했다. 그래도 소년은 여전히 영구차처럼 침울했다. 이모는 물 요법에 덧붙여 살을 빼는 오트밀 식이요법과 고약 처방을 같이 쓰기 시작했다. 이모는 물주전자 용량을 재듯 톰의 용량을 재서 온갖 돌팔이 약들로 그의 속을 채워 넣었다.

이 무렵 톰은 아무리 괴롭힘을 당해도 덤덤했다. 이 지경까지 이르자 노부인은 대경실색했다. 이러한 무관심은 어떤 대가를 치르더라도 반드시 고쳐야 했다. 그런데 때마침 진통제에 대한 소식이 난생처음으로 이모 귀에 들려왔다. 이모는 곧바로 대량 주문에 나섰다. 맛을 보고 이모는 크게 만족했다. 진통제는 쉽게 말해 화끈거리는 물이었다. 이모는 물 요법과 그 외 요법을 당장 때려치우고 진통제에 매달려

---

* 역시 유명한 성경 구절이다(예레미야 8:22 참조).

선 톰에게 찻숟가락 하나만큼의 분량을 먹이고 더없이 걱정스럽게 그 결과를 지켜보았다. 이모의 근심은 한순간에 잠잠해졌고, 더불어 영혼 또한 다시 평온해졌다. '무관심'이 씻은 듯 사라졌기 때문이다. 언제 그랬느냐 싶게 톰은 걷잡을 수 없을 만큼 왕성한 관심을 보였다. 이모가 엉덩이 밑에 불을 지폈다 해도 그 정도는 아닐 듯했다.

톰은 이제 잠에서 깰 때라고 느꼈다. 이런 삶은 희망이 꺾인 상태에서는 그럭저럭 낭만적일지 모르지만 갈수록 감흥이 떨어지는 데다 이런저런 잡다한 처방으로 정신만 산란할 뿐이었다. 그래서 톰은 여기서 놓여나기 위해 여러 가지 계획을 놓고 저울질하다가 마침내 진통제를 좋아하는 척하기로 가닥을 잡았다. 어찌나 자주 약을 달라고 보챘던지 이모는 결국 귀찮아져서 그렇게 달달 볶지 말고 혼자 알아서 먹으라고 말하기에 이르렀다. 시드가 그랬다면 한 점 의혹도 없이 마냥 기뻐했을 테지만 상대가 톰이었기 때문에 이모는 몰래 약병을 지켜보았다. 약은 정말 줄어들었지만 톰이 그걸로 거실 바닥 갈라진 틈새의 건강을 고치고 있을 줄은 꿈에도 몰랐다.

하루는 톰이 틈새에 약을 먹이고 있는데 이모의 노란 고양이가 다가와선 찻숟가락을 뚫어지게 쳐다보며 한 입 달라고 가르랑가르랑 졸라댔다. 톰이 말했다.

"정말 먹고 싶은 게 아니라면 달라고 하지 마, 피터."

하지만 피터는 진짜 먹고 싶어 하는 눈치였다.

"확실히 다짐해두는 게 좋을걸."

피터의 다짐은 요지부동이었다.

"네가 달라고 하니까 주는 거야. 그러니까 나한테 뭐 나쁜 뜻이 있어서가 아니라는 얘기야. 마음에 안 들면 다른 사람 말고 너 자신을 원망해야 된다."

피터는 그러겠다고 흔쾌히 동의했다. 그래서 톰은 녀석의 입을 벌리고 진통제를 들이부었다. 피터는 2야드 공중으로 펄쩍 뛰어오르더니 무시무시한 함성을 내지르는 가운데 방 안을 종횡무진 쏘다니며 가구에 부딪히는가 하면 꽃병을 뒤집어엎어 난장판으로 만들어놓았다. 다음 순간 녀석은 뒷발로 일어서서는 발작에 가까운 기쁨에 사로잡혀 목을 어깨 너머로 쑥 내밀고 목소리 가득 달랠 길 없는 행복감을 토해내며 껑충거렸다. 그러고는 다시 집 안을 휩쓸고 다니며 가는 곳마다 혼란과 파괴를 퍼뜨렸다. 폴리 이모는 마침 녀석이 공중제비를 서너 번 돌며 마지막 환호를 내지른 뒤 남아 있던 꽃병들까지 쓸어서 열린 창문으로 미끄러지듯 빠져나갈 때에 맞추어 들어왔다. 노부인은 너무 놀라 돌처럼 우두커니 서서 안경 너머로 그 광경을 멀뚱멀뚱 지켜보았고, 톰은 바닥에 드러누워 숨이 넘어가도록 웃어댔다.

"톰, 고양이가 왜 저 모양이냐?"

"모르겠어요, 이모." 톰이 헐떡이며 말했다.

"저런 꼴은 생전 처음 보는구나. 대체 뭣 땜에 저런다니?"

"정말 몰라요, 이모. 고양이들은 좋으면 늘 저러잖아요."

"그래?" 이모의 어조에는 톰을 불안하게 하는 뭔가가 있었다.

"네. 글쎄, 그렇다니까요."

"그렇다?"

"그럼요."

이모는 허리를 숙였고, 톰은 한편으로는 궁금하기도 하고 한편으로는 걱정이 돼서 그 모습을 지켜보았다. 그런데 너무 늦게 이모의 '의도'를 알아차렸다. 침대보 아래로 삐죽이 나온 찻숟가락 손잡이가 진실을 말해주고 있었다. 폴리 이모는 숟가락을 집어 들었다. 톰은 흠칫 놀라며 눈을 내리깔았다. 폴리 이모는 늘 사용하는 손잡이인 귀를 잡아 톰을 일으켜 세우고는 골무로 머리를 세게 쥐어박았다.

"인석아, 대체 무슨 억하심정으로 말 못 하는 저 불쌍한 짐승을 그렇게 대하니?"

"딱해서 그랬어요…… 고양이한테는 이모가 없잖아요."

"이모가 없어……! 내가 못 살아. 그게 이거랑 무슨 상관이란 말이냐?"

"상관이 아주 많아요. 걔한테 이모가 있었다면 그 이모가 걔를 홀라당 태웠을 거잖아요! 사람보다 더 못 느끼지 않는데도 이모가 걔 창자를 구워버렸을 거라고요!"

폴리 이모는 갑작스레 밀려드는 후회 때문에 마음이 몹시 아팠다. 하지만 덕분에 사물을 바라보는 눈이 새로워지고 있었다. 고양이한테 잔인한 행동이면 남자아이한테도 잔인한 행동일 터. 이모는 태도를 누그러뜨리기 시작했다. 미안했기 때문이다. 눈물까지 글썽이며 이모는 톰의 머리에 손을 얹고 다정하게 말했다.

"난 좋은 마음으로 그랬던 거란다, 톰. 그리고 어쨌든 너한테 도움이 됐잖니."

톰은 진지한 가운데서도 장난기 어린 눈빛으로 이모의 얼굴을 올려다보았다.

"이모가 좋은 마음으로 그랬다는 거 나도 알아요. 나도 피터한테 좋은 마음으로 그랬어요. 걔한테도 도움이 됐고요. 피터가 그렇게 기운이 넘치는 건 처음 봤거든요. 전에……"

"에그그, 또 내 속 뒤집어놓지 말고 썩 꺼져라. 한 번만이라도 착한 아이가 되려고 애써봐라. 그럼 약 같은 거 먹지 않아도 될 것 아니냐."

톰은 일찍 학교에 도착했다. 이 이상한 일은 최근 들어 매일 일어나고 있었다. 게다가 요즘에는 친구들과 놀지도 않고 교문 근처에서 어슬렁거렸는데 지금도 그랬다. 톰은 몸이 좋지 않다고 말했고, 정말 그렇게 보였다. 톰은 사방을 둘러보는 척했지만 실은 길가 쪽을 내다보고 있었다. 곧이어 제프 대처가 시야에 들어오자 얼굴이 밝아지나 싶더니 잠시 뚫어지게 쳐다보다가 슬픈 표정으로 고개를 돌리고 말았다. 제프가 다가오자 톰은 말을 걸며 베키에 대한 얘기를 꺼내도록 조심스럽게 '유도'했지만 이 촐랑이는 어찌나 눈치가 없던지 미끼조차 보지 못했다. 톰은 나풀거리는 원피스가 보일 때마다 혹시나 하는 마음에 지켜보고 또 지켜보다 주인이 다르다는 걸 아는 순간 그 아이를 미워했다. 마침내 원피스가 더 이상 나타나지 않자 톰은 잔뜩 풀이 죽은 채 빈 교실로 들어가 마지못해 자리에 앉았다. 그러고 나서 원피스 하나가 교문을 지나는 모습이 눈에 들어왔다. 톰의 가슴은 말도 못 하게 뛰었다. 다음 순간 톰은 밖으로 뛰쳐나와 인디언 '행세'를 하기 시작했다. 고함을 지르고, 웃고, 아이들을 쫓아다니고, 목숨이나 팔다리를 내걸고 울타리를 뛰어넘고, 재주넘기를 하고, 물구나무를 서는 등 자신이 생각할 수 있는 용맹스러운 행동은 모조리 선보였다. 그리고 그런 가운데서도 베키 대처가 보고 있는지 줄곧 몰래 훔쳐보았다. 하지만 그녀는 전혀 모르는 듯했다. 정말 모르는 눈치였다. 내가 있다는 걸 모를 리가 없을 텐데? 톰은 소녀에게 바짝 다가가 그의 위업을 펼쳤다. 소리를 지르며 돌아다니고, 한 아이의 모자를 낚아채 학교 지붕 위로 내던지고, 남자아이들 사이를 억지로 지나며 사방으로 넘어뜨리고, 나중엔 베키의 코앞에 벌렁 드러누워 하마터면 그녀를 넘어뜨릴 뻔했다. 그러자 베키는 코를 높이 쳐들고 고개를 홱 돌렸다. 그리고 들려오는 말. "흥! 누군 자기가 엄청 잘난 줄 아나 봐…… 볼 때마다 으스대는 꼴이라니!"

톰의 두 뺨은 홍당무가 되고 말았다. 톰은 가까스로 정신을 차리고 있는 대로 기가 죽어선 슬그머니 꽁무니를 뺐다.

13

어린 해적들 / 약속 장소로 / 모닥불 앞에서 피운 이야기꽃

톰은 이제 결심했다. 온통 암담하기만 할 뿐 희망이라곤 보이지 않았다. 친구 하나 없이 버림받은 것만 같았다. 아무도 날 사랑하지 않아. 날 이렇게까지 내몬 걸 알면 아마 다들 후회하겠지. 옳은 일을 하면서 열심히 살려고 애썼지만 사람들이 날 가만 내버려두지 않았어. 나 하나만 없어지면 다들 편할 테니까 그렇게 해주지 뭐. 결과가 어찌 됐든 날 탓하라 그래…… 그럼 될 것 아냐? 친구 하나 없는 외톨이가 불평할 권리가 어디 있다고? 그래, 결국 사람들이 날 여기까지 떠밀었어. 까짓, 이참에 범죄자로 나서는 거야. 달리 선택의 여지가 없잖아.

이 무렵 톰은 이미 메도레인까지 내려가 있었다. '재소집'을 알리는 학교 종이 희미하게 귓가에 울렸다. 귀에 익은 저 소리를 다시는, 두

번 다시는 들을 수 없다고 생각하니 왈칵 눈물이 솟구쳤다…… 아주 힘든 길이긴 했지만 어쩔 수 없었다. 차가운 세상으로 쫓겨난 마당이니 어쨌거나 따를 수밖에 없었다. 그래도 톰은 사람들을 용서했다. 그러고 나자 눈물방울이 더욱 굵어지면서 비 오듯 흘렀다.

바로 이때 톰은 영혼의 맹우 조 하퍼를 만났다. 굳은 눈빛으로 보아 가슴속에 비장한 각오를 품고 있는 게 분명했다. 쉽게 말해 '한마음으로 엮인 두 영혼'이 한자리에 모인 것이다. 톰은 소매로 눈물을 훔치며 집에서 인정머리 없이 모질게 대한다는 둥, 그런 대접을 받을 바에야 차라리 큰 세상으로 나가 발길 닿는 대로 떠돌아다니며 다시는 돌아오지 않을 결심을 했다는 둥 주절주절 늘어놓기 시작했다. 그리고 조더러 자기를 잊지 말아달라는 당부의 말로 마무리를 했다.

그런데 알고 보니 조가 톰에게 하려던 부탁도 바로 그거였고, 그래서 이렇게 톰을 찾아 나섰던 것이다. 조는 어머니가 자기는 입 한 번 대지 않고 어디 있는지 알지도 못하는 크림을 먹었다며 매질을 했다고 하소연했다. 그 뒤로도 한참 넋두리가 이어졌다. 엄마는 내가 지겨워져서 없어져버렸으면 하고 바라는 게 틀림없어. 엄마가 정 그렇게 생각한다면 그 뜻에 따르는 수밖에. 엄마가 행복하길 바라고, 이 불쌍한 아들을 무정한 세상으로 내몰아 고생하다 죽게 한 것에 대해 후회하지 않았으면 좋겠어.

두 소년은 슬픔에 젖어 터덜터덜 걸어가면서 서로 지켜주고 형제로 지내며 죽음이 고통으로부터 둘을 놓아줄 때까지 절대 헤어지지 말자는 내용의 협약을 새로 맺었다. 그러고 나서 각자 계획을 내놓기 시작했다. 조는 세상을 등진 채 어느 외딴 동굴에서 빵 껍질로 연명하다

언젠가 추위와 굶주림과 슬픔을 이기지 못하고 죽어가는 은둔자가 될 작정이었다. 하지만 톰의 이야기를 듣고 나서 범죄자의 삶이 훨씬 더 좋을 것 같아 해적이 되는 데 찬성했다.

세인트피터스버그에서 미시시피 강 하류 쪽으로 3마일 아래, 강의 폭이 1마일이 조금 넘는 지점에는 나무가 우거진 길고 좁다란 섬이 하나 있었다. 그 섬 머리에 야트막한 모래톱이 있었는데, 해적 집결지로 안성맞춤이었다. 아무도 살지 않는 무인도에다 거기서 멀리 떨어진 강가 쪽 저 위로도 역시 울창하고 무인지경이나 다름없는 숲이 자리하고 있었다. 그래서 잭슨 섬이 선택되었다. 누구를 해적질 대상으로 삼을지는 지금 생각할 문제가 아니었다. 그러고 나서 둘은 허클베리 핀을 찾으러 나섰고, 그는 그 자리에서 군말 없이 합세했다. 허클베리 핀에게는 어떤 직업이든 매한가지였기 때문에 아무래도 상관없었다. 잠시 후 셋은 가장 마음에 드는 시간인 한밤중에 마을에서 2마일 위쪽에 있는 강둑의 호젓한 장소에서 만나기로 하고 헤어졌다. 그곳에는 작은 통나무 뗏목이 있었는데 그걸 손에 넣을 요량이었다. 그리고 각자 갈고리와 낚싯줄을 비롯해 깜깜한 밤을 틈타 무법자답게 은밀히 훔칠 수 있는 물건들을 가지고 오기로 했다. 오후가 채 끝나기도 전에 세 아이는 이제 곧 마을에 '뭔가 굉장한 소식이 날아들 것'이라는 정보를 퍼뜨리며 기고만장했다. 이 막연한 암시를 받은 이들에게는 '입 다물고 조용히 기다리라'는 주의가 주어졌다.

자정 무렵 톰은 삶은 햄과 잡다한 물건 몇 가지를 들고 도착해 약속 장소가 내려다보이는 작은 절벽 위 빽빽한 덤불에서 멈춰 섰다. 별빛이 총총한 가운데 사방이 쥐 죽은 듯 고요했다. 힘차게 흘러가는 강물이 휴식에 들어간 바다처럼 펼쳐져 있었다. 톰은 잠시 귀를 기울여보았지만 정적만 있을 뿐 아무 소리도 들리지 않았다. 그러고 나서 톰은 나직하지만 또렷하게 휘파람을 불었다. 절벽 아래에서 응답이 왔다. 톰은 두 번 더 휘파람을 불었다. 이번 신호에도 똑같이 응답해왔다. 잠시 후 경계심이 가득한 목소리가 말했다.

"거기 누구냐?"

"카리브 해의 비열한 복수자 톰 소여다. 너희 이름을 밝혀라."

"피투성이 손 허크 핀과 바다의 공포 조 하퍼다." 톰이 자기가 좋아하는 책에서 따와 지어준 이름들이었다.

"좋다. 암호를 대라."

그러자 귀에 거슬리는 속삭임 소리로 무시무시한 단어를 음침한 밤을 향해 동시에 토해냈다.

"피!"

그제야 톰은 절벽 너머로 햄을 굴려 떨어뜨리고 자신도 뒤따라 뛰어내리다가 살갗과 옷을 약간 찢겼다. 절벽을 내려가면 강가를 따라 쉽고 편한 길이 있었지만 해적이 중요하게 여기는 고난과 위험은 부족했다.

'바다의 공포'는 베이컨 한 덩이를 거기까지 가져오느라 녹초가 되어 있었다. '피투성이 손' 핀은 프라이팬과 반쯤 말린 담뱃잎을 잔뜩 훔쳐왔고, 담뱃대로 쓸 옥수숫대도 조금 가져왔다. 하지만 해적 중에 담배를 피우거나 '씹는' 사람은 허크뿐이었다. '카리브 해의 비열한 복수자'가 불 없이는 시작할 수 없다고 말했다. 지당한 생각이었다. 그 시절에는 성냥이 귀했다. 해적들은 100야드쯤 위쪽에 있는 커다란 뗏목에서 연기를 내뿜는 불을 보고 그리로 몰래 다가가 장작에 불을 붙였다. 그러고는 이따금 "쉬!"라고 말하며 갑자기 걸음을 멈춘 채 손가락을 입에 갖다 대는가 하면, 상상의 단검 손잡이를 움켜쥐기도 하고, 음침하고 나직한 목소리로 만일 '적'이 조금이라도 움직이면 '죽은 자는 말이 없는 법'이므로 "자루까지 푹 쑤셔 박아"라고 명령을 내리는 등 호기롭게 모험을 감행했다. 뱃사람들이 모두 마을로 내려가 창고에서 노름판을 벌이거나 코가 삐뚤어지게 마셔대고 있다는 걸 뻔히 알고 있었지만 그렇다고 해서 그 사실이 해적답지 못하게 행동해도 된다는 핑계가 되진 못했다.

이윽고 톰의 지휘 아래 허크가 뒤쪽 노를, 조가 앞쪽 노를 맡아 배를 띄웠다. 톰은 인상을 잔뜩 찌푸린 채 팔짱을 끼고 배 한가운데 서서 나직하고도 단호하게 명령을 내렸다.

"바람 부는 쪽으로 뱃머리를 돌린다!"

"알겠습니다, 선장님!"

"그대로 유지하라, 그대로-오-오-오!"

"예예, 선장님!"

"배를 11도 튼다!"

"11도. 예, 선장님!"

아이들이 지루함과 싸워가며 부지런히 뗏목을 몰아 강 한가운데 이를 즈음 이런 명령은 누가 보아도 그저 '폼'을 잡으려는 것일 뿐 특별히 무슨 뜻이 있는 게 아니라는 점이 명백해졌다.

"배에 어떤 돛이 있나?"

"큰 가로돛과 중간 돛과 삼각돛이 있습니다, 선장님."

"맨 꼭대기 돛을 올려라! 거기 여섯 명은 앞 돛대, 가운데 돛대, 보조 돛을 올려! 자자, 기운들 내!"

"예예, 선장님!"

"큰 돛대 윗돛을 활짝 펴라! 아딧줄을 당겨라! 자, 어서!"

"예예, 선장님!"

"키를 바람 없는 쪽으로! 좌현으로 끝까지! 그 상태로 대기하라! 좌현, 좌현으로! 자, 지금이다! 힘껏 돌려! 그대로-오-오-오!"

"그대로. 예, 선장님!"

강 중간을 넘어서자 뗏목이 저절로 끌려갔다. 아이들은 뱃머리를 똑바로 놓고 노 젓는 일을 쉬었다. 파도가 높지 않아서 물살 속도는 시속 2, 3마일이 채 되지 않았다. 그 후 45분은 거의 한마디도 들리지 않았다. 뗏목은 이제 저 멀리 마을 앞을 지나가고 있었다. 희미하게 깜빡이는 두세 개의 불빛이 그곳이 마을이라는 것을 말해줄 뿐 별들이 보석처럼 박힌 시커먼 강물 저편은 지금 벌어지고 있는 엄청난 사건을 까맣게 모른 채 평화롭게 잠들어 있었다. '비열한 복수자'는 팔짱을 끼고 가만히 서서 전에는 기쁨이었지만 이제는 고통으로 변해버린 그 광경을 바라보며 '마지막 작별의 눈인사를 건넸다'. 그러면서 '그녀'가 사나운 바다로 나가 위험과 죽음에 담대하게 맞서 싸우며 입가에 으스스한 미소를 머금은 채 파멸로 치닫는 지금의 자신을 본다면 얼마나 좋을까 생각했다. 상상력을 조금만 동원하면 잭슨 섬을 마을에서 안 보이는 곳으로 치우는 것쯤은 일도 아니었다. 그리하여 톰은 한편으로는 가슴이 미어지지만 또 한편으로는 흡족해하면서 마지막 작별의 눈인사를 건넸다. 다른 해적들도 마지막 작별의 눈인사를 건

네고 있었다. 그런데 다들 너무 오래 바라보느라 하마터면 물살에 떠밀려 섬을 한참 멀리 벗어날 뻔했다. 하지만 제때에 위험을 알아차리고 섬 쪽으로 방향을 돌렸다. 새벽 두 시 무렵 뗏목이 섬 머리에서 200야드 위쪽에 있는 모래톱에 닿았다. 아이들은 얕은 물을 걸어서 왔다 갔다 하며 뱃짐을 뭍으로 옮겼다. 작은 뗏목 행장 중에는 낡은 돛이 하나 있었는데, 아이들은 이 돛을 가져다 덤불 속 구석진 곳에 천막처럼 펼쳐놓고 식량을 보관했다. 하지만 본인들은 날씨도 좋고 무법자가 된 만큼 밖에서 자기로 했다.

아이들은 어두컴컴한 숲 속으로 스무 발자국이나 서른 발자국쯤 들어가 커다란 통나무 옆에 불을 피운 다음 저녁으로 프라이팬에 베이컨을 조금 굽고 가져온 옥수수빵의 절반을 먹어치웠다. 인적이라고는 찾아볼 수 없는 미개척의 무인도 처녀림에서 그런 야생의 자유를 실컷 즐긴다는 것은 더할 나위 없이 즐거운 놀이인 듯했다. 아이들은 너도나도 다시는 문명 세계로 돌아가지 않겠다고 말했다. 타오르는 불이 세 아이의 얼굴을 환하게 비추는가 싶더니 숲 신전의 아름드리 나무둥치와 반짝이는 잎사귀와 덩굴에도 불그스레한 빛을 던졌다.

바삭바삭한 베이컨과 옥수수빵을 마지막 한 입까지 게걸스레 해치우고 나서 아이들은 머리끝부터 발끝까지 만족감에 휩싸여 풀밭에 드러누웠다. 더 시원한 곳을 찾을 수도 있었지만 타오르는 모닥불이 드리우는 분위기가 너무 낭만적이라 거부하기가 어려웠다.

"기분 좋지 않냐?" 조가 말했다.

"좋아 죽겠다! 다른 애들이 보면 뭐라고 할까?" 톰이 말했다.

"뭐라긴? 여기 와보면 아마 바로 뒤집어질 거다…… 그렇지, 허크!”

“그럼. 아무튼 나한텐 딱 맞아. 이 이상 더 바랄 게 없어. 보통은 배 불리 먹어본 적이 없는데…… 여기는 누가 와서 집적거리거나 못살 게 굴지도 않고 말이야.” 허크가 말했다.

“나한테도 딱 맞는 생활이라니까. 아침에 일어날 필요도 없지, 학교에 안 가도 되지, 씻을 필요도 없지, 귀찮은 일은 하나도 할 필요가 없잖아. 거봐, 조, 해적은 뭍에 올라오면 아무것도 할 필요가 없는 거야. 하지만 은둔자는 기도만 엄청 해야 하고, 그러고 나면 아무 재미도 없이, 아무튼 그런 식으로 혼자 지내야 하거든.” 톰이 말했다.

“맞아, 정말 그래. 그렇지만 뭐 꼭 은둔자가 될 생각은 아니었어. 그건 너도 알잖아. 이제 해보니까 해적이 되길 훨씬 잘했어.” 조가 말했다.

“그렇다니까. 요즘은 사람들이 예전 같지 않게 은둔자를 별로 안 하거든. 하지만 해적은 늘 존경받잖아. 게다가 은둔자는 제일 딱딱한 곳을 찾아 자야 하고, 머리에 삼베와 재를 뒤집어써야 하고, 또 비 오는데 밖에 서 있어야 하고, 또……”

“머리에 삼베와 재는 뭣 땜에 뒤집어쓰는데?” 허크가 물었다.

“나도 몰라. 하지만 그렇게 해야 해. 은둔자는 원래 그렇게 하는 거야. 네가 은둔자라면 너도 그렇게 해야 돼.”

“나라면 안 그래.” 허크가 말했다.

“그럼 뭘 할 건데?”

“나도 몰라. 하지만 그건 안 할 거야.”

“에이, 허크, 그래야 한다니까. 너라고 어떻게 피해 가겠어?”

"야, 난 그런 거 못 견뎌. 도망치지 뭐."

"도망친다고! 은둔자 꼴 한번 좋겠다. 그럼 넌 망신거리가 되고 말걸."

'피투성이 손'은 다른 데 열중하느라 아무 대답이 없었다. 옥수수 속대는 언제 파냈는지 지금은 담뱃잎을 구멍 크기에 맞게 손질해 쟁여 넣고 숯불을 붙여 향긋한 연기구름을 내뿜고 있었다. 사치스러운 행복에 허크의 얼굴이 활짝 피어났다. 나머지 두 해적은 이 멋진 악행을 못내 부러워하며 곧 배워야겠다고 몰래 결심했다. 곧이어 허크가 말했다.

"해적들은 뭘 해야 하지?"

톰이 대답했다.

"아, 그냥 고약하게 굴기만 하면 돼…… 배를 빼앗아 불태우고, 돈을 가져다 유령이 있거나 그 비슷한 게 지켜주는 자기네 섬의 무시무시한 곳에 파묻고, 배에 타고 있는 사람들은 전부 죽이는 거야…… 널빤지를 걸어가게 해서."

"그리고 여자들은 섬으로 데려오는 거야. 해적은 여자는 안 죽이거든." 조가 말했다.

"맞아." 톰이 동의했다. "해적은 여자는 안 죽여…… 여자들은 너무 고귀하거든. 게다가 언제 봐도 예쁘잖아."

"그리고 옷도 고약하게 입을걸! 아, 그래! 온통 금은과 다이아몬드로 말이지." 조가 열광하며 말했다.

"누구 말이야?" 허크가 물었다.

"누군 누구야, 해적들이지."

허크는 쓸쓸히 자기 옷을 뚫어지게 쳐다보았다. 그러고는 애통함이 가득 묻어나는 목소리로 말했다.

"난 해적에게 맞는 차림이 아니네. 그렇지만 나한테는 이 옷밖에 없는데."

하지만 나머지 두 소년이 이제 모험만 시작하면 좋은 옷이 곧 충분히 생길 거라고 말하면서 돈 많은 해적들이야 의복을 적절히 갖추고 시작하는 게 관습이지만 우선은 초라한 누더기로 시작해도 괜찮다고 허크를 다독였다.

점차 이야기가 잦아들면서 어린 방랑자들의 눈꺼풀 위로 졸음이 엄습하기 시작했다. '피투성이 손'은 손에서 담뱃대를 떨어뜨리더니 곧이어 곤한 잠에 빠져들었다. 거기에 비해 '바다의 공포'와 '카리브 해의 비열한 복수자'는 잠드는 데 꽤 애를 먹었다. 둘은 자리에 누워 속으로 기도를 했다. 무릎을 꿇고 큰 소리로 기도문을 암송하라고 시키는 사람이 아무도 없었기 때문이다. 사실 마음 같아서는 그것마저도 하고 싶지 않았지만 하늘에서 갑자기 특별 번개라도 떨어져 내리면 어쩌나 싶어 그렇게까지 막 나가지는 못했다. 그러고 나서 막 잠의 문턱에 이르러 헤매고 있는데 이제 여간해서는 '물러날' 의사가 없는 듯한 침입자가 나타났다. 바로 양심이었다. 둘은 가출한 것은 나쁜 짓이라는 막연한 두려움을 느끼기 시작했다. 그리고 다음으로 고기를 훔친 것에 대해 생각했다. 그러자 지독한 고통이 찾아왔다. 둘은 전에도 수십 번이나 사탕과자와 사과를 훔쳤다는 사실을 일깨우며 양심을 달래려 애썼지만 양심은 그런 얄팍한 술수에 넘어가지 않았다. 결국 사탕과자를 훔치는 것은 '슬쩍하기'에 지나지 않지만 베이컨과 햄처럼 값비싼 물건을 훔치는 것은 명백한 '도둑질'이며, 도둑질은 성경에서도 금하고 있다는 엄연한 사실을 피해 갈 방법이 없는 듯했다. 그래서 둘은 이 직업에 종사하는 동안 도둑질이라는 범죄를 저질러 해적의 명예를 더럽히는 일은 두 번 다시 하지 않겠다고 속으로 다짐했다. 그러고 나자 양심은 휴전을 받아들였고, 무척이나 일관성이 없는 이 해적들은 평화롭게 잠들었다.

14

야영 생활/일대 사건/톰, 야영지를 몰래 빠져나가다

아침에 눈을 떴을 때 톰은 자신이 어디 있는지 몰라 얼떨떨했다. 일어나 앉아 눈을 비비며 주변을 둘러보고 나서야 비로소 이해가 되었다. 서늘하고 어슴푸레한 새벽이었다. 평온과 고요가 깊이 깃든 숲에는 휴식과 평화가 주는 기분 좋은 느낌이 가득했다. 나뭇잎 하나 움직이지 않았고, 대자연의 명상을 주제넘게 방해하고 나서는 소리 또한 하나 없었다. 나뭇잎과 풀잎마다 구슬 같은 이슬방울을 송송 머금고 있었다. 하얀 재가 모닥불을 가득 뒤덮은 가운데 가느다랗고 푸르스름한 연기가 하늘로 곧장 피어올랐다. 조와 허크는 아직도 자고 있었다.

이제 숲 저 멀리서 새 한 마리가 울어댔다. 또 한 마리가 그 소리에 화답했고, 곧이어 딱따구리의 망치질 소리가 들려왔다. 새벽의 서늘

하고 어슴푸레한 기운이 점차 환해졌고, 소리도 갈수록 다양해지면서 생명이 모습을 드러냈다. 잠을 떨쳐내고 제 할 일을 시작하는 자연의 경이가 생각에 잠긴 소년에게도 드리웠다. 작은 초록색 벌레 한 마리가 이슬을 머금은 잎사귀 위로 꿈틀꿈틀 기어오르더니 이따금 자기 몸의 3분의 2를 공중으로 치켜들고 '사방으로 코를 킁킁거리다가' 다시 전진했다. 톰의 말을 빌리면 그렇게 녀석은 거리를 가늠하고 있었다. 녀석이 제풀에 다가오는 동안 톰은 돌처럼 가만히 앉아 있었다. 녀석이 계속 다가오거나 다른 곳으로 가려는 기미를 보일 때마다 톰의 희망은 하늘 높이 솟구쳤다 곤두박질치기를 번갈아 되풀이했다. 마침내 녀석은 공중에서 몸을 도르르 만 채 잠시 고민을 하는 듯싶더니 단호하게 톰의 다리로 내려와 이곳저곳을 여행하기 시작했다. 그 순간 톰의 가슴은 기쁨으로 넘쳐났다. 그것은 곧 새 옷이, 다시 말해 한 점 의심도 없이 번지르르한 해적의 제복이 생길 거라는 징조였기 때문이다. 이어서 딱히 어디에서랄 것도 없이 개미들이 줄줄이 열을 지어 나타나 열심히 일하기 시작했다. 그중 한 마리는 용케도 제 몸보다 다섯 배나 큰 죽은 거미를 안아들더니 곧장 나무둥치 위로 끌고 올라갔다. 갈색 반점이 있는 무당벌레 한 마리가 까마득히 높은 풀잎사귀를 기어올랐다. 톰은 벌레 가까이 허리를 숙이고 이렇게 말했다. "무당벌레야, 무당벌레야, 어서 집으로 가렴, 너희 집에 불났다, 애들만 있단다." 그러자 무당벌레는 어찌 된 일인지 알아보려는 듯 날개를 펴고 날아갔다. 하지만 톰은 전혀 놀라지 않았다. 이 벌레가 불났다는 소리에 잘 속는다는 것을 옛날부터 알고 있었고 또 실제로도 몇 번 속여본 적이 있었기 때문이다. 다음으로 말똥구리 한 마리가 말똥을 힘차게 굴리며 다가왔다. 톰이 어쩌나 보려고 톡 건드리자 녀석은 다리를 몸에 찰싹 붙이고 죽은 척했다. 이 무렵 새들도 꽤나 소란을 피워대고 있었다. 흉내지빠귀라고도 불리는 개똥지빠귀 한 마리가 톰의 머리 위 나무에 앉아선 기쁨에 겨워 정신없이 지저귀며 이웃들을 흉내 냈다. 그다음엔 찌르륵찌르륵 날카롭게 울어대는 소리가 특징인 어치가 푸른 섬광과도 같이 휙 뛰어내려 팔을 뻗으면 닿을 만큼 가까운 나뭇가지에 자리를 잡더니 고개를 한쪽으로 갸우뚱 기울이고는 호기심 가득한 눈으로 낯선 이들을 쳐다보았다. 잿빛 다람쥐와 '여우'라고 해도 될 만큼 덩치가 큰 친구 다람쥐가 쪼르르 달려와선 어느 정도 거리를 두고 앉아 아이들을 살피며 재잘재잘 수다를 떨어댔다. 아마도 전에 인간을 한 번도 본 적이 없어 무서워해야 할지 말아야 할지 잘 모르는 듯했다. 이제 만물이 완전히 깨어나 저마다 바삐 움직이고 있었다. 기다란 창 같은 햇살이 빽빽하게 우거진 나뭇잎들을 사정없이 내리 쬘렀고, 그 위로 나비 몇 마리가 팔랑대며 모습을 드러냈다.

톰은 다른 해적들을 흔들어 깨웠다. 곧이어 셋 모두 시끄럽게 고함을 내지르며 눈 깜짝할 사이에 옷을 벗어 던지고 하얀 모래톱의 투명한 물웅덩이에 서로 앞서거니 뒤서거니 풍덩 뛰어들었다. 장엄한 물의 황무지 저 너머에 잠들어 있는 자그마한 마을은 이제 더 이상 그립지 않았다. 흐름이 바뀐 물살 때문인지 밤사이 불어난 강물 때문인지 뗏목이 떠내려가고 없었지만 아이들은 이 사실을 오히려 기쁘게 받아들였다. 말하자면 문명 세계와 이어주던 다리가 불타버린 셈이었기 때문이다.

아이들은 말도 못 하게 상쾌하고 즐거운 동시에 걸신이라도 들린 듯 허기져서 야영지로 돌아와 곧 모닥불을 다시 피웠다. 허크가 근처에서 맑고 시원한 샘물을 찾아내자 아이들은 넓적한 참나무 잎인가 히커리 잎인가를 컵 삼아 물을 떠 마셨다. 원시림이 마법을 부리기라도 했는지 다디달게 느껴지는 그 물은 커피와 견주어도 손색이 없을 듯했다. 조가 아침으로 먹을 베이컨을 써는 사이 톰과 허크는 잠시 기다려달라고 말하고는 강둑으로 가서 고기가 잘 잡힐 것 같은 구석진 곳에 낚싯줄을 던졌다. 곧 성과가 있었다. 조가 기다리느라 안달할 겨를도 없이 둘은 잘생긴 농어 몇 마리와 역시 농어의 일종인 선퍼치 두어 마리, 메기 한 마리를 들고 돌아왔다. 그 정도면 한 가족이 배불리 먹을 수 있는 양이었다. 아이들은 베이컨과 함께 물고기를 튀겨 먹고는 깜짝 놀랐다. 그렇게 맛있는 물고기는 여태 먹어본 적이 없었기 때문이다. 원래 민물고기는 잡자마자 바로 요리할수록 맛이 좋은 법이지만 아이들은 그 사실을 알지 못했다. 게다가 야외에서 자고 활동하면서 먹까지 감아 절로 입맛이 도는 데다 시장이라는 양념이 한 몫 톡톡히 했다는 사실도 알 턱이 없었다.

아침을 먹고 나서 아이들은 그늘에 드러누웠고, 그 틈에 허크는 담배를 피웠다. 그런 다음 숲 탐험에 나섰다. 세 아이는 얼기설기 뒤엉킨 덤불을 헤치고 썩어가는 통나무를 신나게 쿵쿵 내리 밟으며 머리 꼭대기에서부터 땅바닥까지 포도 넝쿨을 왕의 예복처럼 치렁치렁 늘어뜨리고 서 있는 숲의 근엄한 군주들 사이를 돌아다녔다. 그러다 이따금 풀이 융단처럼 깔려 있고 꽃들이 보석처럼 아로새겨진 아늑하고 후미진 곳과 마주치기도 했다.

눈을 즐겁게 하는 것들은 많았지만 그 가운데 깜짝 놀랄 만한 것은 하나도 없었다. 둘러본 결과 섬은 길이가 약 3마일에 너비는 4분의 1마일쯤 됐고, 폭이 200야드가 채 안 되는 좁다란 수로가 섬과 섬에서 제일 가까운 강기슭을 갈라놓고 있을 뿐이었다. 아이들은 거의 한 시간마다 수영을 했기 때문에 다시 야영지로 돌아왔을 때는 오후가 어느새 반나절이나 후딱 지나 있었다. 세 아이는 너무 배가 고파 고기 잡는 일은 엄두도 내지 못하고 대신 차가운 햄을 실컷 먹었다. 그러고 나서 그늘에 누워 이야기를 나누었다. 하지만 이야기는 곧 맥이 빠지기 시작했고 그러다 결국 완전히 끊기고 말았다. 숲을 내리덮은 적막과 엄숙함, 나아가 고독감 앞에서 세 소년은 숙연해지기 시작했다. 다들 말없이 생각에 잠겼다. 뭐라고 딱 꼬집어 말할 수 없는 그리움 같은 게 슬며시 밀려왔다. 이것은 희미하게 형체를 갖추나 싶더니 곧이어 향수병(鄕愁病)이라는 싹을 틔워냈다. '피투성이 손' 핀조차도 잠자리로 삼곤 했던 남의 집 현관 계단과 텅 빈 통을 못내 그리워하고 있었다. 하지만 다들 자신의 나약함을 창피스럽게 여겼고, 아무도 속에 있는 생각을 입 밖으로 꺼낼 만큼 용감하지 못했다.

한동안 세 아이는 때로 단조롭게 똑딱거리는 시계 소리를 별 생각 없이 듣듯 멀리서 들려오는 어떤 소리를 그저 멍청하게 듣고만 있었다. 하지만 정체를 알 수 없는 그 소리는 이제 점점 또렷해져서 신경을 안 쓰려야 안 쓸 수 없었다. 아이들은 흠칫 놀라 서로 쳐다보다가 각자 귀를 쫑긋 곤두세웠다. 깊은 침묵이 길게 이어지더니 저 멀리 아래쪽에서 쿵하는 소리가 묵직하고도 굼뜨게 울려왔다.

"저게 뭐지!" 조가 숨죽인 채 외쳤다.

"그러게." 톰이 나직하게 말했다.

"천둥은 아니야." 허클베리가 겁먹은 목소리로 말했다. "왜냐면 천둥은……"

"쉬! 가만히 듣기나 해…… 말하지 말고." 톰이 말했다.

아이들은 잠시 기다렸다. 그 시간이 몇십 년은 되는 듯했다. 얼마 뒤 아까와 똑같이 둔탁하게 쿵 울리는 소리가 엄숙한 고요를 깨뜨렸다.

"가보자."

세 아이는 용수철이 튀어 오르듯 벌떡 일어나 마을 쪽 강기슭으로 달려가선 덤불을 헤집고 강 건너를 응시했다. 마을 아래쪽으로 1마일 쯤 떨어진 곳에 작은 증기 여객선이 물살에 이리저리 떠다니고 있었다. 넓은 갑판에는 사람들이 북적이는 듯했다. 엄청나게 많은 조그만 나룻배들이 여객선 주변에서 노를 젓거나 물살과 함께 출렁이고 있었지만 아이들은 사람들이 뭣 때문에 그러고 있는지 종잡을 수가 없었다. 곧이어 여객선 옆구리에서 하얀 연기가 뭉클뭉클 쏟아져 나왔고, 연기가 퍼지면서 느릿느릿 구름이 되어 하늘 높이 치솟아 오르자 또다시 쿵 소리가 둔하게 울려 퍼졌다.

"이제 알겠다! 누가 물에 빠져 죽은 거야!" 톰이 소리쳤다.

"맞아! 작년 여름에 빌 터너가 물에 빠졌을 때도 저랬어. 그때도 물에다 대포를 쏘았거든. 그렇게 하면 죽은 사람이 물 위로 떠오른대. 있지, 그리고 빵 덩이를 가져다 안에 수은을 집어넣고 물에 띄우면 빠져 죽은 사람이 있는 바로 그 자리에 멈춰 선대." 허크가 말했다.

"그래, 나도 그런 말 들어본 적 있어. 빵이 어떻게 그런 일을 하는지 참 신기하단 말이야." 이번에는 조가 말했다.

"아, 그건 꼭 빵 때문이 아니야. 내 생각엔 사람들이 빵을 띄우기 전에 그 위에다 대고 하는 말 때문이 아닌가 싶어." 톰이 말했다.

"하지만 그 위에다 대고 뭐라고 말하는 사람은 아무도 없던데. 내가 봤는데 다들 아무 말도 않던걸." 허크가 말했다.

"글쎄, 거참 이상하네. 하지만 아마 속으로 말했겠지. 보나마나 그랬을 거야. 그쯤이야 누구나 다 알지 않나." 톰이 말했다.

나머지 소년들도 톰의 말에 일리가 있다며 동의했다. 한갓 무식한 빵 덩이가 주문의 지시도 받지 않고 그런 막중한 심부름을 그처럼 똑 부러지게 해낼 리가 없었기 때문이다.

"나도 지금 저기 있었으면 정말 좋겠다." 조가 말했다.

"나도. 그게 누군지 알고 싶어 미치겠다." 허크가 말했다.

아이들은 가만히 귀 기울이면서 계속 지켜보았다. 잠시 후 어떤 생각이 톰의 머리를 계시처럼 번쩍 스치고 지나갔다. 톰이 소리쳤다.

"얘들아, 누가 빠져 죽었는지 알겠어…… 바로 우리야!"

아이들은 한순간에 영웅이라도 된 듯한 기분이었다. 눈부신 승리였다. 세 아이가 실종되었고, 그래서 사람들은 슬퍼하고 있었다. 다들 찢어지는 가슴을 부여안고 눈물을 떨어뜨리고 있었다. 이 가엾은 실종 소년들에게 몰인정하게 대했던 기억을 떠올리며 때늦은 후회와 자책에 빠져 있었다. 무엇보다도 온 마을이 죽은 아이들 이야기로 들썩이고 있을 테니 마을 남자아이들 모두 이 빛나는 유명세를 부러워하고 있을 게 틀림없었다. 멋진 일이었다. 결국 해적이 된 보람이 있었다.

땅거미가 내려앉으면서 증기 여객선은 본연의 일로 돌아갔고, 나룻배들도 자취를 감추었다. 해적들은 다시 야영지로 돌아왔다. 그리고 새로 얻은 높은 지위와 자신들이 벌이고 있는 깜짝 소동에 뭐라도 된 듯 우쭐대며 희희낙락했다. 물고기를 잡아 저녁을 먹은 뒤 세 아이는 마을에서 자기들에 대해 어떻게 생각하고 뭐라고 말할지 알아맞히면서 시간을 보냈다. 자신들 때문에 온 마을이 비탄에 잠긴 모습을 상상하는 것만으로도 신바람이 났다. 하지만 밤의 그림자가 가까이 다가오면서 아이들은 점점 말이 없어졌고, 마음은 어디 딴 곳을 헤매는지 가만히 앉아 모닥불만 하염없이 바라보았다. 흥분이 가시자 톰과 조는 자신들과 달리 이 근사한 놀이를 즐기지 못하고 있을 집 식구들이 자꾸만 생각났다. 걱정이 밀려들면서 불안하고 뒤숭숭한 마음에 자기도 모르게 한숨이 한두 번 새어나왔다. 이윽고 조가 머뭇거리며 지금 당장은 아니더라도 문명 세계로 돌아가는 문제에 대해 다른 아이들은 어떻게 생각하는지 슬쩍 '떠보기'에 나섰다.

톰은 코웃음으로 단박에 조의 코를 납작 눌러놓았다! 허크는 처음에는 중립이었지만 결국 톰의 손을 들어주었고, 잠시 마음이 흔들렸던 조는 서둘러 '핑계를 대면서' 옷에 달라붙어 있던 나약한 향수병을 작은 얼룩까지도 박박 문질러 벗겨냈다. 이렇게 해서 반란은 우선은 효과적으로 진압되었다.

밤이 깊어지면서 허크는 꾸벅거리기 시작하더니 금세 코를 골기 시작했다. 톰은 팔꿈치를 베고 누워 한동안 두 친구를 골똘히 지켜보았다. 그러다 마침내 조심스럽게 자리에서 일어나더니 엉금엉금 기어다니며 모닥불이 던지는 그림자들이 어른거리는 풀밭을 뒤졌다. 그리고 커다란 반달 모양의 얇고 하얀 플라타너스 껍질을 여러 개 주워 이리저리 살피더니 그중 마음에 듦직한 것 두 개를 골랐다. 그런 다음

불 곁에 쭈그리고 앉아 '갈철석'으로 나무껍질에 뭔가를 공들여 썼다. 그러고는 하나는 도르르 말아 자기 저고리 주머니에 넣고 또 하나는 조의 모자 안에 넣어 모자 주인에게서 약간 떨어진 곳으로 가져가더니 분필 동강, 고무공, 낚싯바늘 세 개 등 그 또래 남자아이라면 더할 나위 없이 귀하게 여기는 물건들도 안에 함께 넣었다. 그중에는 '진짜 수정'으로 통하는 공깃돌도 하나 있었다. 그러고 나서 톰은 발끝으로 조심조심 나무들 사이를 빠져나가 소리가 들리지 않을 만큼 멀리 왔다고 생각되자 모래톱이 있는 쪽으로 냅다 달려갔다.

15

톰, 정찰에 나서다 / 상황 파악 / 야영지에 돌아와 알리다

몇 분 지나 톰은 일리노이 쪽 강기슭을 목표로 모래톱의 얕은 물을 건너고 있었다. 반쯤 건너자 물이 허리까지 차오르는 데다 물살 때문에 더 이상 걸을 수가 없었다. 그래서 나머지 100야드는 손발을 힘차게 놀리며 헤엄쳐 갔다. 그런데 등 뒤에 바람을 받으며 상류 쪽으로 헤엄쳤지만 생각했던 것보다 훨씬 더 빠르게 하류 쪽으로 밀려났다. 하지만 결국 기슭에 닿았고 잠시 이리저리 떠다니며 몸을 끌어올릴 수 있을 만큼 낮은 곳을 찾아내자 뭍에 올랐다. 그러고는 저고리 주머니에 손을 넣어 나무껍질이 무사한지 확인한 다음 옷에서 물을 뚝뚝 떨어뜨리며 강기슭을 따라 펼쳐져 있는 숲을 헤쳐 나가기 시작했다. 열 시가 조금 못 되어 마을 반대편 공터에 다다르자 높다란 강둑과 나무들이 드리우는 그림자 한가운데 정박해 있는 증기 여객선이 눈에

들어왔다. 깜빡이는 별들 아래 사방이 고요했다. 톰은 주위를 두리번거리며 강둑으로 살금살금 기어 내려가 미끄러지듯 물속으로 들어갔다. 그러고는 서너 번 팔다리를 휘저어 헤엄쳐 가서는 고물에서 자신의 본분을 다하고 있는 작은 나룻배에 기어올랐다. 그리고 노잡이 좌석 아래 누워 숨을 헐떡이며 기다렸다.

곧이어 금이 간 종이 울리더니 어떤 목소리가 '출항' 명령을 내렸다. 1, 2분 뒤 증기선이 일으키는 큰 물결에 작은 나룻배의 머리가 출렁이면서 항해가 시작되었다. 톰은 성공해서 기분이 좋았다. 오늘 밤에는 이번이 이 배의 마지막 항해였기 때문이다. 12분 내지 15분쯤 지났을까, 타륜이 멈추었다. 어둠 속에서 톰은 물로 슬쩍 미끄러져 들어가 육지 쪽으로 헤엄치기 시작해 강 아래쪽 50야드 지점에 닿았다. 이렇게까지 내려간 이유는 혹시라도 밤늦게 어슬렁거리는 부랑자와 마주칠지도 모르는 위험을 피하기 위해서였다.

톰은 인적이 드문 골목길을 날듯이 달려 곧 이모네 집 뒤 울타리에 도착했다. 울타리를 타넘어 뒷간 쪽으로 다가가 불이 환하게 켜져 있는 거실 창문을 들여다보았다. 폴리 이모, 시드, 메리, 조 하퍼의 어머니가 함께 둘러앉아 이야기를 나누고 있었다. 그들은 침대 옆에 있었고, 침대는 그들과 문 사이에 있었다. 톰은 문으로 가서 살며시 빗장을 올리기 시작했다. 그러고 나서 문을 살짝 밀자 아주 작은 틈새가 생겼다. 문이 삐걱거릴 때마다 톰은 와들와들 떨면서 조심스럽게 계속 문을 밀었다. 그렇게 얼마가 지났을까, 틈새가 무릎으로 기어서 간신히 통과할 만큼 벌어졌다고 판단되자 톰은 머리부터 조심조심 디밀었다.

"촛불이 왜 이렇게 흔들리지?" 폴리 이모가 말했다. 톰은 서둘렀다. "저런, 문이 열렸나 보네. 아무래도 그런 모양이네. 요즘엔 이상한 일들이 끊이지 않는다니까. 시드, 가서 문 좀 닫고 오너라."

톰은 아슬아슬하게 침대 밑에 몸을 숨겼다. 그러고는 누워서 잠시 '숨을 돌린' 뒤 이모의 발이 거의 닿는 데까지 기어갔다.

"아까도 말했지만 그 앤 나쁜 애는 아니었다우. 그 뭐냐…… 장난이 좀 심했을 뿐이지. 그저 까불거리고 덤벙댔을 뿐이라우. 워낙 망아지 같은 애라 철이 없는 게 탈이었지 악의는 없었다우. 정이 얼마나 많은 아이였는데……" 이모는 말을 끝내지 못하고 울기 시작했다.

"우리 조도 그랬어요. 밤낮 개구쟁이 짓에 온갖 짓궂은 장난은 다 하고 다녔지만 얼마나 남을 잘 챙기고 곰살스러웠게요…… 세상에, 그런 애를 크림을 훔쳐 먹었다고 때린 걸 생각하면…… 쉬어서 버린 건 까맣게 잊어먹고 말예요. 그 아이를 이승에서는 두 번 다시, 두 번 다시 볼 수 없다니, 에그, 불쌍하게 구박만 받고!" 이렇게 말하면서 하퍼 부인은 가슴이 미어지는지 목 놓아 울었다.

"형이 그곳에서 잘 지냈으면 좋겠어요. 하지만 어떻게든 좀 더 착하게 굴었더라면……" 시드가 말했다.

"시드!" 톰은 볼 수는 없었지만 노부인의 눈에서 번득이는 불똥을 느낄 수 있었다. "톰을 깎아내리는 말이라면 한마디도 하지 말거라. 이제 이 세상 사람이 아니잖니! 그 앤 하느님께서 잘 돌봐주실 게다…… 그러니 넌 신경 쓸 것 없다! 아, 하퍼 부인, 어떻게 해야 그 애를 잊을 수 있을지! 어떻게 해야 그 애를 잊을 수 있을까요! 내게 그 앤 정말 큰 위안이었는데, 비록 이 늙은이 속을 숱하게 긁어놓긴 했지만 말이우."

"주시는 것도 주님이요, 거두어 가시는 것도 주님이시잖아요……
복되도다, 그 이름! 하지만 아무리 그렇기로서니 이건 너무 심해요!
해도 해도 이건 너무 심해요! 지난 토요일만 해도 조 그 녀석이 바로
내 코앞에서 폭죽을 터뜨리기에 늘씬하게 패줬지 뭐예요. 그때만 해
도 몰랐어요, 이렇게 빨리…… 아, 다시 그런 일이 일어난다면 그 앨
껴안고 칭찬해줄 텐데."

"네, 맞아요, 맞아. 나도 그 심정 잘 알아요, 하퍼 부인, 암, 누구보
다도 잘 알고말고요. 바로 어제 낮이었는데, 우리 톰이 고양이한테 진
통제를 잔뜩 먹이는 바람에 온 집 안이 쑥대밭이 되고 말았지 뭐유.
그래서 오, 하느님 맙소사, 골무로 녀석 머리통을 쥐어박지 않았겠수.
불쌍한 것, 그렇게 가다니. 하지만 이제 고생할 일도, 걱정할 일도 없
겠지요. 그런데 그 애가 마지막으로 한 말이 원망하는 소리라……"

기억을 떠올리려니 견디기가 힘들었던지 노부인은 그만 완전히 무
너지고 말았다. 톰도 어느새 훌쩍이고 있었다…… 다른 누구보다도
자기 자신이 가여워서. 메리가 울면서 간간이 톰에 대해 따스한 말을
했다. 톰은 그 어느 때보다도 자기 자신이 소중하게 느껴지기 시작했
다. 그리고 이모의 슬픔에 너무 감동받은 나머지 침대 밑에서 튀어나
가 이모를 기쁨으로 깜짝 놀라게 할까도 생각했다. 연극처럼 화려하
게 등장한다는 이 생각에 톰은 내심 강하게 끌렸지만 꾹 참고 가만히
누워 있었다.

톰이 계속 귀를 기울이며 이런저런 이야기를 모아보니 처음에는 아
이들이 수영을 하다 빠져 죽은 줄로만 생각한 모양이었다. 그러고 나

서 작은 뗏목이 없어졌다는 사실이 드러났고, 또 몇몇 아이들이 없어진 세 아이가 마을에 곧 '뭔가 굉장한 소식이 날아들 것'이라고 호언장담했다고 증언했다. 그래서 지혜롭다는 사람들이 머리를 맞대고 '이것저것 끼워 맞춰본' 결과 아이들은 뗏목을 타고 출발했으며, 얼마 안 있어 아래 마을에 나타날 것이라는 결론이 나왔다. 하지만 정오 무렵 뗏목이 마을에서 5, 6마일 떨어진 미주리 쪽 기슭에 세워진 채 발견되면서 희망은 사라지고 말았다. 아이들은 물에 빠져 죽은 게 틀림없었다. 그렇지 않다면 배가 고파서라도 늦어도 해질녘에는 집에 돌아와야 마땅했다. 시체를 찾는 일은 공연한 헛수고로 여겨졌다. 세 아이 모두 수영에는 도가 튼 만큼 강기슭으로 피했을 텐데 그렇지 않은 걸 보면 강 한가운데서 익사한 게 분명했기 때문이다. 이때가 수요일 밤이었다. 만약 일요일까지도 시체가 나타나지 않는다면 모든 희망을 접고 아침에 장례식을 치르기로 예정되어 있었다. 톰은 몸서리를 쳤다.

하퍼 부인은 흐느끼면서 인사를 하고 집으로 가려고 돌아섰다. 그 순간 아이를 잃은 두 여인은 약속이라도 한 듯 동시에 감정에 북받쳐 서로 부둥켜안고 한바탕 위로의 울음을 터뜨리고 나서 헤어졌다. 폴리 이모는 평소보다 훨씬 더 다정하게 시드와 메리에게 잘 자라는 인사를 건넸다. 시드는 약간 훌쩍였고, 메리는 온 마음으로 엉엉 울면서 자리를 떴다.

두 아이마저 나가자 폴리 이모는 무릎을 꿇고 톰을 위해 기도를 올렸다. 너무도 애틋한 기도에, 늙고 떨리는 목소리로 한마디 한마디 다 헤아릴 길 없는 사랑을 담은 그 기도에 톰은 가슴이 뭉클해지면서 기도가 끝나기 훨씬 전부터 또다시 눈물범벅이 되고 말았다.

이모가 잠자리에 들고 나서도 톰은 한참을 꼼짝 않고 기다려야 했다. 이모가 이따금 애가 끊어질 듯 갑자기 탄식을 내지르는가 하면 불안하게 몸을 뒤척이며 돌아누웠기 때문이다. 하지만 결국 이모는 잠결에 가끔 끙끙 앓는 소리를 낼 뿐 조용해졌다. 그제야 톰은 슬며시 나와 침대 곁으로 다가가 손으로 촛불을 가리고 서서 이모를 내려다보았다. 이모가 너무 가여워서 가슴이 미어졌다. 톰은 돌돌 만 플라타너스 나무껍질을 꺼내 촛불 옆에 놓았다. 하지만 뭔가 생각이 떠올랐는지 잠시 망설였다. 그러고는 좋은 해결책이라도 생각난 듯 얼굴이 환해졌다. 톰은 나무껍질을 서둘러 주머니에 도로 집어넣은 뒤 허리를 굽혀 핏기 없는 이모의 입술에 키스를 하고는 그길로 방을 빠져나와 등 뒤로 문을 닫았다.

톰은 요리조리 골목을 누비며 다시 선착장으로 돌아와 주변에 아무도 없는 것을 확인하고 대담하게도 걸어서 배에 올라탔다. 경비원 한 명을 빼면 텅 빈 배나 다름없는 데다 그 경비원마저도 눈만 붙였다 하면 금세 잠에 곯아떨어져 조각상처럼 꿈쩍도 않는다는 사실을 잘 알고 있었기 때문이다. 톰은 고물에 묶여 있던 나룻배 밧줄을 풀어 살며시 올라탄 뒤 상류 쪽으로 조심스럽게 노를 젓기 시작했다. 그러고는 마을 위쪽으로 1마일쯤 떨어진 지점에 이르자 바람을 등지고 강 건너편으로 열심히 노를 저어갔다. 얼마 뒤 톰은 가뿐하게 맞은편 기슭에 닿았다. 이런 일쯤이야 식은 죽 먹기였다. 톰은 잠시 나룻배를 포획할까도 생각했다. 이 정도면 배로 보아도 무방했고 따라서 해적의 전리품으로 합당할 것 같았기 때문이다. 하지만 나룻배를 찾아 여기저기 샅샅이 수색이 이루어지는 날엔 결국 발각될지도 모른다는 생각이 들었다. 그래서 그냥 뭍에 올라 숲으로 들어갔다.

톰은 잠을 쫓으려고 무진 애를 쓰면서 주저앉아 한참을 쉬었다. 그러고는 지친 몸을 이끌고 최종 목적지를 향해 출발했다. 밤도 거의 끝나가고 있었다. 섬의 모래톱과 나란히 섰을 때는 날이 훤히 밝은 뒤였다. 해가 완전히 솟아올라 거대한 강을 눈부시게 비출 때까지 톰은 다시 휴식을 취한 뒤 강물에 뛰어들었다. 그러고는 잠시 후 물을 뚝뚝 떨어뜨리며 야영지 입구에 멈춰 섰다. 조의 목소리가 들려왔다.

"아냐, 톰은 배신 같은 걸 할 애가 아니야, 허크. 꼭 돌아올 거야. 도망갈 리가 없어. 그게 해적에게 불명예라는 걸 모르는 애도 아니고, 또 톰은 자존심이 너무 세서 그런 짓은 절대 못 해. 뭔가 사정이 있을 거야. 근데 대체 무슨 일일까?"

"글쎄, 그렇다 치고 그럼 이건 우리 거겠네, 안 그래?"

"거의, 하지만 아직은 아냐, 허크. 아침 먹을 때까지 안 돌아오면 그렇다고 적혀 있으니까."

"여기 오셨다!" 톰은 환성을 지르며 무대에 등장하는 연극배우처럼 멋지고 당당하게 야영지 안에 들어섰다.

베이컨과 생선으로 차린 호화스러운 아침이 곧 준비되었고, 세 아이는 둘러앉아 아침을 먹기 시작했다. 톰은 자신의 모험담을 자세히 (그리고 부풀려서) 소개했다. 이야기가 끝나자 아이들은 허영심과 자화자찬에 들뜬 영웅이 되어 있었다. 그러고 나서 톰은 그늘진 곳을 찾아 정오까지 내처 잤고, 나머지 두 해적은 낚시와 탐험에 나설 채비를 했다.

16

신나는 하루/톰, 비밀을 털어놓다/해적들, 교훈을 얻다/
한밤중의 놀라운 사건/인디언 전투

점심을 먹은 뒤 모두 모래톱으로 나가 거북 알 사냥에 들어갔다. 아이들은 막대기로 모래를 푹푹 쑤시며 돌아다니다가 무른 곳이 나오면 무릎을 꿇고 앉아 손으로 후벼 팠다. 때로 한 구멍에서 5,60개나 되는 알이 나오기도 했다. 둥글둥글하고 새하얀 알은 서양호두보다 약간 작았다. 그날 밤에 이어 금요일 아침까지도 거북 알 부침 잔치가 성대하게 벌어졌다.

아침 식사가 끝나고 아이들은 괴성을 지르며 모래톱을 껑충껑충 뛰어다니기도 하고 뱅글뱅글 원을 그리며 서로 쫓아다니기도 하면서 한 꺼풀 두 꺼풀 옷을 모조리 벗어 던졌다. 그러고는 물이 얕은 모래톱 위쪽으로 한참 올라가 거센 물살에 몸을 내맡기고 계속 신나게 놀았다. 가끔 물살에 휩쓸려 휘청거리며 넘어지기도 했는데 그래서 오히려 한층 더 재미있었다. 또 이따금 한데 웅크리고 둘러선 채 손바닥으로 서로의 얼굴에 물을 튀겨대며 숨이 막힐 듯한 물벼락 세례를 피해 얼굴을 돌리고 슬며시 다가가서는 힘이 센 사람이 옆 사람을 붙잡아 물속에 처박아 넣을 때까지 몸싸움을 벌이기도 했다. 그러다 결국엔 팔다리가 엉겨 다 같이 물속에 고꾸라졌다 떠올라선 푸푸거리며 물을 내뱉다가 누가 먼저랄 것도 없이 동시에 숨넘어갈 듯이 웃어댔다.

그렇게 놀다가 녹초가 되면 뜨겁게 달궈진 모래톱으로 뛰어가 온몸 가득 모래를 끼얹고 누웠다. 그러고 나면 다시 벌떡 일어나 물로 달려가선 아까 그 놀이를 다시 하곤 했다. 그러다 나중엔 자신들의 맨살이 곡예사들이 입는 살색 '타이츠' 같다는 생각이 문득 들어 모래에 둥그렇게 원을 그려놓고 서커스 놀이를 시작했다. 그런데 서커스에는 어릿광대가 셋이나 되었다. 이 자랑스러운 역할을 아무도 양보하려 들지 않았기 때문이다.

다음으로 아이들은 공깃돌을 가져다 '땅재먹기', '비사치기', '구슬치기'를 싫증이 날 때까지 하며 놀았다. 그러고 나서 조와 허크는 다시 멱을 감으러 갔지만 톰은 감히 그럴 엄두가 나지 않았다. 바지를 벗어 던질 때 발목에 차고 있던 방울뱀 꼬리 매듭도 같이 벗어 던졌다는 것을 깨달았기 때문이다. 이 신비한 부적의 보호 없이 어떻게 여태 쥐 한 번 나지 않았는지 톰은 그저 얼떨떨할 따름이었다. 마침내 매듭을 찾아 다시 수영을 하기로 마음먹었을 때는 다른 아이들은 이미 지쳐서 쉬려 하고 있었다. 세 아이는 어느새 각자 떨어져 '짐짝'처럼 찌그러진 채 저 멀리 강 건너에서 햇빛을 받으며 꾸벅꾸벅 졸고 있는 마을을 동경 어린 눈으로 쳐다보기 시작했다. 톰은 자기도 모르게 엄지

발가락으로 모래 위에 '베키'라고 썼다가 얼른 지워버렸다. 자신의 그런 나약함에 화가 치밀었지만 어찌 된 영문인지 다시 그 글자를 쓰고 말았다. 톰은 또다시 지워버리고는 유혹에서 벗어나기 위해 다른 아이들을 불러 모아 함께 어울렸다.

하지만 조의 기분은 되살아날 기미가 거의 보이지 않을 만큼 이미 잔뜩 가라앉아 있었다. 조는 집이 너무나 그리워 더는 견딜 수 없을 것 같았다. 눈에도 눈물이 그렁그렁 고여 떨어져 내리기 일보 직전이었다. 허크도 침울했다. 톰 역시 기분이 가라앉기는 마찬가지였지만 내색하지 않으려고 무진 애를 썼다. 톰에게는 아직은 말할 준비가 되지 않은 비밀이 하나 있었는데 이 불온한 우울증이 빨리 걷히지 않는다면 털어놓아야 할 듯했다. 톰은 짐짓 신이 난 목소리로 말했다.

"얘들아, 전에 이 섬에 해적들이 살았던 게 분명해. 그래서 말인데, 다시 섬을 탐험해보자. 해적들이 여기 어딘가에 보물을 숨겨놓았을 거야. 금은이 가득 들어 있는 썩은 궤를 발견한다면 기분이 어떨 것 같아, 응?"

하지만 이 말은 잠시 희미한 열의를 불러일으켰을 뿐 아무런 응답도 없이 이내 사그라지고 말았다. 톰은 다른 미끼를 한두 가지 더 던져보았지만 역시 소용이 없었다. 맥이 탁 풀렸다. 조는 쭈그리고 앉아 막대기로 모래를 들쑤시면서 매우 어두운 표정을 지었다. 그러고는 마침내 입을 열었다.

"얘들아, 이제 그만두자. 난 집에 가고 싶어. 너무 외로워."

"무슨 소리, 그건 안 돼, 조. 차츰 기분이 나아질 거야. 낚시질만 해도 여기가 딱이잖아. 그걸 생각해봐." 톰이 말했다.

"난 낚시질 같은 거 싫어. 집에 가고 싶단 말이야."

"그렇지만 조, 수영하기에 여기만큼 좋은 곳은 없잖아."

"수영도 별로야. 못 하게 말리는 사람이 아무도 없으니까 그것도 왠지 시시해 보여. 난 집에 갈래."

"얼랠래! 이거 순 아기잖아! 너 엄마가 보고 싶은 모양이구나, 그렇지?"

"그래, 엄마가 보고 싶다, 어쩔래…… 너도 엄마가 있으면 그럴걸. 그리고 내가 아기라면 너도 아기거든." 이렇게 말하고 나서 조는 약간 훌쩍거리기까지 했다.

"좋아, 우리 저 징징대는 아기를 엄마한테 보내주자, 허크. 가엾기도 하지…… 엄마가 그렇게 보고 싶을까? 그럼 그러라지 뭐. 넌 여기가 좋지, 허크, 그렇지? 여기 남을 거지?"

"으응." 허크는 마지못해 대답했다.

"앞으로 두 번 다시는 너랑 말 안 할 거야. 그만 좀 해!" 조는 이렇게 말하며 일어서더니 시무룩이 자리를 떴다. 그러고는 주섬주섬 옷을 입기 시작했다.

"누가 겁난대! 너 같은 녀석하고는 나도 말하기 싫어. 집에 가서 웃음거리나 되셔. 흥, 참 멋진 해적이다 야. 허크와 난 울보 아니거든. 우린 남을 거지, 그렇지, 허크? 집에 가고 싶다면 까짓 보내주자. 저 자식 없이도 우리끼리 얼마든지 잘 지낼 수 있을 테니까."

하지만 톰은 마음이 조마조마했고, 조가 뾰루퉁 토라져서 계속 옷을 입는 모습을 지켜보며 바싹 긴장했다. 게다가 허크마저 조가 떠날 채비를 하는 모습을 무척이나 부러운 듯 쳐다보면서 불길하게도 침묵을 지키고 있다는 사실 또한 사뭇 불안했다. 잠시 후 떠난다는 말 한마디 없이 조는 일리노이 쪽 강기슭을 향해 걸어가기 시작했다. 톰은 가슴이 철렁 내려앉았다. 흘깃 허크를 쳐다보자 허크는 시선을 견디지 못하고 눈을 내리깔았다. 그러고는 이렇게 말했다.

"나도 가고 싶어, 톰. 여긴 너무 외로워, 이제 더 그럴 거고. 우리도 돌아가자, 톰."

"싫어! 가고 싶으면 너희나 가. 난 남을 거야."

"톰, 아무래도 난 가는 게 낫겠어."

"좋아, 그럼 가버려…… 안 말릴 테니까."

허크가 여기저기 흩어져 있는 옷가지를 줍기 시작하며 말했다.

"톰, 너도 같이 가자. 이제 다 끝났잖아. 뭍에 닿으면 기다릴게."

"흥, 엄청나게 오래 기다려야 할 거다. 됐거든."

허크는 쓸쓸히 발을 떼어놓았고, 톰은 우두커니 서서 그 뒷모습을 바라보았다. 당장이라도 자존심을 내던지고 따라가고 싶은 마음이 굴뚝같았다. 아이들이 걸음을 멈추기를 바랐지만 두 아이는 계속해서 천천히 발길을 옮겨놓았다. 갑자기 톰은 너무 외롭고 스산한 느낌이 들었다. 톰은 마지막으로 자존심과 한바탕 싸우고 나서 동료들을 향해 달려가며 소리쳤다.

"잠깐만! 기다려! 너희한테 말해줄 게 있어!"

아이들은 곧 걸음을 멈추고 돌아섰다. 두 아이가 있는 곳에 이르자 톰은 비밀을 털어놓기 시작했고, 아이들은 한동안 시무룩하게 듣고 있다가 마침내 톰이 말하려는 '요점'을 알아채자 환성을 지르며 "굉장하다!"고 말했을 뿐만 아니라 진작 귀띔해주었더라면 가려고 하지 않앉을 거라고 말했다. 톰은 그럴듯한 핑계를 둘러댔지만 진짜 이유는 이 비밀마저도 친구들을 그리 오래 붙잡아두지 못할 것 같아 두려웠기 때문이었고, 그래서 최후의 수단으로 남겨두고 있었던 것이다.

아이들은 명랑한 기분으로 돌아와 다시 놀이에 열중하는 가운데 톰의 굉장한 계획에 대해 재잘대면서 그 비범한 재능에 연신 감탄을 쏟아놓았다. 맛있는 거북 알과 생선으로 점심을 먹고 나서 톰은 지금 바로 담배 피우는 법을 배우고 싶다고 말했다. 조도 그 생각에 반색을 하며 자기도 배워보고 싶다고 말했다. 그래서 허크가 즉석에서 담뱃대를 만들어 안을 채웠다. 이 초심자들은 일전에 포도 넝쿨로 만든 담배 말고는 담배라는 걸 피워본 적이 없었다. 그런데 그때는 남자답지 못하게시리 혀를 '깨물고' 말았다.

이제 두 초심자는 팔꿈치를 받치고 엎드려 머뭇머뭇 조심스럽게 연기를 내뿜기 시작했다. 연기에서 나는 불쾌한 맛 때문에 속이 약간 메스꺼웠지만 톰은 시치미를 떼고 이렇게 말했다.

"에이, 별거 아니잖아! 이게 다라는 걸 알았으면 진작 배울걸."

"그러게, 별거 아니네 뭐." 조가 맞장구쳤다.

"사람들이 담배 피우는 걸 보면서 나도 피울 수 있으면 좋겠다고 생각은 했지만 정말 피울 수 있을 거라고는 생각도 못 했거든." 다시 톰이 말했다.

"나도 그랬다니까, 안 그러냐, 허크? 너 내가 바로 저렇게 말하는 거 들었지, 그렇지? 내가 그랬는지 안 그랬는지는 허크가 잘 알아."

"그래, 그것도 엄청 많이 했어." 허크가 말했다.

"어, 나도 그런데. 와, 한 수백 번은 될 거다. 한번은 도살장 근처에

166

서도 그랬어. 생각 안 나냐, 허크? 내가 그렇게 말할 때 밥 태너하고 조 밀러하고 제프 대처가 있었잖아. 어때, 기억나지, 허크?"

"그래, 그랬지. 내가 하얀 공깃돌을 잃어버린 바로 그 뒷날이었을걸. 아니다, 그 전날이었다." 허크가 말했다.

"거기서 내가 너한테 그렇게 말했잖아. 거봐, 허크는 다 기억하고 있어." 톰이 말했다.

"이 담배는 하루 종일 피울 수도 있겠다. 하나도 메스껍지 않은데." 조가 말했다.

"내 말이. 종일 피울 수 있겠다. 하지만 제프 대처는 절대 못 그럴걸, 뻔해." 톰이 말했다.

"제프 대처! 그 자식은 두어 번 빨고 나뒹굴걸. 한번 해보라 그래. 제 꼬락서니를 알게 될 테니까!"

"그야 보나마나지 뭐. 조니 밀러도…… 조니 밀러 그 자식이 이걸 붙잡고 씨름하는 꼴 좀 봤으면 좋겠다."

"야, 난 아니야! 조니 밀러가 잘도 하겠다. 그 자식은 할 줄 아는 게 아무것도 없잖아. 겨우 한 모금 빨고 눈물 콧물 다 빼고 말걸." 조가 말했다.

"그건 그래. 있지, 조…… 애들이 지금 우리 모습을 봤으면 정말 좋겠다."

"나도."

"저기 말이야…… 애들한테 일단 아무 소리도 하지 마. 입 꾹 다물고 있다가 언제고 걔네가 얼쩡댈 때 내가 너한테 다가가서 이렇게 말할게. '조, 한 대 피우고 싶어서 그러는데 담뱃대 가진 거 있나?' 그럼 넌 그쯤은 아무것도 아니라는 듯 덤덤하게 이렇게 말하는 거야. '물론이지, 쓰던 것도 있고 하나가 또 있긴 하지만 담배가 별로 좋지 않아.' 그럼 내가 이렇게 받아칠게. '아, 그건 괜찮아, 독하기만 하면 돼.' 그러고서 네가 담뱃대 두 개를 꺼내 걔네가 보는 앞에서 우리 둘이 불을 붙이는 거야. 그러면서 그 녀석들 표정을 보자 이 말씀이지!"

"와, 그거 정말 신나겠다! 톰! 난 지금 당장 그랬으면 좋겠다!"

"나도 그래! 게다가 우리가 해적질하러 떠나 있는 동안 배웠다고 얘기하면 다들 우릴 따라갈 걸 그랬다며 가슴을 치지 않겠어?"

"그야 두말하면 입 아프지! 분명히 그럴 거다!"

이런 이야기가 한참 이어졌다. 하지만 얼마 지나지 않아 약간씩 시들해지면서 이리저리 겉돌기 시작했다. 침묵이 퍼져 나가면서 침 뱉는 횟수가 말도 못 하게 잦아졌다. 두 아이의 뺨 안쪽 침구멍이란 구멍은 어느새 물줄기를 세차게 뿜어내는 분수가 되었고, 그 바람에 혀 밑 웅덩이에 고인 물을 아무리 퍼내도 범람을 막기가 어려웠다. 넘쳐흐르는 침은 아무리 용을 써도 자꾸만 목구멍 아래로 꼴깍꼴깍 넘어갔고, 그때마다 갑작스레 구역질이 일어났다. 이제 두 아이 모두 얼굴에 핏기라곤 없이 초췌해 보였다. 먼저 조의 담뱃대가 기운 없는 손가락에서 툭 떨어지더니 톰의 담뱃대도 그 뒤를 따랐다. 분수 두 곳에서 물줄기가 맹렬하게 솟구쳐 나오는 가운데 양수기 두 대가 죽을힘을 다해 물을 퍼냈다. 이윽고 조가 힘없이 말했다.

"칼을 잃어버렸어. 가서 찾아봐야겠어."

그러자 톰이 입술을 부르르 떨며 더듬더듬 말했다.

"내가 도와줄게. 넌 저쪽으로 가서 찾아봐, 난 샘 주변을 돌아볼게.

아니, 허크, 넌 올 필요 없어…… 우리끼리 찾을 수 있어."

그래서 허크는 다시 자리에 앉아 한 시간을 기다렸다. 그러다 쓸쓸함을 이기지 못하고 친구들을 찾으러 나섰다. 둘은 숲 속에서 서로 멀찍이 떨어진 채 파리한 얼굴로 곤히 잠들어 있었다. 그 모습을 보고 허크는 친구들에게 뭔가 문제가 있긴 했지만 이제는 괜찮아졌다는 느낌이 들었다.

그날 밤 저녁을 먹으면서 아이들은 거의 말이 없었다. 어쩐 일인지 다들 표정이 시무룩했다. 저녁을 다 먹고 나서 허크가 자기 담뱃대를 채운 뒤 친구들 것까지 재려고 하자 둘은 됐다고, 저녁 먹은 게 뭐가 맞지 않았는지 몸이 별로 좋지 않다고 말했다.

한밤중에 조가 잠에서 깨어 친구들을 불렀다. 공기를 가득 내리덮고 있는 답답한 기운이 뭔가 심상치 않은 일을 예고하는 듯했다. 아이들은 모닥불을 벗 삼아 서로 꼭 붙어 앉았지만 바람 한 점 없이 무겁고 갑갑한 대기의 열기에 숨이 턱턱 막혔다. 아이들은 바싹 긴장한 채 꼼짝 않고 앉아 기다렸다. 묵직한 침묵이 이어졌다. 모닥불 주변을 빼고는 칠흑 같은 어둠이 모든 걸 집어삼키고 있었다. 잠시 후 빛줄기 하나가 흔들거리며 나뭇잎을 잠깐 희미하게 비추고는 이내 사라졌다. 곧이어 좀 더 강한 빛이 지나갔다. 그러기를 한 차례 더, 숲의 나뭇가지들 사이로 가냘픈 신음이 들려왔다. 아이들은 숨결이 뺨을 휙 스쳐 지나가는 듯한 느낌에 밤의 혼령이 지나가는 상상을 하며 벌벌 떨었다. 한순간 온 세상이 멈춘 듯했다. 그러더니 무시무시한 섬광이 밤을 낮처럼 밝히면서 발치의 작은 풀잎 하나까지 일일이 들춰내 보여주었다. 섬광은 겁에 질려 새하얘진 얼굴들도 보여주었다. 굵직한 천둥소리가 천지를 쾅쾅 뒤흔들더니 우르르 소리를 끝으로 멀리 사라졌다. 뒤이어 차가운 바람이 휙 지나가면서 나뭇잎마다 살랑살랑 흔들어대더니 모닥불 주위에도 눈송이처럼 하얀 재를 흩뿌렸다. 그러고 나서 또 한 차례의 눈부신 섬광이 숲을 비추었고, 그와 거의 동시에 아이들의 머리 바로 위 나무 우듬지를 쪼개놓기라도 할 듯 우르릉 쾅쾅 굉음이 이어졌다. 그 뒤에 찾아온 짙은 어둠 속에서 아이들은 잔뜩 겁을 집어먹은 채 서로 찰싹 달라붙었다. 나뭇잎 위로 굵은 빗방울이 후두두 떨어져 내리기 시작했다.

"얘들아, 빨리! 텐트로 가자!" 톰이 소리쳤다.

아이들은 용수철이 튀어 오르듯 벌떡 일어나 어둠 속에서 나무뿌리와 덩굴에 발이 걸려 비틀거리며 각기 다른 방향으로 내달렸다. 사납게 날뛰는 돌풍이 나무들 사이를 휘돌며 울부짖는 소리가 사방에 메아리쳤다. 눈이 멀듯한 번개가 연달아 내리치면서 귀청이 터질 듯한 천둥소리가 또 연달아 울렸다. 이제 비가 억수같이 퍼붓기 시작했고, 갈수록 거세지는 폭풍우에 땅이 흥건히 젖었다. 아이들은 서로를 소리쳐 불렀지만 사납게 울부짖는 바람과 요란하게 쾅쾅 울려대는 천둥소리가 세 아이의 목소리를 흔적도 없이 삼켜버렸다. 하지만 아이들은 온몸이 흠뻑 젖은 채 추위와 무서움에 떨면서도 마침내 텐트 밑으로 차례차례 안전하게 피신했다. 어려운 처지 속에서도 친구가 곁에 있다는 게 그렇게 고마울 수가 없었다. 대화를 방해하는 소리가 한둘이 아니었지만 무엇보다도 텐트로 삼은 낡은 돛이 어찌나 요란하게 펄럭이는지 도무지 얘기를 할 수가 없었다. 폭풍은 점점 거세졌고, 돛은 매듭을 지어 묶어놓은 데가 풀리면서 결국 바람에 날려가고 말았다. 아이들은 서로의 손을 꼭 붙잡은 채 수없이 굴러 넘어져 다치고 깨지면서 강둑에 서 있는 커다란 참나무 밑으로 뛰어갔다. 이제 전투는 절정에 이르렀다. 하늘을 환하게 밝히며 쉴 새 없이 타오르는 번갯불에 그 아래 모든 것이 그림자 하나 없이 선명하게 모습을 드러냈다. 휘청거리는 나무들, 하얗게 거품을 일으키며 소용돌이치는 강물, 거품 파편을 토해내며 맹렬하게 질주하는 물보라, 맞은편 강둑에 깎아지른 듯 서 있는 절벽들의 희미한 윤곽이 여기저기 떠다니는 조각구름 떼와 비스듬하게 내리치는 비의 장막 사이로 언뜻 보였다. 이따금 거목이 싸움에 패하고 어린 나무를 덮치며 쿵 쓰러졌다. 지칠 줄 모르는 천둥소리는 이제 고막을 찢어놓을 듯 요란하고 날카로운 굉음을 터뜨리면서 말할 수 없이 간담을 서늘하게 했다. 최고조에 달한 폭풍은 섬을 갈기갈기 찢어발겨 불태워버리려는 듯, 나무 꼭대기까지 물에 잠기게 해 휩쓸어버리려는 듯, 그곳의 모든 생명체를 일거에 귀머거리로 만들어버리려는 듯 더할 나위 없이 기승을 부려댔다. 집 없는 어린 소년들이 밖에서 나기엔 너무 험한 밤이었다.

하지만 결국 전투는 끝났고, 험악하게 을러대던 군대가 갈수록 힘을 잃고 물러나면서 평화가 다시 세력을 차지했다. 아이들은 넋이 나간 채 다시 야영지로 돌아왔다. 그런데 그 와중에도 감사해야 할 일이 있었다. 다름 아니라 아이들이 잠자리로 삼았던 거대한 플라타너스 주변이 벼락을 맞아 쑥밭이 되어 있었던 것이다. 재앙이 닥쳤을 때 나무 밑에 없어 얼마나 다행이었던지.

야영지의 모든 게 물에 흠뻑 젖어 있었다. 모닥불도 마찬가지 신세였다. 그 또래가 다 그렇듯이 이 아이들도 조심성이 없어서 비 올 때를 대비해놓지 않았기 때문이다. 머리끝부터 발끝까지 흠뻑 젖어 추위에 떠는 상황에서 이만저만 낭패가 아니었다. 아이들은 한동안 절망에 빠져 있다가 모닥불 버팀대로 세워놓았던 커다란 통나무 아래쪽에서 불길에 그을린 채 물에 젖지 않은 부분(위로 휘어져 땅에서 쳐들려 있었다)을 손바닥만큼 발견했다. 그리하여 아이들은 물난리를 모면한 통나무들 아랫부분에서 긁어모은 검댕 부스러기와 나무껍질로 참을성을 발휘해 겨우겨우 다시 불을 피웠다. 그런 다음 죽은 나뭇가지들을 그 위에 쌓아올렸다. 곧이어 불이 용광로처럼 이글거리며 타오르자 아이들의 마음도 또다시 밝아졌다. 아이들은 삶은 햄을 말려 맛있게 먹은 뒤 불가에 둘러앉아 날이 샐 때까지 한밤의 모험을 부풀리고 미화하며 시간을 보냈다. 사방 어디에도 마른 땅이 없어 자고 싶어도 잘 수가 없었기 때문이다.

어느 틈에 해가 머리 위를 비추기 시작하자 졸음이 찾아왔다. 아이들은 모래톱으로 나가 곧바로 드러누워 잠들었다. 얼마 지나지 않아 아이들은 햇볕에 새까맣게 탄 모습으로 꾸역꾸역 아침을 먹기 시작했다. 아침을 먹고 났더니 온몸에 녹이라도 슨 듯 뼈마디가 뻐근해오면서 또다시 집이 조금씩 그리워지기 시작했다. 향수병이 도지려는 조짐을 보고 톰은 최선을 다해 해적들의 기분을 돋우는 일에 들어갔다. 하지만 해적들은 공깃돌에도, 서커스에도, 수영에도, 그 무엇에도 그저 심드렁할 뿐이었다. 그럴수록 톰은 굉장한 비밀을 상기시키며 흥을 북돋웠다. 이런 노력이 이어지면서 아이들은 톰이 새로 고안한 놀이에 관심을 보였다. 새로운 놀이란 잠시 해적의 신분에서 벗어나 인디언이 돼보는 것이었다. 아이들은 이 제안에 구미가 당겼고, 그래서 곧 옷을 벗어 던진 채 머리끝부터 발끝까지 시커먼 진흙으로 얼룩말처럼 줄을 그려 넣었다. 물론 셋 다 추장이었다. 줄을 다 그리자 아이들은 영국인 촌락을 공격하러 숲으로 내달았다.

잠시 후 아이들은 적대하는 세 부족으로 갈라져 각기 매복해 있다가 끔찍한 괴성을 지르며 서로를 덮쳐 수천 명씩 죽이고 가죽을 벗겼다. 피가 낭자한 하루였다. 그런 만큼 매우 만족스러운 하루이기도 했다.

저녁때가 가까워 아이들은 배는 고팠지만 행복한 기분으로 야영지로 모여들었다. 그런데 까다로운 문제가 하나 생겼다. 서로 적대하는 인디언 부족은 먼저 화친을 맺지 않고는 환대의 빵을 쪼개 나눌 수가 없었고, 화친을 맺으려면 평화의 담뱃대를 나눠 빨아야 했다. 그것 말고 다른 방법은 들어본 적이 없었다. 인디언 중 두 명은 차라리 해적으로 남을 걸 그랬다며 거의 후회하기에 이르렀다. 하지만 달리 뾰족한 수가 없었기에 짐짓 쾌활한 척하며 담뱃대를 청해선 규정에 따라 번갈아가며 한 모금씩 빨았다.

그런데 웬걸, 인디언이 되길 잘했다는 생각이 들었다. 뭔가 얻은 게 있었기 때문이다. 잃어버린 칼을 찾으러 간다는 핑계로 자리를 뜰 필요 없이 담배를 조금은 피울 수 있게 되었던 것이다. 이제는 심하게 거북할 만큼 속이 메스껍지 않았다. 눈치를 보아하니 둘 다 노력 부족 때문에 이 좋은 기회를 놓칠 마음이 없는 듯했다. 아니나 다를까, 저녁을 먹고 나서 두 아이는 조심스럽게 연습에 들어갔고, 그 결과 담배를 꽤 잘 피울 수 있게 돼 즐거운 저녁을 보냈다. 아이들은 북미 인디언 6부족 연합의 머릿가죽과 살가죽을 벗기는 것보다도 새로 습득한 이 기술이 훨씬 더 자랑스럽고 흐뭇했다. 지금 당장은 이 아이들에게 더 볼일이 없으니 저희끼리 실컷 담배를 피우며 지껄이고 우쭐대도록 내버려두자.

17

없어진 영웅들에 대한 추억/톰이 말한 비밀의 요점

하지만 토요일 오후 같은 시각, 작은 마을은 웃고 떠들어대는 소리는커녕 더없이 조용하기만 했다. 하퍼 씨네와 폴리 이모네 가족은 상을 당해 하염없이 눈물을 흘리며 크나큰 슬픔에 잠겨 있었다. 평소에도 조용한 마을이긴 했지만 정말 예사롭지 않은 정적이 온 마을을 뒤덮었다. 마을 사람들은 저마다 멍한 표정으로 자기 볼일을 볼 뿐 말도 거의 없이 한숨만 내쉬었다. 토요일이라 학교를 쉬는데도 아이들에게는 휴일이 오히려 짐스러운 듯했다. 놀아도 노는 것 같지 않아 결국엔 놀이를 아예 접고 말았다.

같은 날 오후 베키 대처는 아무도 없는 학교 운동장을 맥없이 돌아다니고 있었다. 기분이 몹시 울적했지만 소녀를 달래주는 것은 아무것도 없었다. 소녀는 혼자 중얼거렸다.

"아, 그 놋쇠 난로 손잡이라도 있었으면! 이젠 그 애를 추억할 만한 게 아무것도 없다니." 그러고는 터져 나오려는 울음을 간신히 눌러 참았다.

잠시 후 베키는 걸음을 멈추고 다시 혼자 중얼거렸다.

"바로 여기야. 아, 다시 한 번 기회가 온다면 절대 그렇게 말하지 않을 텐데…… 온 세상을 다 준대도 절대 그렇게 말하지 않을 텐데. 하지만 톰은 이제 죽고 없는걸, 영영 그 애를 볼 수 없는걸."

이런 생각이 들자 베키는 더는 견딜 수가 없어서 눈물을 주르륵 떨어뜨리며 돌아섰다. 그때 한 무리의 소년소녀들(모두 톰과 조의 친구들이었다)이 지나가다 멈춰 서서는 말뚝 울타리를 흘끔거리며 사뭇 숙연한 어조로 톰의 행동거지며 그를 마지막으로 본 때, 조가 내뱉은 이런저런 사소한 말(이제 와서 생각해보니 으스스하게도 마치 앞날의 일을 훤히 내다보기라도 한 듯한 내용 일색이었다!) 등을 주고받으며 저마다 실종된 아이들이 그때 서 있었던 지점을 가리켰다. 그러고는 이런 말도 덧붙였다. "난 이렇게 서 있었거든…… 그러니까 바로 지금처럼 이렇게, 그리고 네가 걔라고 치면…… 난 이만큼 가까이 있었어…… 그리고 걔가 웃었어, 바로 이렇게…… 그런데 뭔가가 훅 덮치는 듯한 느낌이었어. 뭐랄까…… 오싹하다고나 할까…… 물론 그땐 왜 그런지 몰랐지. 하지만 이제 알겠어!"

그러고 나서 죽은 아이들을 누가 마지막으로 보았는지를 두고 논란이 일자 아이들은 너도나도 이 우울한 영예가 자기 것이라고 주장하면서 약간씩 손질을 가한 증거를 들이댔다. 마침내 죽은 아이들을 마지막으로 보고 말을 주고받은 사람이 결정되자 이 행운의 주인공들은 무슨 대단한 인물이라도 된 듯 거들먹거렸고, 나머지 아이들은 모두 입을 떡 벌린 채 그들을 부러워했다. 그 와중에 불쌍하게도 달리 내세울 게 아무것도 없던 한 아이가 지난 일을 떠올리며 꽤나 자랑스러운 듯 이렇게 말했다.

"난 말이야, 톰 소여한테 한 대 얻어맞은 적이 있어."

하지만 영광을 노리고 내놓은 그 패는 전혀 먹히지 않았다. 남자아이들 대부분이 그렇게 말할 수 있었고, 따라서 가치가 떨어져도 한참 떨어졌기 때문이다. 아이들은 외경심이 가득 어린 목소리로 없어진 영웅들을 기리며 어슬렁어슬렁 자리를 떴다.

이튿날, 아침 주일 학교 수업이 끝나자 여느 때와 달리 죽은 사람을 애도하는 조종이 울리기 시작했다. 무척 조용한 안식일이었다. 애처로운 종소리는 자연에 드리운 고즈넉한 침묵과 잘 어울리는 듯했다. 마을 사람들이 하나둘 모여들기 시작했다. 사람들은 교회 현관에서 잠시 멈춰 선 채 이 슬픈 사건에 대해 소곤소곤 이야기를 주고받았다. 하지만 교회 안에서는 속삭이는 소리조차 나지 않았다. 다만 아낙네들이 자리에 앉으면서 상복이 바스락대는 소리만이 그곳의 침묵을 방해할 뿐이었다. 이 자그마한 교회가 지금처럼 꽉 들어찼던 적이 과연 언제였는지 아무도 기억하지 못했다. 마침내 다들 벙어리처럼 입을 꾹 다물고 기다리는 가운데 폴리 이모가 들어오고 뒤이어 시드와 메리, 그다음 하퍼 씨네 가족이 전원 검은 상복 차림으로 들어왔다. 그러자 나이 든 목사님을 비롯해 신자 모두가 경건하게 일어나 유족들이 맨 앞줄에 앉을 때까지 서 있었다. 또다시 이심전심의 침묵이 흐르는 가운데 간간이 숨죽여 흐느끼는 소리가 침묵을 깨뜨렸다. 잠시 후 목사가 두 팔을 활짝 벌리고 기도를 올렸다. 심금을 울리는 찬송가 합창이 끝나고 성경 봉독이 이어졌다.

"나는 부활이요 생명이니."

예배가 진행되면서 목사님은 죽은 아이들의 장점과 선행, 나아가 드물게 촉망되었던 장래를 생생하게 그려 보였다. 그런데 묘사가 어찌나 생생했던지 거기 모인 사람들 모두 목사님의 말이 맞다고 생각하기에 이르렀다. 다들 그 불쌍한 아이들을 한사코 무시하면서 결점과 흠만 고집스럽게 보았던 기억을 떠올리며 양심의 가책을 느꼈다. 목사님은 또 죽은 아이들의 곱고 너그러운 마음씨를 보여주는 생전의 가슴 뭉클한 일화를 줄줄이 늘어놓았다. 사람들은 이제 그 일화들이 얼마나 고귀하고 아름다운지 새삼 깨닫고는 당시에는 망나니도 그런 망나니들이 없는 것 같아 쇠가죽 채찍으로 맞아도 싸다고 생각했던 일을 떠올리며 애통해했다. 가슴 절절한 이야기가 계속 이어지면서 사람들은 점점 감동을 받았고, 급기야 더는 참지 못하고 다들 무너져 내려선 울고 있는 유족들과 함께 한목소리로 구슬피 흐느껴 울었다. 그런 가운데 목사님마저도 감정에 북받쳐 설교단에서 소리 내어 울기 시작했다.

그때 2층에서 부스럭거리는 소리가 났지만 아무도 이를 눈치채지 못했다. 잠시 후 현관문이 삐걱거렸다. 목사님은 손수건 너머로 눈물이 흐르는 눈을 들어 올리다 그 자리에 얼어붙고 말았다! 먼저 한두 쌍의 눈이 목사님의 시선을 좇는다 싶더니 신자 모두가 거의 동시에 벌떡 일어나 죽은 아이 셋이 복도를 따라 걸어오는 광경을 휘둥그레 쳐다보았다. 톰이 앞장을 선 가운데 그다음엔 조, 그다음엔 허크가 넝마 조각을 치렁치렁 걸친 채 몹시 수줍어하며 살금살금 뒤따르고 있었다! 아이들은 아무도 사용하지 않는 2층에 숨어 자신들의 장례 예배를 듣고 있었던 것이다!

폴리 이모와 메리, 하퍼 씨네 가족은 살아 돌아온 아이들에게 달려가 숨 막힐 듯 키스를 퍼부으며 감사의 기도를 쏟아냈다. 그러는 사이 불쌍한 허크는 자신을 달가워하지 않는 사람들의 시선에 무얼 해야 할지, 어디로 피해야 할지 몰라 겸연쩍고 불편하게 서 있었다. 허크는 머뭇거리다 슬그머니 내빼기 시작했지만 톰이 그를 붙들고 말했다.

"폴리 이모, 이건 불공평하잖아요. 허크가 돌아온 것도 반겨줘야죠."

"그래, 그래야지. 그 앨 다시 봐서 나도 기쁘단다. 에그, 엄마도 없이 불쌍한 것!"

하지만 폴리 이모가 아낌없이 베푼 애정 어린 관심은 전보다 허크를 더욱 불편하게 할 뿐이었다.

갑자기 목사님이 목청껏 고함을 내질렀다. "모든 축복의 근원이신 하느님을 찬미합시다…… 자, 노래 부릅시다…… 진심을 담아!"

그 말대로 사람들은 온 마음으로 노래를 불렀다. 우렁찬 기쁨의 함성과 더불어 찬송가 제100장이 크게 울려 퍼지면서 서까래를 뒤흔들었다. 해적 톰 소여는 부러워하는 주변 친구들을 둘러보며 지금이야말로 자신의 인생에서 가장 자랑스러운 순간이라고 생각했다.

감쪽같이 속아 넘어간 사람들은 우르르 밖으로 나오면서 찬송가 제100장이 이런 식으로 불리는 것을 또다시 들을 수 있다면 한 번 더 속아도 상관없다고 말했다.

그날 톰은 시시때때로 달라지는 폴리 이모의 기분에 따라 1년을 몽땅 합친 것보다 더 많이 얻어맞는가 하면 그에 못지않게 입맞춤 세례를 받기도 했다. 톰은 그중 어느 쪽이 하느님에 대한 감사이고 어느 쪽이 자신에 대한 애정인지 거의 구분하기가 힘들었다.

18

신문 대상이 된 톰의 생각 / 놀라운 꿈 / 생기를 잃은
베키 대처 / 톰, 질투심에 사로잡히다 / 검은 복수

톰의 엄청난 비밀이란 다름 아니라 동료 해적들과 함께 집으로 돌
아가 자신들의 장례식에 참석한다는 계획이었다. 토요일 해질 무렵
세 아이는 통나무를 타고 미주리 쪽 강기슭으로 건너와 마을 아래쪽
5,6마일 지점에 내렸다. 그러고는 마을 언저리 숲에서 잠을 자다 날
이 밝을 때쯤 뒷길과 골목길을 이용해 몰래 교회에 들어가 못 쓰게 된
벤치들이 아무렇게나 널려 있는 2층에서 부족한 잠을 마저 잤다.

월요일 아침 조반을 먹으면서 폴리 이모와 메리는 톰을 무척이나
살갑게 대하며 원하는 것이라면 뭐든 들어줄 듯 세심하게 배려했다.
보기 드물게 많은 말이 오가는 가운데 폴리 이모가 말했다.

"그런데 톰, 모두를 거의 일주일이나 괴롭혀가며 너희끼리 신나게
논 건 그냥 좀 짓궂은 장난이었다고 치자. 하지만 나까지 그 마음고생

을 시키다니 네가 그렇게 무정할 줄은 미처 몰랐구나. 통나무를 타고 네 장례식에 올 수 있었으면 나한테 와서 어떤 식으로든 네가 죽은 게 아니라 그저 가출했을 뿐이라고 귀띔이라도 해줬어야지."

"그래, 그랬어야지, 톰. 그럴 생각만 있었으면 분명히 그랬을 거야." 메리가 말했다.

"그렇지, 톰? 말해봐라, 그럴 생각만 있었다면 그랬겠지?" 폴리 이모가 간절하게 얼굴을 빛내며 말했다.

"전…… 글쎄, 잘 모르겠어요. 그렇게 했으면 일을 다 망쳤을 거거든요."

"톰, 이모는 네가 그 정도는 날 사랑하겠거니 기대했다. 실제로 그렇게 하진 않았어도 조금만 신경 써서 그럴 마음만이라도 먹었으면 오죽 좋았을까." 폴리 이모가 몹시 서글픈 어조로 말했다. 그 때문에 톰은 마음이 편치 않았다.

"이모, 무슨 악의가 있어서 그런 건 아닌데요, 뭐. 톰은 늘 까불대잖아요. 그렇게 늘 덜렁거리는데 무슨 생각이 있겠어요." 메리가 감싸고 나섰다.

"그러니까 더 딱한 노릇이지. 시드 같았으면 생각했을 게다. 걔라면 와서 귀띔도 해줬을 게야. 톰, 언제고 후회할 날이 올 게다. 조금만 더 신경 써서 이모한테 좀 더 잘할걸, 하고 말이다. 하지만 그때는 너무 늦을 게야."

"그래도 이모, 내가 이모 생각을 정말 많이 한다는 거 이모도 잘 아시잖아요." 톰이 말했다.

"네가 행동도 그렇게 해주면 더 잘 알지 않을까 싶구나."

"지금은 저도 미처 그런 생각을 하지 못한 걸 반성하고 있어요. 하지만 어쨌든 이모 꿈을 꿨어요. 그것만으로도 기특하지 않나요?" 톰이 뉘우치는 어조로 말했다.

"기특할 것도 많구나…… 고양이도 그 정도는 할 게다…… 그래도 아무것도 안 한 것보다는 낫구나. 그래, 무슨 꿈을 꿨니?"

"아, 그게요, 수요일 밤이었는데 꿈에 이모가 저기 침대 옆에 앉아 있고, 시드는 나무 상자 옆에 앉아 있고, 메리 누나는 그 옆에 앉아 있었어요."

"그래, 그랬지. 우린 늘 그러니까. 어쨌든 꿈에서나마 그렇게까지 우리 걱정을 했다니 듣던 중 반가운 이야기로구나."

"그리고 꿈에 조 하퍼의 엄마도 여기 있었어요."

"세상에, 그래 여기 있었지! 꿈에서 또 뭐 더 본 건 없니?"

"아, 많아요. 하지만 이젠 너무 희미해요."

"글쎄, 그래도 잘 생각해보렴, 응?"

"그러니까…… 바람 같은 게…… 바람이 불었어요…… 바람이 불어서…… 그래서……"

"좀 더 잘 생각해보렴, 톰! 바람이 불어서 뭐가 어떻게 됐지? 자, 어서!"

톰은 손을 이마에 얹고 잠시 고민하는 척하더니 이렇게 말했다.

"이제 생각났어요! 이제 생각났어! 바람에 촛불이 흔들렸어요!"

"어떻게 이런 일이! 계속해봐라, 톰…… 어서, 계속해!"

"그리고 이모가 이렇게 말했던 것 같아요. '아무래도 문이……'"

"계속해라, 톰!"

"잠깐 생각 좀 하구요…… 잠깐만요. 아, 맞다…… 이모가 아무래도 문이 열린 모양이라고 말했어요."

"내가 지금 여기 앉아 있는 게 틀림없는 사실이듯이 분명히 그렇게 말했다! 안 그러냐, 메리? 계속하렴!"

"그러고 나서…… 그러고 나서…… 어, 확실하지는 않지만 이모가 시드보고 가서…… 가서……"

"이럴 수가? 이럴 수가? 내가 시드한테 뭘 시키던, 톰? 내가 뭘 시켰지?"

"이모가 시드보고…… 이모가…… 참, 시드보고 문을 닫으라고 시켰어요."

"하느님 맙소사! 내 평생 이렇게 놀라운 얘기는 처음 듣는구나! 꿈은 다 개꿈이라는 소리도 이제 더는 못 믿겠구나. 세레니 하퍼에게 얼른 이 사실을 알려줘야겠다. 그 여편네가 이 일을 놓고 미신이네 어쩌네 하며 헛소리를 늘어놓는 꼴을 보고 싶구나. 계속해라, 톰!"

"아, 이제 모든 게 대낮처럼 환해지고 있어요. 그다음에 이모는 내가 나쁜 애가 아니라 장난이 심하고 덤벙대고 뭐처럼 철이 없다고 말했는데…… 뭐더라…… 아, 망아지 아니면 그 비슷한 거였어요."

"맞다, 맞아! 에그, 저런! 계속하거라, 톰!"

"그러고 나서 이모가 울기 시작했어요."

"그래, 그랬지. 그랬다마다. 물론 그때가 처음은 아니었지만. 그리고 그다음엔……"

"그러고 나서 하퍼 부인도 울기 시작했어요. 조도 똑같다고 말하면서 자기 손으로 내다버린 크림을 먹었다고 그 앨 때린 게 후회된다고……"

"톰! 암만 해도 너 귀신이 씌었나 보다! 보지도 않은 일을 훤히 꿰뚫다니…… 신기가 내린 게야! 어서 계속하렴, 톰!"

"그러고 나서 시드가 뭐라고 말했어요…… 뭐라고 했냐면……"

"난 아무 말도 안 한 것 같은데." 시드가 말했다.

"아냐, 분명히 뭐라고 했어, 시드." 메리가 반박하고 나섰다.

"입들 다물고 톰 얘기 좀 듣자꾸나! 그래, 시드가 뭐라던, 톰?"

"그러니까 그게…… 내가 저세상에서 잘 지내기를 바란다고, 하지만 가끔은 내가 좀 더 착하게 굴었더라면 좋았을 거라고……"

"저런, 방금 저 말 들었니? 어쩜, 시드가 한 말과 똑같구나!"

"그리고 이모가 바로 저 애 입을 다물게 했어요."

"그래, 내가 그랬다! 아무래도 천사가 다녀갔나 보다. 암, 어딘가에 분명히 천사가 있었어!"

"그리고 하퍼 부인이 조가 폭죽을 가지고 자기를 그슬릴 뻔한 얘기를 했고, 이모는 피터와 진통제 얘기를……"

"이렇게 기가 막힐 노릇이 있나!"

"그러고 나서 우릴 찾으려고 강바닥을 훑은 얘기하며, 일요일에 장례식을 치를 거라는 얘기하며 많은 말들이 오간 뒤에 이모와 하퍼 부인이 서로 부둥켜안고 울었고, 하퍼 부인은 자기 집으로 갔어요."

"다 그대로다! 내가 여기 이렇게 앉아 있는 게 틀림없는 사실이듯이 하나도 안 틀리고 다 그대로야. 톰, 네 눈으로 직접 봤다고 해도 이보다 더 자세히 말하진 못했을 게다! 그러고 나서 무슨 일이 있었니, 톰? 계속해보련?"

"그러고 나서 이모가 날 위해 기도했던 것 같아요…… 이모가 똑똑히 보였고, 이모가 하는 말도 한마디 한마디 모두 들렸어요. 그리고 이모는 잠자리에 들었고, 난 너무 미안해서 가지고 있던 플라타너스 나무껍질에 '우린 죽지 않았어요, 우린 그저 집을 나와 해적이 됐을 뿐이에요'라고 적어 탁자 위 촛불 옆에 올려놓았어요. 그런데 거기 그렇게 잠들어 있는 이모가 너무 인자해 보여 다가가서 허리를 숙이고 이모 입술에 입을 맞췄던 것 같아요."

"그랬구나, 톰, 그랬어! 그것만으로도 모든 걸 용서하마!" 이모는 눌러 터뜨리기라도 할 기세로 톰을 세게 끌어안았고, 그래서 톰은 악당 중의 악당이라도 된 듯 심한 죄책감을 느꼈다.

"생각이 참 깊었네, 겨우…… 꿈에서였을 뿐이긴 하지만." 시드가 들릴 듯 말 듯 혼자 중얼거렸다.

"닥쳐, 시드! 사람은 깨어 있을 때 해야지 하고 마음먹은 일을 꿈에서 그대로 하게 되어 있다. 옜다, 밀럼 사과*다, 톰. 혹시라도 널 다시 찾게 되면 주려고 아껴뒀던 거란다. 자, 이제 학교에 가야지. 이렇게 너를 내게 다시 돌려보내 주신 어지신 하느님 아버지가 참으로 고맙구나. 하느님은 그분을 의지하고 그 말씀을 따르는 사람들에게 인내와 자비를 베풀어주시는 법이란다. 물론 나는 그럴 자격이 없지만 훌륭한 사람들만 어려울 때 그분의 은총과 도움을 받는다면 이승에서 웃거나 기나긴 밤이 찾아왔을 때 그분의 안식처로 들어갈 사람은 아마 거의 없을 게다. 시드, 메리, 톰, 얼른 가라. 너희 때문에 시간을 너

---

* 후식용으로 인기가 많은 중간 크기의 사과 종류.

무 많이 뺏겼구나."

아이들은 학교로 출발했고, 노부인은 톰의 놀라운 꿈 얘기로 하퍼 부인의 현실주의를 무찌르러 서둘러 외출했다. 시드는 집을 나서면서 입 밖으로 꺼내 말하지는 않았지만 속으로 이렇게 생각했다. '너무 얄팍하단 말이야…… 그렇게 긴 꿈이 틀린 곳이 한 군데도 없다니!'

톰은 이제 영웅으로 떠올랐다! 해적이 된 만큼 톰은 껑충거리면서 보란 듯이 으스대기보다 사람들의 시선을 의식하며 점잖게 거드럭거렸다. 정말 그랬다. 겉으로는 지나갈 때 자기를 쳐다보는 눈빛을 못본 척, 자기를 두고 하는 말을 못 들은 척했지만 사람들의 시선과 수군대는 소리는 톰에게 양식이요 생명수였다. 톰보다 어린 남자아이들은 톰이 마치 행렬의 맨 앞에서 북을 치는 사람이나 동물 무리를 도심지로 이끄는 코끼리라도 되는 듯 꽁무니를 졸졸 따라다니며 톰이 너그럽게도 자기들과 있어주는 것을 대단한 자랑으로 여겼다. 톰과 비슷한 또래의 남자아이들은 톰이 가출했던 사실을 전혀 모르는 척했지만 실은 질투심으로 불타올랐다. 아이들은 톰처럼 햇볕에 가무잡잡하게 그을린 피부와 번드르르한 악명의 주인이 될 수 있다면 아마 뭐든 내주고도 남았을 것이다. 하지만 톰은 서커스 구경을 시켜준다고 해도 두 가지 모두 맞바꾸려 들지 않았을 것이다.

학교에서 아이들이 톰과 조를 어찌나 치켜세우며 대놓고 감탄의 눈길을 보내는지 오래지 않아 두 영웅은 눈꼴이 사나울 만큼 '거들먹거리게' 되었다. 둘이 굶주린 청중에게 들려주는 모험담은 한번 시작했다 하면 도무지 끝날 줄을 몰랐다. 뛰어난 상상력으로 이야기에 끊임없이 살을 붙여댔기 때문이다. 그리고 마지막으로 담뱃대를 꺼내 침

착하게 뼈끔댈 때면 기고만장은 최고조에 이르렀다.

톰은 더는 베키 대처에게 끌려다니지 말아야겠다고 결심했다. 이 정도면 명예는 충분히 얻은 셈이었다. 톰은 이제 명예를 위해 살기로 마음을 다잡았다. 이렇게 유명 인사가 된 만큼 베키는 아마 '만회하고' 싶어 할 터였다. 까짓, 그러라지 뭐…… 다른 사람들처럼 나도 얼마든지 냉담할 수 있다는 걸 그 애도 알아야 해. 곧이어 베키가 교실로 들어왔지만 톰은 못 본 척했다. 그러고는 자리를 옮겨 다른 아이들과 어울려 잡담을 나누기 시작했다. 톰이 슬쩍 지켜보니 베키는 발갛게 달아오른 얼굴과 출렁이는 눈빛을 하고서 반 친구들과 술래잡기를 하느라 바쁜 척하며 춤추듯이 사뿐사뿐 왔다 갔다 하고 있었다. 그러다 누군가를 붙잡기라도 하면 까르르 웃음을 터뜨렸다. 하지만 가만히 보면 늘 톰의 주변에 있는 친구를 붙잡았고, 그때마다 톰 쪽으로 흘낏흘낏 눈길을 던지는 것 같았다. 베키의 그런 행동은 톰의 안에 있는 심술궂은 허영심만 가득 채워주었다. 사정이 그렇다 보니 톰의 마음을 사로잡기는커녕 오히려 있는 대로 '우쭐거리게' 해 베키가 주변에 있다는 것을 더욱더 모른 척하게 부추겼다. 얼마 지나지 않아 베키는 법석대는 것을 포기하고 쭈뼛거리며 한두 번 한숨을 내쉬더니 애타는 눈길로 톰을 슬그머니 쳐다보았다. 그러고 나서 가만히 지켜보자니 이제 톰은 다른 누구보다도 에이미 로런스에게 유독 더 많이 말을 걸고 있었다. 베키는 마음이 몹시 아팠고 혼란스러우면서 동시에 불안해졌다. 애써 자리를 뜨려고 했지만 발이 말을 듣지 않고 오히려 톰 가까이로 떠밀었다. 베키는 톰의 팔꿈치 바로 옆에 있는 여자아이에게 짐짓 쾌활한 척하며 말을 걸었다.

"어머, 메리 오스틴이잖아! 잘하는 짓이다, 너 왜 주일 학교에 안 나왔니?"

"나갔는데…… 나 못 봤니?"

"못 봤는걸! 나왔어? 어디 앉아 있었는데?"

"그야 미스 피터 선생님 반에 있었지. 난 늘 그 반에 가니까. 난 너 봤는데."

"그랬니? 이상하다, 왜 난 널 못 봤지? 소풍 가는 일로 너한테 얘기하려고 했는데."

"아이, 신나라. 누가 보내주는 건데?"

"우리 엄마가."

"야, 근사하다. 너희 엄마가 나도 끼워주면 좋겠다."

"그럼, 그러실 거야. 날 위한 소풍이니까. 내가 원하면 엄만 누구든 끼워주실 거야. 그리고 난 널 원해."

"정말 멋지다. 언제 갈 건데?"

"곧. 아마 방학 때쯤."

"야, 재미있겠다! 너 여자애들이랑 남자애들 모두 부를 거니?"

"응, 나하고 친구거나…… 친구가 되고 싶은 애는 전부 다." 이렇게 말하면서 베키는 몰래 톰을 힐끔거렸지만 그는 섬에서 겪은 무시무시한 폭풍우와 자기가 '서 있던 데서 3피트도 채 떨어지지 않은' 곳에서 거대한 플라타너스가 벼락을 맞아 '가루처럼 바스러진' 이야기를 에이미 로런스에게 신나게 떠들어대고 있었다.

"어, 나도 가도 돼?" 그레이시 밀러가 물었다.

"그럼."

"나는?" 샐리 로저스가 물었다.

"그래, 와."

"나도 가도 되지?" 이번에는 수지 하퍼가 물었다. "그리고 조 오빠도 가도 돼?"

"응."

이렇게 한 명 두 명 기쁨에 겨워 손뼉을 치는 가운데 결국 주변에 있던 아이 모두가 초대해달라고 부탁했다. 하지만 톰과 에이미는 거기서 빠졌다. 잠시 뒤 톰은 차갑게 등을 돌린 채 여전히 에이미하고 이야기하며 함께 가버렸다. 베키의 입술이 떨리면서 눈에 그렁그렁 눈물이 고였다. 베키는 이런 기색을 숨기고 억지로 명랑한 척하며 계속 재잘거렸지만 이제 소풍은 물론 다른 것들까지 모조리 시들해졌다. 베키는 될 수 있는 대로 빨리 그곳을 빠져나와 아무도 안 보는 데 숨어서 여자들이 즐겨 쓰는 표현대로 '실컷 울었다'. 그러고는 상처 입은 자존심을 안고 시무룩하게 앉아 있는데 수업 시작을 알리는 종이 울렸다. 그런데 이런, 베키가 눈에 앙심을 가득 품고 벌떡 일어나더니 두 갈래로 땋아 내려뜨린 머리를 한 번 홱 흔들고는 뭘 해야 할지 알겠다고 말하는 게 아닌가.

쉬는 시간에도 톰은 자만심에 희희낙락하며 에이미와 계속 노다거렸다. 그리고 그런 모습을 보여 괴롭힐 작정으로 베키를 찾아 쉴 새 없이 주변을 두리번거렸다. 마침내 베키를 찾아냈지만 톰은 언제 그렇게 기세가 등등했느냐는 듯 갑자기 풀이 죽고 말았다. 베키가 앨프리드 템플과 학교 건물 뒤쪽 작은 벤치에 오붓하게 앉아 그림책을 보고 있었던 것이다. 더욱이 둘 다 어찌나 열중했던지 책 위에서 머리와 머리를 찰싹 맞댄 채 세상 그 어떤 일도 안중에 없는 듯했다. 질투심이 톰의 혈관을 벌겋게 달구며 내달렸다. 톰은 베키가 내민 화해의 손길을 뿌리친 자기 자신이 못내 미워지기 시작했다. 바보를 비롯해 생각해낼 수 있는 온갖 욕을 스스로에게 퍼부었다. 너무 속상한 나머지 엉엉 울고만 싶었다. 에이미가 옆에서 나란히 걸으며 노래로 넘쳐나는 마음을 주체하지 못하고 줄곧 즐겁게 재잘댔지만 톰의 혀는 제 기능을 잃어버린 채 꿈쩍도 하지 않았다. 톰은 에이미가 무슨 말을 하는지 하나도 들리지 않았고, 그녀가 대답을 바라고 잠시 숨을 고를 때마다 우물거리며 억지로 맞장구를 칠 뿐이었다. 그런데 그 맞장구라는 것도 대개는 앞뒤가 맞지 않기 일쑤였다. 시선이 자꾸만 학교 건물 뒤쪽으로 돌아가는 가운데 그 밉살스런 광경에 톰은 눈알이 새까맣게 타들어가는 듯했다. 어쩔 도리가 없었다. 게다가 베키 대처가 자기를 아예 이 세상 사람으로도 여기지 않는다는 데 생각이 미치자 딱 돌 것만 같았다. 베키는 그 모습을 보았고, 싸움에서 자기가 이기고 있다는 것도 알았다. 자신이 고통받은 것처럼 톰이 고통받는 걸 보는 게 기뻤다.

에이미의 행복한 수다는 갈수록 도를 더했다. 톰은 챙겨야 할 것도 있고 해야 할 일도 있는데 시간이 너무 빨리 지나간다며 넌지시 눈치를 주었지만 아무 소용이 없었다. 계속 쩍쩍대는 에이미를 보면서 톰은 속으로 이렇게 생각했다. '으휴, 미치겠네. 이러다 영영 저 앨 못 떼내는 거 아냐?' 결국 톰은 볼일이 있다고 둘러댔고, 에이미는 순진하게도 학교가 끝나면 '근처에' 있겠다고 말했다. 톰은 에이미의 아둔함에 넌더리를 내며 서둘러 자리를 떴다.

톰은 이를 뿌득뿌득 갈면서 이렇게 생각했다.

'하필 그놈일 게 뭐야! 많고 많은 이 동네 녀석들 중에 자기가 옷을 엄청 잘 입고 귀족인 줄 아는 그 세인트루이스 뺀질이라니! 오, 그래, 네놈이 이 마을에 온 첫날 내가 네놈을 실컷 패줬지. 어디, 또 패주마! 기다려라, 혼쭐을 내줄 테니! 내 손에 잡히기만 하면 그냥⋯⋯'

그러고는 허공에 대고 주먹을 내뻗고, 발로 차고, 눈알을 후벼 파는 등 가상의 상대를 때리는 동작을 취해 보였다. '어쭈, 그렇게 나온다 이거지? 네놈이 감히 소리를 질러, 어? 좋아, 정 그렇다면 내가 본때를 보여주지!' 그렇게 상상으로라도 실컷 패주고 나니 속이 다 후련했다.

점심때가 되자 톰은 집으로 쏜살같이 도망쳤다. 에이미가 감지덕지 행복해하는 걸 양심상 더는 견딜 수가 없었고, 질투심 때문에 다른 고민을 감당할 만한 여력이 없었기 때문이다. 베키는 앨프리드와 다시 그림책을 들여다보았지만 몇 분이 지나도 고통에 몸부림쳐야 할 톰이 보이지 않자 승리감에 먹구름이 끼기 시작하면서 흥미가 싹 달아나버렸다. 가슴이 답답하고 정신이 아득해지나 싶더니 슬픔이 밀려들었다. 두 번인가 세 번 층계 쪽에 대고 귀를 쫑긋거렸지만 그릇된 희망일 뿐이었다. 톰은 오지 않았다. 마침내 베키는 완전히 비참해져서 그렇게까지 심하게 나가는 게 아니었다며 후회했다. 가엾은 앨프리드는 베키가 자기한테서 관심을 거두는 모습을 보고 영문도 모른 채 연신 이렇게 소리쳤다. "와, 여기 재미있는 거 있다! 이것 좀 봐!" 베키는 결국 인내심을 잃고 쏘아붙였다. "아이, 귀찮게 좀 굴지 마! 그딴 거 난 관심 없어!" 그러고는 눈물을 주르륵 흘리며 일어나서 가버렸다.

앨프리드가 얼른 다가와 위로해주려고 했지만 베키는 이렇게 말했다.

"저리 가. 나 좀 혼자 내버려두란 말이야! 난 네가 싫어!"

그래서 소년은 머뭇머뭇 걸음을 옮겨놓으며 자기가 뭘 잘못했기에 점심시간 내내 그림책을 같이 보자던 베키가 저렇게 울면서 혼자 걸어가고 있는지 곰곰이 따져보았다. 잠시 후 앨프리드는 아무도 없는 교실로 들어가 생각에 생각을 거듭했다. 자존심도 상하고 화도 났다. 생각해보니 답은 쉽게 나왔다. 그러니까 베키가 톰 소여에게 분풀이를 하려고 자기를 이용했던 것이다. 이런 생각이 들자 톰 소여가 더욱더 미웠다. 앨프리드는 자기한테는 그다지 위험하지 않으면서 톰을 곤경에 빠뜨릴 방법이 없나 찾아보았다. 마침 톰의 철자법 교과서가 눈에 들어왔다. 절호의 기회였다. 앨프리드는 반색하며 오후에 배울 내용을 펼쳐서 잉크를 부었다.

그때 베키가 앨프리드의 등 뒤 창문으로 그 광경을 보고 들키지 않게 자리를 떴다. 그러고는 톰을 찾아 일러줄 작정으로 집으로 출발했다. 톰이 고마워할 테고, 그러면 둘의 문제도 깨끗이 해결될 터였다. 하지만 집까지 절반도 채 못 가서 베키는 마음을 바꿔먹었다. 소풍 얘기를 꺼냈을 때 톰이 자기를 대하던 태도를 생각하면 속이 부글부글 끓으면서 수치심으로 가득 차올랐다. 그 대가로 베키는 철자법 책을 망친 죄로 톰이 매를 맞도록 내버려두기로, 나아가 영원히 그를 미워하기로 결심했다.

19
톰, 진실을 털어놓다

톰은 울적한 기분으로 집에 돌아와 이모가 대뜸 하는 소리를 듣고 그렇지 않아도 전망이 밝지 않은 시장에 더욱더 먹구름이 끼겠구나 싶었다.

"톰, 내가 산 채로 가죽을 홀라당 벗겨버리겠다고 분명 경고했지!"

"이모, 내가 뭘 어쨌다고 그러세요?"

"어디, 한두 가지라야 말이지. 너의 그 얼토당토않은 꿈 얘기를 세레니 하퍼에게 들려줄 기대에 부풀어 그 집에 가지 않았겠니, 어리석은 늙은이처럼 말이다. 그런데 웬걸, 어찌 됐는지 아니? 그 여편네가 조한테 들어서 네가 여기 와서 그날 밤 우리가 한 얘기를 다 들었다는 걸 이미 알고 있지 뭐냐. 톰, 도대체 커서 뭐가 되려는지 정말 모르겠구나. 날 세레니 하퍼한테 가게 해서 웃음거리도 그런 웃음거리가 없게 만들어 입도 뻥긋하지 못하게 할 생각을 하다니 속상해서 원."

일이 이처럼 완전히 새로운 국면으로 접어들 줄은 미처 예상하지 못했다. 아침까지만 해도 톰은 자신의 빈틈없는 재치가 대견하고 창의력이 돋보인다고 생각했다. 하지만 이제는 비열하고 초라해 보일 뿐이었다. 톰은 고개를 푹 숙인 채 잠시 무슨 말을 해야 좋을지 몰라 가만히 있었다. 그러다 마침내 입을 열었다.

"이모, 그러지 말걸 그랬나 봐요…… 하지만 미처 생각을 못 했어요."

"어련할까, 너라는 아이는 도무지 생각이라는 게 없으니까. 넌 오로지 네 욕심 채우는 것 말고는 아무것도 생각하지 않잖니. 우리가 괴로워하는 모습을 비웃어주려고 밤에 잭슨 섬에서 이리로 건너올 생각은 하면서, 꿈 이야기를 지어내 날 바보로 만들 생각은 하면서 우리를 가엾게 여겨 슬픔에서 구해줄 생각은 어째 못 했을꼬."

"이모, 이젠 알겠어요, 비열한 짓이었다는 거. 하지만 작정하고 일부러 그런 건 아니에요. 정말이에요. 그리고 그날 밤 이모를 비웃어주려고 여기 온 게 아니에요."

"그럼 뭣 때문에 왔니?"

"그건 이모한테 우리가 물에 빠져 죽은 게 아니니까 걱정하지 말라고 말하러 왔던 거예요."

"톰, 톰, 네가 그렇게 기특한 생각을 했다는 걸 나도 믿을 수 있다면 이 세상 누구보다도 기쁠 게다. 하지만 네가 절대로 그랬을 리가 없다는 건 너도 알고 나도 알잖니, 톰."

"정말이에요, 정말 그랬어요, 이모…… 만약 거짓말이라면 두 번 다시 일어나 다니지 못해도 좋아요."

"제발 톰, 거짓말하지 마라…… 거짓말하면 못쓴다. 거짓말은 일을 백 배나 더 나쁘게 몰아갈 뿐이야."

"거짓말 아니에요, 이모, 정말이라고요. 전 이모가 더는 슬퍼하지 않기를 바랐어요…… 그래서 왔던 거예요."

"그 말을 믿을 수만 있다면 온 세상을 다 주어도 아깝지 않을 게다…… 정말로 그랬다면 톰, 네가 지은 죄를 몽땅 덮고도 남을 게야. 네가 가출해서 그렇게 못된 짓을 했어도 이 이모는 더없이 기뻤을 게다. 하지만 앞뒤가 맞지 않잖니. 그렇다면 나한테 말을 했어야지, 안 그러냐?"

"그게요, 이모, 이모가 장례식 얘기를 할 때 우리가 몰래 와서 교회에 숨어 있으면 어떨까 하는 생각이 퍼뜩 들었거든요. 아무튼 그 계획을 망칠 수는 없었어요. 그래서 나무껍질을 도로 주머니에 집어넣고 입을 다물었던 거예요."

"나무껍질이라니?"

"이모한테 우리가 해적질하러 나갔다고 쓴 나무껍질 말이에요. 지금 생각하니까 이모한테 입을 맞출 때 차라리 이모가 잠을 깼더라면 좋았을걸 싶네요…… 정말이에요."

이모의 얼굴에 깊게 팬 주름살이 퍼지면서 갑자기 이모가 다정한 눈길을 던졌다.

"나한테 입을 맞췄다고, 톰?"

"그랬다니까요."

"정말 그랬니, 톰?"

"정말이에요, 이모…… 맹세해요."

"어째서 나한테 입을 맞췄니, 톰?"

"그야 전 이모를 무지 사랑하니까요. 그런데 이모가 거기 누워서 끙끙 앓으니까 너무 미안했거든요."

그 말은 진실처럼 들렸다. 노부인은 목소리에서 떨리는 기색을 감추지 못하고 이렇게 말했다.

"다시 입을 맞춰다오, 톰! ……그리고 어서 학교에 가거라, 이모 좀 그만 괴롭히고."

톰이 나가자 노부인은 옷장으로 달려가 톰이 해적질하러 갈 때 입었던 누덕누덕한 저고리를 꺼냈다. 그러고는 옷을 들고 그 자리에 우두커니 멈춰 서서 혼자 중얼거렸다.

"아냐, 이러면 안 되지. 가엾은 녀석, 거짓말일 게야…… 하지만 거짓말이긴 해도 복 받을 거짓말이잖아. 그 말을 들으니 얼마나 위안이 되는지. 바라건대 주님께서…… 주님께서 그 앨 용서해주실 게야, 적어도 그 말을 할 때 그 아이 마음속에는 선의가 가득했으니까. 그게 거짓말이었다는 걸 굳이 들춰내고 싶지 않아. 그래, 보지 말자."

노부인은 저고리를 한쪽으로 치우고 선 채로 잠시 생각에 잠겼다. 두 번이나 그녀는 저고리를 집으려고 손을 뻗었다가 다시 거두어들였다. 그러고 나서 또 한 번 손을 뻗었는데, 이번에는 이렇게 생각하며 마음을 다잡았다. "그건 착한 거짓말이야…… 착한 거짓말…… 설령 거짓말이었다고 해도 슬퍼하지 말아야지." 그리하여 노부인은 저고리 주머니를 뒤졌다. 잠시 뒤 노부인은 톰이 나무껍질에 쓴 글을 읽으며 눈물을 주르륵 흘렸다. 그리고 이렇게 말했다. "이제 그 아이가 백만 가지 죄를 지었다 해도 용서할 수 있어!"

20
궁지에 몰린 베키/톰의 고결함이 드러나다

폴리 이모가 자신에게 입을 맞출 때 톰은 이모의 태도에서 뭔가 예사롭지 않은 분위기를 느꼈다. 덕분에 우울했던 기분이 씻은 듯이 날아가고 톰은 다시 근심 걱정 없이 행복한 상태로 돌아갔다. 다시 학교로 돌아가는 길에 톰은 운 좋게도 메도레인 들머리에서 베키 대처와 마주쳤다. 톰은 언제나 기분 내키는 대로 행동했고, 이번에도 역시 한 치의 망설임도 없이 베키에게 뛰어가 이렇게 말했다.

"오늘 내가 너무 짓궂었어, 베키. 정말 미안해. 앞으로는 절대 안 그럴게…… 그러니까 제발 화 풀어, 응?"

베키는 발걸음을 멈추고 경멸 어린 눈으로 톰의 얼굴을 노려보았다.

"쓸데없이 말 붙이지 말고 조용히 있어줬으면 고맙겠네요, 토머스 소여 씨. 그쪽하고 두 번 다시는 말 섞을 일 없거든요."

그러고는 머리를 홱 쳐들고 가버렸다. 톰은 너무 놀란 나머지 "누가 겁난대? 잘난 척하기는"이라고 대꾸할 정신조차 없었다. 그렇게 말할 기회를 놓치는 바람에 결국 톰은 한마디도 하지 못했다. 하지만 속으로는 너무 분했다. 톰은 베키가 남자애라면 얼마나 좋을까, 그렇다면 흠씬 두들겨 패줄 텐데, 라고 생각하면서 비칠비칠 학교 운동장으로 들어섰다. 곧이어 베키와 마주치자 톰은 지나가면서 한마디 톡 쏘아주었다. 베키도 이에 질세라 응수했고 둘의 불화는 돌이킬 수 없는 지경이 되고 말았다. 어찌나 약이 오르던지 베키는 어서 수업이 시작돼서 톰이 철자법 책을 망친 죄로 매를 맞는 꼴을 보게 되기만을 목을 빼고 기다렸다. 한순간 앨프리드 템플이 한 짓을 말해줄까 말까 망설이기도 했지만 톰이 내뱉는 참을 수 없는 욕설에 그런 생각은 온데간데없어지고 말았다.

가엾은 소녀 베키는 곤경이 시시각각 다가오고 있다는 사실을 알지 못했다. 교사 도빈스 씨는 못 다 이룬 꿈을 안고 중년에 이른 남자였다. 원래는 의사가 되길 간절히 바랐지만 가난 때문에 시골 학교 교사밖에 되지 못했다. 매일 그는 암송 시간이 아닐 때마다 교탁에서 정체불명의 책을 한 권 꺼내선 흠뻑 빠져들었다. 그는 그 책을 교탁 서랍에 집어넣고 자물쇠로 잠가 열쇠를 가지고 다녔다. 학교의 개구쟁이치고 그 책을 한 번만이라도 보고 싶어 안달하지 않는 아이가 없었지만 기회는 절대 오지 않았다. 남학생이고 여학생이고 할 것 없이 저마다 그 책의 성격을 두고 이런저런 의견을 내놓았지만 똑같은 의견이 하나도 없었고, 이 문제에 관한 한 사실을 확인할 길이 전혀 없었다. 그런데 하필 베키가 문 옆에 서 있는 교탁을 지나다 열쇠가 자물쇠에 꽂혀 있는 것을 발견했던 것이다! 그냥 지나치기엔 너무나 귀중한 순간이었다. 베키는 얼른 주위를 둘러보고 자기 혼자만 있다는 걸 확인한 다음 책을 집어 들었다. 속표지에 아무개 교수의 '해부학'이라고 적혀 있었지만 암만 해도 감이 잡히지 않아 책장을 넘기기 시작했다. 책 맨 앞쪽에 색색의 정교한 판화가, 그러니까 완전히 벌거벗은 사람 형체가 나왔다. 그 순간 책장에 그림자가 드리워지면서 톰 소여가 문으로 걸어 들어와 그림을 흘끗 쳐다보았다. 베키는 얼른 책을 낚아채 덮으려다가 억세게 재수 없게도 그림이 있는 책장을 반이나 북 찢고 말았다. 베키는 책을 교탁 안에 후다닥 던져 넣고 열쇠를 돌리더니 창피하고 속상한 마음에 와락 울음을 터뜨렸다.

"톰 소여, 넌 애가 왜 그렇게 치사하니, 사람한테 몰래 다가와서 뭐 보고 있나 엿보기나 하고."

"네가 뭘 보고 있는지 내가 무슨 수로 알아?"

"부끄러운 줄 좀 알아, 톰 소여. 나한테 말 걸러 온 거 내가 모를 줄 알고. 아이, 어쩜 좋아, 어쩜 좋냐! 보나마나 매를 맞을 텐데, 난 학교에서 매 맞아본 적 한 번도 없단 말야."

그리고 나서 베키는 그 작은 발을 동동 구르며 다시 말했다.

"정 치사하게 나오겠다면 안 말려! 무슨 일이 벌어지든 난 각오가 돼 있으니까. 두고 보면 알게 될 거야! 미워, 미워, 미워 죽겠어!" 그러고는 다시 울음을 터뜨리며 쌩하니 교실을 나가버렸다.

톰은 뜻밖의 맹공격에 정신을 못 차리고 가만히 서 있다가 혼자 중얼거렸다.

"뭐 저런 신기한 바보가 다 있지? 학교에서 한 번도 맞아본 적이 없다니! 쳇, 호들갑 떨기는! 여자애들이 그렇지 뭐…… 소심하고 겁만 많아서는. 내가 뭐 하러 치사하게 저런 하찮은 바보를 늙다리 도빈스한테 일러바쳐? 안 그래도 들통 날 텐데. 하지만 어떻게 될까? 늙다리 도빈스가 누가 책을 찢었냐고 묻겠지. 물론 아무도 대답하지 않을 테고. 그러면 늙다리 도빈스가 늘 하던 대로 나오겠지…… 한 사람씩 붙잡고 물어볼 거란 말이야. 그러다 그 애 차례가 되면 말하지 않아도 알아챌 테고. 여자애들은 늘 얼굴에 다 쓰여 있으니까. 여자애들은 도무지 배짱이라는 게 없거든. 혼나겠지. 글쎄, 베키 대처한테는 안된 일이지만 빠져나갈 방법이 없네." 톰은 그 문제를 가지고 좀 더 머리를 굴리다 이렇게 덧붙였다. "하지만 뭐, 그 애도 내가 그런 곤경에 빠지는 꼴을 보고 싶어 하잖아…… 혼 좀 나보라지!"

곧이어 톰은 밖에서 뛰어노는 아이들 틈에 섞였다. 잠시 뒤 선생님이 와서 수업이 시작되었다. 톰은 공부에 집중할 수가 없었다. 교실 절반을 차지하고 있는 여학생 자리를 흘끔흘끔 몰래 훔쳐볼 때마다 베키의 얼굴이 신경 쓰였기 때문이다. 암만 생각해도 베키를 동정하고 싶지 않았지만 자꾸만 안됐다는 마음이 드는 건 어쩔 수가 없었다. 득의양양해야 하는데도 그 뜻에 걸맞게 온전히 기뻐할 수가 없었다. 곧이어 철자법 책을 망쳐놓았다는 사실이 드러나면서 그 후 한동안 톰은 자기한테 닥친 문제로 정신이 없었다. 베키는 좀 전의 충격이 안겨준 무기력 상태에서 깨어나 수업에 열중했다. 베키는 톰이 자기는 책에 잉크를 엎지르지 않았다고 말해봐야 난관을 피해갈 수 없을 거라고 예상했다. 아니나 다를까, 그 생각이 옳았다. 톰이 부인하면 할수록 상황은 더욱 나빠지는 듯했다. 베키는 톰이 쩔쩔매는 모습을 보면 고소할 줄 알았고, 또 고소하다고 믿으려 애썼지만 막상 그렇지가 못했다. 설상가상으로 당장이라도 일어나 앨프리드 템플이 그랬다고 일러바치고픈 충동마저 일었다. 하지만 꾹 눌러 참고 계속 침묵을 지키면서 속으로 이렇게 말했다. "보나마나 저 앤 내가 책을 찢었다고 고자질할 텐데 뭐. 한마디도 안 할 거야, 구해주나 봐라!"

톰은 매를 맞고 자기 자리로 돌아갔지만 하나도 속상하지 않았다. 까불대다가 자기도 모르게 철자법 책에 잉크를 쏟았을지도 모른다고 생각했기 때문이다…… 형식상 항변하긴 했지만 그게 관례인지라 원칙을 지키려고 한두 번 우겨봤을 뿐이었다.

한 시간이 훌쩍 지난 가운데 선생님은 보좌에 앉아 꾸벅꾸벅 졸았고, 교실 공기는 아이들이 웅얼대며 자습하는 소리로 나른했다. 이윽고 도빈스 씨가 기지개를 켜며 하품을 하더니 교탁 서랍 자물쇠를 열고 자기 책에 손을 뻗었다. 하지만 꺼낼지 말지 마음을 못 정하는 눈치였다. 학생들은 대부분 흐리멍덩한 눈으로 흘낏 올려다보고 말았지만 그중 두 사람은 선생님의 움직임 하나하나를 뚫어지게 지켜보았다. 도빈스 씨는 잠시 멍하니 책을 만지작거리더니 결국 꺼내서 의자에 앉아 읽기 시작했다! 톰은 베키를 흘낏 쳐다보았다. 표정을 보니 머리에 총이 겨누어진 채 사냥꾼 앞에서 속수무책으로 바들바들 떠는 산토끼가 따로 없었다. 그 순간 톰은 베키와 다퉜던 일을 깡그리 잊어버렸다. 빨리…… 뭔가 조치를 취해야 해! 지금 당장! 하지만 너무 다급한 상황이라 그런지 머리가 마비된 듯했다. 그래! 기막힌 생각이 떠올랐어! 이대로 달려나가 책을 낚아채선 교실 문 밖으로 무조건 튀는 거야. 하지만 한순간 다짐이 흔들리는 바람에 기회는 날아가버리고…… 선생님이 책을 펼쳐 들었다. 놓쳐버린 그 기회를 다시 붙잡을 수만 있다면. 하지만 너무 늦어버렸어. 이제 베키를 도울 길은 없어, 톰은 이렇게 중얼거렸다. 다음 순간 선생님이 아이들 쪽으로 얼굴을 돌렸다. 쏘아보는 눈길에 다들 눈을 내리깔았다. 그 눈길에는 아무 죄 없는 아이들까지도 두려움에 떨게 하는 구석이 있었다. 열을 셀 정도의 침묵이 흐르는 사이 선생님은 분노를 모아들이고 있었다. 마침내 선생님이 입을 열었다.

"이 책 누가 찢었지?"

숨소리 하나 없이 조용했다. 바늘 떨어지는 소리도 들을 수 있을 것 같았다. 침묵이 계속 이어지는 가운데 선생님이 아이들 얼굴을 차례로 살피며 범죄의 흔적을 찾아 나섰다.

"벤저민 로저스, 네가 찢었니?"

부인. 또다시 짧은 침묵.

"조지프 하퍼, 너냐?"

역시 부인. 이렇게 서서히 진행되는 고문 아래서 톰의 불안은 점점 더 커졌다. 선생님은 남학생들 줄을 빠짐없이 살피고 나서…… 잠시 뭔가를 생각하더니 여학생들 쪽으로 돌아섰다.

"에이미 로런스, 너냐?"

절레절레.

"그레이시 밀러, 너냐?"

똑같은 반응.

"수전 하퍼, 네가 그랬니?"

또다시 부인. 그다음 차례는 베키 대처였다. 톰은 이 상황이 한편으로는 흥분되기도 하고 한편으로는 끔찍하기도 해서 머리끝부터 발끝까지 덜덜 떨고 있었다.

"레베카 대처, (톰이 흘낏 보니 베키는 공포로 얼굴이 하얗게 질려 있었다.) 네가 찢었니? 아니, 내 얼굴을 봐라. (애원을 하려는지 베키의 손이 올라갔다.) 네가 이 책 찢었니?"

한 가지 생각이 번개처럼 톰의 머리를 획 스치고 지나갔다. 톰은 벌떡 일어나 소리쳤다.

"제가 그랬습니다!"

다들 당황한 표정으로 이 믿기 힘든 바보짓을 지켜보았다. 톰은 잠시 선 채로 흩어진 정신을 가다듬었다. 벌을 받으러 앞으로 걸어나갈 때 불쌍한 베키의 눈에서 뿜어져 나오는 놀라움과 감사와 흠모의 빛은 매 백 대 값은 되고도 남을 듯했다. 톰은 스스로 생각하기에도 자신의 행동이 너무나 대견스러워 도빈스 씨가 그 어느 때보다도 인정사정 두지 않고 무자비하게 매질을 하는데도 비명 한 번 내지르지 않고 의연하게 참아냈다. 뿐만 아니라 학교가 끝난 후에도 두 시간이나 남아 있으라는 잔인한 추가 명령 또한 덤덤하게 받아들였…… 그 이유는 다름 아니라 포로 생활이 끝날 때까지 밖에서 자기를 기다리며 그 지루한 시간을 전혀 손해로 여기지 않을 사람이 있다는 걸 알고 있었기 때문이다.

그날 밤 톰은 잠자리에 들어 앨프리드 템플한테 복수할 계획을 세웠다. 베키가 부끄럽고 후회스럽다며 자신의 배신행위를 잊지 않고 낱낱이 털어놓았던 것이다. 하지만 복수의 일념마저도 어느새 기분 좋은 생각에 자리를 내주었고, 톰은 마침내 잠에 곯아떨어졌다. 베키가 낮에 헤어지면서 했던 말이 꿈결에 귓가에서 뱅뱅 맴돌았다.

"톰, 넌 어쩜 그렇게 멋지고 의젓하니!"

21

아이들의 웅변/숙녀들의 작문/기나긴 환상/
아이들, 복수에 성공하다

방학이 다가오고 있었다. 그렇지 않아도 엄격한 선생님은 '학예회'
날 학교 인상을 좋게 보이고 싶어 그 어느 때보다도 더 엄격하고 까다
롭게 굴었다. 요즘 들어 선생님의 회초리와 매는…… 적어도 어린 학
생들 사이에서는 한가할 짬이 거의 없었다. 덩치가 자랄 대로 자란 상
급반 남학생들과 열여덟에서 스무 살 안팎의 아가씨 또래 여학생들만
매를 피해 갔다. 도빈스 선생님의 매는 맵기도 무척 매웠다. 가발을
벗으면 머리카락 한 올 없이 반짝반짝 빛나는 대머리가 나왔지만 이
제 막 중년에 이른지라 근육은 힘이 빠진 기색이 전혀 없었다. 대망의
날이 가까워지면서 그의 안에 있던 폭군 기질이 남김없이 밖으로 드
러났다. 무슨 억하심정인지 별것도 아닌 흠을 벌주면서 희열을 느끼
는 듯했다. 사정이 그렇다 보니 어린 남학생들은 낮에는 공포와 고통

속에서 지냈고 밤에는 복수를 꾀하며 지냈다. 그러면서 호시탐탐 선생님을 골려줄 기회만을 노렸다. 하지만 그는 늘 한 발 앞서 나갔다. 어쩌다 복수에 성공한다 해도 늘 철저한 대규모 응징이 뒤따랐기 때문에 아이들은 매번 참패를 당하고 전장에서 물러나야 했다. 마침내 아이들은 다 같이 작당해 눈부신 승리가 보장되는 계획을 세웠다. 그러고는 간판집 아들을 끌어들여 선서를 시킨 뒤 계획을 털어놓고 도움을 청했다. 그는 아이들의 부탁을 반색하며 받아들였다. 거기에는 그럴 만한 사정이 있었다. 다름 아니라 선생님이 간판집에서 하숙을 하고 있는 만큼 선생님을 미워할 이유가 그 나름대로 엄청 많았기 때문이다. 며칠 있으면 선생님 부인이 시골에 가기로 돼 있어 계획이 방해받을 일은 없을 듯했다. 선생님은 큰 행사를 앞둘 때면 긴장을 풀려고 그러는지 정신이 오락가락할 정도로 술을 마셔대는 버릇이 있었다. 간판집 아들은 선생님이 학예회 날 저녁 웬만큼 취해서 의자에 앉아 조는 동안 '일을 처리하겠다'고 말했다. 그러고 나서 학예회 시간이 다 됐을 때 선생님을 깨워 학교까지 허겁지겁 달려가게 하겠다고.

시간은 흘러 마침내 학예회 날이 밝았다. 저녁 여덟 시가 되자 학교는 눈부시게 불을 밝힌 가운데 나뭇잎과 꽃을 엮어 만든 화환과 장식용 줄로 단장했다. 선생님은 높이 올린 교단 위에서 칠판을 등진 채 왕처럼 느긋하게 앉아 있었다. 모르는 사람 눈에는 꽤 인자해 보이는 모습이었다. 기다란 의자가 교실 양옆에 각각 세 줄, 중앙에 여섯 줄 놓여 있었는데, 마을 유지와 학부형들 자리였다. 선생님 왼편으로 학부형 자리 뒤쪽의 임시로 만든 널찍한 단에는 이날 저녁 학예회에서 장기를 선보일 학생들이 자리 잡았다. 아직 어린 남학생들은 깨끗이 씻고 얌전하게 옷을 차려입어 참을 수 없이 불편해했고, 머리가 좀 자란 남학생들은 겸연쩍어했다. 여학생들은 저학년이고 숙녀티가 나는 상급반이고 할 것 없이 저마다 속이 거의 다 비치는 옷을 입고 모여 앉아 눈 덮인 두둑을 이루고 있었다. 허옇게 드러난 팔과 할머니의 옛날 옛적 장신구, 분홍색과 파란색 리본 장식, 머리에 꽂은 꽃이 어색한지 다들 눈에 띄게 눈치를 살폈다. 나머지 자리는 학예회에 출연하지 않는 학생들이 가득 메웠다.

학예회가 시작되었다. 한참 어린 소년이 일어나서 수줍어하며 낭송*했다. "여러분은 저처럼 어린 아이가 무대에 올라 많은 사람들 앞에서 연설을 할 줄은 거의 기대하지 않으셨을 거예요……" 소년은 마치 오래 사용해서 어디가 살짝 고장 난 기계처럼 극도로 정확한 동작을 선보이다가 가끔씩 부르르 경련을 일으켰다. 딱할 정도로 겁을 먹긴 했어도 어쨌든 무사히 끝냈고, 꾸벅 절을 한 뒤 한바탕 요란하게 박수갈채를 받으며 물러났다.

다음으로 부끄럼을 많이 타는 어린 소녀가 혀짤배기소리로 동시**를 외웠다. "메리에겐 어린 양이 있었네……" 소녀가 어딘지 동정심을 불러일으키는 절을 하자 박수가 터져 나왔고, 소녀는 얼굴을 붉힌 채 흐뭇하게 자리로 가서 앉았다.

이번에는 톰 소여가 한껏 자신만만하게 앞으로 걸어 나와 불후의

---

* 학교 학예회는 대개 미국 시인 데이비드 에버릿의 「학교 웅변을 위해 쓴 글」을 낭송하는 것으로 시작되었다.
** 「메리에겐 어린 양이 있었네」는 미국 작가 새라 조세퍼 헤일의 작품으로 『어린이들을 위한 시집』에 수록되어 출간되었다.

연설문 「나에게 자유가 아니면 죽음을 달라」*를 울분에 찬 목소리로 격한 동작까지 섞어가며 암송하기 시작했다. 그러다 그만 중간에서 딱 막히고 말았다. 무시무시한 무대 공포증이 엄습하면서 다리가 후들거리고 금방이라도 숨이 막힐 것만 같았다. 사람들의 동정 어린 시선이 일제히 톰에게 쏠렸지만 그와 동시에 교실 전체가 찬물을 끼얹은 듯 조용해졌다. 침묵은 동정심보다 훨씬 더 참기 어려웠다. 선생님이 눈살을 찌푸리면서 이 재앙은 최고조에 이르렀다. 톰은 잠시 머뭇거리다 완전히 풀이 죽어선 퇴장했다. 희미하게나마 박수를 치려는 시도가 있었지만 곧 사그라지고 말았다.

그다음으로 "불타는 갑판에 소년이 서 있었네"**와 "아시리아인이 무너져 내렸구나"***를 비롯해 주옥같은 시 작품 암송이 이어졌다. 그러고 나서 읽기 시범과 철자법 대회가 열렸다. 몇 명 안 되는 라틴어 반은 낭독을 훌륭하게 소화했다. 이제 이날 행사의 절정이라고 할 수 있는 숙녀들의 '작문' 발표 시간이 돌아왔다. 숙녀들은 자기 차례가 되면 무대 맨 앞으로 걸어나와 목청을 가다듬고 (앙증맞은 리본으로 묶은) 원고를 들고서 '표현'과 구두점에 심혈을 기울이며 읽어나갔다. 주제는 예전에 그들의 어머니와 할머니를 비롯해 멀리는 십자군 시대까지 거슬러 올라가는 여성 쪽 조상들이 이런 행사 때마다 들고 나왔던 주제와 똑같았다. 예를 들면 '우정', '지나간 날의 추억', '역사 속의

---

* 「나에게 자유가 아니면 죽음을 달라」는 패트릭 헨리가 1775년 버지니아 의회에서 행한 유명한 연설 내용 중 일부다.
** 영국 작가 펠리셔 허먼스의 유명한 시 「카사비앙카」의 첫 행.
*** 바이런의 시 「센나케리브의 몰락」의 첫 행.

종교', '꿈의 나라', '문화의 이점', '정부 형태의 비교와 대조', '비애', '효심', '마음의 갈망' 등등.

이들 작문에서 가장 흔한 특징을 꼽으라면 우울한 감정을 두둔하면서 애지중지한다는 점이었다. 또 '미사여구'를 쓸데없이 마구 남발하는가 하면, 특별히 애착이 가는 단어와 어구를 쉴 새 없이 청중의 귓가에 실어 날라 결국 완전히 질리게 했다. 유난히 눈에 띄면서 글을 망치는 기이한 특징은 결말에 가서 참기 힘들 정도로 판에 박은 설교를 한참 늘어놓다가 한결같이 용두사미로 끝난다는 점이었다. 주제가 무엇이든 상관없이 어떻게든 도덕심과 종교심을 고취하기 위해 다들 머리를 쥐어짰다. 이런 설교는 겉만 번드르르하고 진실성이라고는 찾아보기 힘들었지만 학교에서 이 유행을 몰아내는 것은 쉽지 않았고, 이는 오늘날도 마찬가지다. 이 세상이 존재하는 한 그런 일은 아마 절대 없지 싶다. 이 땅 어느 학교를 가봐도 작문을 설교로 마무리하지 않아도 된다고 생각하는 여학생은 없다. 더구나 학교에서 가장 경박하고 신앙심이 부족한 여학생의 설교일수록 가장 길고 사정없이 경건하기 마련이다. 하지만 이쯤 해두련다. 담백하기만 한 진실은 맛이 없으므로.

다시 '학예회'로 돌아가자. 첫번째로 낭독된 작문은 제목이 '그렇다면 이것이 인생인가?'였다. 그 가운데 일부 내용을 발췌해 소개하니 독자 여러분은 참고 읽어주기 바란다.

"평범한 일상 속에서 젊은 가슴은 얼마나 벅찬 감정으로 축제의 장면을 고대하는지! 상상력은 기쁨으로 넘쳐나는 장밋빛 그림을 그리느라 분주하다. 관능미를 자랑하는 멋쟁이 아가씨는 축제 군중 속에 섞여 '만인의 시선을 한 몸에 받는' 자신의 모습을 상상한다. 눈처럼 새하얀 예복을 차려입은 그녀는 우아한 자태를 뽐내며 미로처럼 얽힌 춤의 행렬을 빙그르르 잘도 헤쳐나간다. 명랑한 사람들 속에서 그녀의 눈은 누구보다도 눈부시게 빛나고, 그녀의 발걸음은 누구보다도 경쾌하다.

그런 달콤한 공상 속에서 시간은 쏜살같이 흘러 마침내 반가운 시간이 찾아오고, 그녀는 그렇게나 꿈꾸었던 천국의 세계로 들어간다. 황홀경에 빠진 그녀의 눈엔 모든 게 얼마나 동화 같아 보이는지! 한 장면, 한 장면이 갈수록 매력을 더하면서 새롭게 펼쳐진다. 하지만 잠시 뒤 그녀는 이 번지르르한 외양을 걷어내면 공허함만 있다는 것을 알게 된다. 한때 그녀의 영혼을 사로잡았던 아첨의 말은 이제 귀에 거슬리기만 할 뿐. 무도회장도 매력을 잃었다. 병든 몸과 쓰라린 가슴으로 그녀는 속세의 쾌락은 영혼의 갈망을 채워줄 수 없다는 믿음을 가지고 돌아서누나!"

대충 그런 식이었다. 낭독하는 중간 중간 "너무 감미로워!" "어쩜 저렇게 유창할까!" "정말 실감난다!"라는 등의 감탄 어린 속삭임과 극도로 만족해서 웅성거리는 소리가 터져 나왔다. 그러고 나서 특히 듣기 괴로운 설교로 낭독을 끝내자 우레 같은 박수갈채가 뒤따랐다.

다음은 가냘픈 체격에 뚱한 표정의 여학생 차례였다. 그녀는 약을 잘못 먹고 체하기라도 했는지 '유별나게' 창백한 얼굴로 '시'를 읽었다. 그중 두 연을 소개하면 다음과 같다.

어느 미주리 아가씨가 앨라배마에 바치는 이별가

앨라배마여, 안녕! 나는 너를 무척 사랑하노라!
그러나 이제 잠시 너를 떠나노라!
너를 생각하니 슬픔으로 터질 듯한 이 내 가슴 가눌 길 없고,
뜨거운 옛 추억이 머리 가득 밀려드누나!
꽃이 만발한 숲 속을 정처 없이 걸었고,
탤러푸사 강가를 거닐며 책을 읽었지.
탤러시의 사납게 범람하는 물소리에 귀 기울였고,
쿠사 강변에선 오로라의 빛에 흠뻑 빠졌지.

그러나 어이하리, 터질 듯한 가슴을 누를 길 없으니,
눈물을 흘리며 돌아서도 부끄러워하지 않으리라.
이제 정든 땅을 떠나야 할 시간,
정든 이들에게 이 한숨을 남기노라.
너는 나의 반가운 고향이었으니,
너의 골짜기들을 두고 떠나는 지금 너의 첨탑들이 눈앞에서 획획
사라지누나.
사랑하는 앨라배마여, 네게 차갑게 등을 돌려야 하니
내 눈과 마음과 테트*도 차갑게 식는구나!

---

* 프랑스어로 '머리'라는 뜻.

'테트'가 무슨 뜻인지 아는 사람이 거의 없었지만 이 시는 매우 만족스러웠다.

다음엔 얼굴빛도 까무잡잡하고 눈도 머리카락도 까만 숙녀가 무대로 나왔다. 그녀는 잠시 뜸을 들이며 사람들 주의를 환기한 뒤 사뭇 비장한 표정으로 절도 있고 엄숙하게 읽기 시작했다.

환상

폭풍우가 무섭게 휘몰아치는 캄캄한 밤이었습니다. 저 높이 있는 옥좌 주변에는 별 하나 깜빡이지 않았지만 묵직하게 울리는 천둥소리가 쉴 새 없이 귀청을 울려댔습니다. 그런 가운데 무시무시한 번개가 하늘나라의 구름 낀 방들을 뚫고 나와 노발대발하는 모습은 마치 저 걸출한 프랭클린이 자기를 겁주려고 휘두른 힘*을 비웃는 듯했습니다! 잠시도 가만히 있지 못하는 바람마저 신비에 싸인 보금자리에서 한꺼번에 몰려나와 이 살벌한 광경을 한몫 거들려는 듯 사납게 울부짖었습니다.

어둡고 스산하기 이를 데 없는 이 순간 나의 영혼은 인간의 따스한 정을 갈구하며 한숨을 내쉬었습니다. 그러나 대신,

"나의 가장 소중한 친구요, 나의 조언자, 나에게 위안을 주는 이이자 길잡이요, 슬플 때면 기쁨을 주고 기쁠 때면 기쁨을 두 배로

---

* 벤저민 프랭클린은 미국의 정치가·과학자·저술가로 피뢰침을 발명하기도 했다.

늘려주는 이"가 나를 찾아왔습니다.

　그녀는 낭만을 좇는 젊은이들이 그린 상상 속 에덴동산에서 햇살 가득한 산책로를 거니는 눈부신 존재처럼 움직였으며, 스스로의 초연한 아름다움 말고는 아무런 꾸밈이 없는 미의 여왕이었습니다. 발걸음은 또 어찌나 가벼운지 소리조차 나지 않아 황홀한 전율을 일으키는 그 다정한 손길이 없었다면 여느 얌전한 미인들처럼 휙 지나가도 아무도 알아채지 못했을 겁니다. 그녀는 마치 12월의 옷자락에 방울방울 떨어져 내리는 차디찬 눈물처럼 낯선 슬픔을 얼굴에 드리우고 언뜻 보기에 서로 경쟁하는 듯한 요소들을 지적하면서 내 눈앞에 드러난 그 두 존재를 골똘히 생각해보라고 말했습니다.

　이 악몽은 원고만도 얼추 열 장이 넘는 데다 장로교가 아닌 사람 입장에서는 모든 희망을 무참히 깔아뭉개는 설교로 마무리를 한 덕분에 일등상을 차지했다. 이 글은 이날 저녁의 가장 뛰어난 작품으로 꼽혔다. 읍장은 이 글의 지은이에게 상을 주면서 자신이 여태까지 들어본 것 중에 단연코 가장 '유려'하며 대니얼 웹스터*도 당연히 칭찬했을 거라는 격려의 말을 덧붙였다.
　이왕 말이 나왔으니 한마디 더 짚고 넘어가자면 '어여쁜'이라는 단어를 지나치게 선호하면서 인간의 경험을 '삶의 한 페이지'라고 표현한 작품의 수가 평균을 웃돌았다.

---

* 법률가 출신의 미국 정치인으로 정치 연설에 능했다.

이제 도빈스 선생님은 더없이 온화한 태도로 의자를 한쪽으로 밀어 놓고 관객을 등지고 서서 칠판에 미국 지도를 그리며 지리 수업 시범에 나섰다. 하지만 딱하게도 손이 떨려 그림이 잘 그려지지 않자 입을 막고 킥킥대는 소리가 파문처럼 교실 전체로 번져 나갔다. 선생님은 사태를 파악하고 바로잡아보려고 애썼다. 지우개로 지우고 다시 선을 그리기를 몇 차례 반복했지만 그럴수록 그림을 더욱 망칠 뿐이었고, 더불어 킥킥대는 소리도 더욱 커졌다. 선생님은 웃음소리에 아랑곳하지 않기로 작정한 듯 그림 그리는 일에만 온 신경을 집중했다. 모두의 눈이 자신에게 쏠려 있다는 걸 의식하면서 제대로 그리고 있다고 상상했지만 킥킥대는 소리는 줄어들기는커녕 오히려 아예 드러내놓고 커졌다. 그런데 그럴 수밖에 없었다. 선생님 머리 위로 창이 뻥 뚫린 다락방이 있었는데, 이 창을 통해 고양이 한 마리가 아랫도리에 끈을 매달고 소리를 지르지 못하도록 머리와 턱에 헝겊이 씌워진 채 내려오고 있었다. 고양이는 천천히 내려오면서 활처럼 둥그렇게 구부린 앞발로는 끈을 할퀴어대고 버둥거리는 뒷발로는 아무것도 없는 아래쪽 허공을 할퀴어댔다. 킥킥대는 소리가 점점 높아지는 가운데 고양이는 그림 그리기에 여념이 없는 선생님 머리에서 6인치도 채 떨어지지 않은 곳까지 내려왔다. 거기서 좀 더 내려오자 고양이는 발톱으로 기를 쓰며 선생님의 가발을 꽉 움켜잡았고, 전리품을 소지한 채 눈 깜짝할 사이에 다락방으로 홱 끌려 올라갔다! 그러자 선생님의 벗어진 정수리에서 번쩍번쩍 빛이 났다. 간판집 아들이 미리 금칠을 해놓았던 것이다!

이것으로 그날 학예회는 완전히 결딴나고 말았다. 소년들은 복수에 성공했고, 방학이 시작되었다.

　(참고 사항 : 이 장에 나오는 '작문들'은 『어느 서부 숙녀의 산문과 운문』
이라는 제목의 책에서 손질 없이 그대로 발췌했다. 그 내용이 당시 여학생
들의 글짓기 유형을 정확하게 따르고 있다는 점에서 시답잖게 흉내 내는 것
보다 그대로 빌려오는 게 훨씬 더 낫다고 판단했기 때문이다.)

22

여지없이 무너진 톰의 기대/천벌을 기다리다

톰은 화려한 제복이 너무나 마음에 들어 '금주 소년단'이라는 새로운 단체에 가입했다. 그리고 회원으로 있는 동안 담배와 껌은 물론 불경스런 말도 삼가기로 약속했다. 그런데 막상 그렇게 하겠다고 약속하고 나자 새로운 사실을 깨닫게 되었다. 즉 어떤 일을 하지 않기로 약속하는 것이야말로 그 일을 가장 하고 싶게 하는 가장 확실한 길이라는 사실을. 곧이어 톰은 술을 마시고 욕을 하고 싶어 도무지 견딜 수가 없었다. 그런 욕구는 갈수록 강해져서 빨간색 어깨띠를 두르고 사람들 앞에서 뽐낼 기회가 있다는 희망만 없었으면 당장이라도 소년단에서 탈퇴했을 것이다. 7월 4일 독립 기념일이 다가오고 있었지만 톰은 그때까지 기다릴 수가 없었다. 족쇄를 찬 지 48시간도 채 지나지 않아 톰은 두 손 두 발 다 들고 노환으로 임종이 가까운 치안 판사 프레이저에게 희망을 걸었다. 지위가 높은 공무원인 만큼 그가 죽으면 성대한 공개 장례식이 열릴 것이었기 때문이다. 사흘 동안 톰은 판사의 상태를 예의 주시하면서 새로운 소식에 신경을 곤두세웠다. 더러 희망이 커질 때도 있었다. 그럴 때면 톰은 제복을 꺼내 입고 거울 앞에서 연습을 하곤 했다. 하지만 실망스럽게도 판사의 병세는 변덕이 심했다. 그러다 결국은 호전되어 회복기에 들어갔다는 소문이 돌았다. 톰은 정나미가 딱 떨어졌다. 게다가 마음에 상처까지 입었다. 그래서 그길로 제복을 반납했다. 그런데 바로 그날 밤 판사는 병세가 악화돼서 세상을 떠나고 말았다. 톰은 그런 사람은 두 번 다시 믿지 않기로 단단히 결심했다.

장례식은 굉장했다. 소년단은 얼마 전 제 발로 걸어나간 회원이 샘이 나서 배가 아플 지경으로 거창하게 행진을 벌였다. 하지만 톰은 다시 자유를 누리고 있었고…… 그것만으로도 충분히 만족했다. 이제 술을 마실 수도, 욕을 할 수도 있었다. 그런데 놀랍게도 그러고 싶은 생각이 없어졌다. 마음대로 할 수 있게 되자 하고 싶다는 욕구도, 그일에 대한 매력도 싹 가셨던 것이다.

얼마 지나지 않아 톰은 그렇게도 바라던 방학이 차츰 지겨워지기 시작했다. 너무도 뜻밖이었다.

일기를 쓰려고 했지만 사흘 동안 아무 일도 일어나지 않아 그만두었다.

우선 흑인 악극단이 마을에 와서 선풍을 일으켰다. 톰과 조 하퍼도 공연단을 꾸려 이틀 동안 즐겁게 지냈다.

그리고 나선 영광의 제4일*마저 별 볼일 없이 지나갔다. 비가 억수

같이 쏟아지는 바람에 행진도 없었고, (톰이 추측하기에) 세상에서 제일 큰 사람일 줄 알았던 미국 상원 의원 벤턴 씨**도 막상 보니 너무나 실망스러웠기 때문이다. 그는 키가 25피트는 고사하고 그 근처에도 가지 못했다.

그러고는 서커스단이 왔다. 톰 일당은 서커스단이 다녀간 뒤로 사흘 동안 다 해진 양탄자로 천막을 쳐놓고 서커스 공연을 선보였다. 입장료로 남자아이는 핀 세 개, 여자아이는 핀 두 개를 받았지만 그것도 곧 걷어치웠다.

그러고 나서 골상학자와 최면술사가 왔다가 떠나자 마을은 그 어느 때보다도 따분하고 적적했다.

아이들을 위한 잔치가 몇 번 있었지만 그런 행사가 주는 즐거움에 비하면 횟수가 가물에 콩 나듯 너무 드물어서 그사이의 공백을 더욱 참기 힘들게 할 뿐이었다.

베키 대처는 방학 동안 부모님과 함께 고향 콘스탄티노플에서 지내러 갔다. 삶에 빛을 던져주는 거라곤 아무것도 없었다.

그런 가운데 살인 사건을 둘러싼 끔찍한 비밀이 고질병처럼 줄기차게 따라다니며 괴롭혔다. 끝도 없이 고통을 준다는 점에서 암이 따로 없었다.

그러고 나서 홍역이 찾아왔다.

톰은 꼬박 2주 동안 세상과 그 안에서 벌어지는 일들과 담을 쌓고 포로처럼 갇혀 지냈다. 너무 아파서 아무것에도 흥미가 일지 않았다.

---

* 미국 독립 기념일을 말함.
** 미주리 주 상원 의원을 지낸 토머스 하트 벤턴.

마침내 자리를 털고 일어나 비칠비칠 마을에 내려가보니 이상하게도 마을 분위기가 착 가라앉아 있었다. 이른바 '부흥회'라는 게 열려서 어른뿐만 아니라 아이들까지 너도나도 갑자기 '종교에 빠져들었던' 것이다. 톰은 죄에 물든 행복한 얼굴과 한 번이라도 마주치지 않을까 하는 실낱같은 희망에 여기저기 돌아다녀 보았지만 어딜 가나 실망만 앞설 뿐이었다. 조 하퍼마저 성경 공부를 하고 있어 톰은 그 울적한 광경을 뒤로하고 처량하게 돌아섰다. 그다음에 벤 로저스를 찾아 나섰더니 교회 전도지 바구니를 들고 가난한 사람들을 찾아다니고 있었다. 그러고 나서 짐 홀리스를 어렵사리 찾아냈지만 그 역시 최근에 홍역에 걸린 걸 하느님의 경고로 고맙게 받아들이라며 주의를 주었다. 이런 식으로 만나는 아이들마다 우울한 기분을 더욱 부채질했다. 결국 톰은 절망에 빠진 채 피난처를 찾아 허클베리 핀의 품으로 날아들었다. 하지만 거기서도 성경 구절 인용으로 대접을 받자 톰은 무너져 내린 가슴을 안고 거의 기다시피 집으로 돌아가 자리에 누웠다. 온 마을에서 자기 혼자만 영원히 외톨이 신세가 되고 말았다는 사실을 뼈저리게 느끼면서.

그날 밤 끔찍한 폭풍우가 맹렬한 비와 무시무시한 천둥소리와 눈이 멀듯한 번개를 거느리고 찾아왔다. 톰은 머리에 이불을 뒤집어쓰고 두려움에 떨며 자신의 운명을 기다렸다. 이 모든 소란이 자기 때문에 일어났다는 것을 눈곱만큼도 의심하지 않았기 때문이다. 톰은 자기가 저 위에 계신 분의 용서를 인내심이 바닥날 정도로 너무 무리하게 청해서 이런 결과가 빚어졌다고 믿었다. 톰은 벌레 한 마리 죽이자고 포병 중대를 동원하는 것은 터무니없는 병력 낭비라고 여겼을 테지만,

흙을 온통 뒤집어엎어가며 자기 같은 벌레 한 마리를 잡자고 이렇게 값비싼 뇌우를 일으킨다는 게 도무지 말이 되지 않는다는 생각은 미처 하지 못하는 듯했다.

이윽고 폭풍우가 절로 잦아들더니 목적을 이루지도 못하고 완전히 꼬리를 감추었다. 톰에게 맨 처음 떠오른 생각은 감사한 줄 알고 회개하자는 것이었다. 두번째로 떠오른 생각은 잠시 기다려보자는 것이었다. 더는 폭풍우가 없을 것 같았기 때문이다.

이튿날 의사가 다시 다녀갔다. 톰의 병이 또 도졌던 것이다. 이번에는 3주 동안이나 누워 지냈는데 몇십 년처럼 느껴졌다. 톰은 마침내 자리를 털고 밖으로 나왔지만 그동안 하도 외롭고 친구 하나 없이 외톨이로 지내서 그런지 다시 살아났다는 게 별로 고맙지도 않았다. 딱히 목적지도 없이 길을 따라 어슬렁거리며 걷다 보니 짐 홀리스가 모의 법정에서 판사 역할을 맡아 새를 산 채로 물어 죽인 고양이를 심문하고 있었다. 조 하퍼와 허크 핀은 어느 골목 어귀에서 훔친 사과를 먹고 있었다. 딱한 녀석들! 그들도 톰처럼 병이 다시 도졌던 것이다.

23
머프 아저씨의 친구들/법정에 선 머프 포터/
머프 포터, 누명을 벗다

나른하기만 했던 마을이 드디어 들썩였다. 그것도 요란하게. 법정에서 살인 사건 재판이 열린 것이다. 이 소식은 곧 온 마을의 흥미진진한 얘깃거리로 떠올랐다. 톰도 거기서 벗어날 수 없었다. 사람들이 살인 사건을 놓고 한마디씩 할 때마다 톰은 심장이 떨렸다. 불안해하는 양심과 두려움 탓인지 그런 말들이 꼭 자기를 '떠보려고' 일부러 던지는 소리 같았기 때문이다. 살인 사건에 대해 뭔가 알고 있다는 의심을 받을 리가 없다는 것을 잘 알면서도 그 사건을 둘러싼 소문에 마음이 편치 않았고 추위를 타는 사람처럼 내내 떨렸다. 톰은 이 문제로 이야기를 나누려고 허크를 아무도 없는 곳으로 데리고 갔다. 잠시나마 속마음을 털어놓으며 또 다른 수난자와 고뇌의 짐을 나누면 그나마 위안이 될 것 같아서였다. 게다가 허크가 경거망동하지는 않았는지도 확인하고 싶었다.

"허크, 아무한테도 말하지 않았지…… 그거?"

"그거라니?"

"뭔지 알잖아."

"아…… 물론 안 했지."

"한마디도?"

"맹세코 한마디도 안 했어. 그건 왜 묻는데?"

"그냥 겁나서."

"야, 톰 소여, 그게 알려지면 우린 이틀도 못 가서 죽은 목숨일 거야. 너도 잘 알잖아."

톰은 한결 마음이 편해졌다. 잠시 침묵이 있고 나서,

"허크, 너 누가 윽박질러도 말 안 할 자신 있어?"

"왜 말을 해? 아니, 그 튀기 악마한테 붙잡혀 물에 빠져 죽고 싶다면 모를까, 왜 말을 하냐고? 일이 어떻게 돌아갈지 안 봐도 뻔한데."

"글쎄, 그럼 됐어. 우리가 입 다물고 가만히 있는 한 아무 일도 없을 거야. 그래도 한 번 더 맹세하자. 그러는 게 더 확실하니까."

"좋아."

그래서 두 아이는 대단히 엄숙하게 다시 맹세했다.

"허크, 무슨 얘기 들은 거 없냐? 나는 엄청 많이 들었는데."

"얘기? 글쎄, 어딜 가나 그저 머프 포터, 머프 포터, 머프 포터 얘기뿐이야. 그런 얘기 들을 때마다 난 계속 땀이 나서 어디론가 숨고 싶어지는 거 있지."

"그건 나도 그래. 그 아저씬 이제 다 틀린 거 같아. 가끔 그 아저씨한테 미안한 생각이 들지 않냐?"

"거의 늘 그렇지 뭐…… 거의 늘. 그 아저씬 내세울 게 하나도 없긴 해도 여태껏 누구를 해치거나 한 적은 한 번도 없잖아. 그저 낚시나 조금 해서 술값을 벌고…… 약간 심하게 빈둥거리는 게 다였지. 하지만 톡 까놓고 말해서 우리 모두 그렇잖아…… 어쨌든 우리 대부분은 빈둥거리잖아…… 전도사 같은 사람들도 그런데 말 다했지 뭐. 하지만 아저씨는 착한 사람이야…… 한번은 둘이 먹기에는 부족한데도 생선을 반이나 떼어주지 뭐야. 또 내가 운이 사나울 때마다 내 편이 돼준 적도 많았어."

"그래, 내 연도 고쳐줬어, 허크. 그리고 낚싯줄에 바늘도 끼워줬고. 우리가 아저씨를 거기서 꺼내줄 수 있으면 좋겠다."

"이런! 우린 그럴 수 없어, 톰. 게다가 설령 그런다 해도 아무 소용 없을걸. 사람들이 다시 붙잡아 넣을 테니까."

"그래…… 그러겠지. 그렇지만 난 아저씨가 하지도 않은…… 그 일을 가지고 극악한 악당이라도 되는 듯 심한 욕을 듣는 게 싫어."

"나도 그래, 톰. 세상에, 사람들이 아저씨를 이 나라에서 가장 잔혹하게 생긴 악당이라고 말하는 걸 나도 들었거든. 그러면서 왜 여태 교수형을 당하지 않았는지 이상하다고 한마디씩 하는 거 있지."

"그래, 어딜 가나 다 그렇게들 말하더라. 만약 아저씨가 그냥 풀려나면 자기가 직접 나서서 죽여버리겠다고 말하는 사람도 있던걸."

"아마 진짜 그럴 거야."

두 아이는 한참을 이야기했지만 마음에 그다지 위로가 되진 못했다. 땅거미가 내려앉자 둘은 어쩌면 무슨 일인가가 일어나 자신들의 어려움을 깨끗이 해결해줄지도 모른다는 막연한 희망에 이끌려 외따로 떨어진 감옥 주변을 어슬렁거렸다. 하지만 아무 일도 일어나지 않았다. 이 운 나쁜 포로에게 관심을 기울이는 천사나 요정은 없는 듯했다.

아이들은 전에도 종종 그랬듯이 감옥 쇠창살에 다가가 포터에게 담배 약간하고 성냥을 건넸다. 그는 땅바닥에 앉아 있었고, 경비는 한 명도 없었다.

자신들이 내미는 선물을 받고 고마워하는 포터를 보면 늘 양심이 찔렸지만 이번에는 그 어느 때보다도 더욱 심하게 양심의 가책을 느꼈다. 더구나 포터가 다음과 같이 말하는 것을 듣고는 두 아이는 자기들이 둘도 없는 겁쟁이에 배신자처럼 느껴졌다.

"얘들아, 너희는 나한테 정말 잘해주는구나…… 이 마을 어느 누구보다 말이다. 잊지 않으마, 절대. 나 혼자 이런 말을 자주 한단다. 그러니까 '난 온 동네 녀석들 연이니 뭐니 이것저것 모두 고쳐주고, 어디가 물고기가 잘 잡히는지도 알려주고, 또 내 사정이 허락하는 한 저희 편을 들어줬는데 내가 이렇게 곤경에 처하니까 다들 이 머프를 까맣게 잊어버렸군. 하지만 톰하고 허크는 안 그래…… 그 아이들은 날 잊지 않았어. 나도 그 둘을 잊지 말아야지'라고 말하지. 참, 얘들아, 난 끔찍한 짓을 저질렀단다…… 그땐 술에 취해서 제정신이 아니었지 뭐냐…… 암만 생각해도 그 이유밖에는 없어…… 이제 그 일로 교수형을 당하겠지, 그리고 그래야 마땅하고. 암, 그래야 마땅하고말고…… 어쨌든 각오를 해야겠지. 에이, 이런 이야기는 하지 말자. 괜히 너희 기분을 상하게 하고 싶지 않구나. 너흰 내 편이 돼주었으니까. 그래서 너희한테 해주고 싶은 말이 있는데, 절대 술에 취하지 말 거라…… 그럼 이런 데 들어올 일은 없을 테니. 조금만 더 서쪽으로 서줄래…… 그래…… 그렇지. 이렇게 험한 곤경에 빠져서 너희 둘 말 고는 아무도 여길 찾아오는 사람이 없을 때는 친구들 얼굴을 보는 게 아주 큰 위안이 되거든…… 정다운 얼굴들이구나…… 정다운 얼굴 들이야. 한 사람씩 등을 대주고 그 위에 올라서보거라, 좀 만져보게. 그래, 그렇지. 손 좀 잡아다오…… 너희 손은 창살 안으로 들어오겠 지만 내 손은 너무 크거든. 작은 손이구나, 그리고 약하고…… 하지 만 그 손으로 이 머프 포터를 많이도 도와주었지. 그리고 할 수만 있 다면 더 많이 도와주었을 테고."

톰은 비참한 심정으로 집에 돌아왔다. 그리고 그날 밤 너무나 무시 무시한 꿈을 꾸었다. 이튿날도 그 이튿날도 톰은 법정 주변을 서성였 다. 그러나 거의 참을 수 없는 충동에 이끌려 하마터면 안으로 들어갈 뻔했지만 간신히 누르고 밖에서 맴돌았다. 허크도 똑같은 경험을 하 고 있었다. 두 아이는 용의주도하게 서로 피해 다녔다. 각자 이따금 어슬렁어슬렁 자리를 뜨기도 했지만 두 아이 모두 똑같이 음울한 주 문에 홀려 곧바로 다시 돌아오기 일쑤였다. 톰은 법정에서 나온 사람 들이 한가하게 노닥거리며 주고받는 이야기에 계속 귀를 기울였지만 들리는 소식은 한결같이 우울한 내용뿐이었다…… 올가미가 불쌍한 포터를 점점 더 인정사정없이 죄어오고 있다는. 둘째 날 재판이 끝나 고 나서 마을에는 인디언 조의 증언이 확고부동한 만큼 배심원단의 판결이 어떻게 나올지는 불을 보듯 뻔하다는 이야기가 돌았다.

톰은 그날 밤늦게까지 밖에서 쏘다니다가 창문을 통해 방으로 기어

들었다. 잔뜩 흥분한 상태라 톰은 몇 시간이 지나서야 겨우 잠이 들었다. 그다음 날에는 온 마을 사람들이 법정으로 모여들었다. 그날이 최후의 심판일이었기 때문이다. 발 디딜 틈 없이 꽉 들어찬 방청석에는 남녀의 수가 거의 똑같았다. 한참을 기다린 끝에 배심원단이 줄지어들어와 자리에 앉았다. 그러고 나서 곧 포터가 쇠사슬에 묶인 채 끌려나와 호기심 가득한 눈들이 잘 볼 수 있는 자리에 앉혀졌다. 그의 창백하고 초췌한 얼굴에는 두려움과 절망이 잔뜩 서려 있었다. 물론 여느 때처럼 무표정한 인디언 조도 눈길을 끌었다. 잠시 짧은 침묵이 다시 흐르고 나서 판사가 입장하자 군 보안관이 개정을 선언했다. 늘 그렇듯이 변호인과 검사가 귓속말을 주고받으며 서류를 한데 취합했다. 이런 사소한 일로 재판 진행이 늦어지는 틈을 이용해 방청객들은 흥미진진하면서 인상에 남을 앞으로의 시간에 대비해 마음의 준비를 했다.

이제 증인 한 명이 불려나와 살인 사건이 발생하던 날 새벽에 머프 포터가 개울에서 몸을 씻고는 곧바로 내빼는 것을 보았다고 증언했다. 질문이 몇 차례 더 이어지고 나서 검사가 말했다.

"반대 심문 하십시오."

피고인은 잠시 눈을 들어올렸지만 변호인이 이렇게 말하자 다시 눈을 내리깔았다.

"질문할 내용 없습니다."

다음에 나온 증인은 시체 옆에서 칼을 발견했다고 증언했다. 검사가 말했다.

"반대 심문 하십시오."

"질문할 내용 없습니다." 포터의 변호인이 대답했다.

세번째 증인은 포터가 그 칼을 가지고 다니는 걸 자주 보았다고 증언했다.

"반대 심문 하십시오."

포터의 변호인은 이번에도 증인에게 아무 질문도 하지 않았다. 방청객들의 얼굴에 불쾌해하는 기색이 드러나기 시작했다. 이 변호사는 아무 노력도 해보지 않고 의뢰인의 목숨을 헌신짝처럼 내던지겠다는 건가?

그 뒤로도 여러 명의 증인이 현장 검증을 할 때 포터가 보여준 떳떳지 못한 행동에 대해 증언했다. 그들도 반대 심문 없이 증인석을 떴다.

믿을 만한 증인들이 이 자리에 참석한 사람이라면 누구나 너무도 생생하게 기억하는 그날 아침 묘지에서 일어난 상황에 대해 하나도 빠짐없이 자세히 증언하면서 포터는 점점 더 불리해졌지만 변호인은 그들 중 아무한테도 반대 심문을 하지 않았다. 당혹감과 실망감이 법정을 가득 메운다 싶더니 방청석이 술렁이면서 질책의 소리가 터져 나왔다. 그러자 검사가 말했다.

"시민 여러분이 선서를 하고 증언한 내용은 한 점 의혹도 없기에 우리는 이 불행한 형사 피고인이 누가 보아도 명백하게 끔찍한 범죄를 저질렀다고 확신하는 바입니다. 이상으로 사건 입증을 마칩니다."

불쌍한 포터에게서 신음이 새어나왔다. 그가 두 손에 얼굴을 파묻고 조용히 어깨를 들썩이자 법정은 고통스러운 침묵에 휩싸였다. 남자들은 대부분 마음이 흔들렸고, 여자들은 눈물로 동정심을 입증해 보였다. 피고 측 변호인이 자리에서 일어나 말했다.

"존경하는 재판장님, 이 재판이 시작될 때 우리는 피고인이 술 때문에 빚어진 앞뒤 분간 못 하고 무책임한 정신 착란 상태에서 이 무시무시한 행동을 저질렀으니 선처 바란다고 호소한 바 있습니다. 그러나 이제 마음을 바꾸었습니다. 그 청원은 제출하지 않겠습니다."(그러고 나서 법원 서기를 향해) "토머스 소여를 증인으로 신청합니다!"

법정에 있는 사람들 모두 뜻밖이라는 듯 당혹스런 표정을 지었다. 포터도 예외가 아니었다. 톰이 자리에서 일어나 증인석에 앉는 동안 모든 시선이 어찌 된 영문인지 궁금해하며 일제히 그에게 쏠렸다. 톰은 몹시 흥분돼 보였다. 그만큼 겁이 난다는 증거였다. 증인 선서가 이루어졌다.

"토머스 소여, 6월 17일 자정에 어디에 있었나요?"

쇳덩이처럼 딱딱하게 굳은 인디언 조의 얼굴을 흘낏 본 순간 톰은 혀가 얼어붙고 말았다. 방청객들이 숨죽인 채 귀를 기울였지만 도무지 말이 나오지 않았다. 그러다 가까스로 용기를 내서 방청석 일부에만 들릴 정도의 목소리로 말했다.

"묘지에요!"

"좀 더 크게 말해주세요. 겁내지 마요. 그러니까 증인은……"

"묘지에 있었어요."

인디언 조의 얼굴에 얕잡아보는 듯한 미소가 스쳐 지나갔다.

"호스 윌리엄스의 무덤 근처에 있었나요?"

"네, 그렇습니다."

"크게 말해주십시오…… 좀 더 크게. 얼마나 가까이 있었나요?"

"제가 지금 변호사님하고 있는 거리만큼요."

"숨어 있었나요?"

"네."

"어디에 숨어 있었나요?"

"무덤 언저리 느릅나무 뒤요."

인디언 조가 보일 듯 말 듯 움찔 놀랐다.

"누구 다른 사람은 없었나요?"

"네, 있었습니다. 같이 갔던 사람은……"

"잠깐만요…… 잠깐만 기다려요. 그 사람의 이름을 밝힐 필요는 없습니다. 적당한 때가 되면 그때 밝혀도 늦지 않으니까. 거기에 뭘 가지고 갔나요?"

톰은 주저하며 당혹스런 표정을 지었다.

"말해봐요…… 어려워할 것 없어요. 진실은 늘 존경받는 법이니까. 거기 뭘 가지고 갔지요?"

"그냥 주…… 주…… 죽은 고양이요."

키들거리는 소리가 번져 나가자 판사가 제지했다.

"고양이 유골은 나중에 제출하겠습니다. 자, 증인, 그날 일어난 일을 모두 말해주세요…… 본 그대로…… 하나도 빼놓지 말고. 겁먹을 것 없어요."

톰은 입을 떼기 시작했다…… 처음에는 머뭇거렸지만 주제에 열중하게 되자 말이 갈수록 쉽게 흘러나왔다. 잠시 뒤 톰의 목소리 외에는 아무 소리도 들리지 않았고, 모든 시선이 톰에게 붙박였다. 다들 입을 벌리고 숨죽인 채 시간 가는 줄도 모르고 섬뜩한 이야기에 푹 빠져들었다. 톰의 입에서 이런 말이 튀어나오면서 그렇지 않아도 숨 막힐 것 같은 분위기는 절정에 이르렀다.

"……그리고 의사 선생님이 묘표를 휘둘러 머프 포터를 쓰러뜨렸고, 인디언 조가 칼을 가지고 뛰어들어서……"

와장창! 인디언과 백인의 피가 반반씩 섞인 튀기가 번개처럼 창문 밖으로 튀어나가더니 거치적거리는 사람들을 닥치는 대로 밀치고 총총히 사라졌다!

24

마을의 영웅이 된 톰 / 영광의 낮과 공포의 밤 /
인디언 조를 추격해

톰은 다시 한 번 빛나는 영웅으로 떠올라 어른들한테선 귀여움을,
아이들한테선 부러움을 독차지했다. 게다가 마을 신문에서 톰에 대한
기사를 대문짝만 하게 다루는 바람에 이름까지 불멸의 활자로 남게
되었다. 톰이 교수형만 당하지 않는다면 언젠가 대통령이 될 거라고
믿는 사람도 몇몇 있었다.

늘 그렇듯이 변덕스럽고 부조리한 세상인심은 머프 포터를 품에 받
아들여 전에 멸시를 아끼지 않았던 것처럼 이번에는 인정을 푸짐하게
베풀었다. 하지만 그런 게 세상 돌아가는 이치인지라 그리 흉볼 것까
지는 없다.

톰에게 낮은 영광과 환희의 연속이었지만 밤은 공포의 시간이었다.
인디언 조가 꿈마다 나타나 살기등등한 눈으로 쏘아보았기 때문이다.

해가 지고 나면 그 어떤 유혹도 톰을 밖으로 꾀어내지 못했다. 불쌍한 허크도 똑같이 무시무시한 공포에 시달렸다. 최종 판결일 전날 밤 톰이 변호사에게 자초지종을 빠짐없이 털어놓았기 때문이다. 인디언 조가 달아나는 바람에 법정에서 증언해야 하는 괴로움은 용케 모면했지만 자기도 그 일과 관계있다는 사실이 새어나갈까 봐 허크는 너무 겁이 났다. 이 불쌍한 친구는 변호사를 찾아가 비밀을 지키겠다는 약속을 받아냈지만 그게 무슨 소용이란 말인가? 톰이 양심의 가책을 이기지 못하고 한밤중에 변호사의 집을 찾아가 세상에서 가장 음침하고 무시무시한 맹세로 단단히 봉인한 이야기를 쥐어짜듯 입 밖으로 꺼낸 뒤로 인간에 대한 허크의 믿음은 거의 온데간데없어지고 말았는데.

낮에 머프 포터한테 고맙다는 말을 들으면 톰은 털어놓기를 잘했다고 생각했지만 밤이 되면 괜히 혀를 놀렸다며 후회했다.

어떤 때는 인디언 조가 영영 잡히지 않을까 봐 겁이 났고, 또 어떤 때는 자기가 붙잡힐까 봐 겁이 났다. 그 인간이 죽어 자기 눈으로 직접 시체를 확인하기 전까지는 두 번 다시 마음 편하게 숨 쉬기는 그른 것 같았다.

현상금을 내걸고 온 마을을 이 잡듯이 뒤졌지만 인디언 조는 코빼기도 보이지 않았다. 박식하고 외경스러울 만큼 비범한 재능을 지닌 축에 들어가는 형사 한 명이 세인트루이스에서 파견 나와 고개를 갸우뚱거리는가 하면 뭔가 알아낸 듯한 표정을 짓기도 하면서 사방팔방을 헤집고 다녔다. 그러더니 그런 재능을 가진 사람들이 대개 그렇듯이 혀를 내두를 만큼 놀라운 성과를 내놓았다. 다름 아니라 '단서를 찾았다'는 것이었다. 그렇기로서니 살인 사건의 죄를 물어 '단서'를 교수형에 처할 수는 없는 노릇이기 때문에 형사가 임무를 완수하고 돌아가고 나자 톰은 전처럼 다시 불안해졌다.

더디긴 해도 시간은 흘러갔고, 하루하루 지날수록 근심의 무게도 조금씩 가벼워졌다.

25

왕과 다이아몬드에 대해 / 보물을 찾아서 / 송장과 유령

소년 시절에는 누구나 한 번쯤 어디론가 가서 숨겨진 보물을 파보고 싶어 온몸이 근질거리는 욕망에 사로잡히기 마련이다. 바로 이 욕망이 어느 날 갑자기 톰을 들쑤셔놓았다. 톰은 조 하퍼를 찾으러 호기롭게 나섰지만 허탕만 쳤다. 그다음으로 벤 로저스를 수소문했지만 낚시하러 가고 없었다. 그러고 나서 곧이어 '피투성이 손' 허크 핀과 딱 마주쳤다. 허크라면 응할 것 같았다. 톰은 으슥한 곳으로 그를 데리고 가서 조심스럽게 속내를 드러냈다. 허크는 대찬성이었다. 재미가 보장되면서 돈은 안 드는 일이라면 허크는 언제든 기꺼이 끼었다. 허크에게는 돈이 안 되는 시간이 너무 많이 남아돌아 주체하기가 벅찼기 때문이다. "어딜 팔 건데?" 허크가 말했다.

"어, 여기저기 다."

"아무리, 그게 사방팔방에 다 숨겨져 있으려고?"

"물론 그렇진 않지. 그건 아주 특별한 장소에 숨겨져 있거든, 허크…… 어떤 때는 섬에 묻혀 있기도 하고, 또 어떤 때는 오래전에 죽은 나뭇가지 끄트머리 아래, 그러니까 한밤중에 가지 끝 그림자가 땅바닥과 만나는 곳을 파보면 썩은 상자 안에 들어 있기도 해. 하지만 유령이 나오는 집 마루 밑에 있을 때가 대부분이야."

"누가 그걸 숨기는데?"

"그야 당연히 도둑들이지 누군 누구야? 주일 학교 교장 선생님이 그러겠냐?"

"난 모르겠다. 내가 주인이라면 숨기고 어쩌고 하지 않을 텐데. 흥청망청 쓰면서 신나게 놀 거니까."

"나도 그래. 하지만 도둑들은 그렇게 안 해. 걔네는 늘 숨겨놓고 거길 떠나거든."

"그러고는 찾으러 다시 안 와?"

"응, 다시 오겠다고 생각은 하지만 흔히들 푯돌을 잊어버리거나 죽어. 어쨌든 그건 오랫동안 거기 그대로 있으면서 녹이 슬지. 그러다 누군가가 푯돌을 어떻게 찾는지 알려주는 누런 종이를 발견하게 되거든…… 그런데 종이는 대부분 암호와 상형 문자로 되어 있어서 일주일 정도는 꼬박 해독해야 해."

"사, 상…… 뭐라고?"

"상형 문자…… 그림 같은 거 말이야. 언뜻 보면 아무 뜻도 없는 것 같은 거 말이야."

"그럼 톰, 넌 그런 종이 가지고 있어?"

"아니."

"에계, 그럼 폿돌을 어떻게 찾을 건데?"

"폿돌 같은 건 없어도 돼. 도둑들은 유령이 나오는 집 밑이나 섬, 아니면 가지 하나가 삐죽 나와 있는 죽은 나무 아래 그걸 묻으니까. 어디 보자, 잭슨 섬은 요전에 벌써 좀 찾아봤고 또 언제고 다시 찾아볼 수 있어. 스틸하우스 개울 상류 쪽에 유령 나오는 낡은 집이 있는데, 죽은 나무가 많아…… 그냥 많은 게 아니라 엄청나게 많아."

"그 나무들 아래마다 그게 있다는 얘기야?"

"넌 무슨 그딴 소리를 하냐! 그건 아니지!"

"그럼 그중 어느 나무인지 어떻게 알아?"

"그야 다 파보면 되지!"

"야, 톰, 그러다 여름 다 가겠다."

"내 참, 그게 뭐 어때서? 녹은 슬었지만 그래도 아직 번쩍번쩍 빛나는 금화가 100달러나 들어 있는 놋쇠 단지를 찾았다고 생각해봐. 아니면 다이아몬드가 가득 들어 있는 썩은 궤짝이거나. 어떨 것 같아?"

허크의 눈이 반짝였다.

"멋지다. 멋져도 너무 멋진걸. 나한테는 100달러만 주면 돼. 난 다이아몬드 같은 거 필요 없거든."

"좋아. 하지만 나라면 다이아몬드를 뿌리치는 일은 절대 없을 거야. 어떤 다이아몬드는 한 개에 20달러나 나가…… 다이아몬드치고 75센트나 1달러 밑으로 나가는 건 거의 없거든."

"그럴 리가! 정말이야?"

"그렇다니까…… 누구든 그렇게 말할걸. 너 다이아몬드 본 적 있냐, 허크?"

"내가 기억하기로는 없어."

"있지, 왕들은 무지 많이 가지고 있대."

"글쎄, 난 아는 왕이 없어서, 톰."

"그렇겠지. 하지만 유럽에 가면 왕들이 사방에서 부지기수로 깡충깡충 뛰어다닌대."

"왕들이 깡충깡충 뛰어다닌다고?"

"뭐라고? 에그, 답답해! 아니!"

"그럼 무슨 뜻으로 왕들이 뛰어다닌다고 말한 건데?"

"으이구, 내 말은 왕들이…… 당연히 왕들은 뛰어다니지 않지…… 뭐가 아쉬워서 왕들이 뛰어다니겠냐?…… 그게 아니라 내 말은 왕이 흔히들 얘기하는 대로 여기저기 널려 있다는 뜻이야. 곱추왕 리처드처럼 말이야."

"리처드? 성이 뭔데?"

"성은 없어. 왕들은 이름만 있거든."

"성이 없다고?"

"그래, 없어."

"글쎄, 그 사람들이 그게 좋다면야 내가 상관할 일이 아니지. 하지만 내가 왕이 되면 검둥이처럼 달랑 이름만 갖는 건 싫어, 톰. 그건 그렇다 치고…… 어디부터 팔 건데?"

"어, 나도 몰라. 우선 스틸하우스 개울 맞은편 언덕배기에 있는 죽은 나무부터 파보는 게 어때?"

"좋아."

그리하여 두 아이는 부러진 곡괭이와 삽을 들고 3마일을 터벅터벅 걸었다. 얼마 후 둘은 더위에 지쳐 숨을 헐떡거리며 목적지에 이르자 근처 느릅나무 그늘에 털썩 주저앉아 한숨도 돌리고 담배도 한 대 피웠다.

"이러고 있으니까 참 좋다." 톰이 말했다.

"나도."

"야, 허크, 여기서 보물을 찾아내면 넌 네 몫으로 뭘 할 건데?"

"글쎄, 매일 파이랑 소다수를 사먹고, 동네에 오는 서커스란 서커스는 죄다 보러 갈 거야. 정말 신나겠다."

"그럼 한 푼도 저축하지 않을 거야?"

"저축? 저축을 왜 해?"

"그야 나중에 먹고살려면 뭐가 있어야지."

"에이, 그래봐야 아무 소용 없어. 후딱 써버리지 않으면 언제고 아빠가 이 마을에 돌아와서 손댈 게 뻔한데 뭐. 그럼 금세 깨끗이 없어지고 말걸. 넌 네 몫으로 뭘 할 건데, 톰?"

"나는 새 북하고, 진짜 칼하고, 빨간 넥타이하고, 불도그 새끼를 살 거야. 그리고 결혼도 하고."

"결혼을 한다고!"

"그래."

"톰, 너…… 제정신이 아니구나?"

"두고 봐…… 그런지 아닌지는 나중에 알게 될 테니까."

"글쎄, 결혼은 세상에서 가장 어리석은 짓이야. 우리 엄마 아빠를 봐! 늘 싸움만 했다니까! 하루도 그냥 안 넘어가고 지겹게도 싸워댔지. 아주 생생하게 기억나."

"그건 상관없어. 내가 결혼할 여자애는 싸움 같은 거 하지 않을 테니까."

"톰, 내가 보기엔 여자는 다 똑같아. 웬 잔소리가 그리도 심한지…… 아무래도 너 이 문제에 대해 잘 생각해보는 게 좋을 거다. 정말이라니까. 그 가시내 이름이 뭐야?"

"가시내가 아니라…… 여자애야."

"그거나 저거나 똑같지 뭐가 달라? 어떤 사람은 가시내라고 하고, 어떤 사람은 여자애라고 하고…… 둘 다 맞잖아. 어쨌든 그 애 이름이 뭔데, 톰?"

"나중에 말해줄게…… 지금은 안 돼."

"좋아…… 알아서 해. 그나저나 네가 결혼하면 난 지금보다 더 외로울 거야."

"아니, 안 그래. 우리 집에서 같이 살면 돼. 자, 이제 이런 얘긴 그만하고 가서 땅이나 파자."

두 아이는 반 시간이나 일을 하며 땀을 흘렸다. 하지만 아무런 성과도 없었다. 다시 반 시간을 더 힘들게 고생했지만 역시 아무 소득이 없었다. 그러자 허크가 말했다.

"도둑들이 늘 이렇게 깊이 파묻어?"

"가끔은…… 늘 그렇진 않아. 보통은 안 그래. 아무래도 우리가 장소를 잘못 잡았나 봐."

그래서 둘은 새로운 장소를 골라 다시 파기 시작했다. 아까보다 일하는 속도가 조금 느려지긴 했지만 그래도 진전이 있었다. 아이들은 한동안 묵묵히 일만 했다. 마침내 허크가 삽자루에 기댄 채 이마에서 흘러내리는 구슬 같은 땀방울을 소매로 훔쳐내며 말했다.

"여기 다음에는 또 어딜 팔 건데?"

"글쎄, 저 너머 카디프 언덕께 과부 아줌마네 집 뒤쪽에 있는 늙은 나무 아래를 파볼까 싶은데."

"그래, 거기가 좋겠다. 하지만 과부 아줌마가 보물을 가로채지 않을까, 톰? 어쨌든 그 아줌마 땅이잖아."

"아줌마가 보물을 가로채! 물론 한 번쯤은 그런 마음을 먹을 수도 있겠지. 하지만 이렇게 숨겨진 보물은 있지, 누가 됐든 찾는 사람이 임자야. 그게 누구 땅에서 나왔느냐는 하나도 중요하지 않아."

마음에 드는 답변이었다. 작업은 계속 진행되었다. 한참 만에 허크가 입을 뗐다.

"제기랄, 우리가 또 엉뚱한 곳을 골랐나 봐. 네 생각은 어때?"

"거참 이상하네. 이해가 안 가. 가끔 마녀들이 훼방을 놓기도 하는데, 아무래도 마녀가 심술을 부리나 봐."

"말도 안 돼, 마녀들은 대낮에는 맥을 못 추잖아."

"어, 맞다. 내가 그 생각을 못 했네. 아, 이제 알겠다, 어떻게 된 일인지! 우리가 얼마나 바보 같은 짓을 했는지, 기가 차네! 일단 한밤중에 나뭇가지 그림자가 드리우는 곳을 확인해두었다가 거길 파야 하거든!"

"빌어먹을, 그럼 이제까지 애쓴 게 다 허사란 소리잖아. 젠장, 밤에 다시 와야지 별수 없네. 여기까지 무지 멀던데. 너 나올 수 있어?"

"꼭 나올게. 누가 이 구멍들을 보면 단박에 여기 뭐가 있는지 알아채고 파갈 테니까 오늘 밤 안으로 해치워야 해."

"저기 그럼, 내가 밤에 너희 집 근처에 가서 고양이 소리를 낼게."

"알았어. 연장은 덤불 속에 숨기자."

두 소년은 그날 밤 정해놓은 시간에 그곳에 다시 나타났다. 둘은 어둠 속에 앉아 기다렸다. 옛날이야기에 단골로 나오는 외진 장소에다 으슥한 시간이었다. 살랑대는 나뭇잎들 사이로 혼령들이 속닥거렸고, 음침한 구석에는 유령들이 몸을 숨기고 있었다. 그런 가운데 저 멀리서 사냥개가 컹컹 짖어대자 올빼미가 저승사자처럼 으스스한 목소리로 화답했다. 아이들은 이처럼 살벌한 분위기에 완전히 기가 꺾여 말을 거의 잃었다. 이윽고 자정이 된 것 같자 아이들은 그림자가 드리우는 곳에 표시를 하고 땅을 파기 시작했다. 희망이 불끈 솟아오르면서 갈수록 신바람이 났고, 이에 질세라 근면도 보조를 맞추었다. 구멍이 점점 더 깊어지면서 곡괭이가 뭔가에 부딪히는 소리가 들릴 때마다 아이들은 심장이 벌렁벌렁 뛰었지만 결국은 번번이 실망만 할 뿐이었다. 막상 파보면 돌 아니면 나무토막밖에 나오지 않았기 때문이다. 마침내 톰이 말했다.

"소용없어, 허크. 우리가 또 헛다리를 짚었나 봐."

"그러게. 하지만 틀릴 리가 없는데. 그림자가 분명히 여기 드리우는 걸 너도 봤잖아."

"그래, 하지만 그것 말고 또 하나가 있어."

"그게 뭔데?"

"왜, 우린 짐작으로만 시간을 계산했잖아. 그래서 말인데, 너무 늦었거나 너무 일렀을 수도 있어."

허크가 삽을 떨어뜨렸다.

"맞다. 바로 그런 문제가 있었구나. 그럼 여긴 포기해야겠네. 정확한 시간을 맞힐 수도 없고, 게다가 이러고 있으려니까 너무 무서워. 이런 데서 이런 밤 시간에는 마녀와 유령들이 활개치고 돌아다니거든. 등 뒤에 내내 뭐가 있는 것 같은데 감히 돌아볼 엄두가 안 나. 그랬다간 앞에 있는 것들이 기회는 이때다 하고 달려들까 봐 말이야. 여기 온 뒤로 줄곧 얼마나 섬뜩했다고."

"있지, 나도 그래, 허크. 도둑들은 나무 밑에 보물을 묻을 때 죽은 사람도 같이 묻어서 지키게 하거든."

"맙소사!"

"그렇다니까. 한두 번 들은 얘기가 아냐."

"톰, 난 죽은 사람들이 있는 곳 주변에서 얼쩡대기 싫어. 송장 옆에 있다간 분명히 험한 꼴을 당할 게 뻔해."

"나라고 죽은 사람들을 깨우고 싶겠냐? 여기 있는 송장이 해골을 불쑥 내밀고 뭔가 말을 한다고 생각해봐!"

"그만 좀 해, 톰! 무서워 죽겠으니까."

"알았어, 허크, 나도 기분이 별로 안 좋다."

"야, 톰, 여긴 이만 접고 다른 데 파보자."

"그래, 아무래도 그러는 게 좋겠다."

"근데 어딜 파지?"

톰은 잠시 머리를 굴리더니 이렇게 말했다.

"유령의 집. 바로 거기야!"

"뭐? 난 싫어, 톰. 유령은 송장보다 훨씬 더 끔찍하단 말이야. 송장은 어쩌면 말을 할지는 몰라도 수의 차림으로 사람들이 눈치채지 못하는 틈에 미끄럼을 타듯 스르르 돌아다니면서 어깨 너머로 불쑥 나타나 이를 갈거나 하진 않잖아. 난 그런 건 딱 질색이야, 톰…… 보나 마나 다들 그럴걸."

"그래, 하지만 허크, 유령은 밤에만 돌아다니잖아. 그러니까 낮에 가서 파면 유령이 방해하지 않을 거야."

"글쎄, 그건 그렇지. 하지만 너도 잘 알듯이 유령의 집에는 낮이나 밤이나 사람들이 얼씬도 안 하잖아."

"그거야 살인이 일어난 집이라 사람들이 거기 가길 꺼려서 그런 거고…… 하지만 밤만 아니면 그 집 근처에서 뭘 본 사람은 아무도 없잖아…… 어쩌다 창가에 파란 불빛이 휙 지나갈 뿐인걸…… 그러니까 유령이 내내 지키고 있는 게 아니라는 얘기야."

"있지, 톰, 파란 불빛이 어른거린다는 건 그 뒤에 분명히 유령이 있다는 거거든. 이건 괜히 하는 소리가 아니야. 너도 알잖아, 파란 불빛을 쓰는 건 유령밖에 없다는 거."

"그건 그래. 하지만 어쨌든 유령은 낮에는 나돌아다니지 않으니까 겁먹을 필요 없잖아?"

"그래, 좋아. 네가 정 그렇게 나온다면 까짓 한번 파보지 뭐…… 하지만 위험을 무릅쓸 각오를 해야 할 거야."

아이들은 언덕을 내려가기 시작했다. 저 아래 달빛을 가득 머금은 골짜기 한가운데 '유령이 나오는' 집이 우뚝 서 있었다. 유령의 집은 완전히 외따로 떨어진 채 울타리는 오래전에 자취를 감추었고, 무성한 잡초가 현관 계단까지 가득 뒤덮고 있었다. 굴뚝도 폭삭 주저앉았고, 창문은 창문대로 틀만 남은 채 휑한 데다, 지붕은 한쪽 귀퉁이가 움푹 꺼져 있었다. 아이들은 파란 불빛이 창가를 휙 스쳐 지나가지 않을까 은근히 기대하면서 잠시 그 집을 바라보았다. 그러고는 시간과 장소에 걸맞게 나지막한 목소리로 소곤소곤 이야기를 주고받으며 유령의 집과 한참 거리를 두고 오른쪽으로 멀찍이 돌아서 카디프 언덕 뒤편을 장식하고 있는 숲을 지나 집으로 길을 잡았다.

26

유령의 집 / 잠든 유령들 / 금궤 / 사나운 운수

이튿날 정오 무렵 두 아이는 죽은 나무가 있는 곳에 들러 연장을 챙겼다. 톰은 어서 유령의 집에 가고 싶어 좀이 쑤셨다. 그건 허크도 마찬가지였다. 그런데…… 난데없이 이렇게 말하는 것이었다.

"야, 톰, 오늘이 무슨 요일인지 아냐?"

톰은 속으로 대충 요일을 따져보더니 놀란 표정으로 금세 눈을 치떴다.

"이런! 그 생각을 못 했네!"

"글쎄, 나도 까맣게 모르고 있었지 뭐야. 그런데 갑자기 오늘이 금요일이라는 게 퍼뜩 떠오르잖아."

"젠장, 아무리 조심해도 부족하다더니. 허크, 금요일에 이런 일을 하다가는 끔찍한 변을 당할지도 몰라."

"당할지도 모른다고! 십중팔구 당하게 돼 있어! 운 좋은 날도 더러 있긴 하지만 금요일은 아니야."

"바보도 그건 알아. 처음으로 알아낸 사람처럼 너무 나대지 마, 허크."

"어, 누가 처음으로 알아냈대? 난 그런 말 한 적 없어. 그리고 꼭 금요일이라서 이러는 게 아냐. 어젯밤에 아주 재수 없는 꿈을 꿨거든…… 쥐 꿈."

"저런! 그건 나쁜 일이 생길 징조잖아. 쥐들이 싸웠니?"

"아니."

"휴, 그나마 다행이다, 허크. 쥐들이 싸우지 않으면 주변에 나쁜 일이 생긴다는 징조일 뿐이야. 그러니까 우린 눈을 부릅뜨고 거기 휘말려들지 않도록 조심하기만 하면 돼. 오늘은 이 일 내려놓고 놀자. 허크, 너 로빈 후드 알아?"

"아니. 로빈 후드가 누군데?"

"그러니까 그게 있지, 영국에서 제일 위대한 사람이었어…… 제일 착한 사람이기도 하고. 산적이었어."

"젠장, 나도 한번 그렇게 살아봤으면 좋겠다. 그 사람이 누구를 털었는데?"

"지방 장관하고 주교하고 부자나 왕 같은 사람들. 하지만 가난한 사람은 절대 안 괴롭혔어. 오히려 돌봐줬지. 가난한 사람들과 늘 똑같이 나누었거든."

"그럼 마음씨 좋은 사람이었나 보네."

"그야 물론이지, 허크. 그리고 세상에서 제일 고귀한 사람이었어.

지금은 그런 사람이 아예 없다고 봐야지. 그 사람은 한 손을 뒤로 묶고도 누구든 때려눕힐 수 있었어. 또 주목(朱木) 활로 1마일 반이나 떨어져 있는 10센트짜리 동전을 백발백중 쏘아 맞혔대."

"주목 활이 뭐야?"

"나도 몰라. 아무튼 활의 종류인 것만은 분명해. 어쩌다 동전 가장자리만 맞히면 억울해서 주저앉아 울었대…… 욕을 해대면서. 그건 그렇다 치고, 우리 로빈 후드 놀이 하자…… 굉장히 재미있어. 내가 가르쳐줄게."

"좋아."

그래서 둘은 오후 내내 로빈 후드 놀이를 했다. 그러다 이따금 저 아래 유령의 집을 동경 어린 눈빛으로 쳐다보면서 내일의 전망과 가능성에 대해 의견을 주고받았다. 해가 서쪽으로 넘어가기 시작하자 아이들은 길게 드리운 나무 그림자들을 가로질러 집으로 향했다. 곧 이어 두 아이의 모습은 카디프 언덕 숲에 파묻혀 보이지 않았다.

토요일 정오가 지나자마자 두 소년은 죽은 나무를 다시 찾았다. 둘은 그늘에서 담배를 피우며 잡담을 나눈 뒤 큰 기대는 하지 않고 지난번에 파던 곳을 조금 더 파보았다. 톰이 사람들이 땅 속으로 6인치나 팠다가 포기하고 그냥 놔둔 구멍에 누구 다른 사람이 와서 겨우 한 번 삽질하자 보물이 나온 경우가 수두룩하다는 얘기를 했기 때문이었다. 하지만 이번에도 실패하자 두 아이는 연장을 어깨에 둘러메고 비록 행운은 잡지 못했지만 보물을 찾기 위해 할 수 있는 일은 다 했다고 생각하며 발길을 돌렸다.

아이들은 마침내 유령의 집에 다다랐다. 타는 듯이 뜨거운 태양 아래서 그곳을 지배하는 완전한 적막은 너무도 오싹하고 소름이 끼쳤고, 집이 뿜어내는 분위기도 너무나 을씨년스러워 아이들은 기가 꺾인 채 잠시 안으로 들어설 엄두를 내지 못했다. 그러다 현관으로 기어가 부르르 떨면서 안을 들여다보았다. 무성하게 자란 잡초, 바닥이 내려앉은 방, 칠이 벗겨진 벽, 오래된 벽난로, 유리 없는 창문, 썩어가는 계단이 보였다. 그리고 여기, 저기, 아니 온 사방에 지저분한 거미줄이 잔뜩 쳐져 있었다. 곧이어 아이들은 가슴을 두근거리며 살금살금 안으로 들어섰다. 작은 소리 하나라도 놓칠세라 귀를 쫑긋 세운 가운데 여차하면 내빼려고 온몸의 근육을 팽팽하게 긴장시킨 채 둘은 소곤거리며 귀엣말을 주고받았다.

잠시 후 그곳 분위기에 익숙해지면서 두려움이 가시자 아이들은 호기심에 이끌려 구석구석 꼼꼼하게 살폈다. 그런 자신들의 대담함에 감탄하다 못해 어리둥절해하면서. 그러고 났더니 다음엔 위층이 보고 싶어졌다. 자칫 퇴로를 차단하는 꼴이 될 수도 있었지만 둘은 그래봐야 한 가지 결론밖에 더 있겠냐고 서로 용기를 북돋워가며 구석에 연장을 던져놓고 위로 올라갔다. 위층도 아래층과 마찬가지로 곳곳에 퇴락의 흔적이 있었다. 한쪽 구석에서 뭔가 비밀을 간직한 듯한 벽장을 찾아냈지만 비밀은커녕 아무것도 없었다. 아이들은 이제 용기가 하늘을 찌를 듯했다. 일을 시작하려고 막 아래층으로 내려가려는 찰나…… 톰이 말했다.

"쉬!"

"뭔데 그래?" 허크가 공포 때문에 하얗게 질린 얼굴로 속삭였다.

"쉬!…… 저기!…… 안 들려?"

"들려!…… 이런!…… 튀자!"

"가만히 있어! 꼼짝도 마! 곧장 현관 쪽으로 오고 있어."

두 아이는 마룻바닥에 납작 엎드린 채 널빤지에 뚫린 옹이구멍에 눈을 갖다 대고 와들와들 떨며 기다렸다.

"멈췄어…… 아니다, 오고 있어…… 들어왔어. 찍소리도 내지 마, 허크. 우씨, 괜히 여기 와선 이게 뭐람."

남자 둘이 들어왔다. 아이들은 누구한테랄 것 없이 각자 중얼거렸다. "요즘 한두 번 마을을 돌아다닌 적 있는 귀머거리에 벙어리인 스페인 노인이잖아…… 또 한 남자는 처음 보는 얼굴인걸."

'또 한 남자'는 초라하고 너저분한 행색에 인상도 그리 좋지 않았다. 스페인 노인은 녹색 보호 안경을 끼고 서라피*를 걸치고 있었다. 텁수룩한 구레나룻은 온통 하얬고, 솜브레로** 아래로도 역시 허옇게 센 머리카락이 치렁치렁 내려뜨려 있었다. 안으로 들어오면서 '또 한 남자'가 줄곧 뭐라고 속닥거렸다. 두 사람은 벽을 등지고 문을 바라보면서 바닥에 앉았다. '또 한 남자'가 계속 입을 놀렸다. 이젠 태도도 아까보다 느슨해졌고 목소리도 한결 커져 있었다.

"아니, 곰곰이 생각해봤는데 그건 좋지 않아. 위험해."

"위험하다고!" '귀머거리에 벙어리'인 스페인 노인이 투덜거렸다. 아이들은 아연실색하지 않을 수 없었다.

"이런 새가슴하고는!"

이 목소리에 아이들은 숨도 제대로 못 쉬고 진저리를 쳤다. 다름 아

---

* 멕시코 등지에서 남자가 어깨에 걸치는 기하학 무늬의 모포.
** 멕시코 등지에서 즐겨 쓰는 중앙이 높고 챙이 넓은 모자.

니라 인디언 조의 목소리였던 것이다! 잠시 침묵이 흐르고 나서 조가 말했다.

"요전번 일보다 뭐가 더 위험하다고 그래? 그때도 아무 문제 없었잖아."

"그건 사정이 다르지. 그땐 강 위쪽으로 한참 떨어진 데다 근처에 다른 집이 없었잖아. 설령 실패했다 해도 우리가 한 짓이라는 게 들통날 리 없었지."

"그건 그렇다 쳐. 하지만 위험하기로 따지면 대낮에 여기 오는 것보다 더 위험한 일이 어디 있다고! 누구든 우릴 본 사람은 수상하다고 생각했을 거야."

"나도 알아. 그렇지만 그 바보짓을 하고 나서 여기만큼 편한 곳이 있어야 말이지. 나도 이 판잣집이 지긋지긋해. 그래서 어제 여길 뜨려고 했는데, 그 악귀 같은 꼬맹이들이 하필 여기가 훤히 내려다보이는 저 너머 언덕 위에서 노는 바람에 젠장."

이 말에 '그 악귀 같은 꼬맹이들'은 다시 진저리를 치며 어제가 금요일인 걸 기억해내고 하루 기다리기로 한 게 얼마나 다행인지 모른다고 생각했다. 그리고 이럴 줄 알았다면 1년을 기다릴 걸 그랬다고 내심 후회했다.

두 남자는 요깃거리를 꺼내 간단하게 점심을 먹었다. 한참을 골똘히 생각한 뒤 인디언 조가 입을 열었다.

"어이, 이거 봐…… 자네는 식구들이 있는 강 상류로 돌아가 있어. 거기서 내가 기별할 때까지 기다려. 난 위험을 무릅쓰고라도 한 번만 더 마을에 들어가 동태를 살필 테니까. 눈치를 봐서 상황이 괜찮겠다

싫으면 그때 가서 그 '위험한' 일을 해치우자고. 그러고 나서 텍사스로 튀는 거야! 같이 도망치잔 말이야!"

꽤 마음에 드는 계획이었다. 곧이어 둘 다 하품을 해대기 시작했다. 그런 가운데 인디언 조가 말했다.

"졸려 죽겠네! 이번엔 자네가 망볼 차례야."

그는 잡초 사이에 웅크리고 눕더니 곧 코를 골기 시작했지만 동료가 한두 번 흔들자 조용해졌다. 곧이어 망을 보던 사내도 꾸벅꾸벅 졸기 시작했다. 고개가 점점 아래로 처진다 싶더니 두 남자 모두 코를 골기 시작했다.

아이들은 안도의 한숨을 길게 내쉬었다. 톰이 속삭였다.

"지금이 기회야, 얼른!"

허크가 말했다.

"못 하겠어…… 저 작자들이 깨면 날 죽이고 말 거야."

톰이 다그쳤지만 허크는 계속 망설였다. 마침내 톰이 살그머니 자리에서 일어나 혼자 움직이기 시작했다. 하지만 첫 걸음을 내딛자마자 생각이 없는 마룻바닥이 다 들으라는 듯 삐걱대는 바람에 톰은 혼비백산해서 무너지듯 바닥에 주저앉고 말았다. 그러고는 꼼짝도 하지 않았다. 두 아이는 바닥에 누워 더디게만 흘러가는 시간을 헤아렸다. 그러고 있으려니 나중엔 시간은 아예 수명을 다하고 영원마저 나이 들어 머리가 허옇게 세고 있는 듯했다. 그런데 그때 마침내 해가 지고 있다는 걸 알아차리고 다행이라 여기며 가슴을 쓸어내렸다.

이제 코 고는 소리 가운데 하나가 뚝 그쳤다. 인디언 조가 일어나 앉아 두리번두리번 주변을 휘둘러보더니 무릎에 고개를 처박고 있는 동료가 눈에 들어오자 쓴웃음을 지으며 발로 흔들어 깨웠다.

"이봐! 망을 봐야 할 사람이 잘하는 짓이다! 하지만 뭐, 괜찮아……
아무 일도 없었으니까."

"이런! 내가 잠들었단 말이야?"

"그래, 잤다 깼다 했어. 이제 움직일 시간 거의 다 됐어, 친구. 여기
다 둔 물건들은 어떻게 하지?"

"나도 모르겠는걸…… 늘 하던 대로 그냥 여기 놔두지 뭐. 남쪽으
로 갈 때까지는 굳이 치울 필요 없잖아. 은화 650개면 나르기가 만만
치 않아."

"글쎄…… 좋아…… 여기 다시 오는 건 일도 아니니까."

"그렇고말고…… 하지만 전처럼 밤에 오자고…… 그게 나아."

"그러지 뭐. 그렇지만 이거 봐. 그 일을 해치울 적기를 잡으려면 시
간이 꽤 걸릴지도 몰라. 그사이 불상사가 생길지도 모르고. 여긴 안전
한 장소가 못 돼. 아무래도 평소처럼 묻는 게 좋겠어…… 아주 깊이
말이야."

"좋은 생각이야." 동료는 이렇게 말하고 나서 방을 가로질러 가더니
무릎을 꿇고 앉아 뒤쪽에 있는 벽난로 바닥돌 하나를 들어 올리고 짤
랑거리는 자루를 꺼냈다. 그는 자기와 인디언 조의 몫으로 자루에서
각각 20달러인가 30달러인가를 챙긴 뒤 자루를 인디언 조에게 건넸
다. 인디언 조는 구석에 무릎을 꿇고 앉아 사냥칼로 마룻바닥을 파기
시작했다.

아이들은 두려움도, 괴로움도 눈 깜짝할 사이에 몽땅 잊은 채 흐뭇
한 눈길로 한 동작 한 동작 유심히 지켜보았다. 이런 행운을 잡게 될

줄이야!…… 상상조차 해보지 못한 그야말로 요란뻑적지근한 행운이었다! 600달러면 남자아이 여섯 명을 부자로 만들고도 남을 돈이었다. 이건 보물찾기가 아니라 거저먹기였다. 어딜 파야 할지를 놓고 성가시게 고민할 필요도 없었다. 두 아이는 연신 팔꿈치로 서로 쿡쿡 찔러댔다. 아무 말 없이 그저 팔꿈치로 쿡쿡 찌르는 것만으로도 두 아이는 서로의 마음을 쉽게 읽을 수 있었다. 왜냐하면 거기 담긴 뜻이 아주 간단했기 때문이다. "거봐, 여기 오길 잘했지!"

조의 칼이 뭔가에 부딪혔다.

"어이!"

"뭔데 그래?" 동료가 말했다.

"반쯤 썩은 널빤지야…… 가만, 상자 같은데…… 이봐, 좀 거들어, 여기 뭐가 있는지 보자고. 염려 마, 구멍은 이미 뚫어놓았으니까."

조가 구멍에 손을 집어넣더니 뭔가를 끄집어냈다.

"뭐야, 돈이잖아!"

두 사내는 동전 한 움큼을 이리저리 살폈다. 그건 금화였다. 위층의 두 아이도 그들만큼이나 흥분하고 신이 났다.

조의 동료가 말했다.

"서둘러야 해. 좀 전에 보니까 벽난로 맞은편 구석 잡초 사이에 녹슨 곡괭이가 있더라고."

그는 달려가서 아이들의 곡괭이와 삽을 가져왔다. 인디언 조가 곡괭이를 받아들고 주의 깊게 살피더니 뭐라고 혼잣말을 하며 고개를 내저었다. 그러고는 곡괭이로 바닥을 파기 시작했다. 금세 상자가 모습을 드러냈다. 크지는 않았지만 겉에 쇠를 씌운 것으로 보아 세월 앞에 장사 없다고 이렇게 상하기 전에는 무척 튼튼했을 듯싶었다. 두 남자는 감개무량한 표정으로 잠시 아무 말도 없이 보물을 물끄러미 쳐다보았다.

"이봐 친구, 몇천 달러는 되겠는데." 인디언 조가 말했다.

"뮤럴* 패거리가 어느 해 여름엔가 이 근처를 어슬렁거렸다는 말이 한참 돌았어." 낯선 남자가 말했다.

"그 얘긴 나도 알아. 아무래도 이게 그 돈인 것 같아." 인디언 조가 말했다.

"그럼 이제 그 일 할 필요 없겠네."

그러자 튀기가 눈살을 찌푸리며 말했다.

"자넨 날 몰라. 하긴 자네가 그 일에 대해 알 턱이 없지. 그건 강도질이 아니라 복수야, 복수!"

조의 눈에서 사악한 기운이 이글거렸다.

"그 일을 하려면 자네 도움이 필요해. 일이 끝나면 텍사스로 갈 거야. 그러니까 자넨 낸스와 아이들이 있는 집으로 가서 내가 기별할 때까지 기다리란 말이야."

"그러지 뭐, 자네가 정 그렇다면야. 그런데 이건 어떻게 할까…… 다시 파묻을까?"

"그래, (위층에서 기뻐 어쩔 줄 모름) 아냐! 무슨 일이 있어도 안 돼! (위층에서 이만저만 실망하지 않음) 깜빡 잊을 뻔했는데, 저 곡괭

---

* 유명한 악당 존 A. 뮤럴로, 트웨인은 『미시시피 강의 생활』에서 그의 이야기를 다루었다.

이에 새 흙이 묻어 있었어! (아이들은 한순간 공포로 얼굴에서 핏기가 가심) 대체 곡괭이하고 삽이 왜 여기 있는 거지? 새 흙은 왜 묻어 있는 거고? 누가 갖다놨고…… 지금은 또 어디로 간 거지? 무슨 소리 못 들었어? 누구 못 봤냐고? 그런데 이걸 다시 묻고 가자고! 그놈들이 와서 땅이 파헤쳐진 걸 볼 텐데? 그건 아냐…… 그럼, 아니고말고. 암만 해도 내 은신처로 옮겨야겠어."

"듣고 보니 그러네! 진작 그 생각을 했어야 하는 건데. 그럼 제1호?"

"아니…… 제2호…… 십자가 아래 있는. 다른 데는 텄어. 보는 눈이 너무 많거든."

"알았어. 이제 어둑어둑해졌으니까 출발해도 되겠어."

인디언 조는 자리에서 일어나 창가마다 돌아다니며 조심스럽게 밖을 내다보았다. 그러고는 이렇게 말했다.

"저 연장들을 누가 여기 갖다놓았을까? 혹시 위층에 있는 거 아나?"

두 아이는 숨이 콱 막혔다. 인디언 조는 칼을 만지작거리면서 결정을 못 하고 잠시 망설이더니 층계 쪽으로 돌아섰다. 두 아이는 벽장을 떠올렸지만 맥이 탁 풀려 움직일 엄두가 나지 않았다. 발걸음이 삐걱삐걱 소리를 내며 위층으로 한 칸 한 칸 올라오고 있었다. 더 이상은 두고 볼 수 없는 다급한 상황이 공포에 짓눌려 있던 아이들의 결단력을 일깨웠다. 아이들이 벌떡 일어나 벽장으로 뛰어들려는 찰나, 썩은 목재가 우지끈 부러지면서 인디언 조가 부서진 층계 잔해와 함께 아래층으로 굴러 떨어졌다. 그가 욕을 해대면서 간신히 몸을 일으키자 동료가 말했다.

"그런다고 뭐가 달라지겠어? 혹시라도 저 위에 누가 있다면 계속 있으라지 뭐…… 누가 신경 쓴대? 또 굳이 뛰어내려서 험한 꼴을 당하겠다면 누가 말려? 이제 15분만 있으면 날이 완전히 어두워질 거야…… 우릴 뒤쫓아 오겠다면 얼마든지 쫓아오라고 그래. 내가 기꺼이 상대해줄 테니까. 내 생각엔 저것들을 여기 갖다놓은 놈들이 누구든 우릴 보고는 유령이나 악마인 줄 알았을 거야. 보나마나 벌써 줄행랑을 쳤을걸."

조는 잠시 툴툴거리더니 해가 조금이라도 남아 있을 때 부지런히 짐을 꾸려서 출발해야 한다는 동료의 의견에 순순히 따랐다. 곧이어 두 사내는 짙어가는 땅거미 속에서 귀중한 상자를 들고 그 집을 빠져나가 강 쪽으로 향했다.

톰과 허크는 기운은 없었지만 살았다는 생각에 가슴을 쓸어내리며 자리를 털고 일어나 그 집 벽 통나무 틈새로 두 사내를 지켜보았다. 뒤쫓아 가? 아니야. 두 아이는 목이 부러지지 않고 살아서 다시 땅을 밟게 된 것만도 다행이라고 여기며 언덕을 넘어 마을 쪽으로 길을 잡았다. 둘은 거의 말이 없었다. 스스로를 탓하느라, 삽과 곡괭이를 하필 거기 놔두게 한 불운을 탓하느라 여념이 없었기 때문이다. 그것만 아니었다면 인디언 조가 의심하는 일은 절대 없었을 텐데. '복수'를 끝낼 때까지 금화와 은화를 거기 숨겨두었을 테고 나중에 와서 돈이 감쪽같이 사라지고 없는 꼴을 보아야 하는 불운을 맛보았을 텐데. 연장을 거기에 가지고 가다니 재수가 없어도 더럽게 없었어!

두 아이는 지금부터 계속 망을 보면서 그 '스페인 노인'이 복수할 기회를 엿보러 마을에 나타나면 뒤를 밟아 그게 어디가 됐든 '제2호' 소굴을 알아내고 말리라 다짐했다. 그런데 불현듯 소름 끼치는 생각이 톰의 머리를 스쳤다.

"복수? 우리한테 복수하는 거면 어떡해, 허크!"

"야, 그런 소리 마!" 허크는 거의 기절할 지경이었다.

두 아이는 그 문제를 놓고 줄곧 이야기를 나누었다. 그러다 마을에 들어설 때쯤 증언한 사람이 톰 혼자밖에 없기 때문에 인디언 조가 노리는 대상이 바로 톰일 수도 있지만 어쩌면 누구 다른 사람일지도 모른다는 쪽으로 의견일치를 보았다.

혼자 위험에 처하게 된 이 마당에 톰에게 그것은 턱도 없이 작은 위안이었다! 친구라도 곁에 있으면 좀 나으련만, 톰은 속으로 이렇게 생각했다.

27
가라앉은 의심 / 어린 탐정들

낮에 있었던 일이 그날 밤 꿈에 나타나 톰을 괴롭혔다. 네 번이나 보물에 손을 갖다 댔지만 네 번 다 손가락 사이로 새어나가 아무것도 남지 않았다. 잠은 완전히 달아났고, 눈을 떠보니 자신의 불운이 더욱 뼈저리게 되살아났다. 이른 아침 자리에 누운 채로 어제의 사건들을 하나하나 되새김질하고 있자니 이상하리만치 담담하고 초연한 기분이 들었다. 뭐랄까, 마치 딴 세상에서, 아니면 아주 오래전에 일어난 일처럼 느껴졌다. 그러고 보니 그 엄청난 일은 꿈이 틀림없는 듯했다! 톰이 이렇게 생각하는 데에는 상당히 강력한 이유가 있었다. 다름 아니라 동전을 자기 눈으로 직접 보긴 했어도 그 양이 하도 많아 실감 나지가 않았던 것이다. 톰은 50달러도 뭉치째로는 본 적이 없었고, 그 나이 또래의 사는 형편이 고만고만한 아이들처럼 '몇백'이니 '몇천'이니 하는 말들은 순전히 허풍일 뿐 그런 액수가 이 세상에 실제로 존재한다고는 상상조차 해보지 않았다. 100달러라는 큰돈이 현실에서 누군가의 차지가 될 수도 있다는 생각은 잠시도 해본 적이 없었다. 숨겨진 보물에 대한 톰의 견해를 분석해보면, 10센트짜리 동전 한 줌과 너무 많아 손에 다 쥐어지지도 않는 막연하고 번쩍번쩍한 달러 한 무더기로 이루어져 있었다.

하지만 어제 일들을 곱씹고 또 곱씹다 보니 모든 게 점점 뚜렷하고 분명해졌고, 그러다 결국엔 꿈이 아닐지도 모른다는 쪽으로 생각이 기울어졌다. 꿈이었는지 아닌지 확인해봐야 했다. 그래서 톰은 쑤셔넣듯 부랴부랴 아침을 먹고 허크를 찾으러 나섰다.

허크는 우울하기 그지없는 표정으로 평저선 뱃전에 앉아 발을 물에 담근 채 맥없이 달랑달랑 흔들어대고 있었다. 톰은 허크가 먼저 그 이야기를 꺼낼 때까지 잠자코 있기로 마음먹었다. 만약 허크가 아무 말도 하지 않는다면 어제 일은 분명 꿈에 지나지 않을 터였다.

"안녕, 허크!"

"안녕."

잠시 침묵.

"톰, 그 빌어먹을 연장을 죽은 나무 있는 데 그대로 놔두기만 했어도 그 돈은 우리 차지가 됐을 텐데. 와, 엄청나게 많았잖아!"

"그럼 꿈이 아니네, 꿈이 아니야! 난 차라리 꿈이었으면 했는데. 진짜야, 허크."

"뭐가 꿈이 아니라는 거야?"

"아, 어제 일 말야. 꿈이지 싶었거든."

"꿈이라고! 그 계단이 주저앉았기에 망정이지 안 그랬으면 꿈도 그런 기막힌 꿈이 없었을 거다! 밤새 악몽을 꿨단 말야…… 한쪽 눈을 안대로 가린 그 스페인 악당이 밤새 날 쫓아다니잖아…… 썩을 놈!"

"아니, 썩으면 안 돼. 그놈을 찾아야 하니까! 그래야 돈을 찾지!"

"톰, 우린 그놈을 영영 못 찾을 거야. 그런 큰돈을 만질 수 있는 기회는 일생에 딱 한 번뿐인데…… 우린 그 기회를 놓쳤잖아. 어쨌든 그놈이 눈앞에 나타나면 엄청 떨릴 것 같아."

"나도 그래. 하지만 그래도 그놈을 보고 싶어…… 그놈 뒤를 밟으면 2호가 나올 테니까."

"2호…… 그래, 바로 그거야. 내내 그 생각을 했지만 뭔지 감도 안 잡히는 거 있지. 네 생각엔 그게 뭔 거 같아?"

"모르겠어. 너무 어려워. 야, 허크…… 어쩌면 어떤 집 번지수일지도 몰라!"

"맞다!…… 아냐, 톰, 번지수는 아니야. 그게 번지수라면 이 촌구석에 있는 집은 아냐. 여긴 번지수 같은 거 없으니까."

"글쎄, 그러네. 좀 더 생각해보자. 있지…… 그건 방 번호야…… 왜, 여인숙 말이야!"

"앗, 바로 그거다! 여인숙이라면 두 곳밖에 없어. 그러니까 곧 찾아낼 수 있을 거야."

"내가 올 때까지 넌 여기 그냥 있어, 허크."

톰은 바로 자리를 떴다. 허크와 함께 있는 모습을 사람들에게 보이고 싶지 않아서였다. 30분 뒤 톰은 여러 가지 사실을 알아내 돌아왔다. 먼저 여인숙 두 곳 중 상태가 좋은 여인숙 2호 방에는 오래전부터 젊은 변호사가 투숙하고 있었다. 그런데 그보다 허름한 여인숙 2호 방은 수수께끼였다. 여인숙 주인의 어린 아들은 그 방은 늘 잠겨 있는 데다 밤 이외에는 누가 드나드는 걸 본 적이 없다고 말했다. 그리고 무슨 특별한 사연이 있기에 그러는지 전혀 모르겠고, 호기심이 약간 일긴 하지만 희미한 수준일 뿐이며, 수수께끼를 최대한 활용해 그 방에 유령이 나온다고 상상하면 나름대로 재미있다는 말도 했다. 또 전날 밤에는 그 방에 불이 켜져 있는 걸 보았다는 말도.

"내가 알아낸 건 여기까지야, 허크. 우리가 찾고 있는 2호는 아무래도 바로 그 2호 방이지 싶어."

"내 생각도 그래, 톰. 이제 뭘 어떻게 할 건데?"

"생각 좀 해보고."

톰은 한참 생각한 뒤 마침내 입을 열었다.

"잘 들어. 2호 방 뒷문은 여인숙 건물과 낡아빠진 벽돌 가게 사이의 좁다란 골목으로 이어지는 문이야. 지금부터 너는 구할 수 있는 대로 문 열쇠를 모조리 긁어와. 나도 이모네 집 열쇠란 열쇠는 몽땅 집어올 테니까. 그래서 날이 어두워지는 대로 거기 가서 문을 열어보자. 그리고 인디언 조한테서 한시도 눈을 떼선 안 된다는 거 명심해. 마을에 들어와 복수할 기회를 한 번 더 노리겠다고 말했으니까. 보게 되면 무조건 따라가. 만약 그놈이 2호 방으로 들어가지 않는다면 거긴 아니야."

"뭐, 나 혼자서 따라가라고? 싫어!"

"보나마나 밤일 텐데 뭐. 그놈은 널 보지도 못할 거야…… 설사 본다 해도 아무 생각도 못 할걸."

"그럼 아주 깜깜해지면 따라갈게. 어떨지 잘 모르겠지만 해보기는 할게."

"깜깜하면 나도 따라가겠다, 허크. 있지, 만약 복수할 상황이 아니다 싶으면 그놈은 바로 돈 있는 곳으로 갈 거야."

"맞아, 그렇겠다, 톰. 내가 꼭 그놈 뒤를 밟을게. 무슨 일이 있어도 꼭!"

"이제야 옳은 소리를 하네! 약해지지 마, 허크. 나도 안 그럴 테니까."

28

2호 찾기 / 허크, 보초를 서다

그날 밤 톰과 허크는 출격 채비를 갖추었다. 둘은 아홉 시가 넘을 때까지 여인숙 근처를 서성이며 한 명은 멀리 골목 쪽을, 또 한 명은 여인숙 문을 지켜보았다. 골목을 드나드는 사람은 아무도 없었다. 여인숙을 드나드는 사람 가운데도 스페인 놈은커녕 그 비슷하게 생긴 사람조차 없었다. 곧 달이 뜰 것 같았다. 그래서 톰은 밤이 더 깊어졌을 때 허크가 와서 고양이 소리를 내면 몰래 빠져나와 열쇠를 맞춰보기로 합의하고 집으로 갔다. 하지만 그날 밤은 내내 밝았다. 결국 허크도 자정쯤 망보기를 접고 사탕수수가 들어 있던 커다란 통에 들어가 잠을 청했다.

화요일에도 두 소년은 운이 좋지 않았고, 수요일에도 마찬가지였다. 하지만 목요일 밤은 사정이 나아질 것 같은 조짐이 보였다. 톰은 기회를 노리다 이모의 낡은 양철 각등에 큰 수건을 덮어씌우고 몰래 집을 빠져나왔다. 그러고는 허크의 사탕수수 통에 각등을 숨겨놓고 망을 보기 시작했다. 자정이 되기 한 시간 전에 여인숙은 문을 닫았고 (그 근방을 통틀어 하나밖에 없는) 불빛도 꺼졌다. 스페인 놈은 코빼기도 보이지 않았다. 골목을 드나드는 사람도 없었다. 모든 게 순조로웠다. 사방엔 온통 칠흑 같은 어둠이 내려앉은 가운데 먼 데서 이따금 우르르 울려대는 천둥소리만이 완벽한 고요를 방해했다.

톰은 통 안에서 각등에 불을 붙여 수건으로 꽁꽁 싸맨 다음 허크와 함께 여인숙 쪽 어둠 속으로 살금살금 다가갔다. 허크가 망을 보고 톰은 조심스럽게 골목으로 들어갔다. 그러고 나자 기다리는 자를 고문하는 불안이 허크를 엄습해 마치 산처럼 그의 마음을 짓눌렀다. 허크는 차라리 각등에서 빛이 새어나오기라도 했으면 하고 바라기 시작했다. 그러면 소스라쳐 놀라기야 하겠지만 최소한 톰이 아직 살아 있다는 것만은 알 수 있을 테니까. 톰이 모습을 감춘 지 몇 시간은 지난 듯했다. 정신을 놓고 까무러친 게 분명했다. 어쩌면 죽었는지도 몰랐다. 아니면 너무 무섭고 흥분한 나머지 심장이 터져버렸거나. 불안에 떨며 허크는 자기도 모르게 골목 쪽으로 점점 가까이 다가갔다. 온갖 종류의 끔찍한 일을 떠올리면서, 당장이라도 어떤 재앙이 일어나 자신의 숨을 거두어갈지도 모른다고 상상하면서. 하지만 굳이 거두어갈 필요도 없을 듯했다. 폐활량 상태로 보아 간신히 숨을 쉬는 데다 심장 또한 뛰는 상태로 보아 곧 나가떨어질 것 같았기 때문이다. 바로 그때 난데없이 빛 한 줄기가 번쩍 비치면서 톰이 달려와 허크를 잡아챘다.

"튀어! 살고 싶으면 무조건 튀어!"

톰은 같은 말을 되풀이할 필요가 없었다. 한 번으로 충분했다. 거듭 말하기 전에 허크는 이미 시속 3, 40마일의 속도를 내고 있었다. 두 아이는 마을 아래쪽 끄트머리의 버려진 도살장 창고에 이를 때까지 한 번도 쉬지 않고 내처 달렸다. 피난처에 들어서기가 무섭게 폭풍이 불어닥치면서 비가 억수같이 퍼부었다. 한숨 돌리자마자 톰이 말했다.

"허크, 정말 끔찍했어! 열쇠 두 개를 최대한 소리 안 나게 꽂아 이리저리 돌려보는데 난장판이라도 벌어진 듯 엄청나게 큰 소리가 나는 것 같은 거야. 어찌나 무서운지 숨이 딱 멎는 줄 알았다니까. 열쇠도 자물쇠와 안 맞고. 그런데 글쎄, 엉겁결에 문고리를 잡아당겼더니 웬걸, 문이 열리잖아! 잠겨 있지 않았던 거야! 그래서 얼른 안으로 들어가 각등에 씌웠던 수건을 벗겨냈는데, 세상에 맙소사도 맙소사도 그런 맙소사가!"

"뭐야! 뭘 봤는데, 톰?"

"허크, 하마터면 인디언 조의 손을 밟을 뻔한 거 있지!"

"설마!"

"진짜야! 바닥에 벌렁 드러누워서 업어 가도 모르게 자고 있더라니까. 한쪽 눈에 안대를 하고 두 팔을 있는 대로 벌리고서."

"저런, 그래서 어떻게 됐어? 그놈이 깼어?"

"아니, 술에 취했는지 꿈쩍도 않더라고. 그길로 수건을 움켜쥐고 냅다 튀었지!"

"나 같으면 수건 생각은 아예 하지도 못했을 텐데. 그건 누구보다도 내가 잘 알아!"

"어, 그게, 난 그럴 수밖에 없었어. 잃어버렸다간 이모가 날 가만 놔두지 않을 테니까."

"야, 톰, 상자는 봤어?"

"허크, 방을 둘러보고 어쩌고 할 겨를이 없었어. 상자고 십자가고 못 봤다니까. 인디언 조 옆에 있던 술병 하나하고 양철 컵 말고는 아무것도 못 봤어. 참, 또 본 거 있다. 배가 불룩한 큰 술통 두 개랑 술병이 엄청 많았어. 그러고 보니까 그 유령 나온다는 방에 뭔가 문제가 있는 것 같지 않냐?"

"어째서?"

"왜긴, 유령이 아니라 위스키가 나오니까 그렇지! 아마 금주 여인숙마다 유령 나오는 방이 하나씩 있을걸. 네 생각은 어때, 허크?"

"글쎄, 그럴 것 같기도 하네. 어느 누구도 설마 그럴 거라는 생각은 못 할 테니까. 그런데 톰, 인디언 조가 술에 취했다면 지금이 바로 그 상자를 손에 넣을 절호의 기회야."

"그러게! 네가 나서봐!"

그 말에 허크는 몸서리를 쳤다.

"으, 싫어…… 난 못 해."

"나도 못 하겠어, 허크. 인디언 조 옆에서 굴러다니는 술병이 하나밖에 없었거든. 그걸로는 부족해. 빈 병이 세 개라면 정신 없이 취했을 테니까 어찌해보겠지만."

톰은 생각에 잠겨 한동안 말이 없다가 마침내 입을 열었다.

"있잖아, 허크, 인디언 조가 거기 없다는 걸 확인할 때까지는 그 일은 더는 하지 말자. 생각만 해도 너무 소름 끼치니까. 이제부터 매일 밤 지키고 있으면 언제가 됐든 그놈이 나가는 시간을 확실히 알 수 있을 거야. 그러면 그때 상자를 번개보다 더 잽싸게 채오는 거야."

"좋아. 내가 매일 밤새 지킬게. 너는 낮에 지켜."

"알았어, 그럴게. 너는 후퍼 가 위쪽으로 한 블록 냉큼 뛰어올라와 고양이 소리를 내기만 하면 돼. 만약 내가 자고 있으면 창문에 돌멩이를 던져. 그럼 깰 테니까."

"좋아, 대찬성!"

"허크, 이제 비바람도 그쳤으니 이만 집에 가야겠다. 두세 시간 있으면 날이 밝을 거야. 넌 돌아가서 남은 시간 동안 잘 지켜, 알았지?"

"알았대도 그러네, 톰, 글쎄, 그런다니까. 1년 내내라도 매일 밤 그 여인숙을 지킬 각오가 돼 있다고! 앞으로 낮에는 자고 밤에는 망을 볼 거야."

"좋아. 그럼 이제 잠은 어디서 잘 건데?"

"벤 로저스네 건초 창고에서. 벤이 허락했고, 또 개네 집 검둥이 일꾼 제이크 아저씨도 허락했어. 그 아저씨가 부탁하면 난 언제든 물을 길어다주고 내가 먹을 걸 부탁하면 그 아저씬 여유가 생기는 대로 조금씩 나눠줘. 참 좋은 검둥이야. 그 아저씨도 날 좋아해. 내가 자기 위에 있는 것처럼 굴지 않으니까. 어떤 때는 나란히 앉아서 같이 먹기도 해. 그런 눈으로 쳐다볼 것 없어. 사람은 죽도록 배가 고프면 하고 싶지 않은 일도 하게 돼 있으니까."

"저기, 낮에는 네가 없어도 되니까 푹 자둬. 괜히 얼쩡거리면서 귀찮게 하지 않을 테니까. 밤에 무슨 일 생기면 바로 달려와서 고양이 소리 내는 거 잊지 말고."

29

소풍 / 인디언 조의 뒤를 밟는 허크 /
'복수'의 실체 / 과부 아줌마를 도와

금요일 아침 톰의 귀에 제일 먼저 날아든 소식은 대처 판사네 가족이 전날 밤 마을로 돌아왔다는 반가운 내용이었다. 인디언 조와 보물은 잠시 2순위로 밀려나고 베키가 톰의 관심사 중 1위 자리를 차지했다. 톰은 베키를 만나 학교 친구들과 함께 숨바꼭질과 족구를 하며 지칠 때까지 신나게 놀았다. 유종의 미라는 말도 있듯이 그날은 특별히 만족스럽게 끝났다. 베키가 어머니를 졸라 오래전에 약속해놓고 차일피일 미뤄왔던 소풍을 마침내 다음 날로 잡았던 것이다. 베키는 기뻐 어쩔 줄 몰라했고, 톰도 그에 못지않게 기뻤다. 해가 지기 전에 초대장이 돌았고, 마을의 어린 주민들은 그 즉시 기대에 들떠 이것저것 준비한답시고 요란을 떨어댔다. 톰은 너무 흥분한 나머지 밤늦도록 잠을 이루지 못했다. 그렇게 뒤척이는 가운데 허크의 '야옹' 신호가 들려오길, 그래서 보물을 손에 넣어 이튿날 베키를 비롯해 소풍 온 사람들을 깜짝 놀라게 하는 장면을 그리며 희망에 부풀기도 했지만 실망만 하고 말았다. 그날 밤에는 아무 신호도 들리지 않았다.

드디어 아침이 밝았다. 들뜬 아이들이 까불대며 판사의 집으로 하나둘 모여들었고, 열 시나 열한 시경에는 출발 준비가 모두 끝났다. 아이들 소풍에는 어른들이 끼지 않는 게 관례였다. 그랬다간 분위기를 망치기 십상이었기 때문이다. 열여덟 살 먹은 아가씨 몇 명과 스물서넛 먹은 청년 몇 명이 따라가기로 되어 있어 아이들의 안전은 걱정할 필요가 없었다. 오늘 행사를 위해 전세 낸 낡은 증기 여객선이 벌써부터 기다리고 있었다. 아이들은 신이 나서 재잘거리며 일렬로 줄지어 음식 바구니를 실은 중앙 통로로 올라갔다. 시드는 아파서 이 큰 재미를 놓쳐야 했고, 그를 위로하기 위해 메리도 집에 남았다. 대처 부인이 마지막으로 베키에게 말했다.

"아마 늦게까지 돌아오지 못할 거야. 그러니까 선착장 근처에 사는 친구네 집에서 자고 오는 게 좋을 거 같구나, 아가."

"그럼 수지 하퍼네 집에서 자고 올게요, 엄마."

"그게 좋겠구나. 얌전하게 굴고 말썽 부리면 안 된다, 알지?"

얼마 뒤 배가 출발하자 톰이 베키에게 말했다.

"있잖아, 내 말 좀 들어봐. 조 하퍼네로 가지 말고 언덕 위 더글러스 과부 아줌마네 집에서 묵자. 아줌마가 아이스크림도 주실 거야! 그 아줌마 집엔 언제 가도 아이스크림이 없는 날이 거의 없거든…… 그것도 엄청 많아. 게다가 우리가 가면 무지 반가워하실 거야."

"어머, 재미있겠다!"

그러고 나서 베키는 잠시 생각한 뒤 말했다.

"하지만 엄마가 뭐라고 하실 텐데?"

"너희 엄마가 어떻게 아시겠어?"

베키는 속으로 곰곰이 생각하더니 머뭇거리며 말했다.

"내 생각에 그러는 건 옳지 않아…… 하지만……"

"하지만 뭐! 너희 엄만 아실 리가 없고, 그럼 되는 거 아냐? 너희 엄마가 바라는 건 네 안전이 제일이잖아. 그 집 생각을 못 해서 그렇지 생각했다면 보나마나 거기 가서 묵으라고 말씀하셨을 거야. 분명히 그러셨을 거야!"

더글러스 과부 아줌마의 후한 인심은 무척 구미가 당기는 미끼였다. 거기다 톰이 계속 설득하자 베키는 결국 넘어가고 말았다. 둘은 그날 밤 일정에 대해 아무한테도 말하지 않기로 했다. 그러고 나서 오늘 밤 허크가 와서 신호를 보낼지도 모른다는 생각이 퍼뜩 톰의 머리를 스쳤다. 그런 생각이 들자 신바람이 한풀 꺾였다. 그래도 더글러스 아줌마네 집에서 보내게 될 재미있는 시간을 포기할 수는 없었다. 왜 내가 포기해야 돼? 어젯밤에도 신호가 오지 않았는데 오늘 밤에 신호가 온다는 보장이 어디 있어? 톰은 이렇게 스스로를 합리화했다. 오늘 밤의 확실한 즐거움이 불확실한 보물보다 더 중요했다. 톰은 사나이답게 마음이 더 끌리는 쪽에 깨끗이 손을 들어주고 적어도 이날만은 두 번 다시 돈 상자 생각은 않기로 결심했다.

증기선은 마을에서 3마일 아래로 내려가 숲이 우거진 분지 입구에서 멈춰 닻을 내렸다. 아이들이 배에서 내려 물가로 바글바글 몰려들면서 저 멀리 숲과 울퉁불퉁한 바위산 여기저기에 고함과 웃음소리가 메아리쳤다. 더위에 지쳐 녹초가 되도록 온갖 종류의 놀이를 두루 섭렵하고 나서야 아이들은 허기를 느끼며 삼삼오오 어슬렁어슬렁 야영지로 돌아왔다. 음식은 곧 동이 났다. 식사를 끝내고 아이들은 사방에 널려 있는 참나무 그늘 아래 앉아 휴식도 취하고 잡담도 나누면서 다시 기력을 보충했다. 이윽고 누군가가 소리쳤다.

"누구 동굴에 가볼 사람?"

다들 가겠다고 나섰다. 초 몇 다발이 마련되자 아이들은 너도나도 언덕 위로 줄달음쳤다. 동굴 입구는 산허리 중턱에 있었는데, 그 생김새가 A자 비슷했다. 떡갈나무로 만든 거대한 문이 빗장이 벗겨진 채 우뚝 서 있었다. 동굴 안쪽 작은 공간은 얼음 창고처럼 냉기가 돌았고, 자연이 쌓아올린 단단한 석회암 벽에는 차가운 이슬방울이 맺혀 있었다. 짙은 어둠에 휩싸인 이곳에 서서 햇빛에 반짝이는 초록색 골짜기를 올려다보고 있자니 낭만적이면서 신비로운 기분이 들었다. 하지만 그런 감동도 곧 시들해지고 아이들은 다시 장난기가 발동했다. 초 하나가 켜지면 다들 우르르 초 주인에게 달려들었다. 그렇게 한바탕 몸싸움과 용감한 방어전이 치러지고 나면 초는 바닥에 내동댕이쳐지거나 꺼지기 일쑤였고, 곧이어 시끄러운 웃음소리와 새로운 추격전이 또다시 이어졌다. 하지만 모든 일에는 끝이 있게 마련이다. 얼마 지나지 않아 아이들은 가파른 중앙 통로를 줄지어 차례차례 내려갔다. 깜빡이는 촛불 행렬에 머리 위로 거의 60피트 지점까지 치솟은 바위벽들이 희미하게 모습을 드러냈다. 중앙 통로라고 해야 폭이 8피트나 10피트밖에 되지 않았다. 통로 양쪽에는 거기서 갈라져 나온 비좁기 짝이 없는 샛길들이 한두 걸음 간격으로 까마득히 높게 나 있었다.

이처럼 맥두걸 동굴은 어느 한 지점에서 서로 만났다가 다시 막다른 곳으로 갈라지는 구불구불한 샛길로 이루어져 있어 마치 거대한 미로와도 같았다. 얼기설기 복잡하게 뒤엉킨 이 샛길들을 밤낮 없이 며칠이나 돌아다녀도 동굴 끝을 찾지 못한다는 얘기도 있었다. 아래로 무한정 내려간다 한들 결과는 마찬가지였다. 미로 아래 또 미로가 있을 뿐 도무지 끝이 없었다. 이 동굴을 '아는' 사람은 아무도 없었다. 그건 불가능한 일이었다. 아이들은 대부분 기껏해야 동굴의 일부 구간만을 알고 있었고, 이 알려진 구간을 크게 벗어나는 일은 좀처럼 없었다. 톰 소여도 이 동굴에 대해서는 여느 아이만큼밖에 알지 못했다.

아이들은 일렬로 늘어선 채 중앙 통로를 따라 4분의 3마일쯤 나아간 뒤 삼삼오오 샛길로 흩어져선 음침한 통로를 내달리다 통로들이 다시 만나는 지점에 불쑥 나타나 서로를 깜짝 놀라게 하면서 즐거워했다. 이와 같은 숨바꼭질이 30분이나 이어지는 가운데서도 '아는' 구역을 벗어나는 일은 없었다.

이윽고 아이들은 머리끝부터 발끝까지 촛농과 진흙으로 범벅이 된채 둘씩 셋씩 짝을 지어 동굴 입구로 차례차례 다시 돌아왔다. 하나같이 숨이 턱에 닿아 헐떡거렸지만 하루를 원 없이 놀아 그런지 다들 기쁨에 넘쳐 있었다. 그제야 아이들은 어느새 밤이 코앞까지 왔다는 걸 알고 깜짝 놀랐다. 그만큼 시간 가는 줄도 모르고 놀았던 것이다. 증기선에서는 30분 전부터 종을 땡땡 울려대고 있었다. 하지만 신나는 하루를 이런 식으로 마무리하는 것도 낭만적이라는 생각에 아이들은 마냥 즐거웠다. 떠들썩한 화물을 싣고 배가 출발했을 때 낭비된 시간을 아까워하는 사람은 선장밖에 없었다.

증기선이 불빛을 반짝거리며 부두를 지날 때 허크는 벌써부터 보초를 서고 있었다. 갑판은 조용하기만 했다. 너무 피곤해 죽을 지경인 사람이 으레 그렇듯이 아이들도 착 가라앉아 있었기 때문이다. 허크는 무슨 배이기에 부두에 서지도 않는지 의아했지만 곧 마음에서 배 생각을 떨쳐내고 자신의 임무에 집중했다. 구름이 끼더니 밤이 점점 캄캄해지고 있었다. 열 시가 되자 마차 소리가 뚝 끊기면서 사방에 흩어져 있던 불빛도 하나둘 꺼지기 시작했다. 행인들까지 모두 자취를 감추고 마을이 깊은 잠에 빠져들자 이 어린 보초병 혼자 으스스한 적막 속에 달랑 남겨졌다. 열한 시가 되자 여인숙 불빛마저 꺼졌다. 이제 사방이 암흑 천지였다. 허크는 기다렸다. 너무 길고 지루하게 느껴지는 시간이었지만 아무 일도 일어나지 않았다. 그러자 믿음이 흔들리기 시작했다. 이러고 있을 필요가 있을까? 정말 소용이 있기는 할까? 이만 포기하고 돌아서?

그때 무슨 소리가 들렸다. 허크는 바짝 긴장했다. 골목길 쪽 문이 조용히 닫혔다. 허크는 얼른 벽돌 가게 모퉁이로 피했다. 다음 순간 두 남자가 허크를 스쳐 지나갔다. 그런데 그중 한 명이 겨드랑이에 뭔가를 끼고 있는 것 같았다. 그 상자가 틀림없어! 그렇다면 보물을 옮기려는 거야. 당장 톰을 부르러 가? 아니야, 그건 어리석은 짓이야…… 저놈들이 상자를 가지고 사라지면 영영 찾지 못할 거야. 그건 안 돼, 나 혼자서라도 저놈들 뒤를 밟자. 어둠이 발각되지 않게 지켜 줄 거야. 이런 생각을 하면서 허크는 두 남자가 시야에서 사라지지 않을 정도의 거리를 두고 맨발로 고양이처럼 살금살금 뒤를 밟았다.

두 사내는 강을 끼고 세 블록 올라가더니 왼쪽으로 꺾어 교차로로 올라갔다. 그러고는 카디프 언덕으로 이어지는 오솔길에 이를 때까지 계속 앞만 보고 걸어갔다. 오솔길이 나오자 그리로 곧장 올라가 언덕 중턱에 있는 웰치먼 노인의 집을 지나나 싶더니 여전히 위로 올라갔다. 허크는 두 사람이 보물을 오래된 채석장에 묻으려나 보다고 생각했다. 하지만 그 둘은 채석장에서도 멈춰 서지 않고 언덕 꼭대기까지 올라갔다. 그러고는 키 큰 옻나무 덤불 사이의 비좁은 길로 뛰어들더니 순식간에 어둠 속으로 사라져버렸다. 허크는 이제 발걸음을 재촉하며 거리를 좁혔다. 어둠 때문에 들킬 염려가 없다고 판단했기 때문이다. 그래서 한동안 빨리 걷다가 너무 빠른 것 같아 속도를 늦추었다. 조금 움직이고 나서 완전히 멈춰 선 뒤 귀를 기울여보았지만 아무 소리도 들리지 않았다. 들리는 소리라곤 자기 심장이 뛰는 소리뿐이었다. 언덕 너머에서 부엉이 우는 소리가 들려왔다. 저건 불길한 징존데! 하지만 발소리는 없었다. 하늘도 무심하시지, 모든 게 허사가 되고 말다니! 그러고 나서 걸음에 다시 속도를 내려는 찰나, 4피트도 채 떨어지지 않은 곳에서 웬 남자가 목청을 가다듬었다! 심장이 목구멍 밖으로 튀어나올 뻔했지만 허크는 얼른 도로 집어삼켰다. 그러고는 한꺼번에 열두 가지 종류의 학질에라도 걸린 듯 그 자리에 서서 와들와들 떨어댔다. 기운이 쭉 빠지는 게 그러다 땅바닥에 쓰러지지 싶었다. 허크는 자기가 지금 어디 있는지 잘 알고 있었다. 울타리 계단에서 다섯 걸음만 가면 더글러스 과부 아줌마네 땅이었다. 허크는 저 둘이 상자를 거기 묻는다면 찾느라 고생하지 않아도 될 테니 아주 잘됐다고 생각했다.

그때 사람 목소리가 들려왔다…… 아주 작은 목소리…… 인디언 조의 목소리였다.

"빌어먹을, 아무래도 손님이 있나 봐. 안 그러면 이 늦은 밤에 불이 켜져 있을 리가 없잖아."

"나는 아무것도 안 보이는데."

이번에는 그 낯선 사내, 그러니까 유령의 집의 그 낯선 사내 목소리였다. 오싹한 냉기가 허크의 심장을 파고들었다. 그렇다면 이게 바로 '복수'니 뭐니 했던 그 일! 허크는 처음에는 달아나야겠다는 생각밖에 없었다. 그러다 더글러스 아줌마가 자기한테 여러 번 친절을 베풀었던 일을 떠올렸다. 어쩌면 저 둘은 아줌마를 죽일지도 몰랐다. 허크는 아줌마에게 조심하라고 일러주고 싶었지만 저 둘한테 붙잡힐지도 모른다고 생각하니 차마 그럴 용기가 나지 않았다. 허크가 이 모든 생각을 하는 데 걸린 시간은 낯선 사내가 말하고 나서 인디언 조가 다음과 같이 말하기까지 그야말로 한순간에 지나지 않았다.

"그야 자네가 있는 쪽에 덤불이 있으니까 그렇지. 자, 이리로 와서 봐. 어때, 보이지?"

"그러네. 글쎄, 손님이 있나 본데. 포기하는 게 낫겠어."

"나더러 지금 포기하고 이 촌구석을 영원히 떠나라고? 포기하면 기회는 두 번 다시 오지 않을지도 모를 텐데? 다시 말하지만 난 저 여자 돈 따위엔 관심 없어…… 돈이라면 자네가 다 가져. 저 여자 남편 때문에 내가 얼마나 고생했는데…… 그것도 수도 없이 말이지…… 치안 판사로 있으면서 날 부랑아로 몰아 감옥에 처넣은 장본인이 바로 저 여자 남편이야. 그뿐만이 아니야. 그건 100만분의 1도 안 돼! 그놈은 날 채찍으로 갈기게 했단 말이야!…… 그놈 때문에 감옥 앞에서

검둥이처럼 채찍으로 맞았다고!…… 그것도 온 동네 사람들이 지켜
보는 앞에서! 채찍으로 맞았다고!…… 이제 내 심정이 어떨지 알겠
어? 그렇게 나를 있는 대로 망신을 주더니 골로 갔지 뭐야. 그래서 대
신 저년한테 빚을 갚으려는 거야."

"헉, 여잔 죽이지 마! 그러면 안 돼!"

"죽여? 누가 죽인다고 했나? 물론 그놈이 여기 있다면 당장 죽였을
테지만 저 여잔 아니야. 여자한테 복수를 하고 싶으면 죽여선 안 돼
지…… 암, 그러면 너무 시시하거든! 여자는 얼굴을 노려야 해. 콧구
멍을 찢어놓고…… 칼로 귀에 금을 새겨놓아야지, 암퇘지처럼!"

"맙소사, 그건……"

"입 닥쳐! 그러는 게 신상에 좋을 거야. 저년을 침대에 묶어놓을 거
야. 피를 너무 많이 흘려서 죽는다면 그게 어디 내 탓인가? 여자가 죽
는다 해도 난 눈 하나 깜짝하지 않을 거야. 친구, 이 일엔 자네 도움이
필요해…… 부탁이야…… 그러니까 자넬 여기까지 데려왔지…… 나
혼자선 어림도 없어. 행여 꽁무니를 빼기라도 하면 내 손에 죽을 줄
알아. 내 말 무슨 뜻인지 알아들어? 자넬 죽여야 한다면 여자도 죽여
버리겠어…… 그래야 누가 이런 짓을 했는지 아무도 모를 테니."

"이런, 꼭 해야겠다면 지금 해. 빠를수록 좋아…… 떨려 죽겠으니
까."

"지금 하자고? 누가 와 있는데도? 이봐, 내가 자넬 지켜보고 있다
는 거 명심해. 지금은 안 돼…… 불이 꺼질 때까지 기다리자고……
서두를 것 없어."

곧 다가올 침묵은 살인을 둘러싼 그 어떤 잔인한 이야기보다도 훨

썬 더 끔찍할 것 같았다. 그래서 허크는 숨을 죽이고 조심조심 뒷걸음 질하기 시작했다. 먼저 한쪽 발에 단단히 힘을 주고 반대쪽 다리를 들 어 올린 상태에서 중심을 잡은 다음 신중하게, 그러나 거의 넘어질 듯 위태위태하게 번갈아가며 발을 떼어놓았다. 그리고 똑같은 정성을 들 이고 똑같은 위험을 감수하면서 다시 한 걸음 뒤로 물러났다. 그렇게 한 걸음 한 걸음 뒷걸음질하는데…… 아뿔싸, 발밑에서 잔가지 하나 가 뚝 부러졌다! 허크는 그 자리에서 숨을 멈춘 채 귀를 쫑긋 세웠다. 아무 소리도 들리지 않았다…… 적막 그 자체였다. 그렇게 고마울 수 가 없었다. 잠시 후 옻나무가 양쪽으로 길게 늘어서 있는 길로 접어들 자 허크는 마치 배를 돌리기라도 하듯 조심스럽게 몸을 돌리더니 날 래면서도 주의 깊게 걸음을 옮겨놓았다. 채석장에 이르러서야 비로소 마음이 놓였다. 거기서부터 허크는 냅다 달리기 시작해 웰치먼 노인 의 집이 나올 때까지 쉬지도 않고 계속 뛰어 내려갔다. 문을 쾅쾅 두 드리자 곧이어 노인과 건장한 아들 둘이 창밖으로 고개를 내밀었다.

"거기서 웬 소란이냐? 누가 문을 두드리는 게야? 용무가 뭐야?"

"문 좀 열어주세요…… 어서요, 문 좀 열어주세요."

"넌 대체 누구냐?"

"허클베리 핀이에요…… 어서 문 좀 열어주세요!"

"허클베리 핀이라고! 그 이름을 듣고 문을 열어줄 사람은 아마 몇 명 안 될 게다! 하지만 얘들아, 문을 열어줘라. 무슨 일 때문에 그러는 지 들어나 보자."

"제가 얘기했다는 거 제발 아무한테도 말하지 마세요." 허크는 안 에 들어서자마자 다짜고짜 이 말부터 꺼냈다.

"제발요…… 그럼 전 죽은 목숨이에요…… 하지만 과부 아줌마가 저한테 가끔 친절하게 대해주셔서 알려드리는 거예요…… 먼저 저한테 들었다는 말 안 하겠다고 약속해주시면 얘기할게요."

"허 참, 무슨 사달이 나도 단단히 난 게로구나. 안 그러면 애가 저렇게 나올 리가 없지!" 노인이 놀랐는지 외치듯 말했다. "자, 말해봐라. 여기 있는 누구도 너한테 들었단 소리 안 할 테니까."

3분 뒤 노인과 두 아들은 단단히 무장하고 언덕을 올라갔다. 그리고 옻나무 오솔길 입구에 이르자 손에 무기를 들고 발끝으로 걸었다. 허크는 더 이상 세 부자와 동행하지 않고 커다란 호박돌 뒤에 숨어 귀를 기울였다. 길고도 불안한 침묵에 이어 갑자기 총소리와 고함이 들려왔다.

허크는 더는 기다리지 않았다. 곧바로 벌떡 일어나 죽을힘을 다해 언덕 아래로 뛰어 내려갔다.

30

웰치먼 노인의 보고 / 궁지에 빠진 허크 / 돌고 도는 이야기 /
새로운 사건 / 희망이 절망으로

일요일 아침 동이 트기가 무섭게 허크는 더듬거리며 언덕을 올라가
웰치먼 노인네 현관문을 조용히 두드렸다. 그 집 사람들은 잠을 자고
있었지만 어젯밤 일로 흥분이 가시지 않아 잠이라고 해야 그저 토끼
잠을 자는 정도였다. 창문에서 고함이 날아왔다.

"게 누구요!"

허크는 겁먹은 목소리로 낮게 대답했다.

"문 좀 열어주세요! 허크 핀이에요!"

"오냐, 이제 그 이름을 대면 낮이고 밤이고 이 문을 열어주마! 어서
들어오너라!"

떠돌이 소년의 귀에는 생전 처음 듣는 이 따스한 말이 오히려 이상
했다. 특히 어서 들어오라는 마지막 말은 아무리 기억을 훑어봐도 한

번도 들어본 적이 없는 것 같았다. 금세 문이 열리고 허크는 안으로 들어갔다. 허크에게 자리를 내주고 노인과 장대 같은 두 아들은 재빨리 옷을 챙겨 입었다.

"얘야, 배가 많이 고프겠구나. 해 뜨는 대로 곧장 아침을 준비할 테니 우리랑 따끈하게 한 끼 들자꾸나…… 어려워할 것 없다! 어젯밤에 여기서 묵지 그랬니? 나하고 아들 녀석들은 네가 그럴 줄 알았는데."

"너무 무서웠어요. 그래서 무작정 달렸어요. 총소리가 나기에 뛰기 시작해 3마일을 쉬지도 않고 달렸어요. 짐작하시겠지만 지금 이렇게 온 건 일이 어떻게 됐는지 알고 싶어서예요. 그리고 날이 밝기도 전에 온 건 그놈들이 죽어 귀신이 됐다 해도 마주치고 싶지 않아서고요." 허크가 말했다.

"이런 불쌍한 것, 표정을 보아하니 힘든 밤을 보낸 게 틀림없구나…… 아침 먹고 나면 여기서 한숨 자거라. 그건 그렇고 유감스럽게도…… 그놈들은 죽지 않았단다, 얘야. 네 설명 덕분에 아들 녀석들과 그놈들 있는 데를 정확하게 찾아내지 않았겠니. 아 그래, 발끝으로 살금살금 걸어서 놈들하고의 거리를 15피트까지 좁혔겠다…… 그 옻나무 오솔길은 지하실처럼 컴컴하더구나…… 그런데 웬걸, 하필 그때 무슨 주책인지 재채기가 나오려고 하지 뭐냐. 재수가 없어도 더럽게 없었던 게지! 참으려고 무던히도 애썼지만 소용이 없더구나…… 그 망할 재채기가 꼭 나와야 직성이 풀리겠다는 듯 기어코 나와버렸겠다! 권총을 겨누고 내가 앞장을 서고 있었는데, 아 그 악당 놈들이 재채기 소리를 듣고 도망을 치는지 바스락대기에 냅다 고함을 질렀지, '얘들아, 발사!'라고. 그러고는 바스락대는 곳에 대고 연달아 총을 발사했겠다. 물론 아들 녀석들도 그랬지. 하지만 그 악당 놈들은 눈 깜짝할 사이에 달아나버렸고, 우린 그놈들을 뒤쫓아 숲 속으로 들어갔지만 잡지 못했지 뭐냐. 놈들이 도망가면서 각자 한 발씩 총을 쏘았지만 총알이 핑하고 스쳐 지나갔을 뿐 우릴 맞히지는 못했지. 놈들 발소리를 놓치자마자 우린 그길로 마을로 내려가 경찰을 깨웠단다. 경찰은 민병대를 소집해 강둑을 살피러 이미 출발했고, 날이 밝는 대로 보안관도 수색조를 꾸려 숲을 뒤질 예정이란다. 내 아들 녀석들도 곧 거기 합류할 작정이고. 그 악당 놈들 인상착의라도 알면 큰 도움이 될 텐데. 하지만 어둠 속이라 놈들이 어떻게 생겼는지 보지 못했지, 얘야?"

"아뇨, 봤어요. 마을에서 그놈들을 보고 뒤를 밟았거든요."

"훌륭하구나! 놈들 생김새를 말해봐라, 아가. 어떻게 생겼든?"

"한 놈은 한두 번 마을을 돌아다닌 적 있는 귀머거리에 벙어리인 스페인 노인이고요, 또 한 놈은 인상이 나쁘고 행색이 초라해 보이는……"

"그 정도면 충분하다, 얘야, 누군지 알겠어! 언젠가 과부네 집 뒤편 숲에서 마주친 놈들이다. 어쩐지 슬금슬금 내빼더라니. 얘들아, 어서 가서 보안관한테 말해줘라…… 아침은 날이 밝은 다음에 먹어야겠다!"

웰치먼 노인의 아들들은 곧바로 길을 나설 채비를 했다. 그 둘이 방을 나갈 때 허크는 벌떡 일어나 통사정을 했다.

"아, 제발 그놈들을 까바친 게 저라는 걸 아무한테도 말하지 말아주세요! 제발요!"

"네가 정 그렇게 말한다면 알았다. 허크. 하지만 네가 한 일에 대해 상을 받아야지."

"아, 아니에요, 안 돼요! 제발 말하지 마세요!"

청년들이 나가자 웰치먼 노인이 말했다.

"아들 녀석들은 말하지 않을 게다…… 그건 나도 마찬가지고. 그런데 어째서 그 사실이 알려지길 꺼리는 게냐?"

허크는 악당 중 한 명에 대해 자기는 이미 너무 많이 알고 있으며 무슨 일이 있어도 자기가 안다는 걸 그 악당이 알아서는 안 된다는 것…… 그랬다간 자기는 죽은 목숨이라는 것까지만 말하고 더는 설명하지 않았다.

노인은 비밀을 지키겠다고 한 번 더 약속한 뒤 이렇게 말했다.

"그건 그렇고 어쩌다 이놈들 뒤를 밟게 된 게냐, 애야? 수상해 보이던?"

허크는 잠시 침묵을 지키며 신중하게 대답을 짜 맞춘 다음 입을 열었다.

"글쎄, 할아버지도 잘 아시겠지만 제 신세가 좀 고달프잖아요…… 적어도 다들 그렇게 말하고, 또 제가 봐도 틀린 말이 아닌 것 같거든요…… 그래 그 생각을 하면서 새로운 인생을 개척해볼까 하고 이리저리 궁리하느라 잠을 못 이룰 때가 더러 있어요. 어젯밤에도 그랬어요. 통 잠을 이룰 수가 없어서 자정 무렵에 거리로 나와 여기저기 쏘다니다가 금주 여인숙 옆의 다 무너져가는 벽돌 가게까지 가게 됐어요. 거기 벽에 기대 다시 생각을 좀 하려는데, 글쎄 바로 그때 그 두 놈이 제 옆을 슬그머니 지나가잖아요. 겨드랑이에 뭘 끼고 있었는데,

아무래도 훔친 물건 같더라고요. 한 놈은 벌써 담배를 물었고, 또 한 놈이 불 좀 달라고 하더군요. 그래 두 놈 다 제 바로 앞에 멈춰 서서 담배에 불을 붙이는데, 그 바람에 우연찮게 얼굴을 보게 됐지 뭐예요. 덩치 큰 놈은 하얀 구레나룻하고 한쪽 눈에 댄 안대 때문에 귀머거리에 벙어리인 스페인 노인이라는 걸 알겠더라고요. 또 한 놈은 누더기차림에 고약한 인상이 꼭 악마 같았고요."

"담뱃불에 누더기까지 볼 수 있었단 말이냐?"

이 말에 허크는 잠시 우물쭈물하다 이렇게 말했다.

"그게요, 글쎄 잘 모르겠어요…… 하지만 왠지 그랬던 것 같아요."

"그러고 나서 놈들은 가던 길을 계속 갔고, 넌……"

"네, 뒤를 밟았어요. 무슨 일이기에…… 그렇게 사람들 눈을 피해 다니는지 궁금했거든요. 과부 아줌마네 울타리까지 놈들을 뒤쫓아가서 어둠 속에 숨어 듣자니까 누더기를 걸친 놈이 아줌마를 죽이지 말라고 애원했고, 스페인 놈은 제가 어제 얘기한 대로 이를 갈며 아줌마 얼굴을 망쳐놓겠다고 말하……"

"뭐! 귀머거리에 벙어리가 말을 했다고!"

허크는 또다시 어처구니없는 실수를 저지르고 말았다! 스페인 놈이 누군지 노인이 조금이라도 알아차리지 못하도록 안간힘을 썼지만 그럴수록 혀는 주인을 곤경에 빠뜨리려고 단단히 결심한 듯했다. 허크는 궁지에서 벗어나려고 여러 번 시도했지만 노인의 눈이 요지부동으로 자기한테 붙박이는 바람에 실수에 실수를 거듭했다. 이윽고 웰치먼 노인이 말했다.

"애야, 날 무서워할 것 없다. 무슨 일이 있어도 네 털끝 하나 다치게 하지 않으마. 암, 내가 널 지켜주마…… 지켜주고말고. 그 스페인 놈은 귀머거리도 벙어리도 아닌 게야. 너도 모르게 그 말이 튀어나오고 말았으니 이젠 도로 주워 담을 수 없게 됐구나. 넌 그 스페인 놈에 대해 말하고 싶지 않은 뭔가를 알고 있는 게 틀림없어. 자, 나를 믿고…… 그게 뭔지 말해봐라. 나를 믿으려무나…… 널 배신하는 일 같은 건 없을 테니."

허크는 노인의 정직한 눈을 잠시 들여다보더니 허리를 숙이고는 그의 귀에 대고 속삭였다.

"실은 스페인 사람이 아니에요…… 그놈은 인디언 조예요!"

웰치면 노인은 의자에서 거의 튀어오를 뻔했다. 잠시 후 그가 말했다.

"이제야 모든 게 아귀가 맞는구나. 칼로 귀에 금을 새기느니 코를 찢어놓느니 어쩌니 하기에 나는 네가 지어낸 이야기인 줄만 알았다. 백인들은 그런 식으로 복수하지 않으니까. 하지만 인디언이라니! 그렇다면 사정이 완전히 다르지."

아침을 들면서도 이야기는 계속 이어졌고, 그 와중에 노인은 어젯밤 잠자리에 들기 전 마지막으로 아들들과 각등을 들고 핏자국이라도 찾을까 싶어 울타리와 그 부근을 살피다가 보따리 하나를 찾았다고 말했다.

"무슨 보따리요?"

이 말이 설령 번개였다 해도 허크의 핏기 가신 입술에서 아연실색할 만큼 그렇게 갑자기 튀어나오지는 못했을 것이다. 허크는 이제 눈을 휘둥그렇게 뜨고 숨까지 멈춘 채 대답을 기다렸다. 웰치면 노인 역시 허크 못지않게 놀라서 3초나 5초…… 아니 10초쯤 빤히 쳐다보다가 대답했다.

"강도들 연장이 들어 있는 보따리였다. 그런데 대체 뭣 때문에 그러는 게냐?"

허크는 조용히, 그러나 숨을 깊이 몰아쉬며 말할 수 없이 감사한 마음으로 의자에 도로 풀썩 주저앉았다. 웰치먼 노인은 호기심 어린 눈으로 허크를 뚫어지게 쳐다보더니 이윽고 말했다.

"그래, 강도들 연장이 들어 있는 보따리. 그 말을 들으니 무척 마음이 놓이는 모양이구나. 그런데 왜 그렇게 놀란 게냐? 우리가 뭘 찾아낸 줄 알았는데?"

허크는 막다른 골목에 몰렸다. 호기심 가득한 눈이 자신을 쳐다보고 있었기 때문이다. 그럴듯한 핑곗거리만 된다면 무슨 소리든 주워섬겼을 테지만 아무 생각도 나지 않았다. 호기심 가득한 눈이 점점 더 뚫어지게 쳐다보는 가운데…… 말도 안 되는 대답이 하나 떠올랐다. 재고 어쩌고 할 시간이 없었다. 그래서 허크는 될 대로 되라는 심정으로 희미하게 내뱉었다.

"주일 학교 책이요."

가엾게도 허크는 너무나 괴로워 억지웃음조차 지을 수 없었지만 노인은 뭐가 그렇게 즐거운지 머리끝부터 발끝까지 온몸을 흔들어가며 껄껄 웃더니 그렇게 한바탕 웃고 나면 다른 것도 마찬가지지만 특히 의사한테 나가는 경비를 줄일 수 있어 돈을 절약할 수 있다는 말로 마무리를 했다. 그러고는 이렇게 덧붙였다.

"딱하기도 하지, 얼굴이 하얗게 질렸구나…… 몸이 안 좋은가 보

다······ 그 난리를 겪었으니 흥분이 돼서 탈이 날 만도 하지. 하지만
괜찮아질 게다. 한숨 푹 자고 나면 괜찮아질 게야." 허크는 바보같이
그런 오해를 살 만큼 흥분했다고 생각하니 짜증이 났다. 과부 아줌마
네 울타리에서 두 남자의 대화를 듣는 순간 여인숙에서 가지고 온 꾸
러미가 보물일 거란 생각은 이미 접은 상태였다. 하지만 꼭 아니라는
보장도 없었고······ 그래서 보따리 이야기가 나오자 그만 너무 흥분
해서 냉정을 유지할 수가 없었던 것이다. 그래도 결론적으로는 그런
작은 촌극이 일어나서 다행이란 생각이 들었다. 덕분에 이제 그 보따
리가 그 보따리가 아니라는 걸 확실히 알았고, 그래서 마음이 말할 수
없이 편안해졌기 때문이다. 사실 이제 모든 게 올바른 방향으로 흘러
가고 있는 듯했다. 보물은 아직도 2호에 있는 게 분명했고, 사내들은
그날로 붙잡혀 감옥에 갇히는 신세가 될 터였다. 그러면 밤에 톰과 가
서 무슨 문제나 방해받을 걱정 없이 금화를 차지할 수 있었다.

아침 식사가 끝나자마자 누가 문을 두드렸다. 허크는 얼른 자리에
서 일어나 숨었다. 이번 사건과 조금이라도 얽히고 싶지 않았기 때문
이다. 웰치먼 노인은 더글러스 부인을 포함해 숙녀와 신사 몇 명을 맞
아들이고는 사람들이 울타리를 살피러 언덕으로 올라가는 중이라는
이야기를 전했다. 그리하여 그 소식은 널리 퍼지게 되었다.

웰치먼 노인은 손님들에게 전날 밤 일을 빠짐없이 설명했다. 더글
러스 부인은 덕분에 무사할 수 있었다며 고마운 마음을 아낌없이 드
러냈다.

"그런 말씀 마세요, 부인. 그 일이라면 부인이 나나 우리 아들 녀석
들에게보다 더 크게 신세진 사람이 따로 있으니까. 하지만 본인이 원

치 않는 관계로 이름을 밝힐 수가 없었다려. 그 사람이 없었다면 우린 그곳에 가지 못했을 게요."

당연히 이 말은 본론인 사건 이야기가 거의 뒷전으로 밀려날 만큼 엄청나게 호기심을 불러일으켰다. 하지만 웰치먼 노인은 끝내 입을 다물어 손님들의 궁금증을 더욱 부채질했고, 결국 그 이야기는 손님들을 통해 온 마을에 퍼져 나갔다. 나머지 자초지종을 모두 듣고 나서 미망인이 말했다.

"잠자리에 들어 책을 읽다가 곧바로 잠이 드는 바람에 전 그 난리가 나는 줄도 몰랐지 뭐예요. 와서 깨우지 그러셨어요?"

"우린 그럴 필요가 없다고 판단했소이다. 그놈들이 다시 올 것 같지 않았으니까…… 놈들이 연장을 팽개치고 달아난 마당에 굳이 부인을 깨워서 불안에 떨게 해봤자 무슨 소용이 있었겠소? 대신 우리 집 검둥이 셋을 보내 밤새 부인 집을 지키게 했지요. 방금 전에 셋 다 돌아왔습디다."

그 뒤로도 손님이 몇 명 더 왔고, 똑같은 이야기가 두 시간도 넘게 거듭 되풀이되었다.

방학 기간에는 주일 학교가 열리지 않았지만 다들 일찌감치 교회를 찾았다. 놀라운 사건의 진상이 자세히 드러났다. 두 명의 악당은 아직 흔적조차 찾지 못했다는 소식이 나왔다. 설교가 끝나자 대처 판사의 부인이 사람들 틈에 섞여 통로를 따라 내려가다가 하퍼 부인 곁으로 다가갔다.

"우리 베키가 댁에서 하루 종일 자려나 봐요? 하긴 죽도록 피곤했을 거예요."

"베키가요?"

"네." 깜짝 놀란 표정. "어젯밤 댁에서 묵지 않았나요?"

"어머, 아니요."

대처 부인은 얼굴이 하얘지더니 신도석에 무너지듯 주저앉았다. 그때 폴리 이모가 친구와 신나게 수다를 떨며 지나가다가 이렇게 말했다.

"안녕하세요, 대처 부인. 안녕하세요, 하퍼 부인. 우리 아이가 없어졌지 뭐예요. 우리 톰이 어젯밤 두 분 댁 중 한 곳에서 묵지 않았나 해서요. 아무래도 교회에 오기 싫어서 뭉그적대고 있나 본데 녀석하고 해결을 봐야겠어요."

대처 부인은 힘없이 고개를 내젓더니 아까보다 더 하얘졌다.

"우리 집에도 안 왔는데." 하퍼 부인이 불안한 표정을 지으며 말했다. 폴리 이모의 얼굴에도 근심스런 기색이 떠올랐다.

"조 하퍼, 너 오늘 아침에 톰 못 봤니?"

"못 봤는데요."

"마지막으로 본 때가 언제니?"

조는 기억해내려고 애썼지만 자신 있게 말할 수가 없었다. 사람들이 교회 밖으로 나가려다 말고 그 자리에 멈춰 섰다. 수군대는 소리가 번져 나가면서 이 사람 저 사람 얼굴에 불길한 불안이 드리웠다. 아이들에 이어 젊은 교사들을 붙들고 물어보았지만 다들 톰과 베키가 집으로 돌아오는 배에 탔는지 어쨌는지 잘 모르겠다는 말만 했다. 날도 어두웠고, 혹시 빠진 사람은 없는지를 살펴볼 생각은 아무도 하지 못했던 것이다. 동행했던 청년 하나가 그 둘이 아직도 동굴에 있을지 모른다는 자신의 두려움을 불쑥 내뱉고 말았다! 그 말에 대처 부인은 기절했고, 폴리 이모는 폴리 이모대로 울음을 터뜨리며 두 손을 비벼댔다.

이 비상사태는 입에서 입으로, 무리에서 무리로, 거리에서 거리로 삽시간에 퍼져 나갔고, 5분도 채 지나지 않아 종이란 종은 모조리 요란하게 울려대면서 온 마을이 발칵 뒤집혔다! 카디프 언덕 사건은 곧 수면 밑으로 가라앉은 채 강도들은 까맣게 잊혔다. 대신 부랴부랴 말에 안장이 얹히고 나룻배가 뜨고 증기선에 출항 명령이 떨어졌다. 그리하여 두려움이 처음 모습을 드러내고 나서 30분도 채 지나지 않아 200명이나 되는 남자들이 동굴로 이어지는 큰길과 강으로 쏟아져 나왔다.

기나긴 오후 내내 마을은 사람 하나 없이 텅텅 빈 듯했다. 여자들은 줄줄이 폴리 이모와 대처 부인을 찾아가 위로하려고 애썼다. 그러다 같이 울기도 했는데, 몇 마디 말보다 그 편이 훨씬 더 나았다. 지루한 밤 내내 마을에선 애타게 소식을 기다렸지만 마침내 동이 트면서 들려오는 소리라고는 "초와 먹을 것을 더 보내라"는 게 전부였다. 대처 부인은 거의 넋이 나갔다. 그건 폴리 이모도 마찬가지였다. 대처 판사가 동굴에서 희망과 격려의 전갈을 보냈지만 아무런 효과도 내지 못했다.

웰치먼 노인은 촛농과 진흙으로 꼴이 말이 아닌 채 거의 녹초가 돼서 해 뜰 무렵 집으로 돌아왔다. 허크는 노인이 봐준 잠자리에 아직도 누운 채 열에 들떠 헛소리를 하고 있었다. 의사들이 모두 동굴에 가고 없었기 때문에 더글러스 부인이 와서 환자를 보살폈다. 부인은 허크가 착하든 나쁘든 이도 저도 아니든 주님의 자식이고 주님의 자식을 나 몰라라 할 수는 없기에 최선을 다해 돌보겠다고 말했다. 웰치먼 노인이 옆에서 듣고 있다가 허크에게도 착한 구석이 있다고 말하자 미망인은 이렇게 말했다.

"당연히 그럴 테죠. 그게 바로 주님의 징표니까요. 그걸 빠뜨리셨을 리가 없지요. 주님은 절대 그러시는 법이 없거든요. 당신 손으로 빚어내시는 생명체마다 그게 어디가 됐든 반드시 징표를 남겨놓으시지요."

아침나절이 되자 지칠 대로 지친 남자들이 삼삼오오 뿔뿔이 마을로 돌아오기 시작했지만 체력이 따라주는 주민들은 계속 남아 수색 작업을 벌였다. 들려오는 소식이라고는 이전에 한 번도 가본 적이 없는 동굴 저 끝까지 샅샅이 뒤지고 있는데 모퉁이와 샛길마다 철저히 수색할 예정이며, 누가 미로 같은 통로 어딘가에서 헤맨다 해도 사방 여기저기서 휙휙 날아다니는 불빛을 볼 테고 행여 불빛을 보지 못한다 해도 고함과 권총 소리가 어둠침침한 지하 통로까지 울리게 되어 있다는 내용이 전부였다. 관광객들이 좀처럼 잘 가지 않는 동굴 한 곳에서 암벽에 촛불 연기로 흘려 쓴 '베키와 톰'이라는 글씨가 발견되었다. 그리고 그 바로 옆에서 촛농이 묻은 리본 조각도 나왔다. 대처 부인은 리본을 알아보고 목 놓아 울었다. 그러면서 그 리본이야말로 딸아이가 지니고 있던 마지막 유품이며, 끔찍한 죽음이 찾아오기 전 아직 살아 있는 몸에서 마지막으로 떨어져 나온 것일 테니 그 아이를 추억하는 데 그 무엇보다도 소중한 물건이라고 말했다. 몇몇의 입을 통해 때로 동굴 안 저 멀리서 불빛이 어른거리기라도 할라치면 반가운 고함을 터뜨리며 스무 명 안팎의 남자들이 소리가 울리는 통로로 우르르 내려가 보지만 그때마다 가슴 아픈 실망만 따라올 뿐 정작 아이들은 거기 없고 수색대의 불빛만 있다는 이야기가 전해졌다.

밤낮 없이 끔찍하기만 한 사흘이 더디게 흘러가고 마을은 희망 없는 혼수상태에 빠져들었다. 다들 어떤 소식을 들어도 시큰둥하게 반응했다. 그사이 금주 여인숙 주인이 건물에 술을 몰래 숨겨왔다는 사실이 우연히 들통 났지만 사람들은 그 엄청난 사실에도 별로 흥분하지 않았다. 정신이 들자 허크는 머뭇거리며 여인숙 이야기를 꺼내더니 마침내 물어보았다…… 최악의 사태를 염려하며 기어들어가는 목소리로…… 제가 아프고 나서 금주 여인숙에서 혹시 뭐 발견된 것 없느냐고.

"물론 있지." 미망인이 말했다.

허크는 눈을 휘둥그렇게 뜨고 벌떡 일어나 앉았다.

"뭐요? 뭔데요?"

"술이지! 그래서 그 여인숙은 문을 닫았단다. 얼른 누워라, 얘야…… 네가 하도 놀라는 바람에 나까지 놀랐지 뭐냐!"

"한 가지만 말씀해주세요…… 한 가지만요…… 제발요! 톰 소여가 그걸 찾아냈나요?"

미망인은 눈물을 터뜨렸다. "쉬, 쉬, 아가, 쉬! 좀 전에도 말했지만 이야기를 하면 안 된다. 넌 지금 심하게, 아주 심하게 아프단다!"

그렇다면 술 말고는 아무것도 나오지 않은 게 분명했다. 금이 나왔다면 난리가 나도 이만저만 크게 나지 않았을 테니까. 그럼 보물은 영영 사라진 거야…… 영영 사라져버렸어! 하지만 아줌마는 뭣 때문에 울었을까? 울다니 이상하잖아.

이런 생각에 허크는 마음 한구석이 찜찜했지만 피곤을 이기지 못하고 잠이 들었다. 미망인은 혼자 이렇게 중얼거렸다.

"저런…… 잠이 들었군, 불쌍한 것. 톰 소여가 술을 찾은 줄 알다니! 그나저나 빨리 톰 소여를 찾지 못하면 큰일일 텐데! 이젠 찾을 희망도, 찾을 기력도 얼마 남아 있지 않으니 이를 어째."

31

탐험 / 곤경이 시작되다 / 동굴에서 길을 잃다 /
완전한 암흑 / 발견되긴 했지만 구조되지는 못하다

이제 소풍 이야기로 다시 돌아가 톰과 베키에게 무슨 일이 있었는지 살펴보자. 두 아이는 친구들과 함께 어두운 통로 이곳저곳을 돌아다니며 자연이 동굴에 만들어놓은 기적을 구경했다. 이 기적들에는 '응접실'이니 '대성당'이니 '알라딘의 궁전'이니 하는 다소 과장된 이름이 붙어 있었다. 곧이어 한바탕 숨바꼭질 놀이가 시작되었다. 톰과 베키도 열심히 놀이에 끼었지만 점차 시들해지자 촛불을 높이 치켜들고 꼬불꼬불한 통로를 따라 내려가면서 이름, 날짜, 주소, 좌우명 등 사람들이 (촛불 연기로) 암벽에 거미줄처럼 얼기설기 그려 넣은 글씨들을 읽어 나갔다. 하지만 이야기를 주고받으며 걷느라 둘은 동굴 벽에 글씨가 더 이상 적혀 있지 않은 곳까지 왔다는 사실을 미처 알아차리지 못했다. 두 아이는 바위가 선반처럼 툭 불거져 나온 지점에 이르러 그 밑에 촛불 연기로 자기들 이름을 써놓고 계속 나아갔다. 얼마 지나지 않아 암벽을 타고 졸졸 흘러내리며 석회질을 머금은 물을 쉴 새 없이 실어 나르는 조그만 개울이 나왔다. 더디게 흘러가는 세월 속에서 물줄기는 반짝거리는 불후의 돌 틈에 레이스 장식처럼 여기저기 주름이 잡힌 폭포를 이루고 있었다. 톰은 베키의 환심을 사려고 폭포 뒤로 겨우 비집고 들어갔다. 그러자 휘장처럼 드리운 폭포 뒤에서 비좁은 벽과 벽 사이를 에워싸고 있는 일종의 천연 계단이 가파르게 모습을 드러냈다. 그걸 본 순간 탐험가가 되고 싶다는 야심이 톰을 사로잡았다. 곧이어 톰은 베키를 소리쳐 불렀고, 둘은 나중에 길잡이로 삼으려고 검댕 표시를 한 다음 탐험 길에 올랐다. 두 아이는 구불구불한 길을 이리 돌고 저리 돌아 동굴의 깊고 비밀스런 속내로 내려가면서 또 한 번 표시를 한 뒤 저 위 세상에 나갔을 때 보란 듯이 들려줄 새로운 얘깃거리를 찾아 샛길로 접어들었다. 이윽고 널찍한 공간이 나왔다. 머리 위 천장에는 길이와 굵기가 성인 남자 다리만 한 돌고드름이 반짝거리며 수도 없이 매달려 있었다. 두 아이는 경이와 감탄에 휩싸여 그 주변을 돌아다니다가 무수히 많은 통로 중 하나를 골라 그리로 내려갔다. 통로는 곧 홀리듯 눈길을 사로잡는 샘으로 이어졌다. 샘은 수정처럼 반짝이는 살얼음으로 뒤덮여 있었다. 샘 주위의 벽은 거대한 돌고드름과 석순이 한데 만나 형성하는 기기묘묘한 기둥들이 떠받치고 있었다. 물방울이 몇 세기 넘게 쉬지 않고 떨어져 생겨난 결과였다. 천장에는 몇천 마리나 되는 박쥐가 포도송이처럼 우글우글 달라붙어 있었다. 불빛을 보자 박쥐들은 몇백 마리씩 무리를 지어 찍찍 울어대며 촛불을 향해 사납게 달려들었다. 톰은 박쥐 떼가 이런 식으로 행동하면 위험하다는 것을 잘 알기에 베키의 손을 잡고 제일 먼저 눈에 띄는 갈림길로 얼른 데리고 나왔다. 하지만 서두른다고 했는데도 그곳을 막 빠져나오려는 찰나, 박쥐 한 마리가 날개를 퍼덕이며 베키의 촛불을 꺼버렸다. 박쥐들이 꽤 멀리까지 뒤쫓아 왔지만 아이들은 새 길이 나올 때마다 그리로 뛰어들어 그 위험한 것들을 결국 따돌렸다. 곧이어 톰은 지하 호수를 발견했다. 호수는 멀리까지 희미하게 펼쳐지다가 어둠 속으로 모습을 감춰버렸다. 톰은 호수 끝자락까지 탐험하고 싶었지만 일단은 좀 쉬어야 할 것 같아 바닥에 앉았다. 그제야 처음으로 동굴의 깊은 고요가 그 축축한 손을 아이들의 영혼에 드리웠다. 베키가 말했다.

"어머, 지금까지는 모르고 있었는데 다른 사람들 소리를 들은 지가 한참 지난 것 같아."

"생각해봐, 베키, 우린 사람들 밑에 내려와 있어…… 그런데 동서남북 중 어느 쪽으로 얼마나 멀리 와 있는지 모르겠어. 여기선 사람 소리가 하나도 안 들려."

베키는 불안해졌다.

"우리가 얼마나 많이 내려왔는지 감도 안 잡혀, 톰. 어서 돌아가자."

"그래, 그게 좋겠다. 아무래도 그러는 게 좋겠어."

"그런데 톰, 너 길 찾을 수 있어? 내 눈엔 온통 뒤죽박죽 꼬불꼬불해 보이기만 하는걸."

"찾을 수 있을 거야…… 하지만 박쥐들이 문제야. 걔네가 우리 촛불을 둘 다 꺼버리면 진짜 큰일이거든. 거길 지나지 않게 다른 길을 찾아보자."

"응. 하지만 길을 잃지 말아야 할 텐데. 그럼 너무 무서울 거야!" 이렇게 말하면서 소녀는 생각만 해도 끔찍하다는 듯 몸서리를 쳤다.

두 아이는 통로를 지나 침묵 속에서 한참을 걸었다. 새로운 길이 나올 때마다 뭐든 눈에 익은 게 없나 싶어 흘끔거렸지만 하나같이 낯설기만 했다. 톰이 세심하게 조사할 때마다 베키는 격려의 표시로 그의 얼굴을 빤히 들여다보았고, 그러면 톰은 쾌활하게 이렇게 말하곤 했다.

"아, 걱정 마. 이 길은 아니지만 금방 찾게 될 거야!"

하지만 톰은 거듭되는 실패에 갈수록 의기소침해졌고, 길을 찾겠다는 일념에 너무 사로잡힌 나머지 나중엔 닥치는 대로 아무 길로나 접어들기 시작했다. 겉으로는 여전히 "걱정 마"라고 말했지만 납덩이처럼 마음을 짓누르는 불안 때문에 그 말은 원래의 의미를 잃은 채 마치 "다 글렀어!"라고 말하는 것처럼 들렸다. 베키는 두려움에 떨며 톰 옆에 찰싹 달라붙어 눈물을 삼키려고 안간힘을 썼지만 눈물은 말을 듣지 않았다. 마침내 베키가 말했다.

"저기, 톰, 박쥐는 신경 쓰지 말고 그리로 다시 가자! 우리 처지가 점점 더 나빠지는 것 같아."

톰이 발걸음을 멈추었다.

"들어봐!"

깊은 침묵. 침묵이 어찌나 깊은지 두 아이의 숨소리까지도 뚜렷이 들렸다. 톰이 소리쳤다. 고함이 텅 빈 통로를 따라 내려가며 한참 메아리치더니 잔물결을 일으키며 퍼져 나가는 비웃음 소리처럼 저 멀리로 희미하게 사라졌다.

"아이, 다신 그러지 마, 톰, 너무 무섭단 말이야!" 베키가 말했다.

"무서워도 어쩔 수 없어, 베키. 사람들이 우리 소리를 들을지도 모르잖아." 이렇게 말하고 나서 톰은 다시 소리쳤다.

'모르잖아'라는 말은 유령의 웃음소리보다 훨씬 더 소름끼쳤고, 그런 만큼 꺼져가는 희망을 그대로 드러냈다. 두 아이는 말없이 서서 귀를 기울였지만 아무 소리도 들리지 않았다. 톰은 갑자기 홱 돌아서서 서둘러 발을 옮겨놓았다. 그때 아주 잠깐이긴 했지만 톰의 태도에 약간 망설이는 기색이 묻어났고, 이 때문에 또 하나의 두려운 사실이 베키 앞에 모습을 드러냈…… 톰이 돌아가는 길을 찾을 수 없다는 사실이!

"어머, 톰, 너 아무 표시도 안 해놨구나!"

"베키, 내가 너무 바보였어! 정말 멍청했어! 돌아갈 때 생각을 못 했어! 꿈에도 못 했어…… 길을 찾을 수가 없어. 모든 게 뒤죽박죽 엉망이야."

"톰, 톰, 우린 길을 잃었어! 길을 잃었다고! 우린 이 끔찍한 곳에서 영영 나가지 못할 거야! 아, 다른 애들한테서 떨어져 나오는 게 아니었는데!"

베키는 땅바닥에 주저앉아 넋 나간 사람처럼 울어댔다. 어찌나 심하게 울어대는지 톰은 베키가 저러다 죽거나 정신을 놓는 게 아닌가 싶어 더럭 겁이 났다. 톰은 옆에 앉아 두 팔로 베키를 감싸 안았다. 그러자 베키는 톰에게 찰싹 달라붙어 가슴에 얼굴을 파묻고 두려움과 부질없는 후회를 쏟아냈다. 먼 데서 메아리가 놀리듯 웃어댔다. 톰은 힘들겠지만 다시 희망을 끌어내라고 애원했고, 베키는 그럴 수 없다고 말했다. 톰은 자기가 베키를 이 비참한 상황에 밀어 넣었다며 자책하고 스스로에게 욕설을 퍼부어댔다. 그런데 이편이 효과가 더 좋았다. 베키는 톰이 두 번 다시 그런 식으로 말하지만 않는다면 다시 희망을 가져보겠다고, 그가 이끄는 곳이라면 어디든 일어나서 따라가겠다고 말했다. 그러면서 이렇게 된 게 자기 탓이 아니듯이 톰의 탓도 아니라고 덧붙였다.

그래서 두 아이는 다시…… 딱히 정한 곳도 없이…… 그저 내키는 대로 움직이기 시작했다. 둘이 할 수 있는 일이라곤 계속 움직이는 것밖에 없었다. 잠시 동안이긴 하지만 희망이 되살아났다…… 그럴 만한 이유가 있어서라기보다 다만 희망이란 나이 먹고 실패에 이골이 나서 그 샘이 완전히 말라버렸다면 모를까, 그렇지 않은 이상 다시 살아나게 마련이기 때문이다.

얼마 지나지 않아 톰은 베키의 초를 받아 불을 껐다. 이러한 절약은 굉장히 많은 뜻을 담고 있었다! 말은 필요하지 않았다. 베키는 그 뜻을 이해했고, 더불어 그녀의 희망도 다시 꺼졌다. 베키는 톰이 온전한 초를 들고 있고 주머니에도 서너 자루 더 가지고 있다는 사실을 알고 있었다…… 그래도 무조건 절약해야 했다.

차츰 피로가 제 주장을 펼치기 시작했지만 두 아이는 애써 무시했다. 1분 1초가 새록새록 아까운 이 금쪽같은 시간에 주저앉는다고 생각하면 끔찍했기 때문이다. 어떤 방향으로든, 아무 방향으로든 움직인다는 것은 적어도 전진하는 거였고 그러다 보면 결실을 거둘지도 몰랐다. 하지만 주저앉는다는 건 죽음을 불러들이는 것밖에 되지 않았다.

마침내 베키의 허약한 다리가 더 나아가길 거부했다. 그녀는 털썩 바닥에 주저앉았다. 톰도 이참에 같이 쉬었다. 둘은 집과, 친구들과, 편안한 잠자리와, 무엇보다도 밝은 빛에 대해 이야기를 주고받았다. 베키가 다시 울음을 터뜨렸고, 톰은 그녀를 달랠 방법을 궁리해보았지만 격려의 말도 하도 많이 써먹다 보니 닳을 대로 닳아 비꼬는 소리처럼 들렸다. 베키는 몰려오는 피로를 견디지 못하고 꾸벅꾸벅 졸다가 기어이 잠이 들고 말았다. 톰은 차라리 잘됐다 싶었다. 앉아서 베키의 찡그린 얼굴을 들여다보고 있자니 기분 좋은 꿈이라도 꾸는지 얼굴이 점점 펴지면서 자연스러워졌다. 게다가 곧이어 미소까지 드리웠다. 평화로운 얼굴은 톰의 영혼에도 얼마간 평화를 비추며 아픈 곳을 어루만져주었다. 그런 가운데 톰의 생각은 지나간 시간과 꿈 같은 기억 저편을 헤매 다녔다. 이렇듯 톰이 생각에 골똘히 잠겨 있는 사이 베키가 산들바람처럼 가녀린 웃음소리와 함께 잠에서 깼다. 하지만 웃음은 입술에서 죽어버렸고, 대신 절망 어린 소리가 뒤따랐다.

"어머, 내가 어떻게 잘 수 있지! 영영 깨지 말걸! 아냐! 아냐, 그게 아니야, 톰! 그러니까 그런 표정 짓지 마! 다신 그런 말 안 할게."

"네가 한숨 자서 다행이야, 베키. 이제 웬만큼 쉰 것 같으니까 나가는 길을 찾아보자."

"그래, 톰. 그런데 꿈에서 정말로 아름다운 나라를 본 거 있지. 아무래도 우리가 거기 가게 될 건가 봐."

"설마, 설마 그러기야 하겠어. 어쨌든 기운 내, 베키. 계속 찾아보자."

두 아이는 자리에서 일어나 손에 손을 잡고 희망도 없이 무턱대고 돌아다녔다. 동굴에서 얼마나 오래 있었는지 어림으로라도 따져보려 했지만 아는 거라고는 언뜻 몇 날 몇 주가 지난 것 같지만 초가 아직도 남아 있는 걸 보면 그럴 리는 없다는 게 전부였다. 그러고 나서 한참 뒤에…… 두 아이 입장에서는 얼마나 한참 뒤인지 알 수 없었지만 아무튼 톰이 살살 움직이면서 물 떨어지는 소리에 귀 기울여야 한다고, 그러니까 샘을 찾아야 한다고 말했다. 곧이어 샘을 발견하자 톰은 다시 쉬자고 말했다. 둘 다 몹시 피곤했지만 베키가 좀 더 움직일 수 있을 것 같다고 말했다. 그런데 톰이 안 된다고 반대하자 베키는 깜짝 놀랐다. 톰을 이해할 수가 없었다. 둘은 그 자리에 앉았고, 톰은 진흙을 뭉쳐 앞쪽 벽에 초를 눌러 붙였다. 곧 생각하느라 바빠서 한동안 둘 다 아무 말이 없었다. 이윽고 베키가 침묵을 깼다.

"톰, 나 너무 배고파!"

톰이 주머니에서 뭔가를 꺼냈다.

"이거 기억나?"

베키가 보일 듯 말 듯 미소를 지었다.

"우리 웨딩 케이크잖아, 톰."

"맞아…… 이게 큰 술통만큼 컸으면 좋겠다. 우리가 가진 건 이게 다거든."

"우리한테 그건 계속 꿈을 꾸게 해주는 거라서 난 소풍에도 안 가져오고 아껴두었는데, 어른들도 웨딩 케이크로 그렇게 하니까…… 하지만 이젠 우리 웨딩 케이크가 아니라……"

베키는 더 이상 말을 잇지 못했다. 톰이 케이크를 반으로 나누자 베키는 한입에 꿀꺽 먹어치웠다. 하지만 톰은 조금씩 갉아먹었다. 만찬을 마무리해줄 시원한 물은 얼마든지 있었다. 얼마 지나지 않아 베키가 다시 움직이자고 제안했다. 톰은 잠시 아무 말이 없다가 입을 열었다.

"베키, 내가 무슨 말을 해도 참을 수 있지?"

베키는 얼굴이 하얗게 질렸지만 그럴 수 있다고 생각했다.

"있잖아, 베키, 우린 여기 있어야 해. 여긴 마실 물이 있거든. 저 작은 초 동강이 우리의 마지막 초야!"

베키는 눈물을 쏟으며 소리 내어 엉엉 울었다. 톰이 달래려고 별별 짓을 다했지만 소용없었다. 마침내 베키가 말했다.

"톰!"

"왜, 베키?"

"우리가 없어진 걸 알고 사람들이 찾을 거야!"

"그래, 그럴 거야! 틀림없이 그럴 거야!"

"어쩌면 지금도 우릴 찾고 있는지 몰라, 톰."

"어, 아마 그럴지도. 그러길 바라야지."

"우리가 없어진 걸 언제쯤 알게 됐을까, 톰?"

"그야 배에 돌아갔을 때겠지."

"톰, 그땐 깜깜했을지도 몰라…… 우리가 돌아오지 않았다는 걸 사람들이 알기나 했을까?"

"나도 몰라. 하지만 어쨌든 너희 엄마는 애들이 집으로 돌아가자마자 네가 없어진 걸 아셨을 거야."

베키의 얼굴에서 두려움을 읽고 톰은 자기가 큰 실수를 저질렀다는 것을 직감으로 알아차렸다. 그날 밤 베키는 집에 돌아가지 않기로 되어 있었던 것이다! 두 아이는 입을 다문 채 생각에 잠겼다. 잠시 뒤 베키가 새로 슬픔을 쏟아내자 톰은 베키에게도 자기와 똑같은 생각이 떠올랐다는 걸 알 수 있었다…… 대처 부인은 주일 아침이 절반이나 지나고 나서야 베키가 하퍼 부인네 집에 있지 않다는 사실을 알게 되리라는 바로 그 생각이.

두 아이는 초 동강에 눈을 고정하고 초가 느릿느릿, 그러나 인정사정없이 녹아 없어지는 모습을 지켜보았다. 마침내 반 인치가량 되는 심지만 달랑 남는 모습을, 불꽃이 파지직 희미하게 일어났다 스러지며 가느다란 연기 기둥을 타고 잠시 그 꼭대기에 머무는 모습을…… 그러다 완전한 어둠의 공포가 내려앉는 모습을!

그러고 나서 베키가 톰의 품에 안겨 울고 있는 자신을 서서히 의식하기까지 얼마나 오랜 시간이 걸렸는지 또한 알 수 없기는 마찬가지였다. 두 아이가 아는 거라고는 엄청 길게 느껴지는 시간이 흐른 뒤 죽음 같은 잠에서 깨어났고, 그래서 자신들의 비참한 처지에 또다시 눈뜨게 되었다는 사실이 전부였다. 톰은 이제 일요일 아니면 월요일일 거라고 말했다. 그는 어떻게든 베키에게 말을 시켜보려고 애썼지만 그녀는 슬픔에 짓눌린 나머지 모든 희망을 잃고 말았다. 톰은 벌써 오래전에 자기들이 없어진 걸 알고 보나마나 지금쯤 수색 작업을 벌이고 있을 거라고 말했다. 그리고 고함을 지르면 아마 누가 올 거라고 말하면서 실제로 크게 소리쳤다. 하지만 어둠 속에서 아득하게 울려대는 메아리 소리가 너무 소름 끼쳐 더는 시도하지 않았다.

시간이 흐르면서 허기가 포로들을 다시 고문하기 시작했다. 톰에게 아까 먹다 남겨둔 케이크가 조금 있었다. 둘은 그걸 나누어 먹었다.

하지만 전보다 배가 더 고픈 것 같았다. 딱하게도 그 한입이 오히려 식욕만 돋우고 만 셈이었다.

이윽고 톰이 말했다.

"쉬! 저 소리 들려?"

둘 다 숨을 죽이고 귀를 쫑긋 세웠다. 아주 먼 데서 희미한 고함 같은 소리가 들려왔다. 톰은 곧바로 그 소리에 응답한 뒤 베키의 손을 이끌고 소리가 나는 방향으로 더듬더듬 내려가기 시작했다. 잠시 후 다시 귀를 기울이자 그 소리가 또 들렸다. 이번에는 조금 더 가까웠다.

"사람들이야! 사람들이 오고 있어! 빨리 와, 베키…… 이제 우린 살았어!"

포로들은 기뻐 어쩔 줄 몰랐다. 하지만 걸음은 더디기만 했다. 사방에 뜻하지 않은 위험이 도사리고 있어서 조심해야 했기 때문이다. 곧이어 구덩이가 하나 나와서 두 아이는 걸음을 멈추어야 했다. 구덩이는 깊이가 3피트…… 아니 100피트는 됨직했다…… 어쨌거나 그걸 뛰어넘기란 불가능했다. 톰은 바닥에 엎드려 팔을 있는 대로 뻗었다. 끝이 닿지 않았다. 거기 머물면서 수색대가 올 때까지 기다리는 수밖에 없었다. 귀를 기울이자 아득하게 들리던 고함이 점점 더 멀어지더니 1, 2분 만에 완전히 사라지고 말았다. 너무 애통해서 억장이 무너졌다! 톰은 목이 쉴 때까지 소리쳤지만 아무 소용이 없었다. 베키한테는 잘될 거라고 말했지만 한 세대는 지나고도 남을 듯한 시간을 초조하게 기다려보아도 아무 소리도 돌아오지 않았다.

두 아이는 더듬거리며 샘으로 다시 돌아갔다. 지루한 시간은 계속 흘러갔고, 아이들은 까무룩 다시 잠이 들었다가 허기와 비탄에 찌들려 다시 깼다. 톰은 지금쯤 화요일이 틀림없을 거라고 믿었다.

그때 한 가지 생각이 톰의 머리를 스쳤다. 가까이에 옆길이 몇 군데 있었다. 두 손 놓고 무거운 시간의 짐을 고스란히 견디느니 이 길들을 탐험해보는 게 나을 듯했다. 그래서 주머니에서 연줄을 꺼내 툭 튀어나온 바위에 묶은 다음 베키를 이끌고 연줄을 풀면서 더듬더듬 나아갔다. 그렇게 스무 발짝쯤 갔을까, 길이 갑자기 뚝 끊기면서 '낭떠러지'가 나왔다. 톰은 무릎을 꿇고 앉아 아래를 휘저어본 뒤 손이 편하게 닿을 수 있는 한도 안에서 귀퉁이 근처까지 뻗어보았다. 그러고는 오른쪽으로 좀 더 뻗어보려는 찰나, 20야드도 채 떨어지지 않은 바위 뒤에서 촛불을 들고 있는 사람 손이 불쑥 튀어나왔다! 톰은 기쁨에 겨워 환성을 내질렀고, 그와 거의 동시에 그 손이 붙어 있는 몸통이 드러났다. 그런데 이런, 손의 주인은 인디언 조였다! 톰은 그 자리에 얼어붙고 말았다. 꼼짝도 할 수가 없었다. 하지만 다음 순간 톰은 가슴을 쓸어내리며 크게 감사했다. '스페인 남자'가 삼십육계 줄행랑을 치더니 시야에서 아예 사라져버렸던 것이다. 톰은 조가 자기 목소리를 알아들었다면 곧장 다가와 법정에서 증언한 일로 자기를 죽였을 텐데, 이상하다고 생각했다. 아무래도 메아리 때문에 딴 사람 목소리처럼 들린 게 틀림없었다. 그 이유밖에 없다고 톰은 결론 내렸다. 공포때문에 온몸의 근육이 맥을 추지 못했다. 톰은 샘으로 다시 돌아갈 힘만 있다면 거기서 절대 벗어나지 않겠다고, 인디언 조와 부딪칠지도 모르는 위험은 무슨 일이 있어도 두 번 다시 무릅쓰지 않겠다고 다짐했다. 그리고 베키에게는 자기가 본 것을 숨긴 채 그저 '행운을 빌려고' 고함을 지른 것뿐이라고 둘러댔다.

하지만 결국에는 허기와 궁상이 두려움을 누르게 마련. 샘가에서 따분하게 기다리다 또다시 한참 자고 나자 사정이 달라졌다. 두 아이는 사납게 날뛰는 굶주림을 견디지 못하고 잠에서 깼다. 톰은 이제 수요일이나 목요일, 아니면 금요일이나 토요일이 틀림없으며, 그렇다면 사람들이 수색을 접었을 가능성이 크다고 믿었다. 그래서 또 다른 통로를 찾아 나서기로 했다. 인디언 조는 물론이고 세상 모든 두려움과도 기꺼이 맞설 작정이었다. 하지만 베키는 너무 약했다. 음울한 무기력증에 빠져 눈도 뜨려고 하지 않았다. 베키는 그냥 이대로 있다 죽겠다고…… 그리 오래 걸리지 않을 거라고 말했다. 그러고는 톰이 정 원한다면 연줄을 가지고 길을 찾되 이따금 돌아와서 자기한테 말을 걸어달라고 부탁했다. 그리고 끔찍한 시간이 찾아왔을 때 모든 게 끝나는 그 순간까지 자기 곁을 지키며 손을 잡아주겠다는 약속도 받아냈다.

톰은 목이 메는 기분을 느끼며 베키에게 입을 맞춘 뒤 수색대나 동굴에서 나가는 길을 찾을 자신이 있다는 듯 일부러 씩씩하게 굴었다. 그러고 나서 연줄을 잡고 기어서 통로를 더듬더듬 내려갔다. 허기와 다가오는 운명의 징조에 괴로워하면서.

32

톰, 탈출 이야기를 떠벌리다 / 안전지대에 갇힌 톰의 적

화요일 오후가 저물어가고 있었다. 세인트피터스버그 마을은 여전히 침통한 분위기였다. 실종된 아이들은 아직도 찾지 못한 상태였다. 그 아이들을 위해 합동 기도회도 여러 번 열렸고 기도를 올리는 사람의 정성이 듬뿍 담긴 개별 기도도 무수히 이루어졌지만 동굴에서는 아직도 반가운 소식이 나오지 않았다. 수색대 대부분은 이제 아이들을 찾기는 암만 해도 그른 것 같다며 수색 작업을 접고 생업으로 돌아갔다. 대처 부인은 아예 자리보전하고 앓아누워 수시로 헛소리를 해댔다. 사람들은 그녀가 아이 이름을 소리쳐 부르며 고개를 들고 잠시 귀 기울이다가 슬픔에 겨워 끙끙대면서 힘없이 고개를 떨구는 모습을 보면 가슴이 미어진다고 말했다. 폴리 이모는 만성 우울증에 걸려 힘없이 축 늘어진 데다 희끗희끗하던 머리가 거의 하얗게 세고 말았다.

화요일 밤이 되자 마을은 슬픔과 절망에 빠진 채 휴식에 들어갔다.

한밤중도 훌쩍 지나 마을의 종이란 종이 요란하게 울려대면서 순식 간에 거리는 반은 속옷 바람으로 "찾았어요! 찾았어! 아이들을 찾았 어요! 아이들을 찾았어!"라고 소리치는 정신 나간 사람들로 바글댔 다. 양철 냄비와 뿔피리가 소음을 보태는 가운데 사람들은 너나 할 것 없이 한 덩어리가 되어 강 쪽으로 움직이다 지붕 없는 마차를 타고 오 는 아이들과 마주쳤다. 마차를 끄는 사람들은 사람들대로 고함을 질 러댔고, 마중 나온 사람들은 사람들대로 마차 주위로 몰려들어 귀환 행진에 합류해선 연신 만세를 외치면서 파죽지세로 큰길을 짓쳐 올라 갔다.

마을에는 대낮처럼 불이 밝혀졌고, 다시 자러 가는 사람은 아무도 없었다. 여태껏 본 중에 그 작은 마을이 가장 요란했던 밤이었다. 처 음 30분 동안 마을 사람들은 줄지어 대처 판사의 집으로 들어가 구조 된 아이들을 붙잡고 입맞춤 세례를 퍼부었다. 그런가 하면 대처 부인 의 손을 꼭 잡고 뭔가 말을 건네려 했지만 다들 비 오듯 눈물만 흘릴 뿐 아무 말도 하지 못했다.

폴리 이모는 그 이상 더 행복할 수 없었고, 대처 부인도 거의 마찬 가지였다. 하지만 동굴에 급파한 심부름꾼이 그녀의 남편에게 이 굉 장한 소식을 전하는 바로 그 순간 그녀의 행복도 완성될 터였다. 톰은 소파에 누워 열광하는 청중을 상대로 자신이 겪은 놀라운 모험에 혀 를 내두를 만큼 수도 없이 살을 붙여가며 장광설을 늘어놓았다. 그리 고 끝에 가서는 베키를 놔두고 계속 탐험에 나서게 된 얘기, 연줄이 거의 끝날 때까지 두 개의 길을 따라간 얘기, 그러고 나서 연줄이 완전히 끝날 때까지 세번째 길을 따라갔다가 막 돌아서려는 찰나 멀리서 햇살처럼 보이는 빛 한 점을 설핏 보고는 바로 연줄을 놓고 더듬거리며 그리로 나아가 조그만 구멍 사이로 고개와 어깨를 집어넣었더니 드넓은 미시시피 강이 흘러가는 모습이 보이더라는 얘기로 마무리를 지었다! 물론 그때가 만약 밤이었다면 그 한 점의 햇살을 보지 못했을 테고, 그랬다면 더 이상 그 길을 탐험하지 않았을 거라는 말도 잊지 않았다! 톰은 거기서 그치지 않고 베키에게 돌아가 그 반가운 소식을 알렸더니 그까짓 시시한 일로 그렇지 않아도 피곤한 사람을 귀찮게 하지 말아달라, 자기는 곧 죽을 몸이며 얼른 죽고 싶다고 말했다는 얘기도 덧붙였다. 나아가 그런 베키를 믿게 하느라 고생한 사연, 베키가 거기까지 길을 더듬어 가서 점 같은 푸른색 햇살을 실제로 보았을 때 기뻐 죽을 뻔한 사연, 구멍에 길을 내서 베키가 밖으로 나가게 도와준 사연, 밖에 나가자 그 자리에 주저앉아 너무 기쁜 나머지 엉엉 울었던 사연, 몇몇 사람이 나룻배를 타고 지나가기에 큰 소리로 불러 세워 사정이 이러저러해서 배가 고파 죽을 지경이라는 이야기를 했던 사연, 그 사람들이 처음엔 "너흰 지금 동굴이 있는 골짜기에서 강 아래쪽으로 5마일이나 내려와 있다"는 이유를 들어 그 황당한 이야기를 믿지 않다가 자기들을 배에 태우고 노를 저어 어떤 집으로 데려가 저녁을 주고 해가 진 뒤 두어 시간 쉬게 한 다음 집으로 데려다준 사연을 줄줄이 주워섬겼다.

동이 트기 전 대처 판사와 한 줌밖에 되지 않는 수색대는 등 뒤에 늘어뜨렸던 엉킨 실꾸리를 되짚어 동굴을 나와 이 굉장한 소식을 전해 들었다.

톰과 베키가 곧 깨달았듯이 동굴에서 사흘 밤낮을 고생하며 굶주렸던 기억은 쉽게 떨쳐낼 수 있는 성질의 것이 아니었다. 둘은 수요일과 목요일 내내 몸져누운 채 갈수록 피곤하고 초췌해 보였다. 목요일이 되자 톰은 약간 돌아다닐 수 있게 되었고, 금요일에는 시내에 나갔다 왔으며, 토요일에는 여느 토요일과 거의 다름없어졌다. 하지만 베키는 일요일까지도 방을 나서지 못했고, 그 뒤로도 마치 폐결핵을 앓은 사람처럼 보였다.

톰은 허크가 아프다는 소식을 듣고 금요일에 보러 갔지만 면회 금지라서 침실에 들어가지도 못했다. 토요일과 일요일에도 마찬가지였다. 그러고 나서는 매일 면회가 허락되었지만 모험에 대해선 일절 입을 다물고 환자가 흥분할 만한 이야기는 꺼내지 말라는 주의를 받았다. 더글러스 부인은 톰이 주의받은 대로 고분고분 따르는지 보려고 곁에서 꼼짝도 하지 않았다. 집에 돌아오고 나서 톰은 카디프 언덕 사건을 들어 알게 되었다. 그 밖에 '누더기 사내'의 시신이 결국 선착장 근처 강에서 발견되었다는 소식도 들었다. 아마도 도망치려다가 물에 빠져죽은 모양이라고.

동굴에서 구조되고 난 지 2주쯤 지나 톰은 슬슬 허크를 보러 가기 시작했다. 허크가 이젠 웬만큼 기력을 회복해 흥분할 만한 이야기를 들어도 끄떡없었기 때문이다. 톰은 자기 이야기를 들으면 허크도 흥미를 보이리라고 생각했다. 도중에 대처 판사의 집을 지나가다 톰은 베키를 들여다보러 잠시 들렀다. 판사와 몇몇 친구들이 톰에게 이야기를 시켰고, 그중 누군가가 짓궂게도 다시 동굴에 가고 싶지 않으냐고 물었다. 톰은 언제 가도 상관없을 것 같다고 대답했다. 그러자 판사가 말했다.

"글쎄, 다른 아이들도 톰 너처럼 생각할 테지. 암, 보나마나 그럴 게야. 그래서 우리가 방도를 마련해놓았으니 앞으로는 그 누구도 동굴에서 길을 잃는 일이 없을 게다."

"어째서요?"

"2주 전에 동굴 문에 무쇠를 씌워버렸거든, 그것도 삼중으로……그리고 열쇠는 내가 가지고 있단다."

톰은 얼굴이 백지장처럼 하얘졌다.

"왜 그러니, 애야! 여기, 누구, 어서! 어서 물 한 잔 가져와!"

곧 물이 와서 톰의 얼굴에 끼얹어졌다.

"아, 이제 괜찮아졌구나. 뭣 때문에 그랬니, 톰?"

"그게요 판사님, 인디언 조가 동굴 안에 있어요!"

33

인디언 조의 운명 / 허크와 톰, 각자 알고 있는 것을
맞춰보다 / 동굴 탐험 / 유령으로부터의 방어책 / '무지무지 아늑한
장소'/ 더글러스 아줌마 집에서의 환영식

그 소식은 금세 퍼져 나갔고, 남자 여남은 명이 나룻배를 저어 맥두
걸 동굴로 출발했다. 증기선도 승객을 가득 태우고 곧 뒤따랐다. 톰
소여는 대처 판사와 나룻배에 탔다.

동굴 문이 열리자 그곳을 희미하게 비추는 해거름 빛에 참혹한 광
경이 드러났다. 인디언 조는 숨진 채 바닥에 널브러져 있었다. 마지막
순간까지 자유로운 바깥세상의 빛과 활기를 동경 어린 눈으로 바라보
기라도 했는지 얼굴을 문틈에 바짝 들이댄 채로. 톰은 자신의 경험을
통해 이 불쌍한 인간이 얼마나 고통스러웠을지 잘 알기에 가슴이 저
려왔다. 생각하면 짠하기도 했지만 그래도 이만저만 안도감이 느껴지
는 게 아니었다. 그동안 미처 다 의식하지 못하고 있었을 뿐 이 피도
눈물도 없는 부랑자에게 불리한 증언을 한 그날 이후로 자신을 짓눌

러온 두려움의 무게가 얼마나 컸는지 이제야 비로소 알 것 같았다.

근처에 인디언 조의 사냥칼이 놓여 있었는데, 칼날이 둘로 부러져 있었다. 문의 거대한 받침대도 오랜 시간 공을 들인 듯 깔쭉깔쭉 깎여 나가 있었다. 하지만 부질없는 짓이었다. 바위가 밖에서 천연의 문턱 역할을 하고 있었기 때문이다. 꿈쩍도 하지 않는 바위에 아무리 칼을 갖다 댄들 무슨 소용이랴. 칼만 피해를 입을밖에. 설령 밖에 바위가 버티고 있지 않았다 해도 부질없는 짓이기는 마찬가지였다. 받침대를 완전히 깎아냈다 치더라도 인디언 조의 덩치로는 문 밑으로 빠져나갈 수가 없었을 테고, 그건 본인도 모를 리 없었을 터. 그렇다면 그는 오로지 뭔가를 하려는 목적에서, 다시 말해 지루한 시간을 때우기도 할 겸 고통에 겨운 정신을 가다듬기 위해 문짝 받침대를 베어냈다는 얘기가 될 터였다. 보통은 관광객들이 남기고 간 초 동강이 이곳 동굴 입구 틈새에 대여섯 개는 꽂혀 있기 마련이었지만 지금은 하나도 없었다. 이곳에 갇혀 있던 포로가 그 초들을 찾아내 몽땅 먹어치운 게 분명했다. 또 박쥐도 몇 마리 붙잡아 먹어치웠는지 발톱만 남아 있었다. 이 지지리도 운 없는 사나이는 가엾게도 굶어 죽었던 것이다. 근처 바닥에서 서서히 자라 올라온, 그러니까 머리 위 돌고드름에서 떨어지는 물방울이 억겁의 세월에 걸쳐 만들어놓은 석순이 하나 있었다. 포로는 이 석순을 부러뜨려 그 그루터기 위에 속을 얕게 파낸 돌을 하나 얹어두었다. 시계처럼 진절머리 나는 정확성을 자랑하며 3분마다 한 번씩 떨어져 내리는 귀중한 물을 모으기 위해서였다. 이렇게 해서 인디언 조는 24시간 만에 겨우 한 번 한 숟가락만큼의 후식을 얻었을 터였다. 그 물방울은 피라미드가 갓 등장했을 때부터 떨어지고 있었다. 트로이가 무너졌을 때도, 로마가 초석을 놓았을 때도, 그리스 도가 십자가에 못 박혔을 때도, 정복왕 윌리엄이 대영제국을 세웠을 때도, 콜럼버스가 바다를 누비고 다녔을 때도, 렉싱턴 대학살*이 일어 났을 때도 어김없이 떨어져 내렸다. 물방울은 지금도 떨어지고 있고, 이 모든 일들이 역사의 뒤안길로 물러나 희미한 전설로 겨우 명맥을 유지하다가 종국에는 망각이라는 짙은 어둠 속에 묻힐 때도 변함없이 떨어져 내릴 것이다. 세상 만물에는 제각기 목적과 사명이 있기라도 한 것일까? 야반도주나 하는 이 인간 버러지의 마른 목을 축여주려고 이 물방울은 5천 년을 인내하며 떨어져 내렸던 것일까? 그리고 앞으로도 만 년을 채우며 완수해야 할 중요한 목표가 또 있는 것일까? 아무래도 상관없다. 불운한 혼혈아가 더없이 귀중한 물방울을 받느라 돌멩이 속을 긁어낸 뒤로 무수한 세월이 흘렀지만 오늘날까지도 맥두걸 동굴의 경이를 보러 오는 관광객은 연민의 정을 자아내는 이 돌과 천천히 떨어져 내리는 물방울을 가장 오래 쳐다본다. 인디언 조의 컵은 동굴의 불가사의 중에서도 단연 으뜸으로 꼽힌다. '알라딘의 궁전'도 맞수가 되지 못한다.

인디언 조는 동굴 어귀 근처에 묻혔다. 인근 7마일 이내에 있는 크고 작은 마을과 농장에서 사람들이 배와 마차를 타고 그곳으로 몰려들었다. 사람들은 아이들까지 데리고 온갖 먹을 것을 싸들고 와선 장례식 구경이 교수형을 구경할 때만큼이나 만족스럽다고 고백했다.

이 장례식을 계기로 한 가지 일이 더는 진전을 보지 못하고 중단되

---

* 미국 독립전쟁 때 영국군과 식민지군이 처음으로 맞붙었던 전투.

었으니…… 다름 아니라 주지사에게 인디언 조의 사면을 탄원하는 일이었다. 탄원서에는 벌써 많은 사람이 서명을 했고, 애잔하고 가슴 뭉클한 회의도 수없이 열렸다. 또 주지사 앞에서 구슬프게 통곡하며 부디 한 번만이라도 자비로운 멍청이가 되어 주지사의 의무를 저버리라고 탄원하기 위해 눈물 많은 여인들로 특별 위원회도 꾸려진 상태였다. 인디언 조는 마을 주민 다섯을 살해한 것으로 알려졌지만 그래서 뭐가 어떻단 말인가? 그가 설사 사탄이었다 해도 수많은 약골들은 사면 탄원서에 기꺼이 자기 이름을 휘갈겨 쓰고 고장 나서 늘 물이 새는 수도꼭지에서 눈물 한 방울을 쥐어짜 탄원서 위에 떨어뜨렸을 것이다.

장례식이 있고 나서 다음 날 아침 톰은 허크를 으슥한 곳으로 데려가 중요한 얘기를 건넸다. 허크도 이즈음에는 웰치먼 노인과 더글러스 부인에게 들어 톰의 모험담을 알고 있었다. 하지만 톰은 그 두 사람이 한 가지 사실만은 말해주지 못했을 거라며 지금 말하려는 게 바로 그거라고 운을 뗐다. 그러자 허크는 슬픈 표정으로 이렇게 말했다.

"그게 뭔지 나도 알아. 2호에 들어갔더니 위스키밖에는 아무것도 없었다는 얘기잖아. 아무도 그게 너라고 말하지 않았지만 위스키 사업 얘기를 듣자마자 난 네가 돈을 손에 넣지 못했다는 걸 단박에 알아차렸어. 만약 어떤 식으로든 돈을 찾아냈더라면 딴 사람한테는 입을 다물었어도 나한테는 말했을 테니까. 어쩐지 그 돈 보따리는 우리 차지가 못 될 것 같다는 생각이 늘 들더라니."

"무슨 소리야, 허크. 여인숙 주인을 고자질한 건 내가 아니란 말야. 너도 알잖아. 내가 소풍 가던 토요일만 해도 그 여인숙이 멀쩡했던 거. 그날 밤 네가 거기서 망보기로 했던 거 기억 안 나?"

"아, 맞다! 이런, 벌써 1년 전 일 같네. 인디언 조를 뒤쫓아 과부 아줌마네 집까지 갔던 게 바로 그날 밤이야."

"그놈을 뒤쫓았다고?"

"그래…… 하지만 아무한테도 말하면 안 돼. 인디언 조의 패거리가 남아 있을지도 모르니까. 그놈들이 나한테 앙심을 품고 해코지라도 하면 큰일이잖아. 나만 없었다면 인디언 조는 지금쯤 텍사스에 가서 잘 살고 있을 거야."

그러고 나서 허크는 자신의 모험담을 톰에게 빠짐없이 털어놓았다. 톰은 그 가운데 웰치먼 부자가 나오는 대목만 알고 있었다.

"그런데 톰, 내 생각엔 2호에서 위스키를 빼간 사람이 돈도 빼갔을 거야…… 어쨌거나 그 돈은 우리한테서 물 건너갔어, 톰." 곧이어 허크는 가장 중요한 문제로 다시 돌아왔다.

"허크, 그 돈은 2호에 아예 있지도 않았어!"

"뭐!" 허크는 친구의 얼굴을 유심히 살폈다. "톰, 그럼 그 돈의 행방을 다시 찾은 거야?"

"허크, 돈은 동굴 안에 있어!"

허크의 눈이 이글이글 타올랐다.

"다시 말해봐, 톰!"

"그 돈은 동굴 안에 있다고!"

"톰, 이제 솔직하게 말해봐…… 농담이야, 진담이야?"

"진담이야, 허크…… 내가 여태 살아온 세월을 걸고 진담이라니까. 나랑 거기 가서 돈을 꺼내오지 않을래?"

"물론이지! 하지만 거기까지 내내 불을 밝혀서 길을 잃는 일이 없다면 갈게."

"허크, 우리한테 그건 식은 죽 먹기야."

"좋아! 그런데 무슨 근거로 그 돈이 거기……"

"허크, 우리가 거기 갈 때까지 넌 그냥 가만히 기다리기나 해. 만약 돈을 찾지 못하면 내 북하고 이 세상에서 내가 가지고 있는 걸 몽땅 다 너 줄게. 진짜야, 맹세해."

"좋아…… 쌩하니 해치우자. 언제 갈래?"

"말 나온 김에 지금 당장! 그런데 너 몸은 괜찮아?"

"동굴 안쪽으로 많이 들어가야 해? 요 며칠 새에 그럭저럭 괜찮아지긴 했지만 1마일 이상은 못 걸어, 톰…… 아무래도 그 이상은 힘들 것 같아."

"다른 사람 같으면 거기까지 줄잡아 5마일을 가야겠지만 다른 사람은 모르고 나만 아는 아주 빠른 지름길이 있어, 허크. 내가 널 나룻배에 태워서 그리로 곧장 데려갈게. 그 아래까지 배도 내가 띄우고 다시 끌어오는 일도 나 혼자 다 할게. 넌 손가락 하나 까딱하지 않아도 돼."

"지금 바로 출발하자, 톰."

"좋아. 빵하고 고기 조금, 담뱃대, 조그만 자루 한두 개, 연줄 두세 개, 그리고 요즘 새로 나온 그 딱성냥이라는 것도 챙겨야겠다. 동굴에 있을 때 그게 있었으면 좋겠다고 생각한 적이 한두 번이 아니거든."

정오가 조금 지나 두 소년은 주인 없는 나룻배를 빌려 타고 곧바로 출발했다. '동굴 구멍' 아래쪽으로 몇 마일 내려왔을 때 톰이 말했다.

"지금은 동굴 구멍에서부터 저 아래까지 여기 이 절벽들이 다 똑같아 보일 거야…… 집도 없고 나무도 없고, 덤불도 모두 비슷비슷해 보이지. 하지만 저 위쪽으로 언젠가 산사태가 난 적 있는 하얀 곳 보이지? 바로 저게 내 비장의 푯돌 가운데 하나야. 이제 배를 대자."

두 아이는 뭍에 올랐다.

"있지, 허크, 지금 우리가 선 자리에서 닿을 수 있는 거리에 내가 빠져나왔던 그 구멍이 있거든. 어디 찾을 수 있나 없나 한번 봐봐."

허크는 주변을 모조리 둘러보았지만 아무것도 찾지 못했다. 그러자 톰이 의기양양하게 무성한 옻나무 덤불을 헤치고 들어가며 말했다.

"바로 여기야! 봐봐, 허크. 여긴 이 나라에서 제일 외진 곳이야. 이 얘기 아무한테도 하면 안 돼. 난 줄곧 산적이 되고 싶어서 이런 게 꼭 있어야 했는데 어디서 찾아야 될지 몰라 속만 끓였거든. 이제 찾았으니까 우리끼리만 알고 있자. 참, 조 하퍼와 벤 로저스는 끼워주자…… 패거리가 있어야 하니까. 안 그러면 모양새가 안 나거든. 톰 소여 산적단…… 근사하게 들리지 않냐, 허크?"

"글쎄, 제법 그럴듯한데, 톰. 그런데 누굴 털 거야?"

"어, 아무나 다. 숨어서 기다리다가 불시에 덮치는 거야…… 대개 그렇게들 하거든."

"그런 다음에 죽여?"

"아니…… 늘 그렇지는 않아. 몸값을 올릴 때까지 동굴 안에 가둬두지."

"몸값이 뭔데?"

"그야 돈이지. 인질더러 친구들을 성가시게 졸라서 몸값을 최대한 올리라고 시키는 거야. 그리고 1년쯤 붙잡아두었다가 몸값이 오르지 않으면 그때 죽이지. 그게 흔히들 쓰는 방법이야. 하지만 여자들은 죽이지 않아. 가둬두기만 하고 죽이지는 않지. 여자는 언제나 예쁘고 돈이 많은 데다 겁이 엄청나게 많거든. 시계 같은 걸 뺏더라도 모자를 벗고 정중하게 말해야 해. 산적만큼 예의 바른 사람은 아무 데도 없어…… 너도 책을 보면 알게 될 거야. 있지, 여자들은 산적과 사랑에 빠지게 되고 동굴에 1주일이나 2주일쯤 있다 보면 울음도 그치고, 그러고 나면 아무리 가라고 등을 떠밀어도 가지 않아. 멀리까지 쫓아내도 곧장 돌아서서 다시 오거든. 책마다 그렇게 쓰여 있어."

"야, 정말 멋지다, 톰. 해적보다 산적이 되는 게 더 낫겠다."

"그래, 어떤 면에서는 더 낫지. 집에서도 가깝고 서커스나 그 밖의 다른 모든 것들하고도 가까우니까."

이즈음 준비가 모두 끝났고, 소년들은 구멍으로 들어갔다. 톰이 앞장을 섰다. 두 아이는 지하 통로 저쪽 끝까지 고생하며 들어간 다음 꼬아 이은 연줄을 팽팽하게 당기며 계속 나아갔다. 몇 발자국 떼어놓자 그 샘이 나왔다. 톰은 온몸 가득 소름이 오싹하게 끼치는 걸 느꼈다. 그는 허크에게 벽에 짓이겨 붙인 진흙 등잔 위의 양초 심지 토막을 가리켜 보이며 악전고투를 벌이다 끝내 사위어가던 불꽃을 베키와 둘이서 지켜보던 이야기를 들려주었다.

두 소년의 목소리는 어느새 귓속말 크기로 낮아져 있었다. 그곳의 적막과 어둠이 둘의 영혼을 짓눌렀기 때문이다. 아이들은 계속 나아갔고, 곧이어 톰이 지나갔던 또 다른 통로를 따라 '낭떠러지'에 닿았다. 촛불을 비춰보니 실은 낭떠러지가 아니라 2, 30피트 높이의 가파른 진흙 언덕일 뿐이었다. 톰이 낮게 속삭였다.

"저기 귀퉁이 근처 좀 봐봐. 보여? 저기…… 저쪽 큰 바위 위에……
촛불 연기로 그린 거 말이야."

"톰, 저건 십자가잖아!"

"이제 2호가 어딜 것 같아? '십자가 아래'라고 했던 말 기억나? 인
디언 조가 내 눈앞에서 촛불을 불쑥 내민 데가 바로 저기야, 허크!"

허크는 신비에 싸인 그 표시를 잠시 노려보다가 떨리는 목소리로
말했다.

"톰, 당장 여기서 나가자!"

"뭐! 보물을 남겨두고 가자고?"

"그래…… 두고 가자. 인디언 조의 유령이 저기서 떠돌아다니고 있
어, 틀림없어."

"아냐, 그럴 리 없어, 허크. 절대 그럴 리 없어. 유령은 자기가 죽은
곳에 나타나거든…… 저기 동굴 입구 말이야…… 여기서 5마일이나
떨어져 있는걸."

"아냐, 톰. 그렇지 않다니까. 유령은 돈 주변을 맴돌 거야. 내가 유
령들 방식을 잘 알거든. 그건 톰, 너도 마찬가지잖아."

톰은 허크의 말이 맞는 것 같아 겁이 나기 시작했다. 마음속에서 불
안이 쌓여갔다. 하지만 곧이어 좋은 생각이 떠올랐다.

"내 말 좀 들어봐, 허크, 우리가 얼마나 바보 같은 줄 알기나 해! 인
디언 조의 유령이 십자가가 있는 곳 근처에 어떻게 오냐!"

요지가 제대로 받아들여졌다. 효과는 금세 나타났다.

"톰, 그 생각을 못 했네. 네 말이 맞아. 십자가가 있어서 참 다행이
다. 저리로 내려가서 상자를 찾아보자."

톰이 먼저 진흙 언덕을 성큼성큼 내려갔다. 허크가 그 뒤를 따랐다. 커다란 바위가 서 있는 좁은 공간에서 통로 네 개가 갈라져 나와 있었다. 두 아이는 그중 세 개를 조사했지만 허탕만 쳤다. 그런데 바위 밑 바닥에서 제일 가까운 통로에 움푹 들어간 공간이 자그마하게 나 있었다. 바닥에는 담요가 판판하게 깔려 있었다. 낡은 멜빵, 베이컨 껍질, 깨끗하게 발라먹은 두세 마리 분량의 가금 뼈도 있었다. 하지만 돈 상자는 없었다. 아이들은 이곳을 구석구석 뒤지고 또 뒤졌지만 헛수고였다. 톰이 말했다.

"분명히 십자가 아래라고 말했어. 그럼 십자가 아래에서 제일 가까운 곳이라는 얘긴데. 바위 밑일 리는 없거든. 바위가 땅에 단단히 박혀 있으니까."

두 아이는 다시 한 번 사방을 꼼꼼하게 살피고 나서 실망을 이기지 못하고 털썩 주저앉았다. 허크는 아무 생각도 떠오르지 않았다. 이윽고 톰이 말했다.

"봐봐, 허크, 바위 이쪽에는 발자국도 있고 촛농 자국도 있는데, 반대쪽에는 아무것도 없어. 왜 그럴까? 돈은 분명히 바위 밑에 있어. 진흙을 파보자."

"나쁘지 않은 생각이야, 톰!" 허크가 활기를 띠며 말했다.

톰의 '진짜 발로 칼'이 바로 주머니에서 나왔다. 채 4인치도 파내려 가기 전에 칼이 나무에 부딪혔다.

"이봐, 허크! 이 소리 들었지?"

허크는 어느새 땅을 파서 긁어내기 시작했다. 곧이어 널빤지가 몇 개 드러났다. 그걸 들어내자 바위 아래로 이어지는 천연의 틈새가 나왔다. 톰은 그리로 들어가 최대한 아래까지 촛불을 비춰보았지만 어디까지 틈이 벌어져 있는지 그 끝을 알 수 없었다. 그래서 직접 가보기로 했다. 톰은 등을 구부리고 아래로 내려갔다. 비좁은 길은 갈수록 아래로 이어졌다. 톰은 구불구불한 길을 따라 처음에는 오른쪽으로, 그다음에는 왼쪽으로 돌았다. 뒤이어 허크도 따라 내려왔다. 얼마 뒤 톰이 또다시 모퉁이를 돌더니 크게 소리쳤다.

"세상에, 허크, 여기 좀 봐!"

누가 보아도 보물 상자가 틀림없는 궤짝이 아늑한 구석을 차지하고 있었다. 옆에는 속이 빈 화약통 하나, 가죽 상자에 들어 있는 총 두 자루, 낡은 모카신* 두세 켤레, 가죽 허리띠, 그 밖에 물에 흠뻑 젖은 몇몇 잡동사니도 굴러다녔다.

"드디어 찾았다!" 허크가 색이 바랜 금화 더미를 손으로 뒤적이며 말했다. "와, 이제 우린 부자야, 톰!"

"허크, 난 우리가 결국 손에 넣을 줄 알았어. 너무 좋아서 믿기 어렵지만 우리가 해낸 게 틀림없어! 있지, 여기서 얼쩡대지 말고 이걸 가지고 어서 빠져나가자. 우선 들 수나 있을지 어디 좀 보고."

상자의 무게는 얼추 50파운드쯤 나갔다. 톰은 엉거주춤한 자세로 겨우 들어올리긴 했지만 가뿐하게 옮기지는 못했다.

"내 이럴 줄 알았어. 유령의 집에 갔던 그날 그놈들이 옮기는 꼴을 보니까 무거운 것 같더라니. 그때 벌써 알아챘지. 작은 자루를 챙겨올 생각을 괜히 한 게 아니거든."

---

* 북미 인디언 등이 신는 밑이 평평한 노루 가죽신.

둘은 곧 자루에 돈을 나눠 담고 십자가 바위까지 끌어올렸다.

"자, 이제 총하고 다른 것들도 가져오자." 허크가 말했다.

"안 돼, 허크…… 나머지 물건들은 그냥 놔둬. 앞으로 누굴 털려면 그 정도는 있어야 하거든. 그건 아예 거기다 두고 거기서 흥청망청 주연도 열자. 아늑한 게 주연을 열기에 딱이니까."

"주연이 뭐야?"

"나도 몰라. 하지만 산적들은 만날 주연을 여니까 당연히 우리도 그래야지. 서둘러, 허크, 여기 너무 오래 있었어. 날이 저물고 있을 거야. 배도 고프고. 배에 가서 뭐라도 좀 먹고 담배도 한 대 피우자."

곧이어 두 아이는 옻나무 덤불에 모습을 드러내 조심스럽게 주위를 살피며 강가에 아무도 없다는 것을 확인한 뒤 나룻배에서 늦은 점심을 먹고 담배도 피웠다. 그러고 나서 해가 수평선 아래로 기울자 배를 물에 밀어 넣고 출발했다. 기다란 석양빛을 헤치고 강기슭 위쪽으로 미끄러지듯 내달리면서 톰은 허크와 신나게 떠들어댔다. 두 아이가 뭍에 닿은 것은 완전히 어두워지고 난 직후였다.

"자, 허크, 우선은 돈을 과부 아줌마네 땔감 창고 다락에 숨기자. 아침에 올 테니까 그때 돈을 세서 나누자. 그런 다음에 숲으로 가서 돈을 두어도 안전한 곳을 찾아보자. 넌 여기 조용히 누워서 돈을 지키고 있어. 내가 얼른 뛰어가서 베니 테일러네 수레를 슬쩍 집어올 테니까. 1분 안으로 후딱 갔다 올게."

톰은 자리를 뜨더니 금세 손수레를 달고 다시 나타나 작은 자루 두 개를 싣고 그 위에 넝마 나부랭이를 덮은 다음 수레를 끌고 언덕을 오르기 시작했다. 웰치먼 노인의 집에 이르러 두 아이는 잠시 멈춰 서서 숨을 골랐다. 그러고 나서 막 다시 움직이려는 찰나, 웰치먼 노인이 밖으로 걸어 나와 말했다.

"안녕, 거기 누구냐?"

"허크하고 톰 소여예요."

"마침 잘됐구나! 나랑 가자, 애들아. 다들 너희를 기다리고 있단다. 이리로…… 자자, 서둘러라, 앞장을 서래도…… 수레는 내가 끌어주마. 이런, 보기보다 무겁구나. 벽돌이라도 실은 게냐? 아니면 고철?"

"고철이에요." 톰이 말했다.

"그럴 줄 알았다. 이 동네 머슴애 녀석들은 겨우 75센트 받고 주물 공장에 팔아치울 고철을 찾느라 온갖 고생을 하면서 시간을 허비한다니까. 그러느니 정식 일자리를 구하면 그 두 배는 벌 수 있을 텐데 말이다. 그렇지만 그게 인간의 본성이니 어쩌겠누…… 자, 서둘러라, 서둘러!"

두 아이는 왜 서둘러야 하는지 알고 싶었다.

"신경 쓸 것 없다. 더글러스 부인네 집에 가면 자연히 알게 될 테니까."

허크는 오랫동안 부당하게 혼꾸멍났던 터라 약간 불안한 기색으로 이렇게 말했다.

"존스 할아버지, 우린 아무 짓도 안 했어요."

그러자 웰치먼 노인이 껄껄 웃었다.

"글쎄, 나도 모르겠구나, 허크. 나도 모른다, 애야. 어쨌든 넌 과부 아줌마와 친하지 않니?"

"네 뭐. 암튼 아줌마가 저한테 잘해주시니까요."

"그럼 됐다. 겁먹을 필요가 무에 있어?"

그 둔한 머리로 이 질문에 미처 대답하기도 전에 허크는 톰과 함께 더글러스 부인네 응접실로 떠밀려 들어갔다. 웰치먼 노인도 문간 근처에 수레를 내려놓고 뒤따라 들어왔다.

휘황찬란하게 불을 밝힌 응접실에는 마을에서 입김이 세다 싶은 사람은 전부 모여 있었다. 대처 씨 가족과 하퍼 씨 가족, 로저스 씨 가족, 폴리 이모, 시드, 메리, 목사님과 마을 신문 발행인, 그 외에도 아주 많은 사람들이 제일 좋은 옷으로 차려 입고 그 자리를 지키고 있었다. 집주인인 미망인은 형편없는 모양새의 두 아이를 어느 누구도 그럴 수 없을 정도로 따뜻하게 맞이했다. 사실 두 아이는 진흙과 촛농으로 범벅이 돼서 꼴이 말이 아니었다. 폴리 이모는 창피한 나머지 홍당무처럼 얼굴을 붉히더니 톰에게 눈살을 찌푸리며 고개를 설레설레 저었다. 하지만 거기 모인 사람 중에 두 소년의 반만큼이라도 고역스러워하는 이는 아무도 없었다. 웰치먼 노인이 입을 열었다.

"톰이 아직 집에 오지 않았기에 포기하고 있었는데, 우리 집 현관 바로 앞에서 녀석과 허크를 우연히 만나지 않았겠습니까. 그래서 부랴부랴 두 녀석을 끌고 올라왔습니다그려."

"잘하셨습니다. 얘들아, 이리 오려무나." 미망인이 말했다.

그러고는 아이들을 방으로 데려가 이렇게 말했다.

"이제 씻고 옷도 갈아 입거라. 여기 새 옷으로 두 벌 준비했단다. 셔츠, 양말, 전부 다. 이건 허크 거…… 아니, 사양할 것 없다, 허크. 한 벌은 내가 샀고, 또 한 벌은 웰치먼 씨가 산 거란다. 둘 다 너희한테 맞을 거야. 갈아입고 나와라, 기다리고 있을 테니…… 웬만큼 말끔해졌다 싶으면 아래층으로 내려오너라."

그러고 나서 더글러스 부인은 방을 나갔다.

34

비밀 누설/실패로 끝나고 만 웰치먼 노인의 깜짝 발표

허크가 말했다.

"톰, 어디서 밧줄만 구하면 도망칠 수 있겠다. 창문이 그렇게 높지 않은걸."

"뭐, 왜 도망치려는 건데?"

"어, 저렇게 사람이 많은 데는 익숙하지 않아서 말야. 못 견디겠어. 난 내려가지 않을래, 톰."

"으이그, 내가 못 살아! 그거 아무것도 아니야. 난 아무렇지도 않은데. 내가 잘 챙겨줄게."

그때 시드가 쓱 나타났다.

"형, 이모가 오후 내내 형 기다린 거 알아? 메리 누나는 벌써부터 형의 주일 옷을 준비했고, 다들 형 때문에 얼마나 애를 태웠는데. 가만…… 형 옷에 묻은 그거 진흙하고 촛농 아냐?"

"자자, 시드 씨, 댁 일에나 신경 쓰셔. 그건 그렇고 이 야단법석이 대체 다 뭐야?"

"과부 아줌마가 으레 여는 잔치 중 하나일 뿐이야. 이번에는 웰치 먼 집 남자들을 위해 여는 거래. 왜 요전 날 밤 그 집 할아버지와 아들들이 위험에 처한 아줌마를 구해줬잖아. 그리고 있지…… 형이 원하면 해줄 이야기가 있어."

"그래, 뭔데?"

"어 그러니까, 존스 할아버지가 오늘 밤 여기 모인 사람들 앞에서 깜짝 놀랄 만한 뭔가를 발표할 거래. 하지만 난 아까 낮에 할아버지가 이모한테 비밀이라며 들려주는 얘기를 엿들었거든. 하긴 이제 비밀도 아니지 뭐. 다들 알고 있으니까…… 과부 아줌마도 진작부터 알고 있으면서 일부러 모르는 척 시치미를 떼는 거야. 존스 할아버지 말이 허크가 꼭 여기 있어야 한댔어…… 허크가 없으면 엄청난 비밀을 밝힐 수 없다나?"

"무슨 비밀인데 그래, 시드?"

"허크가 과부 아줌마네 집까지 강도들 뒤를 밟았대. 존스 할아버지는 꽤나 시간을 들여서 깜짝쇼를 준비한 모양이지만 이제 김이 다 새버렸는걸 뭐."

시드는 매우 만족해서 킬킬거렸다.

"시드, 그거 말한 거 너지?"

"치, 누가 말했으면 어때서. 누구든 말했으면 된 거지."

"시드, 이 마을에서 그런 짓을 할 만큼 비열한 사람이 딱 하나 있는

데, 바로 너야. 네가 허크였다면 보나마나 넌 언덕 아래 숨어서 아무한테도 강도 얘길 못 했을걸. 넌 비열한 짓밖에 할 줄 모르고, 누가 착한 일을 해서 칭찬받는 꼴도 못 보잖아. 자, 이거나 실컷 받아…… 아줌마 말처럼 사양할 것 없어." 톰은 귀때기를 찰싹찰싹 내려치고 발길질을 해대면서 시드를 문 쪽으로 내몰았다. "이제 가서 이모한테 일러바쳐…… 그 대가로 내일 따끔한 맛을 봐도 상관없다면!"

몇 분 뒤 미망인의 손님들은 저녁 식탁에 둘러앉았다. 그날은 열두어 명 남짓 되는 아이들도 그 고장 관습에 따라 어른들 옆에 작은 식탁을 붙이고 앉았다. 분위기가 웬만큼 무르익자 웰치먼 노인이 짤막하게 연설을 했다. 자기와 아들들에게 잔치를 베풀어주어 부인에게 감사하며 이 자리를 빛낼 사람이 또 한 명 있는데 수줍음을 타서……

뭐 그렇고 그런 이야기였다. 웰치먼 노인은 자기가 구사할 수 있는 범위 안에서 최대한 웅변조로 이번 사건에서 허크가 세운 공을 대단한 비밀인 양 풀어놓았지만 사람들은 대개 놀라는 척만 했을 뿐 기대도 하지 않았다가 허를 찔렸을 때의 아우성과 발작에 가까운 흥분 사태는 볼 수 없었다. 하지만 미망인은 놀라는 척하는 연기를 능청맞게 선보이면서 허크에게 너무도 많은 칭찬과 너무도 많은 감사의 말을 쏟아냈다. 그 바람에 허크는 모든 사람들의 시선과 칭찬이 쏟아지는 과녁이 되어 더는 참을 수 없이 불편한 지경에 이르러, 새 옷의 참기 어려운 불편은 거의 잊어버렸다.

미망인은 허크를 자기 집에 들여 제대로 된 교육을 받게 할 생각이라고 말했다. 그리고 여윳돈이 생기는 대로 허크에게 조그맣게 자기 사업을 시작할 기회도 주겠다고 덧붙였다. 톰은 기회는 이때다 싶어

대뜸 말했다.

"허크는 그런 거 필요 없어요. 이제 허크는 부자거든요!"

이 유쾌한 농담에 사람들은 점잖은 체면인지라 마음껏 웃지도 못하고 그저 억지미소만 띤 채 표정 관리에 급급했다. 그러다 보니 침묵이 다소 어색할 수밖에 없었다. 톰이 침묵을 깼다.

"허크한테 돈이 생겼어요. 아마 믿지 못하시겠지만 엄청 많은 돈이 생겼어요. 어, 그렇게 웃지 마세요…… 보여드릴게요. 잠깐만 기다리세요."

톰은 문 밖으로 달려나갔다. 사람들은 한편으로는 당혹스럽기도 하고 또 한편으로는 흥미가 동하는지 서로 멀뚱멀뚱 쳐다보다가 호기심 가득한 눈으로 허크의 표정을 살폈지만 그의 혀는 얼어붙기라도 한 듯 꿈쩍도 하지 않았다.

"시드, 형 어디 아프니?" 폴리 이모가 말했다. "도대체 어떻게 생겨 먹었기에 애가 저 모양인지 원. 통 종잡을 수가 있어야……"

바로 그때 톰이 낑낑대며 묵직한 자루 두 개를 들고 들어오는 바람에 폴리 이모는 말을 끝맺지 못했다. 톰은 식탁 위에 노란 동전을 와르르 쏟아놓으며 말했다.

"보세요…… 제가 뭐랬어요? 반은 허크 거고, 반은 제 거예요!"

눈앞의 광경에 다들 숨도 제대로 못 쉬었다. 잠깐 동안 사람들은 그저 쳐다보기만 할 뿐 말을 잇지 못했다. 그러고 나서 설명을 청하는 소리가 일제히 터져 나왔다. 톰은 속 시원히 다 설명하겠다고 말하고는 정말 그렇게 했다. 사연은 길었지만 흥미진진했다. 다들 이야기의 매력에 푹 빠져 중간에서 흐름을 끊는 사람이 아무도 없었다. 이야기가 끝나자 웰치먼 노인이 말했다.

"저는 오늘 이 자리를 위해 작은 깜짝 발표를 했다고 생각했는데, 이제 보니 그건 아무것도 아니었군요. 이 이야기에 비하면 제 건 새 발의 피라는 것을 인정해야겠습니다그려."

돈을 세어보니 전부 합해서 1만 2천 달러가 조금 넘었다. 그 자리에 있는 사람 가운데 몇몇은 그보다 훨씬 더 많은 재산을 가지고 있었지만 그렇게 많은 돈을 한꺼번에 본 적이 있는 사람은 아무도 없었다.

35

새로운 질서 / 가엾은 허크 / 새로운 모험을 계획하다

독자 여러분도 짐작하겠지만 톰과 허크의 횡재 소식은 궁핍하고 작은 시골 마을 세인트피터스버그를 발칵 들쑤셔놓았다. 너무도 엄청난 금액이기에, 그것도 모두 현금이라니 거의 있을 수 없는 일처럼 보였다. 마을 사람들은 오나가나 그 얘기를 입에 올리면서 부러워하다 실제 이상으로 미화하더니 결국에는 불건전한 흥분에 사로잡혀 이성까지 흔들리고 말았다. 세인트피터스버그는 물론이고 그 인근 마을들에서도 숨겨진 보물을 찾는다는 이유로 '유령이 나오는' 집이란 집은 널빤지마다 뜯겨 나가고 주춧돌이 파헤쳐진 채 낱낱이 해부당하는 신세가 되었다. 그런데 이 난리를 피우는 데 앞장선 사람들은 아이들이 아니라 어른들이었으니…… 개중에는 무척 근엄하고 낭만과는 담을 쌓은 이도 있었다. 톰과 허크가 모습을 드러낼 때마다 사람들은 아부와

칭찬을 늘어놓으며 그 둘에게서 눈길을 떼지 못했다. 두 아이가 기억하기로는 여태껏 자신들의 말이 중요하게 여겨진 적이 단 한 번도 없었지만 이제 이 둘의 말 한마디 한마디는 보석과도 같은 가치를 지니며 이 사람 저 사람 입에 거듭 오르내렸다. 게다가 이제는 무슨 짓을 하든 어찌 된 노릇인지 사람들 눈에는 비범하게 비치는 듯했다. 사정이 그렇다 보니 어느새 두 아이는 자신들의 의사와 상관없이 평범하게 행동하고 말하는 능력을 잃어버리고 말았다. 더욱이 사람들은 두 아이의 과거사까지 들춰내 될성부른 나무는 떡잎부터 알아본다는 투의 요지로 새롭게 조명했다. 마을 신문도 두 아이의 일대기를 간략하게 다루었다.

더글러스 부인은 허크의 돈을 6퍼센트 이자로 굴려주었고, 대처 판사도 폴리 이모의 부탁에 따라 톰의 돈을 똑같은 조건으로 굴려주었다. 이제 두 아이 모두 1년 내내 주중에는 1달러, 일요일에는 50센트라는 막대한 수입이 생겼다. 이 정도 액수면 목사님이 받는 돈과 맞먹었다. 하지만 목사님의 경우에는 그렇게 받기로 정해져 있어도 못 받을 때가 많았다. 이 시절만 해도 아이 하나 먹이고 재우고 가르치는 데 일주일에 1달러 25센트면 충분했다. 물론 여기에는 입히고 씻기는 비용도 들어갔다.

대처 판사는 안 그래도 톰을 높이 평가하고 있었다. 판사는 톰이 보통 아이였다면 자기 딸을 동굴 밖으로 절대 데리고 나오지 못했을 거라고 말했다. 베키가 다른 사람들한테는 절대 비밀이라며 아버지에게 학교에서 톰이 자기 대신 매를 맞았다고 이야기하자 판사는 깊이 감동하는 눈치였다. 딸이 사실 자기가 맞을 매를 대신 맞으라고 톰이 둘러댄 엄청난 거짓말에 대해 자비를 베풀어달라고 베키가 간청하자 판사는 목에 핏대까지 세워가며 그것이야말로 고귀하고 너그럽고 품위 있는 거짓말이며, 도끼와 진실을 둘러싼 조지 워싱턴의 일화와 어깨를 견줄 수 있을 만큼 역사에 길이길이 전해져도 손색이 없는 거짓말이라고 말했다! 베키는 아버지가 쿵쾅거리며 마루를 걸어 다니면서 이렇게 말할 때보다 더 크고 당당해 보인 적은 없었다고 생각했다. 베키는 그길로 나가서 톰에게 이 말을 전했다.

대처 판사는 톰이 나중에 훌륭한 변호사나 군인이 되기를 바랐다. 그는 톰이 변호사나 군인, 또는 그 둘 다를 준비할 수 있도록 일단 사관학교에 들어가 졸업한 다음 이 나라 제일의 법률 학교에서 교육받을 수 있게 주선해줄 용의가 있다고 말했다.

부자라는 새로운 지위와 이제 더글러스 부인의 보호 아래 있다는 사실은 허크 핀에게 사회를 소개해주었다…… 아니, 정확하게 말하면 허크를 사회로 끌고 들어가 그곳에 내동댕이쳤다는 표현이 맞을 것이다. 그 바람에 허크가 겪은 고통은 이루 말할 수 없었다. 더글러스 부인의 하인들은 빗질에다 솔질까지 해가며 허크를 늘 깔끔하고 말쑥하게 가꾸어놓았고, 밤이면 친구 삼아 가슴에다 비벼댈 수 있는 얼룩이나 때 하나 없는, 도무지 정이 안 가는 이부자리에 재웠다. 밥 먹을 때도 나이프와 포크는 물론 냅킨, 컵, 접시를 사용해야 했다. 게다가 글도 배워야 했고, 교회에도 가야 했다. 말할 때도 예의를 차려야 했기 때문에 무슨 말을 하든 김이 샜다. 어딜 가나 문명이라는 빗장과 족쇄가 허크를 가둬놓고 손발을 꽁꽁 묶었다.

허크는 그래도 3주는 이런 비참한 처지를 꿋꿋이 견뎌냈다. 그러다 어느 날 감쪽같이 사라져버렸다. 미망인은 노심초사하며 허크를 찾아 꼬박 이틀을 사방팔방으로 헤매 다녔다. 마을 사람들도 크게 걱정하며 위아래 할 것 없이 동네방네 구석구석 뒤지다가 나중에는 시체라도 찾아보자며 강바닥까지 훑었다. 사흘째 되던 날 아침 일찍 톰 소여는 짚이는 데가 있어 버려진 도살장 뒤쪽으로 가서 속이 빈 낡은 통들을 주먹으로 툭툭 쳐보았다. 그중 한 통에 도망자가 있었다. 그동안 허크는 그곳을 잠자리로 삼고 있었던 것이다. 허크는 훔쳐 온 음식 부스러기로 막 아침을 먹은 뒤 지금은 담뱃대를 끼고 느긋하게 드러누워 있었다. 머리는 빗질을 하지 않아 부스스했고, 몸에는 자유롭고 행복하던 시절에 허크를 돋보이게 했던 넝마 조각을 걸치고 있었다. 톰은 허크를 밖으로 불러내 너 하나 때문에 온 동네가 야단이니 어서 집으로 돌아가라고 다그쳤다. 그러자 허크의 얼굴에선 평온하고 만족스런 기운이 싹 가시고 대신 우울한 그림자가 드리웠다. 허크가 말했다.

"그 얘긴 꺼내지도 마, 톰. 누군 노력 안 해본 줄 알아. 하지만 노력해도 안 되는 게 있어. 그런 생활은 나한테 맞지 않아. 내 자리가 아니야. 물론 아줌마는 나한테 잘해주셔. 하지만 난 못 견디겠는 걸 어떡해. 매일 아침 똑같은 시간에 깨우지, 씻기지, 빗질까지 하지, 게다가 땔감 창고에서도 못 자게 한단 말이야. 옷은 또 젠장, 입자마자 숨이 턱턱 막히는 옷을 입어야 해, 톰. 어떻게 된 게 바람이 하나도 안 통하는 것 같거든. 또 좋기는 더럽게 좋아서 마음대로 앉을 수도 없지, 누울 수도 없지, 구를 수도 없다니까. 지하실 문 위에서 언제 미끄럼을 타봤나 싶어…… 글쎄, 못 돼도 몇 년은 된 것 같아. 교회에 끌려가서 땀이나 삘삘 흘려야 하고…… 그놈의 밍밍한 설교 정말 지긋지긋해!

그 집에선 파리도 못 잡고, 껌도 못 씹고, 일요일에도 신발을 신어야해. 아줌마는 종소리에 밥 먹고, 종소리에 잠자리에 들고, 종소리에 일어나…… 모든 게 너무 끔찍하게 틀에 박혀서 사람이 견딜 수가 있어야지."

"글쎄, 누구나 그렇게 살아, 허크."

"톰, 누구나 그렇진 않아. 난 누구나가 아니라서 그런 걸 견딜 수가 없어. 그렇게 묶여 사는 건 끔찍해. 그리고 음식도 너무 쉽게 나와…… 그런 식이면 난 입맛이 안 당겨. 거기다 낚시하러 갈 때도 물어봐야 하고, 먹 감으러 갈 때도 물어봐야 하고…… 뭘 할 때마다 물어봐야 한다니까, 빌어먹을. 또 말도 얼마나 얌전하게 해야 하는지 갑갑해 죽을 뻔했잖냐…… 매일 다락에 올라가서 한바탕 욕지거리를 퍼부었으니 그나마 입맛을 안 잃었지, 안 그랬으면 난 벌써 죽었을 거다. 담배가 다 뭐야, 아줌마는 사람들 앞에서는 소리도 지르지 말라지, 하품도 말라지, 기지개도 켜지 말라지, 긁지도 말라지…… (그러고는 짜증과 상처가 특히 심한 듯 부르르 경련을 일으키며) 거기다 글쎄, 와, 사람 딱 돌게 하루 온종일 기도를 하더라니까! 난 그런 여자 처음 봤어! 그러니 내가 안 나오고 배기겠냐, 톰…… 딴 방법이 없었어. 그뿐인 줄 알아, 학교가 시작되면 꼼짝없이 다니게 생겼는데…… 으그, 그걸 어떻게 참냔 말이야, 톰. 야, 톰, 부자라고 해서 무턱대고 부러워할 게 못 되더라. 하루도 마음 편할 날 없이 진땀이나 빼고, 딱 죽고 싶은 생각밖에 안 들더라니까. 나한테는 지금 입고 있는 이 옷이 어울리고 이 통이 제격이야. 그러니까 다시는 이 옷도, 이 통도 집어 던지지 않을 거야. 이런 곤경에 빠지게 된 게 다 그 돈 때문이지 뭐야.

그래서 말인데 톰, 내 돈 네가 몽땅 다 가져. 그리고 가끔 가다 10센트씩만 줘…… 자주 안 줘도 돼…… 아주 구하기 힘든 물건 아니면 돈을 쓸 일이 없거든…… 그러니까 네가 가서 나 대신 아줌마한테 말 좀 잘 해줘."

"이런, 허크, 내가 그럴 수 없다는 거 너도 알잖아. 네 돈을 내가 갖는 건 공평하지 않아. 그리고 조금만 더 겪어보면 이런 생활도 좋아지게 될 거야."

"좋아져! 그래…… 뜨거운 난로 위에 억지로 오래 앉아 있다 보면 그 난로가 퍽도 좋아지겠다. 난 싫어, 톰, 부자가 되는 것도 싫고, 그놈의 숨 막히는 집에서 사는 것도 싫어. 난 숲이 좋고, 강이 좋고, 통이 좋아. 어느 것도 포기 못 해. 우라질! 이제 총도 생기고, 동굴도 있고, 산적으로 나설 준비가 다 끝났는데 이런 어처구니없는 일이 일어나서 다 망쳐버리다니!"

톰은 이 기회를 놓치지 않았다.

"야, 허크, 부자라고 해서 산적이 되지 말라는 법은 없어."

"설마! 우씨, 그냥 해보는 소리 아니지, 그 말 진짜야, 톰?"

"내가 여기 앉아 있는 것처럼 진짜야. 하지만 허크, 잘 알겠지만 먼저 네가 당당하고 의젓해지지 않으면 우린 널 받아들일 수가 없어."

허크의 기쁨은 순식간에 사라졌다.

"날 받아들일 수 없다고, 톰? 해적질하러 갈 때는 끼워줬잖아?"

"그래, 하지만 이번에는 사정이 달라. 산적은 해적보다 더 격조가 높거든…… 대체로 말이야. 대부분의 나라에서 산적은 귀족보다도 훨씬 높아…… 공작이니 그딴 것보다도."

"이봐 톰, 넌 나하고 늘 친했잖아? 날 빼놓지 않을 거지, 그렇지, 톰? 그럴 리 없을 거야, 그렇지, 톰?"

"허크, 내가 그럴 리 있겠냐, 그건 나도 원하지 않아…… 하지만 사람들이 뭐라고 하겠어? 보나마나 이렇게 말하지 않겠어, '쳇! 톰 소여 산적단이라! 한심한 놈들만 모아놨군!' 그건 바로 널 두고 하는 소리일 거 아니겠냐고. 그런 소리 듣기 싫지, 나도 마찬가지야."

허크는 한동안 아무 말 없이 고민에 빠져 있다가 마침내 입을 열었다.

"그럼 아줌마네 집으로 돌아가 한 달 동안 버티면서 참아낼 수 있는지 어떤지 볼게. 네가 날 끼워준다면 말이야, 톰."

"좋아, 허크, 잘 생각했어! 가자, 친구. 그리고 아줌마한테 널 조금만 더 풀어달라고 부탁해볼게, 허크."

"그래줄래…… 지금 당장 그래줄 거지? 잘됐다. 아줌마가 제일 힘든 일 몇 가지만 풀어주면 나 혼자 몰래 담배 피우고 욕하면서 죽기 살기로 버텨볼게. 그런데 언제 애들을 모아 산적으로 나설 거야?"

"어, 바로 해야지. 오늘 밤에 애들을 모아서 입단식을 열자."

"뭘 연다고?"

"입단식."

"그게 뭔데?"

"서로 지켜주고, 온몸이 바스러져 가루가 돼도 산적단의 비밀을 절대 말하지 않고, 누구든 우리 동료를 해치는 놈은 본인은 물론 그 가족까지 모조리 죽이겠다고 맹세하는 거야."

"근사하다…… 정말 근사하겠는데, 톰."

"당연하지. 그리고 맹세는 반드시 한밤중에, 그것도 제일 으슥하고 무서운 곳에서 해야 해…… 유령의 집이 딱 좋은데 지금은 온통 다 들쑤셔놨으니."

"그래도 어쨌든 한밤중이면 되잖아, 톰."

"그건 그렇지. 그리고 맹세할 때는 관에다 피로 서명해야 해."

"와, 굉장하다! 해적이 되는 것보다 백만 배는 더 멋지다. 썩어 문드러질 때까지 아줌마네 집에 붙어 있을게, 톰. 내가 정식으로 산적이 돼서 세상에 이름을 떨치면 아줌마도 날 진창에서 끌어낸 걸 자랑스럽게 여길 거야."

맺음말

이 연대기는 이렇게 끝이 난다. 엄밀히 말하면 연대기 중에서도 한 남자아이의 이야기이기에 여기서 그칠 수밖에 없다. 더 나갔다가는 어른의 이야기가 되고 말 것이 뻔하므로. 어른에 대한 소설을 쓸 때는 작가는 어디서 끝내야 할지 정확히 안다. 즉 결혼으로 마무리를 하면 된다. 하지만 아이들이 주인공일 때는 작가가 판단하기에 가장 마음에 드는 곳에서 그쳐야 한다.

이 책에 나오는 등장인물 대부분은 아직도 살아 있으며, 그것도 행복하게 잘살고 있다. 언젠가 이 아이들의 이야기를 다시 끄집어내 어떤 어른이 됐는지를 살펴보는 것도 의미가 있지 않을까 싶다. 따라서 지금 당장은 그 아이들의 삶 중에서 그 부분은 들추지 않는 게 현명할 듯하다.

흥미진진한 모험담에 담긴 순수한 동심의 세계

마크 트웨인은 '미국문학의 아버지'로 일컬어지는 작가다. 초중고 시절을 거치면서 누구나 한 번쯤은 그 이름을 들어보았을 테지만 사실 마크 트웨인은 필명이고 본명은 새뮤얼 랭혼 클레멘스다.

트웨인은 1835년 미주리 플로리다에서 존 마셜 클레멘스와 제인 램턴 클레멘스의 세번째 자녀이자 둘째 아들로 태어났다. 네 살 때 온 가족이 미주리 해니벌로 이사했다. 미시시피 강의 항구 마을이었던 해니벌에서 보낸 유년기의 추억은 나중에 그의 대표작 『톰 소여의 모험』과 『허클베리 핀의 모험』의 무대가 되는 가상의 마을 세인트피터스버그를 통해 되살아난다. 당시 미주리는 노예주였고, 트웨인은 이때 노예 제도에 대해 받은 인상을 훗날 『톰 소여의 모험』을 비롯해 자신의 작품에 투영하게 된다. 열한 살 때 변호사 일과 철도 사업을 병행하던 아버지가 폐렴으로 사망하자 그 이듬해인 1848년 견습 인쇄공이 되었다. 1851년부터 형이 운영하는 신문사 '해니벌 저널'에 들어가 식자공으로 일하며 틈틈이 기사와 만담을 쓰기 시작했다. 열여덟 살 때 해니벌을 떠나 뉴욕, 필라델피아, 세인트루이스, 신시내티 등지에서 인쇄공으로 일했다. 이 시기에 그는 저녁마다 공공 도서관에서 독학하며 정규 학교에서 습득할 수 있는 것보다 훨씬 더 광범위한 지식을 쌓았다.

스물두 살 때 미주리로 다시 돌아와 미시시피 하류를 따라 뉴올리언스로 여행하다 증기선 도선사라는 직업에 매력을 느껴 그 세계에 뛰어들었다. 트웨인이 훗날 『미시시피 강의 생활』에서 회고했다시피 당시 증기선 도선사는 처우와 권위 면에서 선장을 능가했다. 그도 그럴 것이 증기선 도선사가 되려면 시시각각 달라지는 강의 물길은 물론 수백 군데에 이르는 강둑의 항구와 식생에 대해 훤히 꿰고 있어야 했기 때문이다. 트웨인은 2년 넘게 3200킬로미터에 이르는 미시시피 강 구석구석을 공부한 끝에 1851년 정식 증기선 도선사 자격증을 따냈다. 참고로 마크 트웨인이라는 필명은 수심을 나타내는 도선사들의 전문 용어로 '두 길'을 뜻한다. 도선사 훈련을 받던 중 동생 헨리에게도 같은 일을 권했다가 1858년 동생이 배가 폭발하는 사고로 사망하자 평생 자책감에 시달렸다. 사실 트웨인은 사고 한 달 전 꿈에서 동생의 죽음을 예지했는데, 이 일로 심령술에 관심을 가지게 되었고 그와 같은 관심의 반영인지 『톰 소여의 모험』에서도 곳곳에 미신 이야기가 등장한다.

남북전쟁이 터지면서 미시시피 강의 수로가 모두 봉쇄되어 더 이상

도선사 일을 할 수 없게 되자 트웨인은 네바다 주지사 비서로 부임하는 형 오라이언을 따라 서부로 향했다. 2주 넘게 역마차에 몸을 싣고 대초원 지대와 로키 산맥을 횡단했던 이때의 경험은 1865년 「캘러베러스 군의 명물, 뜀뛰는 개구리」라는 제목으로 뉴욕의 주간지 『새터데이 프레스』에 실려 그에게 작가로서 처음으로 큰 성공을 안겨주었다. 발표 즉시 인기를 끈 이 작품으로 인해 마크 트웨인은 전국적인 유명 인사가 되었다. 그 뒤에도 하와이 탐방기에 이어 유럽과 중동을 돌아보고 온 경험을 담은 『철부지의 해외 여행기』를 비롯해 트웨인 특유의 허풍과 과장이 가미된 여행담으로 인기를 얻으면서 만담 강연가로서도 입지를 굳혔다.

하지만 마크 트웨인을 명실상부한 소설가의 반열에 올려놓은 최초의 대표작은 뭐니 뭐니 해도 1876년에 발표한 『톰 소여의 모험』이었다. 『미시시피 강의 생활』과 『허클베리 핀의 모험』으로 이어지는 이른바 '미시시피 삼부작'의 첫째 권에 해당하는 이 소설은 지금까지 20개가 넘는 언어로 번역되어 나왔을 뿐만 아니라 그동안 한 번도 절판된 적이 없을 정도로 많은 사랑을 받아왔다. 작가가 머리말에서 밝히고 있다시피 이 책은 실제 경험, 즉 작가가 해니벌에서 보낸 유년기에 바탕을 두고 있다. 이 책을 직접 읽어보지 않은 사람들에게도 주인공 톰이 친구들을 꼬드겨 담장을 대신 칠하게 하는 장면은 너무나도 유명하다. 물론 톰은 가공의 인물이다. 마치 그 나이 또래 소년들의 특징을 하나씩 추려내 압축해놓은 듯한 모습이다. 사실 톰 소여는 어린 시절의 작가 자신과 두 명의 학교 친구 존 브리그스와 빌 보언을 모델로 삼았다고 알려져 있다. 톰과 함께 이 소설에서 모험을 이끌어 나가는 허클베리 핀 역시 작가의 어린 시절 친구 톰 블랜큰십에게서 영감을 얻었다고 전해진다.

1830, 40년대 미국 미시시피 강변의 세인트피터스버그라는 외진 마을을 무대로 삼고 있는 이 소설이 첫선을 보인 19세기 후반 이래로 여기에 나오는 몇몇 사건들은 하나의 원형으로 존재해왔다. 그 이유는 그런 사건들이 인간의 본성 깊숙한 곳을 들여다보게 해주기 때문이다. 예를 들면 앞서 언급한 담장을 칠하는 장면에서 작가는 어린 톰의 생각을 빌려 사람들은 그 대상이 뭐가 됐든 쉽게 손에 넣을 수 없는 것일수록 갖고 싶어 안달한다는 만고의(?) 진리를 이야기한다.

트웨인은 영리하게도 정색을 하기보다 어린 소년들의 모험담이라는 형식에, 등장인물들의 일거수일투족은 물론 생각까지도 꿰뚫어보는 전지적 작가 시점을 결합해 그 시대의 사회상을 마치 눈앞에서 보는 듯 생생하게 펼쳐 보여준다. 트웨인은 지리적으로 중서부에 속했지만 노예주였던 미주리에서 자라면서 훗날 노예 제도에 강한 반감을 품게 되는데, 그러한 정서는 이 책 곳곳에서 나타난다. 예를 들면 백인이지만 처지가 흑인보다 나을 게 없는 천덕꾸러기 부랑아 허클베리 핀이 때로 '검둥이' 노예와 나란히 앉아 밥을 같이 먹기도 한다고 말하면서 사람은 죽도록 배가 고프면 하고 싶지 않은 일도 하기 마련이라고 설명하는 대목에서는 피부색으로 인간을 차별하는 사회를 질타하는 작가의 목소리를 엿들을 수 있다. 이러한 메시지는 직설적인 화법보다는 아이들과 하층민의 비문 대화체나 주일 학교 교장 선생님과 큰 도시에서 온 판사의 지나치게 정중한 어투를 비롯해 등장인물 각자가 속해 있는 사회적 환경을 은연중에 드러내는 말씨를 통해 더욱 실감나게 다가온다.

　이렇듯 정제되지 않은 날것 그대로의 촌스러움과 세련됨, 무지렁이 시골 사람과 식자층의 대비와 통합 구도는 이 책 전체를 관통하는 중요한 특징이기도 하다. 이러한 구도에는 이미 흘러가버려 다시는 되돌릴 수 없는 과거에 대한 향수와 회한, 그리고 성공한 현실에 대한 애증이라는 작가의 이중 심리가 반영되어 있는 듯하다. 이는 고아나 다름없는 마을의 천덕꾸러기 부랑아 허클베리 핀이 돈궤를 발견해 하루아침에 부자가 되어 상류 사회로 진입하지만 답답한 생활을 견디지 못하고 다시 옛 생활로 돌아갔다가 톰의 설득에 당분간은 그 두 가지 생활 사이에서 타협한다는 줄거리에서도 드러난다. 그런 점에서 허크가 자유로운 영혼 그 자체를 대변한다면 톰은 자유와 절제 사이에서 균형을 이루며 과거와 현재를 잇는 중재자라고 할 수 있다. 따라서 이 소설은 과거의 삶이 지니는 단절성을 인정하고 그러한 단절성을 극복하고자 하는 시도라고 보아도 무방하다.

　이 소설은 모두 35개의 각기 다른 이야기로 이루어져 있다. 그 속에서 주인공 톰은 아이들과 싸움박질을 하고, 사마귀 떼는 법을 찾아 나서고, 또 사랑에 빠진다. 그런가 하면 우연히 인디언 조의 범죄를 목격했다 뜻하지 않게 그의 죽음에 일조하기도 한다. 이러한 병렬형 이야기 배치는 하나씩만 떼어놓고 보면 그 자체로는 완결성을 지니면서 서로 빈틈없이 맞물려 있지만, 전체적으로 볼 때 하나의 일관된 흐름을 가지고 갈수록 증폭을 거듭하면서 동심원을 이루기보다, 각기 따로 놀면서 도저히 있을 것 같지 않은 사건들의 반전을 통해서 힘을 얻는다. 비평가들의 관점에서 볼 때 소설이 흥미진진해지려면 좀 더 미묘하고 다양한 장치를 통해 줄거리를 끌고 나가야 한다. 트웨인의 작품을 놓고 그러한 장치가 부족하다는 주장들이 제기되어왔다. 하지만 그의 작품에 나타나는 이러한 이야기 전개 방식은 그의 글쓰기 방식뿐만 아니라 그의 삶에서 글쓰기가 차지하는 비중과도 관계가 있다. 그는 워낙 글을 빨리 썼던 데다 글을 쓰는 목적 대부분이 일확천금을 꿈꾸며 여기저기 투자하다 결국은 실패하고 그 때문에 진 빚을 갚는 데 있었다. 그는 창의력이 고갈되면 종종 위기를 겪었다. 그럴 때면 몇 달이고 몇 년이고 작품 활동을 중단하고 다른 데 몰두하곤 했다. 이 소설의 주인공 톰 역시 어떤 일에 열정을 불태우다 그 일이 실패로 끝나면 금세 다른 곳으로 관심을 돌린다. 트웨인은 이 소설에서 주인공 톰을 통해 번득이는 창의력을 무기로 자신의 목표를 끊임없이 추구하는 미국인의 전형을 문학으로 형상화해내는 데 성공했다.

트웨인은 작가로 첫발을 내디딜 때는 익살과 해학 위주의 가벼운 운문을 많이 썼지만 나중에는 인간의 허영과 위선, 잔인성을 고발하는 연대기 작가로 거듭났다. 『톰 소여의 모험』은 작가의 그런 면모를 보여주는 최초의 장편이라고 볼 수 있다. 등장인물의 성격과 개성이 그대로 묻어나는 활기 넘치는 대화, 성경과 셰익스피어를 적재적소에 활용하는 재치, 주변 상황을 설명하면서 보여주는 현란한 어휘와 문장은 그 어떤 작가도 따라가기 힘들 듯하다. 그래서 이 책은 현재 유년 시절을 보내고 있는 나이 어린 청소년뿐만 아니라 이미 그 시절을 지나 아련한 추억으로만 간직하고 있는 어른들이 보아도 전혀 지루하거나 유치하지 않다.

트웨인의 대표작으로는 『톰 소여의 모험』 말고도 『왕자와 거지』

『허클베리 핀의 모험』『아서 왕 궁정의 코네티컷 양키』 등이 있다. 그의 작품의 특징을 꼽으라면 풍부한 유머, 박진감 넘치는 문체, 사회 비판을 들 수 있다. 이 책을 읽어보면 알겠지만 그는 또 어체 구사의 달인이기도 했다. 이런 능력에 힘입어 그는 미국의 주제와 언어를 토대로 미국만의 고유한 문학을 개척했다. 그래서 윌리엄 포크너는 트웨인을 가리켜 '미국문학의 아버지'라고 불렀다.

말년 들어 트웨인은 두 딸과 아내, 절친한 친구의 잇따른 사망으로 우울증에 시달렸지만 옥스퍼드에서 명예 박사 학위를 받는 영광을 누리기도 했다. 사망하기 한 해 전인 1909년 그는 다음과 같이 말했던 것으로 알려져 있다.

나는 1835년 핼리 혜성이 올 때 태어났다. 혜성은 내년에 다시 올 예정이다. 이번에는 혜성과 함께 떠나고 싶다. 만약 핼리 혜성과 함께 떠나지 못한다면 내 생애를 통틀어 그보다 실망스런 일은 없을 것이다. 전능하신 하느님께서 분명히 말씀하셨다. "설명할 수 없는 현상 두 가지가 여기 있으니 함께 왔던 것처럼 함께 떠나리라."

그의 예측은 적중했다. 핼리 혜성이 지구에 가장 가까이 근접하고 나서 하루 뒤인 1910년 4월 21일 마크 트웨인은 코네티컷 레딩에서 심장마비로 유명을 달리했다.

강미경

1835년	11월 30일 미주리 플로리다에서 존 마셜 클레멘스와 제인 램턴 클레멘스의 세번째 자녀이자 둘째 아들로 태어남. 본명은 새뮤얼 랭혼 클레멘스(Samuel Langhorne Clemens).
1839년	온 가족이 미주리 해니벌로 이사함. 이곳에서 보낸 유년기 기억을 되살려 훗날 세인트피터스버그라는 가상의 마을을 만들어냄.
1847년	아버지 존 클레멘스가 사망함. 그는 부는 남겨주지 못했지만 아들들에게 벼락부자를 꿈꾸는 기질을 물려줌.
1848~ 1852년	어쩔 수 없이 학교를 중퇴하고 지역 신문사 인쇄공으로 들어감. 그리고 나서 2년 뒤 형 오라이언이 운영하는 신문사로 자리를 옮김. 이 시기부터 틈틈이 만담을 써서 신문에 게재하기 시작함.
1853~ 1856년	'정식' 인쇄공이 돼서 동부(뉴욕과 필라델피아)와 서부(세인트루이스와 키오쿡) 도시들에서 일함. 필라델피아에 있을 때 인쇄공 출신이라는 점에서 삶이 자신과 약간 비슷한 프랭클린의 무덤을 참배함.
1857년	코카(코카인의 원료) 장사로 부자가 되려고 세인트루이스를 떠나 남아메리카 여행길에 오르지만 신시내티까지밖에 가지 못함. 거기서 잠시 신문사에서 일하다가 도선사 호레이스 빅스비 밑에 수습으로 들어감.
1861년	남북전쟁이 터지면서 북부군의 철통같은 봉쇄로 강의 교통이 묶임. 잠시 남부군에 들어갔다가 네바다 주지사 비서로 부임하는 형 오라이언을 따라 서부행 역마차에 몸을 싣고

열아흐레나 되는 힘든 여정에 오름.

1862~
1863년
잠시 그 지역을 탐사하며 이러저러한 채굴 공사에 쫓아다니
다가 다시 신문사로 돌아감. 이번에는 버지니아 시 〈테리토
리얼 엔터프라이즈〉 기자 자격으로 마크 트웨인이라는 필명
을 사용하면서 카슨 시에 있는 주 의회를 취재함. 이때부터
광산 고장의 자유분방한 삶에 영감을 받아 만담 기교를 본
격적으로 연마하기 시작함. 1863년 버지니아 시를 방문한
북부 출신 만담 작가이자 강연가인 아테머스 워드의 칭찬을
받고 의기충천함.

1864년
샌프란시스코 지역으로 떠나 금을 찾아 헤매다가 다시 언론
계로 돌아감. 〈캘리포니언〉 편집장이자 서부 지역 이야기를
단골로 쓰는 작가 브렛 하트를 만나 아까운 재능을 썩히지
말라는 이야기를 들음.

1866년
샌드위치 제도(현재 하와이)를 방문해 여행 경비를 대준 캘
리포니아 신문사 이곳저곳에 여행 소감을 유머 넘치는 편지
에 담아 보냄. 캘리포니아로 다시 돌아와 하와이 여행을 주
제로 명실 공히 만담 강연가로 연단에 서기 시작함.

1867년
파나마 지협을 경유해 뉴욕으로 가서 성지 순례단의 일원으
로 증기 유람선 '퀘이커 시티'에 올라 캘리포니아 신문사들
에 기행문을 송고함. 이때의 기행문을 토대로 나중에 『철부
지의 해외 여행기 *The Innocents Abroad*』를 내놓음. 뉴욕으
로 돌아와 〈트리뷴〉과 〈헤럴드〉에 성지 기행문을 다시 실어
유명해짐. 첫 단편집 『캘러베러스 군의 명물, 뜀뛰는 개구리
*The Celebrated Jumping Frog of Calaveras County and
Other Sketches*』를 출간해 유머 작가로 명성을 얻으면서 만
담 강연가로도 계속 경력을 쌓음.

1870년
뉴욕 엘마이라의 석탄 거상의 딸 올리비아 랭던과 결혼함.

장인은 버펄로 지역 신문 〈버펄로 익스프레스〉의 지분을 사들여 사위에게 양도함. 마크 트웨인이라는 필명으로 월간지 『갤럭시』의 편집장으로 활동하는 한편, 광산에서 일했던 경험을 살려 1872년 『불편한 생활Roughing It』을 출간함.

1872년 〈익스프레스〉 지분을 팔고 뉴욕과 보스턴의 출판계와 가까운 코네티컷 하트퍼드로 이사함. 해리엇 비처 스토와 신문 발행인이자 순문학 작가인 찰스 더들리 워너(1829~1900)가 이웃으로 있는 '외딴 농장' 구역에 사치스러운 저택을 지음. 워너와는 훗날 당시 썩어빠진 사회 상황을 풍자한 『도금 시대The Gilded Age: A Tale of Today』를 같이 집필함. 이 시기에 트웨인은 강연 목적으로 영국을 두 차례 방문하는 한편, 자신의 지난날을 반추하는 특유의 문체를 확립함.

1874년 오하이오 태생의 문학 평론가이자 소설가인 윌리엄 딘 하월스(1837~1920)가 발행하는 동부 제일의 유력한 문학잡지 『애틀랜틱 먼슬리』에 도선사 시절의 경험을 소설로 옮긴 『미시시피 강의 옛 시절Old Times on the Mississippi』을 게재함. 하월스는 나중에 트웨인의 절친한 친구이자 지지자가 되어 '일개' 유머 작가에서 문학의 새로운 리얼리즘을 선도하는 개척자로 거듭나도록 이끎.

1876년 『톰 소여의 모험The Adventures of Tom Sawyer』을 출간함. 브렛 하트와 무대 희극 「앗, 죄」를 공동으로 집필해 성공을 거두지만 그러한 성공은 잠시뿐, 하트와 완전히 등을 돌리게 됨.

1877년 시인이자 노예 해방론자인 존 그린리프 휘티어(1807~1892)의 칠순 생일잔치에서 롱펠로, 에머슨, 올리버 웬델 홈스라는 이름을 사용하는 질 나쁜 도박사들이 광산 노름판을 아수라장으로 만든다는 요지의 우스갯소리 강연을 선보임. 이에 보스턴은 시큰둥한 반응을 보임. 하지만 트웨인은 사실상 생애 말년까지 식후를 장식하는 탁상 연사로 여전히 인기를 끌게 됨.

1878~
1879년

순회강연이 지긋지긋해져 비록 접기는 했지만 이후에도 가족과 친구이자 목사인 조지프 H. 트위첼과 계속 해외여행을 다니며 독일과 이탈리아를 방문함. 이때의 경험을 모아 나중에 『도보 세계 여행A Tramp Abroad』이라는 여행기를 내놓음.

1880년

좀 더 점잖은 청중에게 다가가기 위해 최초의 중세 소설 『왕자와 거지The Prince and the Pauper』를 집필해 재미있는지 알아보려고 딸들에게 먼저 읽힘. 자본주의 체제의 폐단을 통렬히 비판했던 『도금 시대』에서와 마찬가지로 트웨인은 여기서도 봉건주의의 악덕을 고발함.

1882년

『미시시피 강의 옛 시절』을 늘려보라는 권유를 받고 '옛 시절'과 현재를 비교하기 위해 자신의 전속 출판사 사장과 함께 유년기를 보낸 그곳으로 여행을 떠남. 이듬해 『미시시피 강의 생활Life on the Mississippi』을 내놓음. 하지만 거기서도 드러났다시피 항해 장비의 성능 개선을 열망하는 바람을 현실로 옮긴 데 이어 잘 따져보지도 않고 루브-골드버그 장치의 일환인 페이지 식자기에 투자했다가 라이노타이프 식자기에 밀려 곧 사양길로 접어드는 바람에 경제적으로 어려움에 처하게 됨.

1884년

이 해에 출간된 『허클베리 핀의 모험Adventures of Huckleberry Finn』을 비롯해 서로의 작품들을 읽고 의기투합해 뉴올리언스 출신 작가 조지 워싱턴 케이블(1844~1925)과 함께 순회강연에 오름. 케이블은 흑인 인권운동 지지자로, '루이지애나 매입' 당시(1803)를 배경으로 삼고 있긴 하지만 남북전쟁

후 남부 재건에 대한 남부의 태도를 암암리에 드러냈던『그랜디심스*The Grandissimes*』라는 소설에서 흑인 인권문제를 에둘러 다루었음. 트웨인도 남북전쟁 이전 한 소년과 도망 노예가 강을 따라 내려가는 이야기에서 이와 비슷한 색채를 띰.

1885년 　『허클베리 핀의 모험』을 직접 출간해 성공하면서 그 여세를 몰아 불명예를 안고 죽어가는 대통령의 회상록인『U. S. 그랜트의 회고담*Personal Memoirs of U. S. Grant*』 출간을 따냄. 이 책 또한 금전적으로 막대한 성공을 거두어 그에 못지않은 거액을 새로운 사업에 투자함.

1889년 　『아서 왕 궁정의 코네티컷 양키*Connecticut Yankee in King Arthur's Court*』에서 행크 모건의 손을 빌려 현대 과학기술의 힘으로 '기사도의 꽃'을 짓뭉개는 등 봉건주의 체제(즉 남북전쟁 이전의 남부)의 악덕을 계속 고발함.

1891~
1894년 　이 무렵 경제 사정 악화로 운영하던 출판사가 파산하면서 거듭 유럽행을 택함. 아내의 성화와 스탠더드 정유사 간부 헨리 허들스톤 로저스(1840~1909)의 도움으로 파산 법정에서 도피처를 찾느니 빚을 청산하겠다고 서약함.

1894년 　인종 편견 때문에 신분이 뒤바뀌는 멜로드라마 형식의 이야기를 통해 지문 감식이라는 새로운 '과학'을 공격하는『백치 윌슨의 비극*The Tragedy of Puddnhead Wilson*』을 출간함.

1895년 　적도를 지나는 세계 강연 여행에 나서서 큰돈을 벌어들여 빚도 갚고 다음번 여행기 자료도 수집함. 해외에 나가 있는 동안 하트퍼드에 남겨둔 큰딸 수지가 뇌막염으로 갑자기 세상을 뜸. 트웨인은 감상적인 역사소설『잔 다르크*Personal Recollections of Joan of Arc*』에서 죽은 딸을 추모함.

1897~
1899년 　유럽에 오래 체류하면서 점차 비관적으로 바뀜. 이러한 조짐은 기계론적이고 결정론적인 세계관을 조장하는 대화체의 후기 작품 『인간이란 무엇인가? *What Is Man?*』(1906)를 비롯해 『해들리버그를 타락시킨 사람*The Man That Corrupted Hadleyburg*』(1899)과 미완인 『정체불명의 이방인*Mysterious Stranger*』(1916)에서 그대로 드러남.

1900년 다시 미국으로 돌아오지만 하트퍼드로는 아님. 따스한 환대에 이어 1901년에는 예일 대학에서 명예 문학박사 학위를 받음. 이 시기에 벨기에령 콩고의 인권 유린 사태에서부터 필리핀에서 전개된 미국의 군사 작전에 이르기까지 다양한 형태의 제국주의를 공격하는 작품을 내놓음. 1903년에는 크리스천 사이언스의 '종교 의식'을 맹렬하게 공격하기 시작함.

1903년 악화되기만 하는 아내의 건강을 회복하려는 바람에서 함께 다시 유럽으로 향함. 아내는 1904년 피렌체에서 사망함.

1904~ 다시 미국으로 돌아와 어느 한군데 머물지 못하고 이곳저곳
1908년 옮겨 다님. 그런 와중에도 인터뷰와 간간이 선보이는 작품들을 통해 루스벨트 행정부가 지원하는 해외 미국 제국주의에 끊임없이 항의함. 죽을 때까지도 완성하지 못한 『자서전』 구술을 비롯해 비방 일색이라는 이유로 사후에나 출간될 것을 염두에 두고 여러 편의 작품을 집필하기 시작함. 옥스퍼드에서 오매불망 바라던 명예 문학박사 학위를 수여한다는 전갈을 받고 마지막 유럽 여행길에 올라 과분할 만큼 환대를 받음.

1908~ 코네티컷 레딩에 피렌체풍의 궁궐 같은 저택 스톰필드를 지
1910년 음. 이 시기 들어 사시사철 입고 다니던 눈부신 흰색 정장과 더불어 인기는 여전했지만 편집증과 우울증으로 말년이 어두웠음. 1909년 또 다른 딸 진이 세상을 뜨고 나서 마크 트웨인도 이듬해인 1910년 4월 21일 사망함.

문학동네 세계문학전집 발간에 부쳐

세계문학은 국민문학 혹은 지역문학을 떠나 존재하는 문학이 아니지만 그것들의 총합도 아니다. 세계문학이라는 용어에는 그 나름의 언어와 전통을 갖고 있는 국민문학이나 지역문학의 존재를 인정하면서 그것을 넘어서는 문학의 보편적 질서에 대한 관념이 새겨져 있다. 그 용어를 처음 고안한 19세기 유럽인들은 유럽문학을 중심으로 그 질서를 구축했지만 풍부한 국민문학의 전통을 가지고 있는 현대의 문학 강국들은 나름의 방식으로 세계문학을 이해하면서 정전(正典)의 목록을 작성하고 또 수정한다.

한국에서도 세계문학 관념은 우리 사회와 문화의 변화 속에서 거듭 수정돼왔다. 어느 시기에는 제국 일본의 교양주의를 반영한 세계문학 관념이, 어느 시기에는 제3세계 민족주의에 동조한 세계문학 관념이 출현했고, 그러한 관념을 실천한 전집물이 출판됐다. 21세기 한국에 새로운 세계문학전집이 필요하다는 것은 명백하다. 우리의 지성과 감성의 기준에 부합하는 세계문학을 다시 구상할 때가 되었다.

문학동네 세계문학전집은 범세계적으로 통용되는 고전에 대한 상식을 존중하면서도 지난 반세기 동안 해외 주요 언어권에서 창작과 연구의 진전에 따라 일어난 정전의 변동을 고려하여 편성되었다. 그래서 불멸의 명작은 물론 동시대 세계의 중요한 정치·문화적 실천에 영감을 준 새로운 작품들을 두루 포함시켰다.

창립 이후 지금까지 한국문학 및 번역문학 출판에서 가장 전문적이고 생산적인 그룹을 대표해온 문학동네가 그간 축적한 문학 출판 경험을 바탕으로 새로운 세계문학전집을 펴낸다. 인류가 무지와 몽매의 어둠 속을 방황하면서도 끝내 길을 잃지 않은 것은 세계문학사의 하늘에 떠 있는 빛나는 별들이 길잡이가 되어주었기 때문이다. 우리가 자부심과 사명감 속에서 그리게 될 이 새로운 별자리가 독자들의 관심과 애정에 힘입어 우리 모두의 뿌듯한 자산이 되기를 소망한다.

문학동네 세계문학전집 편집위원
민은경, 박유하, 변현태, 송병선, 이재룡, 홍길표, 남진우, 황종연

세계문학전집 056
톰 소여의 모험

1판 1쇄 2010년 12월 10일
1판 8쇄 2024년 11월 5일

지은이 마크 트웨인 ｜ 옮긴이 강미경

책임편집 김경은 ｜ 편집 오미영 오동규 ｜ 독자모니터 전혜진
디자인 엄혜리 송윤형 한충현 최미영 ｜ 저작권 박지영 형소진 최은진 오서영
마케팅 정민호 서지화 한민아 이민경 왕지경 정경주 김수인 김혜원 김하연 김예진
브랜딩 함유지 함근아 박민재 김희숙 이송이 박다솔 조다현 정승민 배진성
제작 강신은 김동욱 이순호 ｜ 제작처 영신사

펴낸곳 (주)문학동네 ｜ 펴낸이 김소영
출판등록 1993년 10월 22일 제2003-000045호
주소 10881 경기도 파주시 회동길 210
전자우편 editor@munhak.com | 대표전화 031)955-8888 | 팩스 031)955-8855
문의전화 031)955-1927(마케팅), 031)955-1916(편집)
문학동네카페 http://cafe.naver.com/mhdn
인스타그램 @munhakdongne | 트위터 @munhakdongne
북클럽문학동네 http://bookclubmunhak.com

ISBN 978-89-546-1312-5 04840
      978-89-546-0901-2 (세트)

www.munhak.com

● 문학동네 세계문학전집은 계속 출간됩니다